RENÉ LAFFITE

Die mysteriöse Tote vom Montmartre

RENÉ LAFFITE

Die mysteriöse Tote vom Montmartre

COMMISSAIRE MOREL ERMITTELT

GMEINER

Bei Fragen zur Produktsicherheit gemäß der Verordnung über die allgemeine Produktsicherheit (GPSR) wenden Sie sich bitte an den Verlag.

Immer informiert

NEWSLETTER

Spannung pur – mit unserem Newsletter informieren wir Sie regelmäßig über Wissenswertes aus unserer Bücherwelt.

Gefällt mir!

Facebook: @Gmeiner.Verlag
Instagram: @gmeinerverlag

MIX
Papier | Fördert gute Waldnutzung
FSC® C014496

Besuchen Sie uns im Internet:
www.gmeiner-verlag.de

Im Ehnried 5, 88605 Meßkirch
Telefon 07575/2095-0
info@gmeiner-verlag.de

1. Auflage 2025

Lektorat: Claudia Senghaas, Kirchardt
Satz: Mirjam Hecht
Umschlaggestaltung: U.O.R.G. Lutz Eberle, Stuttgart
unter Verwendung einer Illustration Lutz Eberle nach einem Foto von KavalenkavaVolha / iStock.com
Druck: GGP Media GmbH, Pößneck
Printed in Germany
ISBN 978-3-8392-0774-1

Personen und Handlung sind frei erfunden.
Ähnlichkeiten mit lebenden oder toten Personen
sind rein zufällig und nicht beabsichtigt.

DIE KÖNIGIN DER TASCHENDIEBE

Commissaire Geneviève Morel fühlte sich ein wenig wie im falschen Film. Es war die zweite Oktoberwoche – traditionell die Zeit des großen Weinfestes, der *Fête des Vendanges*, nur ein paar wenige Wölkchen hingen über Paris, der Duft frischer Crêpes und langsam vor sich hin grillender Hähnchen hing über dem Platz vor der Basilika Sacré-Coeur und sie war von ausschließlich gut gelaunten Menschen umgeben. Es war Letzteres, was ihr zu denken gab. Denn diese ausschließlich gut gelaunten Menschen waren ihre Familie. Und das war verdächtig. So gut aufgelegt waren ihre Verwandten normalerweise nur nach einem erfolgreichen Coup. Die Morels gehörten seit Generationen zu den erfolgreichsten und gerissensten Kunstdieben Europas. Geneviève war als Polizistin das schwarze Schaf. Oder das weiße Schaf – das kam ganz auf die Sichtweise an.

Am verdächtigsten verhielt sich jedoch *Mamie*, Genevièves Großmutter. Sie war nämlich nicht alleine, sondern ging eingehakt am Arm eines Manns, der wie sie um die 70 Jahre alt sein musste. Olivia Morel hatte ihnen den Mann vorgestellt, als sie sich am Fuß der aus Stufen bestehenden Rue Maurice Utrillo unterhalb der Basilika Sacré-Coeur mit dem Rest der Familie getroffen hatten. Geneviève hatte bereits ungeduldig im Freien gewartet, als *Mamie* mit dem Mann am Arm das Haus verlassen hatte. Hatte sie gar die Nacht mit ihm …? Geneviève hatte den Kopf geschüttelt, um die unweigerlich in ihrem Kopf auftauchenden Bilder zu verdrängen. Sie wusste, dass ihre Großmutter noch sexuell aktiv war, bislang hatte sie aber noch keinen ihrer Lover zu Gesicht bekommen. Dieser äußerlich durchaus distinguierte Mann war der erste. Die Sache war ihr mehr als suspekt. *Mamie* hatte immer wieder einen *Amoureux* gehabt, aber dass sie einen davon auch der Familie vorstellte? Das war neu.

Und verdächtig.

Der Mann, der ihnen als Roland Marron präsentiert worden war, war Kurator einer aktuellen Picasso-Ausstellung im Musée de Montmartre. Und spätestens da hatten bei Geneviève tatsächlich alle Alarmglocken zu schrillen begonnen. Da konnte doch nur ein geplanter Coup *Mamies* dahinterstecken. Olivia Morel hatte sich noch nie um die Abmachung zwischen Geneviève und dem Rest der Familie geschert, dass die Familie einen großen Bogen um die französische Hauptstadt machte, was Kunstdiebstähle anging. Ein brüchiger Frieden, der bislang jedoch gehalten hatte. Zwischen Großmutter und Enkelin hatte es hingegen lediglich ein stillschweigendes Übereinkommen gegeben, dass *Mamie* wenigstens nicht am Montmartre wildern und Geneviève damit in die unerträgliche Situation bringen würde, nach der eigenen Großmutter fahnden zu müssen.

»Tut-tut«, hatte sie sie ebenso geflissentlich beruhigt. »Ich umgebe mich gerne mit gebildeten Menschen. Mit Roland kann ich mich ganz hervorragend über Kunst unterhalten.«

»Und deshalb nimmst du ihn über Nacht mit zu dir nach Hause?«, hatte Geneviève gezischt, als sie ihre Großmutter zur Seite gezogen hatte, um ihr die Leviten zu lesen. Ein sinnloses Unterfangen, das von Anfang an zum Scheitern verurteilt war.

»Das, *chérie*, überlass bitte mir«, hatte *Mamie* mit einem

Naserümpfen geantwortet. »Ich rede dir in deine Beziehung mit diesem ganz wunderbaren *Docteur* ja auch nicht rein.«

Genau, als ob *Mamie* nicht bei jeder Gelegenheit anmerken würde, dass Henry Martel einen ganz hervorragenden Ehemann für sie abgäbe. Vielleicht war es ein Fehler gewesen, ihr Henry schon so früh vorzustellen.

Der Kurator hatte danach nicht mehr von Olivia Morel abgelassen. Und die hatte sich das gefallen lassen. Wie ein brunftiger Teenager hing er an jedem Wort *Mamies*, vom Rest der Welt schien er nicht mehr viel wahrzunehmen.

Die einzigen beiden Familienmitglieder, die nicht mit auf dem Weinfest waren, waren Merlot, Genevièves roter Maine-Coon-Kater, und Aramis, *Mamies* Cocker Spaniel. Den beiden Tieren war der nochmals gesteigerte Trubel am Montmartre nicht zuzumuten. Merlot hatte aktuell sogar die täglichen Kontrollrunden durch sein Revier, das sich von Sacré-Coeur bis hinunter zum Moulin Rouge – also quasi über einen Großteil des südlichen *Butte* – erstreckte, eingestellt. Die Besuchermassen waren selbst dem Kater zu viel.

»Also wirklich!« Geneviève wurde von der amüsiert klingenden Stimme *Mamies* aus ihren Gedanken gerissen. Sie drehte sich um. Neben ihrer Großmutter stand ein junger Bursche, vielleicht 14 oder 15 Jahre alt. *Mamie* hatte sein Handgelenk gepackt. Der Gesichtsausdruck des Jungen war schwer zu deuten. Verschreckt? Überrascht? Eingeschüchtert? Nein, es gab ein Wort, das all diese Emotionen zusammenfasste: ertappt!

»Ein Taschendieb? Hier am Montmartre? Wie ungewöhnlich«, säuselte Marron, ohne die andere Hand seiner Geliebten loszulassen. Geneviève hasste den Mann schon jetzt. Der herablassende Tonfall, der ebenso herablassende Blick auf den Jungen, der nicht wusste, wie ihm gerade geschah.

Mamie schüttelte die Hand Marrons ab und wandte sich dem Jungen zu, ohne dessen Handgelenk loszulassen. Erst jetzt fiel Geneviève auf, dass der Junge ein Handy fest umklammerte. *Mamies* Handy.

Olivia Morel, die wie Geneviève rund ein Meter 75 groß, schlank und von sportlicher Statur war, beugte sich ein Stück zu dem Taschendieb hinunter. »Wie heißt du?«, fragte sie ruhig, während sie ihm ihr Handy aus der Hand löste.

»P-P-Pascal …«, stotterte der Junge.

»*Alors*, Pascal«, flüsterte sie ihm zu. Geneviève konnte es nur hören, weil sie sich ebenfalls zu dem Jungen gebeugt hatte und sehen wollte, wie *Mamie* die Situation zu lösen gedachte. Es war gute 20 Jahre her, dass ihre Großmutter mit ihr über den Montmartre gestreift war und ihr die Kunst des Taschendiebstahls beigebracht hatte. Pascal hatte Pech gehabt, bei seinem Diebstahl ausgerechnet an die Königin des Taschendiebstahls – und jeglicher anderer Diebstähle – geraten zu sein. Wie hätte er das auch wissen können? Olivia Morel machte nach außen den Eindruck einer verwöhnten Dame der gehobenen Pariser Gesellschaft. Immer in einem sündteuren Designer-Kostüm, die silbergrauen Haare zu einem strengen Dutt hochgesteckt (der von einem teuren und personalisierten Bleistift in Position gehalten wurde) – kurz, ein perfektes Opfer.

»*Oui, Madame?*« Eine andere Antwort fiel dem Jungen nicht ein.

Olivia Morel sah sich um. Marron war zwei Meter entfernt, Letitia hatte sich geistesgegenwärtig des Liebhabers angenommen und ihn in ein Gespräch verwickelt, um ihn abzulenken. »Dein Versuch war nicht schlecht«, flüsterte *Mamie* dem Jungen zu, »aber an deiner Technik musst du noch arbeiten. Die Sache mit dem Anrempeln funktioniert ganz gut in Menschenmengen. Aber hier?« Sie breitete die Arme aus. Es war zwar einiges los, aber von sich durch die schmalen Gassen des Montmartre drängelnden Menschenmassen war man noch weit entfernt.

Der Blick des Jungen änderte sich. Von eingeschüchtert zu rebellisch. Aufmüpfig.

»Madame, geben Sie mir mein *portable* zurück, oder ich rufe die Polizei.«

Mamie seufzte theatralisch. Dann sagte sie: »Gené?«

Geneviève nickte und zog ihre Dienstmarke. Die Augen des Jungen wurden groß.

»Also, Pascal. Wie wollen wir die Sache regeln?«

Der Junge zuckte mit den Schultern. Immerhin probierte er es jetzt nicht mehr auf die freche Tour. *Mamie* zog eine Augenbraue in die Höhe.

»Ich – ich – ich entschuldige mich, Madame. Es wird nicht mehr vorkommen.«

»Und?«

Pascal sah Olivia Morel verständnislos an. »Und?«, wiederholte er ihre Worte.

Mamie seufzte wieder. Wieso machten es einige Menschen einem so schwer? Sie hatte doch nur sein Bestes im Sinn. »Und ich verspreche, dass ich mir in Zukunft mehr Mühe geben werde«, sprach sie ihm leise vor. Dem Jungen fielen die Augen beinahe aus dem Kopf.

Geneviève schüttelte entnervt den Kopf. Als Polizistin konnte sie da nicht mehr mit. Also ließ sie ihre Großmutter mit dem Jungen allein. Aus dem Augenwinkel sah sie, dass der Junge eifrig nickte und die Worte nachflüsterte. Zum Abschluss drückte *Mamie* ihm noch einen Hunderteuroschein in die Hand und schickte ihn seines Weges.

»Hättest ihm auch gleich deine Visitenkarte geben können«, pflaumte sie ihre Großmutter an.

»Führe mich nicht in Versuchung, immerhin ist er kein *flic*«, antwortete *Mamie* lapidar und hakte sich wieder bei Marron ein. Geneviève warf entnervt die Arme in die Höhe, ehe sie wieder von ihrer Schwägerin Letitia in Beschlag genommen wurde. Der Rest der Familie hatte von dem Vorfall nichts mitbekommen und war weiter Richtung Place du Tertre spaziert.

»Bewundernswert«, hörte Geneviève Marron flöten. »Wie du mit diesem verkommenen Jungen umgegangen bist. Ich könnte das nicht. Das Leben in dieser Stadt ist auch nicht mehr das, was es einmal war.«

»Ach, Roland«, antwortete sie mit einer Stimme voller Süßholzgeraspel, die Geneviève bei ihrer Großmutter noch nie gehört hatte. »Es haben eben nicht alle so gut wie wir.«

»Aber war es gleich nötig, ihm so viel Geld zuzustecken?«

Mamie lehnte ihren Kopf an Marrons Schulter. »Warum nicht? Damit muss der arme Junge die nächsten Tage nicht andere unaufmerksame Leute bestehlen. Wer weiß?« Dabei warf sie Geneviève über die Schulter einen stechenden Blick zu. »Vielleicht hat er beim nächsten Mal nicht so viel Glück und wird von einem Polizisten erwischt. Wäre doch schade um so ein junges, unschuldiges Leben.«

»Unschuldig?«, fragte Marron indigniert.

»Wer ohne Sünde ist, der werfe den ersten Stein«, konterte *Mamie* energisch und sah Marron dabei tief in die Augen. Wie in Zeitlupe hob sich dabei ihre linke Augenbraue. Ein Merkmal, das Geneviève nur zu gut kannte. Sie setzte es selbst immer wieder ein. Bei Verhören. In Kombination mit ihren eisblauen Augen hatte es nicht nur einen Verdächtigen ins Schwitzen gebracht. Auch Marron wandte seinen Blick ab.

Wieder sah *Mamie* zu ihrer Enkelin hinüber. Diesmal mit einem fröhlichen Augenzwinkern. Oh ja, Olivia Morel war wirklich gut. Wahrscheinlich die Beste. Und Marrons eingebildete und arrogante Art hatte jedes Mitleid Genevièves mit ihm verschwinden lassen. Wenn *Mamie* ihn wirklich ausnehmen wollte, dann hatte er das verdient. Immerhin kam er dabei in den Genuss eines körperlichen Vergnügens, das ihm sonst wohl nur von bezahlten Professionellen zugestanden wurde. Wer sonst würde sich mit so einem eingebildeten Arsch abgeben? Normalerweise war Geneviève nicht so oberflächlich, aber Marron widerte sie einfach an. Dabei wusste sie ganz genau, dass diese abgehobene Art in der Kunstszene gang und gäbe war.

Entweder so oder völlig oberflächlich wie ihre Eltern. Wobei es im Fall ihrer Familie eine notwendige Fassade war, um das eigentliche Familiengeschäft zu schützen. Ein Zwiespalt, mit dem Geneviève zu leben gelernt hatte und mit dem sie tagtäglich durch ihre Großmutter konfrontiert wurde, die ja im selben Haus wie sie lebte und zu der sie eine – trotz aller Gegensätzlichkeiten – enge Beziehung pflegte. Enger als zu ihren Eltern. Die Sommer ihrer Kindheit und Jugend hatte sie immer in Paris bei ihr verbracht und war von ihr in die Kunst – und nicht anders wurde ihre Profession von *Mamie* genannt – des Diebstahls eingeführt worden. Am Montmartre, am *Marché aux Puces de Saint-Ouen*, dem weltgrößten Flohmarkt, gerade mal jenseits der Phériphérique, selbst in der Basilika Sacré-Coeur hatte sie unaufmerksamen Touristen mit zwölf, 13 Jahren die Geldbörsen aus den Taschen gezogen. All das hätte sie darauf vorbereiten sollen, einmal in die Fußstapfen ihres Vaters zu treten, der das Familiengeschäft wiederum von *Mamie* übernommen hatte. »Ars est nostra ars« – Kunst ist unsere Kunst. So lautete das Familienmotto, das auch im Familienwappen so verewigt war. Ganz offen vor und für aller Augen. Und doch hatte noch niemand den tieferen Sinn erkannt. Aus Sicht der Morels gehörte Kunst ihnen. Also war auch nichts Verwerfliches daran, sich diese Kunst anzueignen. Nach unzähligen Generationen war Geneviève die Erste gewesen, die das nicht so sah.

Normalerweise lebte Geneviève mit ihrer Großmutter allein in einem Haus am Fuß der über Paris thronenden, strahlend weißen Basilika. Alle paar Wochen fuhr sie auf Besuch zu ihrer Familie – Mutter, Vater, jüngerer Bruder, dessen Frau und deren Kinder – nach Cannes, wo die Familie Morel dem klischeebehafteten Jet-Set-Leben der Côte d'Azur frönte, während Geneviève als *Commissaire* des 18. *Arrondissement* über »ihren« Montmartre wachte. Was gar nicht so einfach war, wenn man bedachte, dass sie sich in ihrer Familie als Einzige redlich ihr Geld verdiente. Ja, die Familie Morel galt zwar als eine der einflussreichsten Kunstsammlerfamilien der *Grande Nation*, in Wirklichkeit wurde das große Geld jedoch mit dem Diebstahl von Kunst gemacht. Die Kunstsammlung war lediglich die schöne und legale Fassade. Als Geneviève fünf Jahre zuvor von Cannes nach Paris übersiedelt war, um hier die Leitung des Kommissariats des Montmartre zu übernehmen, war dies unter einer Bedingung geschehen: Sie schnüffelte nicht in den illegalen Tätigkeiten der Familie herum, dafür machte ihre Familie in Sachen Kunst-Coups einen großen Bogen um die französische Hauptstadt. Das war bislang gut gegangen.

Das gesammelte Auftreten ihrer Familie gab ihr jedoch zu denken. Heckten sie etwas aus? Gemeinsam mit *Mamie*, die sich mit dem sogenannten Ruhestand ohnehin nicht so richtig anfreunden konnte.

»Mach dir keine Sorgen, *ma puce*«, hatte ihr Vater sie beruhigt, als die Familie überraschend und ohne Vorankündigung am Vorabend bei ihr aufgeschlagen war. »Wir wollen uns nur das Weinfest anschauen. Außerdem war ich schon ewig nicht mehr in Paris.« Das stimmte sogar. Das letzte Mal war vor fünf Jahren gewesen. Als Geneviève die Dachgeschosswohnung im familieneigenen Haus bezogen hatte und es sich Papa nicht hatte nehmen lassen, ein wenig beim Um- und Einzug zu helfen. Er mochte Milliardär sein, aber die größte Freude hatte er noch immer, wenn er mit seinen eigenen beiden Händen etwas machen konnte.

Mamie war eingeweiht gewesen, aber sie hatte dichtgehalten. »Ich wollte dich überraschen«, hatte sie ihr später entschuldigend – aber ganz ohne schlechtes Gewissen – gestanden.

Also stand Geneviève jetzt mitsamt ihrer Familie inmitten von Touristen und genoss – mehr oder weniger – den Trubel des Weinfestes am Montmartre. Die *Fête des Vendanges* war eines der drei größten Festivals von Paris. Was schon einiges über die alljährlichen Besucherströme sagte. Dabei war der Freitag noch der angenehmste Tag, um das Fest zu besuchen. Da waren die Pariser selbst noch in der Arbeit, und das Fest gehörte mehr oder weniger ganz den Touristen. Ausnahmen wie die Familie Morel bestätigten die Regel nur.

Tatsächlich startete das Fest bereits immer am zweiten Mittwoch im Oktober, für die Öffentlichkeit zugänglich und mit all den Aussteller- und Kulinarikständen ging es aber erst am Freitag los. Bis zum Sonntag standen dann allerlei Aktivitäten und Events auf dem Programm: Von Führungen über eine Laufveranstaltung, Konzerten bis hin zum abschließenden Ball am Sonntag wurde dem Publikum jeden Tag beinahe rund um die Uhr einiges geboten. Fast schon zu viel, um es in einem Jahr zu erleben. Aber genau das war es, was Genevièves Vater vorhatte. »So oft komme ich nicht mehr hierher«, hatte er ihr erklärt, »da will ich mir nichts entgehen lassen.«

Einquartiert hatte man sich im Ritz, an der Place Vendome, nur unweit der Operá Garnier. Man musste dem lieben Gott schon für die kleinen Glücksmomente im Leben dankbar sein, hatte sich Geneviève gedacht. Sie liebte ihre Familie, egal wie viele Fehler sie auch hatte, aber sie für mehrere Tage ganz bei sich in der Nähe zu haben? Nein, danke. In erster Linie ging es dabei um ihren fünf Jahre jüngeren Bruder Frédéric, mit dem sie einfach nicht zurechtkam. Was auf Gegenseitigkeit beruhte und zugleich überhaupt nicht auf seine Frau, Letitia, zutraf. Ihre Schwägerin war für Geneviève über die Jahre wie zu der Schwester geworden, die sie nie gehabt hatte. Und Letitias Kinder, Jules und Danielle, zu den Kindern, die sie noch nicht hatte – und, wenn es nach ihr ging, auch nie haben würde. Was gleich zum nächsten Problem führte. Henry Martel, *Médecin généraliste* und seit einigen Monaten ihr on/off-Freund, sah das ganz anders. Nicht, dass er sie zu Kindern gedrängt hätte – so dumm war er nun auch nicht –, aber sein Wunsch nach Nachwuchs war in längeren Diskussionen kaum zu überhören. In diesen Momenten stellte Geneviève auf taub und wechselte das Thema. Oder legte die Beziehung für ein paar Tage auf Eis.

Aktuell stand ihre Beziehung jedoch auf »on« und so war auch Henry in den Genuss gekommen, die gesamte Familie erstmals zu treffen. Bislang hatte er nur das Vergnügen gehabt, *Mamie* und Letitia kennenzulernen. Den Rest der Familie kannte er allerdings bereits aus den Gesellschaftsspalten der Klatschmagazine, die im Wartezimmer seiner Ordination auslagen und die er nach Ordinationsschluss gierig verschlang, wenn sonst keine Termine anstanden. *Guilty pleasure* und so. Umso vertiefter war er jetzt in das Gespräch mit Genevièves Vater. So oft kam es nicht vor, dass man echte Prominente treffen konnte. Oder sich sogar die Hoffnung machen durfte, in deren Familie einzuheiraten. Noch so ein Thema, das bei Geneviève Eiseskälte auslöste. Aufgrund ihres atemberaubenden Äußeren hatte es an Heiratskandidaten noch nie gemangelt. Zugleich war das aber auch das Problem gewesen: Sie wusste nie, ob Männer sie nur wegen ihres Äußeren oder gar wegen ihres Familienvermögens anbaggerten. Bei Henry konnte sie Letzteres ausschließen. Ihre Schutzmauern einzureißen hatte aber auch der Doktor bislang nicht vermocht.

Letitia hatte sich bei ihrer Schwägerin eingehakt und Frédéric die Beaufsichtigung des Nachwuchses überlassen. Keine einfache Aufgabe, einen Zehnjährigen und eine Achtjährige in dem Gewusel des Fests im Auge zu behalten. »Recht geschieht ihm«, flüsterte Letitia Geneviève schmunzelnd ins Ohr. »Daheim überlässt er die ganze Arbeit ohnehin mir.« Geneviève hörte nur halb hin. Ihre Aufmerksamkeit war nach wie vor auf *Mamie* gerichtet. Was führte sie nur im Schilde? Sie sollte dem kleinen Museum in der Rue Cortot, nur unweit der Place du Tertre, mal wieder einen Besuch abstatten, um zu sehen, worauf es *Mamie* abgesehen haben könnte. Im Großen und Ganzen war sie mit dem Museum und dessen Geschichte bestens vertraut. Eine umfassende kunstgeschichtliche Ausbildung hatte ihr die Großmutter während ihrer zahlreichen »Ausbildungslehrgänge« ganz nebenbei angedeihen lassen. Im 19. Jahrhundert war das Gebäude von Künstlern bewohnt und als Atelier benutzt worden. 1876 schuf Auguste Renoir hier sein Gemälde *Bal du Moulin de la Galette*. Geneviève lief noch immer die Gänsehaut über den Rücken, wenn sie an die Mühle dachte, deren festliches Innenleben von Renoir in seinem berühmten Gemälde verewigt worden war. Gerade mal zwei Monate zuvor war eine Tänzerin des Moulin Rouge halb nackt auf einem der Mühlenflügel gekreuzigt worden. Der Fall und seine Auswirkungen hatten Geneviève auch Wochen nach seiner Lösung nicht in Ruhe gelassen. Erst langsam hatte sie die Erinnerungen an die verstümmelte Leiche aus ihrem Kopf bekommen.

»Was ist los?«, fragte Letitia besorgt, als sie merkte, dass sich Geneviève unwillkürlich abgebeutelt hatte.

»Nichts, nichts«, wiegelte Geneviève ab und schenkte ihrer Schwägerin ein strahlendes, aber aufgesetztes Lächeln.

»Entzugserscheinungen, weil du dich gerade um keinen Mordfall kümmern musst?«, scherzte Letitia.

»Wahrscheinlich«, lächelte Geneviève müde zurück. Sie wollte sich jetzt auf keine Diskussionen einlassen. Der Tag war viel zu schön, um sich mit trüben Gedanken herumzuschlagen. Selbst wenn der nervige kleine Bruder nur ein paar Meter vor ihr durch ihr *Arrondissement* trabte und genervt versuchte, seinen Nachwuchs unter Kontrolle zu halten, wo doch alle paar Meter eine andere lukullische Verführung wartete: Zuckerwatte, Crêpes, Schokofrüchte … Oder kurz gesagt: alles, was der liebe Gott für Kinder erschaffen und strenge Eltern ebenjenen wieder verboten hatten.

Zum Glück gab es da ja noch Tanten.

Geneviève löste sich von Letitia, schnappte Jules und Danielle an der Hand und ließ sich von den beiden – unter lautstarkem Protest ihres Bruders – zum gewünschten Stand führen. Dort entschied sich der Junge für eine Nutella-

Crêpe mit Kokosflocken. Das Mädchen wählte einen Holzspieß mit Schoko-Erdbeeren. Eine Wahl, der auch Geneviève selbst folgte. Es war verdammt lange her, dass sie sich diese kleine Sünde gegönnt hatte. Andererseits trieb sie sich auch selten auf Volksfesten oder Jahrmärkten herum, und woanders gab es diese Leckereien selten bis nie. Vielleicht, so überlegte sie nach der ersten schokolierten Erdbeere, sollte sie das öfter tun.

Ihrem verdutzten Bruder drückte sie eine Portion *barbe à papa* in die Hand. Zuckerwatte war die schnellste Möglichkeit, ihn zum Schweigen zu bringen, bevor er sich darüber auslassen konnte, dass sie die Früchte seiner Lenden über Gebühr mit ungesunden Süßigkeiten verwöhnte.

»Und jetzt husch«, feuerte sie die beiden Kinder an. »Ich sehe den Rest der Familie gar nicht mehr.« Die Aktion hatte einige Minuten in Anspruch genommen, weil Jules' Crêpe selbstverständlich frisch gemacht worden war. Geneviève hatte gebannt zugesehen, wie die Verkäuferin den flüssigen Teig hauchdünn auf die heiße Crêpe-Platte gegossen und mit einem Holzspachtel kreisförmig verteilt hatte. Der Duft, der ihr dabei in die Nase stieg, war beinahe unwiderstehlich. Beinahe, weil sie da schon ihre schokolierten Erdbeeren in der Hand beziehungsweise eine bereits im Mund hatte.

Das fertige Produkt war schließlich so heiß gewesen, dass Jules drei Servietten benötigt hatte, um die gefaltete Crêpe ohne schwere Verbrennungen in der Hand halten zu können. Das konnte den Jungen nicht davon abhalten, sofort in die Crêpe zu beißen und sich gleich einmal gewaltig den Mund zu verbrennen. Geneviève musste sich ein Grinsen verkneifen, als sie sah, wie Jules die Tränen in die Augen stiegen, er den Schmerz aber heldenhaft hinunterschluckte.

(K)EINE SCHÖNE LEICHE

Ein paar Minuten später hatten sie den Rest der Familie eingeholt. Papa bestand darauf, dass die Familie bei La Mère Catherine auf der Place du Tertre zu Mittag aß – er hatte dort bereits vorab einen Tisch reserviert. Es war das älteste Restaurant am Platz und damit zugleich auch das geschichtsträchtigste. Keine Kleinigkeit auf einem Hügel, auf dem praktisch jedes Haus seine eigene faszinierende Geschichte zu erzählen hatte.

La Mère Catherine erlangte Berühmtheit, weil – wie eine kleine Tafel am Eingang verriet – hier angeblich das Wort »Bistro« erfunden worden war. Am 30. März 1814 soll eine Gruppe russischer Soldaten die Bedienung mit den Worten »bystro, bystro« zu mehr Geschwindigkeit aufgefordert haben. Daraus hatte sich laut der Überlieferung das Wort »Bistro« und die Bezeichnung für ein Lokal gebildet, das raschen Gaumengenuss für zwischendurch bietet.

Heute wurde Catherine in erster Linie von Touristen frequentiert, die, ohne mit der Wimper zu zucken, die überteuerten Preise bezahlten, die hier verlangt wurden. Die Speisekarte las sich wie aus dem Klischee-Handbuch für Parisbesucher: Weinbergschnecken, Austern, Entenconfit, Zwiebelsuppe und so weiter. Als Zugeständnis für weniger entdeckungsfreudige und, was den Gaumengenuss anging, risikoaffine Touristen stand inzwischen jedoch unter anderem auch ein Burger auf der Karte. Wieso es ihren Vater gerade hierher zog, wollte sich Geneviève nicht erschließen. Die Familie besaß unter anderem auch einen luxuriösen Privat-Strandclub in Cannes, in dem tatsächlich allerfeinstes Essen gekocht und aufgetischt wurde. Ihr Vater kannte sich also mit Kulinarik durchaus aus. Trotzdem saß er jetzt freudestrahlend wie ein kleines Kind an einem der Tische mit rot-weiß karierten Tischdecken, seine Familie um sich geschart und die Karte einmal rauf und runter bestellend. Ein klein wenig wie ein Mafiapate, der sich ebenfalls im Kreis seiner Familie am wohlsten fühlte. Und ganz so weit hergeholt war der Vergleich auch nicht. Nur dass die Familie Morel mit Gewalt nichts am Hut hatte. Man sah sich als Gentlemen-Ganoven. Brutale Gewalt überließ man dem kriminellen Pöbel. Wie Geneviève wusste, gab es auch in der Unterwelt soziale Unterscheidungen.

»Was steht als Nächstes an?«, wandte sich Papa während der *entrées* an Letitia. Die Schwiegertochter war mit der Organisation des Besuchs betraut worden und war am besten mit dem Programm vertraut.

Letitia tupfte sich die Lippen mit einer Stoffserviette ab und konsultierte ihr Handy. »Um 13.30 Uhr steht eine Führung durch den Weingarten an. Höhepunkt laut Programm ist das Traubenstampfen.«

»Fein, fein!« Michel Morel rieb sich die Hände. »Richtig schön traditionell.« Papa wollte also das volle Touristenprogramm. Geneviève hatte zwar keine Ahnung, warum, aber wenn er es so wollte, konnte er es haben. Was Tourismus und Klischees anging, war Montmartre geradezu prädestiniert, um Gästen den Charme von Paris näherzubringen.

Kurz nach 13 Uhr hatte die Morel-Sippe ihr Mittagessen beendet. Geneviève hatte sich zurückgehalten, sie wollte am Abend noch bei *La course nocturne*, dem Nachtlauf im Rahmen des Weinfests, mitmachen. Ein voller Magen war da nur hinderlich. Was Geneviève beim Essen eingespart hatte, hatten die Kinder ihres Bruders wieder wettgemacht. Der zehnjährige Jules war mitten in einem Wachstumsschub und baggerte in sich hinein, was ihm vorgesetzt wurde. Auch die um zwei Jahre jüngere Danielle hatte keine Scheu vor den lokalen Spezialitäten und ekelte sich nicht einmal vor den Weinbergschnecken, die als Vorspeise serviert worden waren. Geneviève hatte darauf verzichtet.

Der Vigne du Clos Montmartre war nur wenige Gehminuten von der Place du Tertre entfernt. Trotzdem passierte man auf dem Weg dorthin, von der Place kommend, einige der bekannten Sehenswürdigkeiten des *Butte*. Für Kunstliebhaber war in dieser Hinsicht La Maison Rose von besonderem Interesse. Das komplett rosa gestrichene kleine Haus an der Ecke der Rue des Saules und der Rue de l'Abreuvoir »war 1905 von Laure Germaine und ihrem Mann, Ramon Pichot i Gironès, gekauft worden«, wie *Mamie* ausführte. In erster Linie für die beiden jüngsten Familienmitglieder, der Rest der Morels hatte diesen geschichtlichen Exkurs schon vor Jahren oder Jahrzehnten vorgetragen bekommen.

Jules und Danielle sahen ihre Urgroßmutter mit großen verständnislosen Augen an. Sie befanden sich erst am Beginn ihrer Ausbildung und hatten ganz andere Sachen im Sinn, als sich mit Kunstgeschichte auseinanderzusetzen. Selbstverständlich lebten die beiden auch noch in gesegneter Ignoranz, was die kriminellen Aktivitäten der Familie anging.

Geduldig erklärte *Mamie* weiter: »Laure war eine der Musen von Picasso. Ihr wisst schon, wer Picasso ist?«

»Natürlich!«, erklärte Jules stolz. »*Maman* hat uns alle wichtigen Maler erklärt. Der Mann hat lustige Bilder gemacht.«

»Aber was ist eine Muse?«, mischte sich Danielle mit unschuldigem Blick ein. *Mamie* lief rot an, Geneviève kicherte hinter vorgehaltener Hand.

»Eine Muse ... Laure war ... Picasso wurde durch ihre Schönheit inspiriert«, wand sich *Mamie* schließlich aus der Sache und wechselte kurzerhand das Thema. »Ihr Mann Ramon hingegen war ein Mentor des jungen Salvador Dalí. Sie waren beide Spanier, und Ramon erkannte Dalís Talent, als der gerade mal zehn Jahre alt war. Also so alt wie du jetzt gerade bist, Jules.«

»Ließ sich Ramon auch von seiner Schönheit inspirieren?«, hakte Danielle unschuldig nach.

»Ja, genau – wie war das eigentlich?«, ließ Geneviève lachend eine Spitze folgen. Es passierte selten genug, dass Olivia Morel einmal keine Antwort wusste. Das musste man ausnutzen. Ihre Großmutter antwortete allerdings nur mit einer streng hochgezogenen Augenbraue.

»*Vite, vite*«, unterbrach Letitia die peinliche Diskussion. »Die Führung durch den Weingarten beginnt in Kürze.« Sie trieb die Sippschaft die wenigen Meter weiter. Rasch wurde die Rue des Saules überquert, und nach 20 Metern stand man schon vor dem kleinen Weingarten mitten im Herzen von Paris. Gut ein Dutzend andere Besucher warteten bereits vor dem schmiedeeisernen Tor, über dem ein Schild mit der Aufschrift »Vigne du Clos Montmartre« prangte. Aufgrund des großen Andrangs benötigte man für die Führung durch den Weingarten eine Voranmeldung. Im Halbstundentakt wurden die neugierigen Besucher dann durch den Weingarten getrieben. Geneviève versuchte, die Gegend mit den Augen einer Touristin zu betrachten. Da dies *ihr Arrondissement* war, war das gar nicht so einfach. Sie kannte jede Gasse, jeden Platz seit ihrer Kindheit und nahm vieles für gegeben an. So auch den Clos Montmartre. Ein Frevel, denn wenn man sich in aller Ruhe umsah, offenbarte sich erst die gesamte Schönheit und Einzigartigkeit dieses Stückchens Natur mitten in der

Stadt. Eingebettet zwischen alte Häuserzeilen und umrahmt von Kopfsteinpflasterstraßen wirkte der kleine Weinberg wie eine Oase der Ruhe mitten in der hektischen Großstadt. Sie stellte sich den Ausblick aus den angrenzenden Wohnhäusern vor – Henrys Wohnung war nur unweit entfernt, hatte aber keinen Blick auf den Weingarten – und schloss die Augen. In ihrem Kopf flog sie vom obersten Stock eines der benachbarten Häuser mit dem Blick über die herbstlich bunt leuchtenden Weinreben den abfallenden Hang hinunter. Gleich an der nächsten Straßenecke war das Lapin Agile, ein altes Kabarett und eine weitere viel besuchte Touristenattraktion. Dahinter fiel der *Butte* immer weiter ab, und im mittäglichen Dunst erstreckte sich unten im Becken die Millionenmetropole Paris. Von hier oben scheinbar unendlich weit entfernt. All der Stress, die Hektik – nichts von alldem war hier auf ihrem geliebten Montmartre zu spüren.

Letitia stieß ihr einen Ellbogen in die Seite. »Es geht los!«, zischte sie.

Das schmiedeeiserne Tor wurde mit einem leisen Quietschen von innen geöffnet. Eine leger gekleidete Frau undefinierbaren Alters – sie mochte so alt wie *Maman* sein, konnte aber auch so alt wie *Mamie* sein – empfing die Besuchergruppe. Beim Eintreten fiel Geneviève auf, dass der Torknauf die Form einer Weinflasche hatte. Ein Detail, das ihr bislang entgangen war. Ja, sie sollte wirklich mit offeneren Augen durch ihren eigenen Bezirk gehen. Wie viele andere Kleinigkeiten gab es hier noch zu entdecken?

»*Bienvenue, Mesdames et Messieurs*«, begrüßte die Frau die Gruppe mit einem freundlichen Lächeln in ihrem runden Gesicht. »*Entrez, s'il vous plait.*«

Die Besucher strömten durch das Tor. Sofort stand man zwischen den ersten Weinreben. »Mein Name ist Alice Foucher, und ich darf Sie heute durch unseren kleinen, aber feinen Weingarten führen.« Foucher sah sich um und dabei in einige fragende Blicke. »Jemand hier, der kein Französisch versteht?«, fragte sie auf Englisch. Sofort schoss ein halbes Dutzend Hände in die Höhe.

»Darf ich fragen, woher Sie kommen?«, erkundigte sich Foucher weiter.

»Aus Österreich«, antwortete eine Frau ebenfalls auf Englisch. Geneviève schätzte sie etwa auf ihr eigenes Alter, also Anfang, Mitte 30. Die Frau hatte gelocktes kastanienrotes Haar, grüne Augen und war deutlich kleiner als sie. Eng an sie geschmiegt stand eine etwas größere, bildhübsche Blondine. Sie hatte ihren Arm besitzergreifend um die Rothaarige gelegt.

»Sie müssen meine Schwester entschuldigen«, mischte sich nun eine jüngere Frau ein. Sie war blond wie die Freundin der Rothaarigen, und noch keine 20. »Ich beherrsche sehr wohl Ihre Sprache«, erklärte die Kleine vorlaut in fließendem Französisch.

»Kein Problem«, erklärte Foucher. »Ich werde die wichtigsten Sachen auf Französisch und Englisch erklären. Deutsch kann ich leider nicht«, fügte sie entschuldigend hinzu. »Sind Sie hier auf Urlaub?«

Wieder war die Kleine schneller als ihre Schwester. Vielleicht wollte die Rothaarige aber auch gar nichts sagen. Jedenfalls warf sie ihr einen bitterbösen, stechenden Blick zu. Geneviève verfolgte das Ganze höchst amüsiert. Sie kannte die kleinen Sticheleien innerhalb einer Familie nur zu gut. Es war schön, das mal als Außenstehende genießen zu können.

»Zum Teil«, antwortete die jüngere Blondine. »Wir sind selbst Winzer und sind mit unseren Weinen bei Ihrem großartigen Fest vertreten. Wie wunderschön Sie es hier haben. Einzigartig, muss ich sagen. Es ist uns eine große Ehre, das wir hier dabei sein dürfen.« Ein bisschen viel Geschleime, fand Geneviève, sagte aber nichts. So wie sich die Grüppchen rund um Foucher geschart hatten, schätzte Geneviève, dass zu der Gruppe der drei Österreicherinnen noch zwei Männer gehörten. Ein großer, muskulöser Mann, ebenfalls um die 30, dem sie auf den ersten Blick ansah, dass er ebenfalls Polizist sein musste. Es gab kein eindeutiges Merkmal, an dem sie ihre Vermutung festmachen konnte, aber alles an ihm schrie »Polizist«. Und kein gewöhnlicher. Nein, er musste eine leitende Funktion innehaben. Wie selbstverständlich strich sein Blick ständig umher, um die Lage abzuklären. Als die Kleine ihrer großen Schwester gegenüber vorlaut wurde, hatte er sich sofort zwischen die beiden geschoben. Wohl um einen größeren Konflikt zu verhindern. In welchem Verhältnis stand er zu den Frauen? Der Freund konnte er nicht sein. Für die Kleine war er zu alt, und die beiden älteren Frauen waren ganz offensichtlich ein Liebespaar. War er der Bruder? Ein Cousin? Eine gewisse Ähnlichkeit mit der Rothaarigen war nicht zu leugnen. Das fünfte und letzte Mitglied der Gruppe war ein Junge, der in etwa so alt wie die junge Blondine sein musste. Er war schlank, hochgewachsen, hatte schwarze Haare und einen wachen, aber zugleich wehmütigen Blick. Geneviève hatte das Gefühl, dass der Junge schon mehr erlebt hatte, als sein junges Alter vermuten ließ.

»Das ist ja ganz wunderbar«, freute sich Foucher über die Auskunft der jungen Blondine. »Ich bin schon gespannt, wie Ihnen die Führung gefällt. Sie müssen mir danach unbedingt erzählen, wie sich unsere Methoden von den Ihren unterscheiden.« Die Frau war ein Vollprofi. Mit einem einzigen – freundlichen – Satz hatte sie die kleine Vorlaute bis zum Ende der Führung ruhiggestellt, ihr zugleich aber das Gefühl gegeben, dass sie eine Insiderin war. Eine, mit der man sich später austauschen und fachsimpeln konnte.

Wenn man das denn wollte …

So schnell wollte sich die kleine Blondine aber nicht ruhigstellen lassen. Sie öffnete den Mund, wurde aber von ihrem großen Begleiter zur Seite gezogen und nach hinten geschoben. Die leisen Proteste vernahm Geneviève nur mehr am Rande. Sie konzentrierte sich lieber auf das, was ihre Führerin zu sagen hatte.

»Hier am Butte wird bereits seit der gallo-römischen Zeit Wein angebaut. Wir befinden uns also auf durchaus traditionellem Weinbaugebiet, auch wenn das heute nicht mehr so aussieht«, begann Foucher ihre Ausführungen. »Neben dem Montmartre gab es auch noch einige andere Weinberge. Die Hochblüte erlebte der Weinanbau in dieser Gegend im 18. Jahrhundert. 1860 wurde das Dorf eingemeindet, und damit begann auch der langsame Abgesang auf den Weinbau im gesamten Stadtgebiet.«

»Wieso gibt es den Weinberg dann heute noch?«, meldete sich die vorlaute Österreicherin aus der letzten Reihe.

»Das ist der Initiative einiger besorgter Bürger zu verdanken«, erklärte Foucher. »Vor 1933 war dieser wunderschöne Hang als Müllhalde verwendet worden. Diese sollte verschwinden und verbaut werden. Die Bürgerinitiative – so etwas hat es auch damals schon gegeben – wollte das verhindern. Dazu nutzte man ein altes, obskures Gesetz. Nämlich, dass es verboten ist, auf einem Weinberg ein Haus zu bauen. Mit Unterstützung der Stadtverwaltung wurde daraufhin hier ein kleiner Weinberg angelegt, und so dürfen wir uns heute über dieses Kleinod mitten im hektischen Paris freuen.«

Foucher führte die Gruppe weiter den Hang hinauf, vorbei an abgeernteten Weinstöcken, deren Laub in bunten herbstlichen Farben leuchtete. »Der Name dieser Bürgerinitiative lautet *Republique de Montmartre*. Sie war ursprünglich ein Zusammenschluss besorgter Künstler und Bürger des Montmartre, die das kulturelle und historische Erbe des Hügels erhalten wollten. Gegründet wurde diese Gruppe bereits 1921 und ist bis heute karitativ tätig. Sie veranstaltet unter anderem eine Buch- und eine Kunstbiennale, besonders am Herzen liegen den Mitgliedern aber arme Kinder, denen finanziell unter die Arme gegriffen wird und für die es spezielle Veranstaltungen gibt. Der Erlös des Weins dieses Weinbergs geht ebenfalls direkt an karitative Zwecke.«

»Wie viele Flaschen werden alljährlich abgefüllt?« Wieder die kleine Österreicherin. Aber es war eine gute Frage, deren Antwort Geneviève ebenfalls interessierte.

»Nun, wir haben hier circa 2.000 Weinstöcke, das Gelände umfasst nicht einmal ein Viertel Hektar. In den letzten Jahren betrug die Ernte jeweils um die zwei Tonnen, aus denen am Ende rund 2.000 Flaschen Wein gekeltert und für den guten Zweck versteigert werden. Ein paar Flaschen werden aufgehoben und für Verkostungen oder andere spezielle Anlässe aufgehoben.«

»Wie heute zum Beispiel?« Diesmal war es Letitia, die die Frage stellte.

»Wie heute zum Beispiel«, bestätigte Foucher lächelnd. »Wenn Sie mir folgen wollen.« Während sie die Gruppe ins Herz des kleinen Weinbergs führte, erklärte Foucher, dass hier nicht nur Wein wuchs, sondern auch Erdbeeren, Oliven und sogar Kiwis.

Kurz darauf standen sie vor einer dicht bewachsenen Laube, unter deren schützenden Ästen ein Holztisch mit gut zwei Dutzend – noch leeren – Weingläsern auf die Gäste wartete. In der Mitte des runden Tisches standen zwei geöffnete Flaschen Rosé.

»Wir bauen hier in erster Linie die Sorten Gamay und Pinot Noir an, dazu kommen jedoch noch etliche andere Sorten. Insgesamt sind es 27 verschiedene Rebsorten. Produziert werden Rot- und Roséweine. Letzteren darf ich Ihnen heute zur Verkostung anbieten.« Foucher nahm eine der beiden Flaschen und begann, die bereitgestellten Gläser zu füllen.

»Was passiert dort?«, meldete sich wieder die kleine Österreicherin zu Wort. Ohne zu fragen, schnappte sie sich eines der bereits gefüllten Gläser und marschierte schnurstracks auf einen großen Holzbottich zu, der einen Durchmesser von gut drei Metern hatte und mit einer Plastikplane abgedeckt war. Geneviève bezweifelte, dass die Kleine bereits das legale Alter zum Trinken von Alkohol erreicht hatte. Aber sie war heute in keiner offiziellen Funktion auf dem Weinfest, und einer Jugendlichen das Weinglas aus der Hand zu nehmen, gehörte ohnehin nicht zu den Aufgaben der leitenden Kommissarin des 18. *Arrondissements*.

»In diesem Bottich werden heute zu Anschauungszwecken Trauben gestampft.«

»Mit den Füßen?«

»Ja, es geht um eine Show – Sie verstehen?« Foucher zwinkerte der jungen Österreicherin verschwörerisch zu. Natürlich stampfte heutzutage kaum jemand mehr Trauben mit den Füßen. »Eigentlich war das als Höhepunkt der Führung geplant, aber jetzt haben Sie die Überraschung rui... vorweggenommen«, verbesserte sich Foucher im letzten Moment. Geneviève stellte eine gewisse passiv-aggressive Stimmung bei der Weinbergführerin fest. Sie konnte es gut nachvollziehen. Die kleine Österreicherin nervte gewaltig. Mit dieser Feststellung war sie nicht allein, wie ihr ein Blick auf die ältere Schwester zeigte, die die Augen verdreht hatte.

»Ist das nicht höchst unhygienisch?«, mischte sich nun Marron ein. Er hatte die ganze Zeit über die Hand *Mamies* nicht losgelassen.

»*Au contraire, Monsieur!*« Foucher fuhr sich mit der Hand entsetzt an die Brust. »Diese Technik wird bereits seit Jahrtausenden angewandt, und bislang ist noch niemand an durch Fußpilz vergiftetem Wein gestorben.« Das rief eine Runde Gelächter hervor. Marron lief hochrot an. »Es gibt Studien, die besagen, dass der menschliche Fuß wie geschaffen für das Stampfen der Trauben ist«, erklärte Foucher weiter.

»Inwiefern?«, fragte ein anderer Gast, der bislang nicht in Erscheinung getreten war.

»Nun, der Druck und die Beschaffenheit des menschlichen Fußballens sind prädestiniert dafür, das Maximum an Geschmack aus den Trauben herauszuholen. Dabei bleiben die Kerne unverletzt und können keine Bitterstoffe freisetzen.«

»Das mit der Hygiene würde mich jetzt dennoch interessieren«, blieb Marron hartnäckig.

»Richtig, diese Antwort bin ich Ihnen noch schuldig«, entschuldigte sich Foucher. »Durch den Fermentationsprozess in Kombination mit dem natürlichen Zuckergehalt und der Säure der Trauben werden mögliche Krankheitserreger ganz von selbst vernichtet. Nicht vergessen – der Saft der süßen Früchte wird in Alkohol umgewandelt. Praktisch ein biologisches Desinfektionsmittel. Außerdem würde ich mir an Ihrer Stelle wegen nackter Füße noch die wenigsten

Sorgen machen. Was denken Sie, was sonst so auf Trauben klebt? Vogelkot, Schneckenschleim und so weiter – nicht alles wird bei der Ernte entfernt.«

Marron nickte zufrieden. Die Antwort war einleuchtend.

»Aber um Sie endgültig zu beruhigen, nehme ich gerne den ersten Schluck«, meinte Foucher milde lächelnd. Sie hob ihr Glas, führte es zu den Lippen und machte einen kleinen Schluck. Diesen ließ sie mit geschlossenen Augen im Mund kreisen, bevor sie den Wein schluckte. »Sehen Sie? Noch immer am Leben.« Wieder Gelächter vom Rest der Gäste.

»Im Gegensatz zu dieser Frau«, rief die kleine Österreicherin gelassen vom Bottich herüber. Sie hatte die Plane angehoben und druntergelugt. »Oder ist das hier ein Krimi-Lunch und wir müssen jetzt den Täter finden?«

»Wie … was …?«, stotterte Foucher, die durch die Kleine völlig aus der Fassung gebracht worden war. Da war Geneviève schon bei dem Bottich und scheuchte die junge Frau weg. Sie schlug die Plane ganz zurück. Tatsächlich schwamm ein Frauenkörper mit dem Rücken nach oben in der dunkelroten Maische. Hinter ihr drängten sich nun auch die anderen Gäste rund um den Bottich.

Sofort schaltete Geneviève in den Kommissarinnen-Modus. »Zurück. Bitte alle zurücktreten. Das hier ist ein Tatort, und Sie könnten wichtige Spuren vernichten.« Erschrocken wichen einige der Gäste zurück. Nur die Österreicher nicht.

»Deinen Weg pflastern wirklich Leichen, Charlotte«, meinte die Kleine kopfschüttelnd in Richtung ihrer großen Schwester. »Nicht einmal ein paar ruhige Tage in Paris kann man mit dir verbringen.« Geneviève hatte keine Ahnung, was sie damit meinte, notierte die Aussage aber sicherheitshalber mal im Kopf. Während Letitia geistesgegenwärtig half, die anderen Gäste zurückzudrängen, verständigte Geneviève ihre Assistentin Lunette. Sie erklärte ihr kurz den Sachverhalt, den Rest konnte Lunette in die Wege leiten.

In der Zwischenzeit hatte Letitia mithilfe des großen Österreichers die anderen Schaulustigen zurück in die Weinlaube gelotst. Einige der Gäste versuchten, ihren Schock mit Alkohol zu beruhigen. Die beiden offenen Verkostungsflaschen waren im Handumdrehen geleert. Lediglich die Familie Morel und die Österreicher blieben ruhig. Über den Stoizismus ihrer eigenen Familie war Geneviève nicht sonderlich überrascht, ein Pokerface bewahren zu können, gehörte zum Familiengeschäft, und Jules und Danielle hatten von der ganzen Sache zum Glück nichts mitbekommen. Den beiden war die Weinverkostung zu langweilig gewesen, stattdessen waren sie durch die Weinreben gejagt und hatten Fangen gespielt.

Im Fall der österreichischen Touristen stellten sich bei Geneviève hingegen einige Fragen. Die Antworten darauf würde sie sich holen, sobald Verstärkung eingetroffen und der Tatort abgesperrt war. Bis es so weit war, warf sie noch mal einen Blick auf die Frauenleiche, die halb versunken in der Maische lag. Auf Isabelle Thibault, die Gerichtsmedizinerin und Freundin Genevièves, wartete jede Menge Arbeit. Auch wenn Geneviève schon jetzt sagen konnte, dass die Tote wohl nicht in der Maische ertrunken war. Außer es hatte ihr jemand nachträglich den Schädel eingeschlagen.

CORPS AU VIN

»Und?« Geneviève stand hinter der Gerichtsmedizinerin, die über die Leiche gebeugt war. Keine 15 Minuten, nachdem Geneviève das Kommissariat alarmiert hatte, war ihr Team auch schon am Tatort eingetroffen. Lunette und Commandant Albouy sogar ein paar Minuten früher als das Team der Spurensicherung.

Isabelle Thibault, die Gerichtsmedizinerin, hatte länger gebraucht. Sie hatte auch den längsten Weg. Das *Institut médico-légal* war zwar nur knapp sieben Kilometer Luftlinie entfernt, im Pariser Verkehr bedeutete das jedoch quasi eine andere Welt. Eine halbe Stunde nach Genevièves Alarm hatte aber auch sie es hinauf zum Weinberg geschafft.

»Kann ich dir jetzt noch nicht sagen«, antwortete Isabelle kurz. »Der Schlag auf den Hinterkopf war auf jeden Fall tödlich. Ob er auch die Todesursache ist …« Sie hob entschuldigend die Schultern. »Ich kann dir mehr sagen, wenn ich die Arme bei mir auf dem Tisch habe. Wissen wir schon, um wen es sich handelt?«

»Nein, leider noch nicht. Die Leiche hatte weder Ausweise noch Handy bei sich. Und die Touristenführerin kennt sie auch nicht.«

»Ich schätze ihren Todeszeitpunkt auf irgendwann zwischen Mitternacht und 4 Uhr morgens. Genau lässt es sich noch nicht sagen, weil sie ja in einer Flüssigkeit gelegen hat.«

»Wie eine Wasserleiche.«

»Ähnlich, aber nicht ganz. Die Maische hat viel mehr Feststoffe, außerdem war die Leiche nicht unter der Oberfläche.«

Mit Wasserleichen hatte es Geneviève im 18. *Arrondissement* glücklicherweise so gut wie nie zu tun. Sie gehörten mit zu den unappetitlichsten Anblicken, die man in einem an grausigen Anblicken ohnehin nicht armen Beruf serviert bekam. Aufgeblähte Körper, aufgesprungene Haut, von Fischen angefressene Körperteile ... Es gab schier unendliche Möglichkeiten, eine grausiger als die andere.

Dagegen war die Frau, die die Polizisten aus dem Holzbottich gefischt hatten, harmlos anzusehen. Wenn man mal von der leicht lila Verfärbung ihrer Haut absah. Isabelle hatte sie nach der ersten Untersuchung auf ein Alter von 25 bis 30 geschätzt. Sie war mittelgroß, mit schlanker Figur und dunklen Haaren. Am Hinterkopf klaffte ein großes Loch, umgeben von getrocknetem Blut.

»Haben wir den Gegenstand schon, mit dem sie erschlagen wurde?«

»Ja, wir haben einen Stein gefunden, an dem Blutspuren sind. Der Täter muss ihn weggeworfen haben. Er lag nur ein paar Meter entfernt vom Bottich zwischen den Weinreben.«

Die Spurensicherung hatte ein kleines weißes Zelt gleich neben der Laube aufgestellt, in dem einerseits die Aussagen von jenen Besuchern aufgenommen wurden, die mit Geneviève die Führung mitgemacht hatten, andererseits wurden hier auf einem Klapptisch auch alle gefundenen Gegenstände sortiert, nummeriert und katalogisiert. Dorthin begab sich Geneviève, um die vermeintliche Tatwaffe zu holen. Gerade eben wurden dort die Aussagen der österreichischen Touristen aufgenommen. Zuständig dafür war Major Jean-Marie Faivre, einer ihrer verlässlichsten Mitarbeiter. Einer von jenen, die nicht in den Vordergrund drängten, aber dafür ihren Dienst vorbildlich verrichteten. Außerdem war er der Freund von Lunette, aber das hatte bislang noch keine negativen beruflichen Auswirkungen gehabt. Eher im Gegenteil. Beide wussten, dass sie unter besonderer Beobachtung standen, und gaben daher extra acht, ja alles ordnungsgemäß zu erledigen.

Sie beneidete Faivre nicht. Das Französisch der kleinen Österreicherin war bemerkenswert gut, und sie plapperte ohne Unterbrechung auf den Major ein. Tatsächlich war es so, dass sie ihn ausfragte, statt umgekehrt. Ihre große Schwester hatte die Ablenkung genutzt und stand über den Tisch mit den Beweisstücken gebeugt.

»Was machen Sie da?«, herrschte Geneviève die rothaarige Touristin auf Englisch an.

»Schauen«, antwortete die Angesprochene kurz angebunden. Sie richtete sich zu ihrer vollen Größe auf, was wenig imposant war, denn Geneviève überragte sie um mehr als einen halben Kopf.

»Wieso interessiert Sie das?«

»Ich war selbst mal Polizistin.«

»Waren.«

»Und?«

Spitze, das hatte Geneviève gerade noch gefehlt. Eine Ehemalige, noch dazu aus dem Ausland. Und die wollte sich jetzt offenbar wichtigmachen.

Aber damit war noch lange nicht Schluss. Jetzt gesellte sich auch noch der große Begleiter der Gruppe dazu. Immerhin gab er sich Mühe: »Ich bin aktiver Polizist«, erklärte er in gebrochenem Französisch. »Ich leite ebenfalls ein Kommissariat. Vielleicht können wir Ihnen ja behilflich sein. Wir haben durchaus Erfahrung im Aufklären von Morden.«

Geneviève prustete vor Lachen. »Entschuldigen Sie«, meinte sie schließlich. »Aber ich denke, das überlassen Sie hier bitte doch uns.«

»Wir können das wirklich!«, mischte sich nun wieder die Rothaarige ein.

»Madame, sehr freundlich«, gab sich Geneviève alle Mühe, höflich zu bleiben. Man wollte ja die Touristen nicht vergrämen. »Aber wenn ich ganz ehrlich sein soll, stehen Sie mir momentan eher im Weg.« Sie wandte sich an den Major. »Haben Sie die Aussagen der Herrschaften aufgenommen?«

Faivre nickte eifrig. Auch er konnte es nicht erwarten, die Touristenbande loszuwerden.

»Gut, Madame ... Wie heißen Sie eigentlich? Sie haben mir Ihren Namen noch gar nicht gesagt.«

»Sie haben bislang auch nicht danach gefragt«, antwortete die Rothaarige eingeschnappt.

Geneviève verlor langsam die Geduld. »Verraten Sie ihn mir jetzt?«

»Nöhrer. Charlotte Nöhrer.«

»Star-Winzerin!«, warf die Kleine stolz ein.

»Jetzt reicht's dann auch wieder«, sagte der große Begleiter und angeblich echte Polizist sichtbar peinlich berührt. Er schnappte das Schwesternpaar an der Hand, nickte Geneviève entschuldigend zu und schleppte beide aus dem Zelt. Die blonde Freundin der Rothaarigen folgte ihnen auf dem Fuß.

Endlich Ruhe.

Geneviève nahm die Plastiktüte mit dem Stein und ging zurück zu Isabelle.

»Das hat ganz schön gedauert. Herrscht da drin so ein Saustall?«, wurde sie von der Gerichtsmedizinerin ungeduldig empfangen.

»Wenn es nur das wäre. Nein, ein paar neugierige Möchtegern-Detektive.«

»Will ich Genaueres wissen?«

Geneviève schüttelte den Kopf. »Konzentrieren wir uns auf unsere Leiche. Hier ist der Stein.«

Isabelle beließ den Stein in der Tüte, drehte und wendete sie und legte sie auf die Wunde. »Scheint zu passen. Ohne der Obduktion vorgreifen zu wollen, würde ich mal sagen, dass die Frau mit diesem Stein erschlagen wurde. Habt ihr sonst noch etwas gefunden?«

»Wahrscheinlich nichts von Bedeutung. Wir müssten den kompletten Bottich genau untersuchen – das sind einige Hektoliter. Und durch den bereits gestarteten Gärvorgang …«

»Und rund um den Bottich?«

»Ein paar Textilfasern, aber die könnten von jedem hier stammen. Die Touristenführungen finden bereits seit gestern statt. Da sind schon ein paar 100 Leute durchgekommen. Es gibt ein paar Kratzer an der Außenseite des Bottichs. Dort wurde die Leiche mutmaßlich drübergehievt.«

»Was auch dafür spricht, dass sie vorher erschlagen und dann in der Maische versenkt wurde.«

Geneviève nickte.

»Habt ihr schon den Ort gefunden, wo die Frau erschlagen wurde?«

»Direkt hier am Bottich war es wohl nicht, dafür fehlen Blutspuren am Boden, und bei so einer großen Wunde muss ja etwas herumgespritzt sein.«

»Auf jeden Fall«, bestätigte die Gerichtsmedizinerin.

»Wir suchen gerade die Reben in der Umgebung ab.«

»Du glaubst nicht, dass sie weiter weg erschlagen wurde?«

Geneviève schüttelte den Kopf. »Nein. Die Leiche ist zwar kein Schwergewicht, aber es macht trotzdem keinen

Spaß, eine Leiche durch den halben Weingarten zu schleppen. Außerdem sind uns auch keine Spuren aufgefallen, die darauf hätten schließen lassen. Die Wege zwischen den Reben sind schmal, da hätten wir jede Menge abgerissener Blätter oder Schleifspuren finden müssen. Je nachdem, ob der Täter die Leiche getragen oder gezogen hat. Und weil der Bottich recht hoch ist, war es auch nicht einfach, den Körper in der Maische zu entsorgen. Dafür sprechen auch die Kratzer und Spuren an Bauch und Brust des Opfers. Die Kleidung dort ist zerrissen. Von einem Kampf kam das meiner Meinung nach nicht. Aber dafür habe ich ja dich. Du bist die Spezialistin.«

»Klingt schlüssig.« Isabelle drehte die Leiche auf den Rücken. Zum Zeitpunkt ihres Todes hatte die Frau Jeans, eine Bluse und eine Jeansjacke getragen. In der Bluse waren am Bauch deutliche Risse zu sehen. Die mussten von dem Moment stammen, als der Mörder sie über den Rand des Bottichs geschoben hatte. Isabelle sah sich die Haut unter der zerrissenen Bluse genauer an. Sie war von der Maische ein wenig verfärbt. Da waren tatsächlich ein paar Kratzer zu erkennen. Isabelle strich mit den Fingern langsam über die oberflächlichen Verletzungen und fand schließlich einen gut fünf Zentimeter langen Holzspan, der sich in der Haut des Opfers verfangen und von der roten Traubenmaische lila verfärbt hatte. Er steckte tief in der Bauchdecke, nur die letzte Spitze hatte noch herausgeschaut und war von Isabelle ertastet worden. Vorsichtig zog sie den Holzspan aus dem Körper und präsentierte ihn Geneviève. »Bingo!«, rief sie freudig.

Geneviève steckte zwei Finger in den Mund und pfiff laut.

»Ich bin doch kein Hund!«, meldete sich Thierry Zazou, der Leiter des Spurensicherungsteams.

»Das haben wir übersehen.« Geneviève verwendete absichtlich das »wir«, sie war der Überzeugung, dass es sich bei jedem Einsatz um eine Teamleistung handelte und selten jemand allein schuld war, wenn etwas übersehen wurde.

»Wo?«, fragte Zazou. Er hatte Isabelle den Holzspan abgenommen und betrachtete ihn genau.

Die Gerichtsmedizinerin zeigte auf den Bauch der Toten.

»Dort haben wir noch nicht gesucht«, antwortete Zazou entschuldigend. »Wir wollten erst warten, bis Sie die Leiche freigegeben haben, Madame.« Dabei nickte er Isabelle zu.

»Kein Problem. Vielleicht findet ihr ja heraus, von welcher Stelle der Span stammt. Das könnte uns einen Hinweis geben, wo man die Frau erschlagen hat.« Ihrer vorigen Logik folgend ging Geneviève davon aus, dass der Mörder sein Opfer nicht extra durch den halben Weingarten geschleppt hatte, um die Leiche in der Maische zu versenken. Nein, er war wohl auf dem kürzesten Weg zum Bottich gegangen. Also in einer geraden Linie.

Sofort machte sich Zazou über den Bottich her, um die Stelle zu finden, an der der Span fehlen könnte. In der Zwischenzeit holten sich Geneviève und Isabelle einen Becher Kaffee von einem der Stände, die rund um das Gelände aufgebaut und ebenfalls Teil des Fests waren. Der Weingarten selbst war von der Polizei abgesperrt worden. Genevièves Familie hatte sich nach dem Eintreffen der Polizei verabschiedet. Offiziell wollte man die Kinder nicht noch mehr schockieren. Inoffiziell fühlten sich die Morels in der Anwesenheit so vieler Gesetzeshüter nicht wohl. Geneviève war es recht. Sie hatte jetzt keine Zeit, sich auch noch um ihre Familie zu kümmern.

»Das war's dann wohl mit deinem sportlichen Vorhaben für heute, oder?«, fragte Isabelle. Sie saßen auf dem Steinsockel des Zauns, der den Clos de Montmartre umgab, und hielten ihre Gesichter in die Sonne. Wer wusste schon, wie lange das Wetter noch so schön blieb? Der Herbst war da, und der Winter stand vor der Tür. Eine zähe Angelegenheit in Paris. Schnee war mittlerweile eine Seltenheit, und auf die Kälte allein konnte Geneviève gerne verzichten.

»Warum?«

»Du hast hier eine Leiche!«

»Die mir nicht davonläuft. Außerdem bezweifle ich, dass wir heute noch viel herausfinden können. Zuerst müssen wir mal klären, wer die Leiche ist. Wenn du sie freigegeben hast, werden wir ihre Fingerabdrücke überprüfen. Vielleicht finden wir sie ja in unserer Datenbank. Dann brauche ich deine Obduktionsergebnisse und so weiter.«

»Du willst also beim Nachtlauf heute mitmachen?«

»Ja, auf jeden Fall. Aber keine Angst«, beruhigte sie ihre Freundin, »davor tue ich schon noch was für mein Geld.«

»Was genau?«

»Ich werde mich mal mit jenen Leuten unterhalten, die für den Weinbottich zuständig sind. Vielleicht kann uns ja einer von ihnen weiterhelfen. Ich wüsste gerne, wer alles Zugang zum Weingarten hat. So ließe sich der Täterkreis einschränken.«

»Das glaubst du wirklich?«

Nein, das tat Geneviève natürlich nicht. Das wäre zu leicht gewesen. Aber irgendwo musste sie anfangen. Und solange sie die Identität der Toten nicht kannte, musste sie sich an jeden Strohhalm klammern, der sich ihr bot.

Zehn Minuten später setzte sich Zazou zu den beiden. Er hatte sowohl die Stelle gefunden, an der der Holzspan aus dem Bottich gerissen, als auch den Platz, an dem die Frau erschlagen worden war. Dieser befand sich gut 20 Meter den

Hang hinauf – weiter, als Geneviève vermutet hatte. Zazous Team untersuchte die Stelle, aber der Leiter der Spurensicherung gab sich keinen Illusionen hin. »Da ist nichts außer den Blutspuren. Nichts weist auf einen Kampf oder Ähnliches hin. Der Mörder muss das Opfer überrascht haben. Ein Schlag – zack – und vorbei. Ein paar abgerissene Zweige bei den Reben. Dort muss sich unser Opfer reflexartig noch festgehalten haben. Die letzten Zuckungen des Gehirns. Dann aus.«

»Fußspuren?«

»Ja, circa 20 verschiedene. Oder mehr. Lässt sich schwer sagen. Nichts Verwertbares für uns auf jeden Fall.«

»*Zut!*«

»Da kann ich Ihnen nicht widersprechen, *Commissaire*.«

Geneviève ließ sich von Zazou die Stelle zeigen, konnte aber auch nichts Besonderes mehr feststellen. Es handelte sich um eine Rebzeile wie jede andere. Frustriert überließ sie den Tatort ihrem Team. Sie konnte hier nichts mehr ausrichten, was sie störte. Immerhin wusste sie, wohin ihr nächster Weg sie führen würde. Foucher, die Touristenführerin, hatte ihr einen gewissen Henrique Goudard ans Herz gelegt. Er war der Kellermeister des Montmartre und hatte auch den Bottich aufgetrieben, in dem zu Showzwecken Wein gestampft wurde.

Und Leichen entsorgt wurden.

Laut Foucher konnte sie Goudard in der *Mairie* des 18. *Arrondissements* finden. Er sollte dort mit den letzten Vorbereitungen für den großen Umzug am nächsten Tag beschäftigt sein.

Seufzend machte sich Geneviève auf den Heimweg. Das Rathaus ihres Bezirks befand sich im Norden des Hügels, normalerweise in einer Viertelstunde zu Fuß erreichbar. Aber sie benötigte jetzt Abwechslung. Und was eignete sich dafür besser, als eine Runde mit ihrer Maschine zu drehen?

Im Laufschritt machte sie sich auf den kurzen Weg zurück zur Basilika und dort die Stufen der Rue Maurice Utrillo hinunter. Vor dem Eckhaus, das sie mit *Mamie* bewohnte, war ihre Maschine geparkt. Eine BMW F 900 XR. Im Grunde genommen eine völlig sinnlose Maschine im dichten Pariser Verkehr, eine hochgezüchtete Vespa hätte es auch getan, aber wo wäre da der Spaß geblieben.

So gesetzestreu Geneviève auch sonst war, wenn es ums Motorradfahren ging, hatte ihr Kopf einen kompletten Aussetzer. In diesem Fall pfiff sie sogar auf einen Helm. Sie hatte null Bock, die fünf Stockwerke hinauf in ihre Wohnung zu hetzen. Stattdessen startete sie die Maschine, ließ den Hinterreifen qualmend durchdrehen – es war ohnehin Zeit, einen neuen aufzuziehen, und fuhr quietschend los. Fünf Minuten später, die schulterlangen schwarzen Haare zerzaust, aber der Kopf wunderbar frei, parkte sie die Maschine vor der *Mairie*, die in einem Gebäude aus dem *Fin de Siècle* untergebracht war. Oft hatte sie hier nicht zu tun. Die meisten Politiker gingen ihr gegen den Strich. Sie drehten sich für ihren Geschmack zu sehr mit dem Wind und hatten ohnehin immer nur das eigene Vorankommen im Sinn. Mit der Bürgermeisterin ihres *Arrondissements* unterhielt sie jedoch eine recht amikale Beziehung. Sie war eine praktisch veranlagte Frau, die im Vergleich zu ihrem Vorgänger nicht jeden Unsinn, der von weiter oben aufoktroyiert wurde, kommentarlos umsetzte.

Sie konnte nicht genau sagen, warum, aber sie mochte das Gebäude der *Mairie* trotzdem nicht. Es war ihr vom ersten Anblick an unsympathisch gewesen. Drei hohe und in ihren

Augen viel zu mächtige Steinbögen bildeten die Front des Rathauses. Über diesen Bögen prangten die drei Schlagworte des französischen Selbstverständnisses: *Liberté, Égalité, Fraternité.* Durch eine Glastür betrat man das weitläufige Foyer des Rathauses, das von weißem Marmor, braunen Holztüren, verwinkelten Treppen, die an ein Gemälde von Hieronymus Bosch erinnerten, und einem sich über die gesamte Fläche erstreckenden Glasdach dominiert wurde. Jedes Detail für sich wunderschön, in der Kombination aber zu viel.

An der Information erkundigte sie sich nach dem Kellermeister. Nachdem sie sich als Polizistin ausgewiesen hatte, wurde sie in das Untergeschoss der *Mairie* geschickt. Klar, wo sonst sollte sich der Weinkeller des Montmartre auch befinden?

Mit dem Lift ging es hinunter in die Eingeweide des Rathauses. Als sich die Türen des Aufzugs öffneten, war Geneviève zunächst erstaunt. Sie hatte mit alten, muffigen Gewölben gerechnet. Aber hier war alles klinisch sauber. Die einzigen Zugeständnisse an die Historie des Gebäudes waren der aus groben Steinen ausgelegte Boden und die gleichermaßen gestalteten Wände. Von den Decken hingen jedoch grell leuchtende Lampen, gegenüber des Lifts zog sich eine Theke aus edlem Mahagoni über fünf Meter. Darauf drapiert waren Weinflaschen verschiedener Jahrgänge, Gläser und Informationsbroschüren. Hinter all dem erblickte Geneviève eine Glatze. Als sie näher trat, erkannte sie, dass die Glatze zu einem Mann mittleren Alters gehörte. Wohl Monsieur Goudard.

»*Bonjour*«, grüßte sie höflich. »Monsieur Goudard?«

»Genau jener!«, erwiderte er enthusiastisch und blickte auf. »Was für ein Glanz in meiner bescheidenen Hütte.« Viel Besuch schien Goudard ob seiner überschwänglichen

Begrüßung hier unten nicht zu bekommen. Die Situation erinnerte sie ein wenig an ein paar Monate zuvor, als sie den Sommelier des Moulin Rouge in seinem unterirdischen Reich vernehmen musste.

»Haben Sie ein paar Minuten Zeit für mich?«

»Für Sie auch gerne mehr als ein paar Minuten.«

Sie hasste es, wenn sie diesen Eindruck auf Männer machte, hatte bislang aber noch keinen Weg gefunden, es zu verhindern. In diesem Fall gab es jedoch eine Möglichkeit. Sie zückte ihre Polizeimarke und hielt sie dem Kellermeister unter die Nase. Goudard zeigte sich davon allerdings komplett unbeeindruckt.

»Wie kann ich Ihnen helfen?«, erkundigte er sich höflich und keinesfalls verschreckt.

»Das ist eine gute Frage«, konterte Geneviève, die es selbst nicht so richtig wusste und Zeit gewinnen wollte. Wenn sie wenigstens wüsste, wer das Opfer war. Das würde schon einiges erleichtern. Sie beschloss, mit der Tür ins Haus zu fallen. »Wir haben heute eine Leiche im Weingarten gefunden. *Ihrem* Weingarten.«

Goudard blieb seelenruhig. »*Mein* Weingarten? Wenn Sie den Clos de Montmartre meinen, dann muss ich Ihnen versichern, dass es sich dabei nicht um *meinen* Weingarten handelt. Ich habe lediglich die undankbare Aufgabe, diesen zu bewirtschaften.«

»Undankbar?«

Goudard lächelte gequält. »Sie glauben doch nicht wirklich, dass es leicht ist, hier erstklassigen Wein zu produzieren?«

Darüber hatte sich Geneviève noch keine Gedanken gemacht. Und wenn sie richtig darüber nachdachte, hatte sie den Wein während der Führung auch nicht verkostet. Da war ihr die Leiche in die Quere gekommen.

Goudard deutete den fragenden Blick Genevièves richtig. Er nahm eine Flasche aus einem kleinen Weinkühlschrank unter der Theke, entkorkte sie und schenkte ihr ein Glas ein. »Probieren Sie«, forderte er Geneviève auf. »Das ist unser Premium-Jahrgang.«

Geneviève hielt das Glas gegen das Licht. Es war ein Rosé – damit kannte sie sich ganz gut aus, auch wenn sie ganz unkomplizierte *Côtes de Provence* jedem hochpreisigen Wein vorzog. Was konnte schon schiefgehen?

Offenbar einiges. Sie hätte den ihr gereichten Wein nicht als ungenießbar bewertet, aber niemals würde sie freiwillig eine Flasche von der Plörre freiwillig kaufen und trinken.

Goudard deutete ihren Gesichtsausdruck richtig. »Sehen Sie? Dabei gebe ich mein Bestes. Aber die Lage des Hangs, der Boden und die Umgebung geben nicht mehr her.«

»Wieso ist der Wein dann trotzdem so gefragt?«

Goudard lachte. »Weil er so selten ist und weil wir ihn für einen guten Zweck keltern. Kommen Sie, ich lasse Sie noch von einem anderen probieren.«

Er nahm ein frisches Glas, entkorkte eine neue Flasche und schenkte ihr wieder ein. Diesmal ergoss sich eine zähe, tiefrote Flüssigkeit in das Glas. Misstrauisch schnupperte Geneviève an dem frischen Glas. Der Geruch war nicht schlecht. Und auch der Geschmack war besser als der Rosé von zuvor.

»Ich habe die Qualität des Weins von Jahr zu Jahr gesteigert«, erklärte Goudard stolz. »Der letztjährige Rote ist mit Abstand der beste Wein, den wir in den letzten 90 Jahren hier gekeltert haben. Und darauf bin ich stolz.«

Geneviève nickte. »Zu Recht«, bestätigte sie. Der Rotwein, den ihr Goudard vorgesetzt hatte, war mehr als nur trinkbar. Er würde sich sogar problemlos im Supermarkt verkaufen lassen, dachte sie zynisch.

»Aber zurück zu Ihrem Besuch«, meinte Goudard. »Sie sagten, Sie hätten eine Leiche im Weingarten gefunden?«

Geneviève erzählte ihm, was vorgefallen war. Dann zeigte sie ihm ein Foto der Leiche, aber auch Goudard konnte sie nicht identifizieren. »Wissen Sie, ich bin die meiste Zeit hier unten im Weinkeller und komme kaum raus.«

»Madame Foucher meinte, dass Sie für den Bottich zuständig waren.«

Goudards Miene begann zu strahlen. »Ja, eine großartige Idee, nicht?« Im nächsten Moment griff er sich an die Stirn. »Verzeihen Sie. Natürlich keine so großartige Idee, ist doch eine junge Frau darin ums Leben gekommen.«

Geneviève wischte seine Bedenken mit einer kurzen Handbewegung weg. »Sie können nichts dafür. Aber vielleicht können Sie mir mehr über Ihre Idee erzählen. War das heuer das erste Mal, dass so ein Bottich aufgestellt wurde?«

»Ja, das ist genau der Fall. Ich dachte, dass ein wenig Tradition nicht schaden könnte. Rundherum feiert das Fest die Geschichte des Weinanbaus hier am *Butte*, da sollten doch gerade wir auch mitmachen. Das Weinstampfen mit bloßen Füßen ist eine wunderbare Geschichte und hat den Touristen gut gefallen, wie mir berichtet wurde.«

»Ich gehe davon aus, dass diese Maische nicht für die Weinproduktion verwendet wird.«

»*Mais non, Madame!* Wo denken Sie hin? Für solche Späßchen ist der Ertrag unseres Weingartens viel zu gering. Die Trauben waren eine Spende von einem großen Weingut. Ausschussware. Das Traubenstampfen wird wirklich nur rein zu Showzwecken veranstaltet.«

»Wer hat die Trauben gestampft?«

»Das war unterschiedlich. Ich war da nicht so richtig einbezogen, aber geplant war, dass die Gäste sich den Spaß gönnen durften. Wenn Sie es genau wissen wollen, müssen Sie Madame Foucher fragen. Sie war dafür zuständig.«

Toll, wieder zurück zur Fremdenführerin. Aber war es wirklich wichtig, wer die Trauben gestampft hatte? Geneviève entschied, dass es das nicht war. Wer auch immer die junge Frau getötet hatte, war wohl kein Traubenstampfer gewesen.

Geneviève zeigte Goudard noch einmal das Foto der toten Frau. »Sind Sie sicher, dass Sie die junge Frau nicht erkennen?«

Goudard lieh sich das Handy Genevièves, vergrößerte das Foto und schüttelte den Kopf. »Nein, ganz sicher nicht. Ich bin für den Wein zuständig. Der Rest interessiert mich nicht besonders. Und gerade die letzten Tage vor dem Weinfest bin ich hier quasi angekettet. Es muss ja alles passen. Die Flaschen müssen gesammelt und geliefert werden. Ein paar Führungen darf ich hier auch machen. Gerade rund um das Weinfest kommen jede Menge Leute, die sich plötzlich für unser Mini-Weingut interessieren. Nicht nur Touristen, sondern auch jede Menge Pariser. Aber mit der Organisation selbst habe ich nichts zu tun.«

Geneviève seufzte. Sackgasse. Aber was hatte sie sich erwartet?

PAIRE, WIEDER EINMAL

Als Geneviève zum Weingarten zurückkehrte, hatte die Polizei ihre Arbeit bereits erledigt und wieder aufgeräumt. Nur Lunette hatte auf ihre Chefin gewartet. Voller Erstaunen stellte Geneviève fest, dass bereits die nächste Touristengruppe auf Einlass in den Weingarten wartete.

»Was hast du erwartet?«, stellte Lunette trocken fest. »The show must go on. Außerdem wird die Tote nicht an die große Glocke gehängt. Unseren Augenzeugen haben wir eingebläut, dass sie nichts an die Öffentlichkeit tragen oder in den Sozialen Medien posten sollen. Zum Glück war deine Familie dabei, da mache ich mir keine Sorgen.«

»Irgendwer hat trotzdem geplaudert. Schau mal.«

Neben ihnen parkte sich mit quietschenden Reifen ein kleiner Fiat 500 ein. Ihm entstieg ein viel zu großer junger Mann – schlaksig, die Klamotten wirkten eine Nummer zu groß, dunkle Wuschelhaare.

»Monsieur Paire, was führt Sie zu uns?«, wurde er von Geneviève kühl empfangen.

Paire streckte ihr enthusiastisch die Hand entgegen, was von Geneviève geflissentlich ignoriert wurde. »Ein Vögelchen hat mir gezwitschert, dass es hier einen … Zwischenfall gegeben haben soll.«

»Dem Vögelchen werde ich den Hals umdrehen«, zischte Geneviève und nahm endlich doch noch die ausgestreckte Hand Paires. Der Reporter von *Le Parisien* hatte im Grunde ja nichts Falsches gemacht. Es war seine Aufgabe, über solche Vorfälle zu berichten. In der Vergangenheit hatte er sich sogar schon als nützlich erwiesen. Sein Über-Enthusiasmus war Geneviève manchmal aber zu viel.

»Sie verraten mir wohl nicht, wer dieses Vögelchen war?«, fragte sie zuckersüß.

»*Mais non, Madame!*« Paire griff sich entrüstet an die Brust. »Quellenschutz, Sie verstehen?«

Tat Geneviève, auch wenn es nicht bedeutete, dass es ihr gefiel.

»Also?«, fragte Paire.

Geneviève tauschte mit Lunette einen vielsagenden Blick, dann wurde die stille Kommunikation von wildem Autogehupe unterbrochen. Paire hatte seinen Stadtflitzer in der einspurigen Straße ohne Rücksicht auf den restlichen Verkehr abgestellt.

»Parken Sie sich irgendwo ordnungsgemäß ein«, forderte Geneviève ihn streng auf. »Ich erwarte Sie im Maison Rose.« Es war das nächstgelegene Kaffeehaus, das ihr auf Anhieb einfiel.

Paire nickte eifrig, faltete sich wieder in sein kleines Auto und begab sich auf die Suche nach einem legalen Parkplatz. Geneviève und Lunette spazierten in der Zwischenzeit die wenigen Meter die Rue des Saules hinauf ans Eck zur Rue de l'Abreuvoir, wo sich das La Maison Rose befand. Geneviève liebte das grobe Kopfsteinpflaster, mit dem Straße und Bürgersteig ausgelegt waren. Sie konnte es durch die Sohlen ihrer Sneakers spüren. Jeder Schritt eine Spur Geschichte. Von der nur wenige 100 Meter entfernten Basilika Sacré-Coeur legte sich ein lauschiger Geräuschmantel über die kleinen Gassen hier oben knapp unterhalb der Hügelspitze. Gerade so, dass man sich nicht einsam fühlte, zugleich aber so weit entfernt, dass es einen nicht weiter tangierte. Anhand des Geräuschpegels erkannte Geneviève, dass sich jetzt am Nachmittag mehr und mehr Pariser unter die Schaulustigen mischten und das Weinfest besuchten. Vögel zwitscherten, die Sonne senkte sich langsam dem Horizont entgegen. Bis zum Einbruch der Dunkelheit war aber noch etwas Zeit. Insgesamt fühlte es sich mehr wie ein lauer Frühlingsnachmittag als ein Herbsttag an. Das war Geneviève gerade recht. Sie war an der Côte d'Azur aufgewachsen, und die Wintermonate in Paris waren für sie zumeist ein Graus. Kaum Schnee, dafür ständig trübes Wetter und Kälte. So brauchte sie den Winter wirklich nicht. Da verzichtete sie lieber ganz darauf.

Das war nur leider keine Option. Als leitende *Commissaire* des 18. *Arrondissements* konnte sie sich nicht einfach den Winter über in den Süden verziehen. Ganz abgesehen davon, dass sie sich dort monatelang mit ihrer Familie herumschlagen müsste. Alle paar Wochen ein paar Tage waren gut und fein. Monatelang durchgehend? Nein, danke. Das hatte sie gut 30 Jahre lang gehabt und für ausreichend empfunden.

Vor dem Maison Rose war es ungewöhnlich ruhig. Normalerweise standen hier die Touristen Schlange, um in dem winzigen Café einen Platz zu bekommen. Das Haus hatte etwas Wildromantisches an sich. Die Fassade war, wie der Name schon sagte, ganz in Rosa gehalten. Die Fensterläden grün. Das einstöckige Haus drängte sich an der Rückseite an ein wesentlich höheres Wohnhaus, dessen Fassade von wildem Efeu überwuchert wurde. Der Anblick war so einzigartig wie die Geschichte des Hauses, das bereits durch viele Eigentümerhände gegangen war und dessen Ruf dennoch auf jener Geschichte beruhte, die *Mamie* wenige Stunden zuvor ihren Enkelkindern versucht hatte näherzubringen.

Im Inneren herrschte ebenfalls tote Hose, was Geneviève nicht weiter störte. Sie wollte ohnehin keine Mithörer. Sie liebte die Heimeligkeit des Maison Rose. Man fühlte sich hier wie in einer gemütlichen Wohnstube. Der Boden war mit dunklem Parkett ausgelegt, und nur eine Handvoll kleiner Holztische wartete auf Besucher. Die Besitzerin empfing die beiden Polizistinnen freundlich und wies ihnen einen Fensterplatz in der hinteren Ecke zu.

Die Karte bot lokale Snacks deftigerer Natur und die unvermeidlichen Salate für gesundheitsbewusstere Besucher. Nach Essen stand Geneviève momentan aber ohnehin nicht der Sinn. Sie bestellten zwei große bols *Café au Lait*. Schließlich mussten sie die Zeit totschlagen, bis Paire einen Parkplatz gefunden hatte. Was sich am Ende als nicht so lange herausstellte.

»Presseausweis«, feixte er freudestrahlend, als ob ihm das das Recht gab, sein Auto abzustellen, wo es ihm passte. Heute war Geneviève jedoch nicht in der Stimmung, dem übereifrigen Jungreporter die Leviten zu lesen. Sie war weder angepisst genug, um ihren Frust an ihm auszulassen, noch so gut aufgelegt, um sich einen Spaß mit ihm zu machen. Sie war schlicht müde. Der Besuch ihrer gesamten Familie saugte unfassbar viel Energie.

Außerdem war da die real existierende Gefahr, dass *Mamie* einen gröberen Blödsinn plante. Sie hatte ihre Großmutter in der Vergangenheit immer wieder bei einigen kleinen Diebstählen erwischt. Oder hatte sie sich dabei erwischen lassen, wie Letitia schon einmal angedeutet hatte? Olivia Morel war die Matriarchin der Familie. Ganoven-Spitzname »Samtpfote«, was auch schon alles über ihre Vorgehensweise aussagte. Letitia hatte gemutmaßt, dass *Mamie* nicht so ungeschickt war, sich von Geneviève erwischen zu lassen – außer sie wollte es. Was nur den Grund haben konnte, ihre Enkelin von anderen, größeren Coups abzulenken und sie in Sicherheit zu wiegen. Welche das sein konnten? An dieser Stelle brach Geneviève ihren Gedankengang jedes Mal wieder aufs Neue ab. So weit wollte sie nicht denken.

»Madame Morel?«, fragte Paire ein wenig besorgt, den leeren Blick Genevièves falsch deutend.

»Alles in Ordnung«, fand sie rasch wieder ihre Fassung. »Meine Gedanken sind abgeschweift.«

»Soll vorkommen«, meinte Paire väterlich. Was lächerlich war, schließlich war Geneviève gut zehn Jahre älter als der Reporter.

»Kommen wir zur Sache. Was wissen Sie?«

»Eigentlich wollte ich Sie das fragen«, konterte Paire. »Mir wurde nur zugetragen, dass im Weingarten eine Leiche gefunden wurde.«

Geneviève warf Lunette einen Blick zu. Ihre Assistentin hatte auf ihrem Handy diverse Soziale Medien abgesurft, aber – glücklicherweise – nichts gefunden. Hätte noch gefehlt, dass jemand ein Bild der Leiche gepostet hätte. War heutzutage ja alles möglich. Lunette schüttelte fast unmerklich den Kopf.

»Dann wissen Sie genauso viel wie wir«, gab sich Geneviève deshalb vage.

»Darf ich das so zitieren?«

»*Mon Dieu!* Natürlich nicht. Am liebsten wäre mir, wenn Sie gar nichts schreiben würden.«

Paire lächelte unverbindlich. »*Commissaire*, das würde doch mein Berufsethos nicht zulassen. Ich bin meiner Leserschaft der Wahrheit und der Information verpflichtet.«

Geneviève seufzte. Das Letzte, was sie jetzt am *Butte* brauchen konnten, war negative Publicity. Das Weinfest war zu wichtig, schließlich war es das größte Event des Jahres.

»Und wenn ich Sie bitten würde, damit bis morgen zu warten? Wäre das denkbar?«

»Wenn Sie mir ein paar Informationen geben, könnte ich das so hinkriegen.« Paire lehnte sich zurück und nahm seine heiße Schokolade in Empfang. »Ich trinke keinen Kaffee«, beantwortete er Lunettes belustigten Blick auf die große Tasse. Auf der heißen Schokolade thronte eine große Schlagsahnehaube.

»Das ist Erpressung.«

»*Mais non!* Das ist schlicht und ergreifend eine Verlangsamung meines Arbeitsprozesses. Ich bin ja auch sehr interessiert daran, einen gehaltvollen Artikel zu schreiben. Sonst müsste ich heute mit ›Pariser Polizei tappt völlig im Dunkeln‹ oder etwas Ähnlichem titeln. Das will ich doch auch nicht.«

Geneviève hätte ihm den selbstgefälligen Blick am liebsten aus dem Gesicht gewischt.

»So, jetzt beruhigen wir uns alle wieder«, meldete sich Lunette als schlichtende Stimme. »Geneviève?«

»Okay, ja, es gibt eine Leiche. Eine Frau wurde erschlagen. Mehr wissen wir selbst noch nicht.«

»Keine Identität?«

»Nein. Noch nicht.«

»Wir überprüfen gerade Vermisstenmeldungen, die bei uns eingegangen sind. Aber da wird nichts dabei sein. Der Mord ist heute Nacht passiert. So schnell werden keine Vermisstenanzeigen aufgenommen«, erklärte Lunette.

»Alter?«

»Zwischen 25 und 30.«

»Nicht sehr ergiebig. Ein Foto der Leiche zeigen Sie mir wohl nicht?«

Geneviève gab sich geschlagen. Widerwillig zeigte sie Paire auf ihrem Handy ein Foto der Toten.

»Hmmm …«

»Kennen Sie sie?« Vielleicht hatte es sich ja doch ausgezahlt, den Reporter ins Vertrauen zu ziehen.

»Mir kommt es so vor, als hätte ich sie schon mal gesehen. Unlängst erst.«

»Wo?«

Paire schüttelte den Kopf. »Ich kann mich nicht erinnern. Ich habe täglich mit so vielen Menschen zu tun, da fällt es schwer, eine flüchtige Bekanntschaft richtig einzuordnen.«

»Geben Sie mir Bescheid, wenn es Ihnen einfällt. Dann fallen unter Umständen noch mehr Informationen für Sie ab.«

»Jetzt sind Sie es, die mich erpressen.«

»*Au contraire, Monsieur.* Ich nenne das nur Beschleunigung der Gedankengänge eines potenziellen Informanten.« Das Lächeln, das sie ihm schenkte, war eiskalt. So wie ihre eisblauen Augen. Die hochgezogene Augenbraue tat ihr Übriges dazu.

Sie legte einen Zehneuroschein für Lunette und sich auf den Tisch. »*On y va*«, forderte sie ihre Assistentin auf.

»Ich melde mich spätestens morgen wieder bei Ihnen«, rief Paire den beiden noch nach.

»Es wird sich wohl nicht verhindern lassen«, rief Geneviève über die Schulter zurück. Im Freien atmete sie tief durch.

»Musstest du wirklich so fies zu dem Armen sein?«, fragte Lunette.

»Nein, das war gemein von mir. Aber er ist ein großer Junge und wird das schon verkraften.«

»Was machen wir jetzt?«

Geneviève blickte auf die Uhr. Es war knapp vor 18 Uhr. In zwei Stunden begann *La course nocturne*, der Nightrun, der Teil des Weinfests war. Aus welchen Gründen auch immer. Geneviève hatte es sich bis heute nicht erklären können. Das Fest hatte mit Sport nichts zu tun. Mit Genuss und Kunst, aber nicht einmal die verwegensten Sport-Aficionados würden einen Lauf auf den Hügel hinauf als Kunstwerk betrachten. Eher als Mühsal. Aber es war der eine Fixpunkt im Programm der *Fête des Vendanges*, den sich Geneviève nicht entgehen lassen wollte.

»Ich muss mich noch für den Nightrun fertigmachen.«

»Du machst heute trotzdem mit?«

Geneviève hob entschuldigend die Schultern. »Die Tote wird auch nicht wieder lebendig, wenn ich darauf verzichte. Isabelle ist mit der Obduktion beschäftigt, und solange wir keine Hinweise auf die Identität der Toten haben … Willst du auch mitmachen?«

»Ich bin gar nicht angemeldet.«

»Das kannst du noch schnell online erledigen. Kostet auch nichts. Das Outfit muss nur möglichst schrill sein.«

»Du in einem schrillen Jogging-Outfit?« Lunette prustete vor Lachen. »Dafür bist du doch viel zu seriös.«

»Siehst du, so schlecht kennst du mich.« Geneviève grinste, dann bot sie Lunette an, sie nach Hause zu begleiten. Selbstredend, dass sich Lunette das nicht entgehen ließ.

Gemütlich schlenderten die beiden die Rue Cortot hinunter. Die schmale Kopfsteinpflastergasse war gerade breit genug, dass ein Auto im Schritttempo durchfahren konnte, ohne sich an den Pollern, die links und rechts die ebenso schmalen Bürgersteige schützten, die Rückspiegel abzuschlagen. Leute waren hier keine, alles hatte sich ein paar 100 Meter weiter versammelt, um die verschiedenen Attraktionen des Weinfests zu genießen. Geneviève genoss die Ruhe, selbst Lunette hatte ausnahmsweise einmal nichts zu sagen. Oder sie genoss die wenigen Momente der Ruhe selbst genauso.

Die Rue Cortot führte direkt am Musée de Montmartre vorbei. Ein unscheinbares zweistöckiges cremefarbenes Haus, dessen Eingang ein wenig nach hinten versetzt war. Links und rechts des Eingangs wiesen Schilder auf die aktuellen Ausstellungen hin.

»Unglaublich, dass sich hinter dem Haus so ein großer Garten versteckt«, unterbrach Lunette die Stille.

»Garten ist noch untertrieben. Das ist schon eine kleine Parkanlage.«

»Warst du schon mal drinnen?«

»Als Jugendliche«, antwortete Geneviève ausweichend. Hatten ihre Schritte sie unbewusst gerade hierhergeführt? Schließlich hatte sie *Mamie* im Verdacht, etwas in Verbindung mit dem Museum im Schilde zu führen. Anders konnte sie sich ihre Affäre – an mehr wollte sie gar nicht denken – mit dem Museumskurator nicht erklären.

Sie blickte auf die Uhr. Nein, heute ging sich das nicht mehr aus. Sie wollte sich nicht schon vor dem Nachtlauf hetzen. Um *Mamie* und ihre Pläne musste sie sich ein anderes Mal kümmern.

CURRE PER NOCTEM

Über verschlungene Wege und die Vorderseite von Sacré-Coeur absichtlich vermeidend, gelangten sie schließlich zum Haus Genevièves. Von der oberhalb gelegenen Basilika konnten sie das Remmidemmi hören, das sich auf dem Weinfest abspielte. Sehnsüchtig blickte Lunette die Stufen der Rue Maurice Utrillo hinauf.

»Du musst nicht mit mir hochkommen«, schlug Geneviève vor. »Ich kann mich auch ganz gut allein umziehen.«

»Nein, nein. Das will ich mir nicht entgehen lassen.«

»Na dann.«

Geneviève sperrte die Eingangstür auf. Nebenan deckte Herbert, der Kellner des Chez Frédéric, einige Tische des Bistros neu ein.

»Madame hat für später einen großen Tisch reserviert«, rief er ihr zu. Geneviève nahm an, dass Herbert ihre Großmutter meinte, die offenbar ein großes *diner en famille* für später geplant hatte. Das konnte sie nach dem Nachtlauf auch gut vertragen.

Sie nahmen den Aufzug hinauf zu Genevièves Dachgeschosswohnung. Während sich Geneviève umzog, drückte sich Lunette noch einen Kapselkaffee aus der Maschine ihrer Chefin und machte es sich auf dem großen Sofa gemütlich. Sofort war Merlot auf ihrem Schoß und forderte aufdringlich seine Streicheleinheiten ein.

»In ein paar Tagen ist das Trara vorbei, und du kannst wieder deine Runden drehen«, redete sie dem verschmusten

Tier gut zu. Wie aufs Stichwort sprang der Maine-Coon-Kater von ihrem Schoß und auf das nächste Fensterbrett, von wo er sehnsüchtig hinausschaute.

Es war gut, dass Lunette ihre Kaffeetasse gerade nicht in der Hand hielt, als Geneviève ein paar Minuten später vor ihr stand und ihr Outfit präsentierte. Sie hatte sich vor Lachen nämlich beinahe von der Couch geschmissen.

»Was ... was ... was ist das?«, fragte sie schließlich halb schockiert, halb belustigt.

»Mein Laufoutfit!«

»Bist du bei deinem letzten Cannes-Besuch einem Fake-Händler ins Netz gegangen? Das ist ja furchtbar. Auch wenn *Gucci* draufsteht.«

Tatsächlich machte Geneviève den Eindruck eines geflüchteten Zirkusclowns, der auf viel Glitzer und Bling-Bling stand. Oder einer farbenblinden Prostituierten. Die Außenseite der Joggingjacke war lila, das Innenfutter in Kanariengelb gehalten. Da half es auch nichts, dass die Jacke über und über mit *Gucci*- Logos bedruckt war. Eher das Gegenteil. Die froschgrüne Laufhose war derart mini, dass sie nicht einmal Fußballer in den 70er-Jahren getragen hätten, und für die grelle Farbpalette der Laufschuhe hätten sich alle Kinder der späten 80er-Jahre noch geschämt.

»Also ehrlich«, wiederholte Lunette, »das kann doch nicht dein Ernst sein?«

»Das ist alles echt«, versicherte Geneviève, ganz und gar nicht beleidigt. »*Mamie* hat das Ensemble besorgt. Sie meinte, wenn schon schrill, dann prollig-reich-schrill.«

»*Mission accomplie.* Darf ich wissen, was das Zeug gekostet hat?«

»Du darfst. Knapp 4.500 Euro.«

Lunette schnappte nach Luft. Sie rechnete kurz nach, wie lange sie dafür arbeiten müsste, und bekam die Krise.

Geneviève zuckte entschuldigend die Achseln. »Du weißt, dass Geld bei *Mamie* keine Rolle spielt.«

»Geschmack offenbar auch nicht.«

Geneviève lachte laut auf. »Gut, dass sie das jetzt nicht gehört hat. Ich fürchte, sie hat ›schrill‹ mit ›Karneval‹ verwechselt.«

»Und du gehst jetzt echt mit dem Zeug hinaus auf die Straße?«

Geneviève nickte. »Warum nicht? Ich bin ja nicht die Einzige, die sich verrückt anzieht.«

»Aber die Einzige, die für den Spaß ein paar 1.000 Euro zum Fenster rausschmeißt.«

Abgesehen davon, dass Geneviève von ihrer Dachgeschosswohnung einen atemberaubenden Blick auf die Stadt am Fuß des *Butte* hatte, bot die Lage noch einen weiteren Vorteil: Sie konnte so gut wie alle neuralgischen Punkte ihres *Arrondissements* in nur wenigen Minuten zu Fuß erreichen.

Am Startpunkt des Nachtlaufs wurde sie bereits von Henry und Letitia, die ebenfalls teilnahmen, erwartet.

»*Mon Dieu!* Was trägst du denn, *ma chère*?«, wurde sie von ihrer Schwägerin empfangen. Die Fassungslosigkeit über den Aufzug Genevièves stand ihr ins Gesicht geschrieben. Henry kicherte hinter vorgehaltener Hand, er wollte seiner Geliebten nicht zu nahe treten.

Geneviève schenkte ihm trotzdem eine kühl hochgezogene Augenbraue. »Was soll schon sein?«, erwiderte sie. »*Mamie* meinte, dass man schrill zum Lauf kommen sollte. Was bei euch beiden ja eher nicht der Fall ist.« Sie musterte ihre beiden Laufpartner. Letitia trug ein rosa Sportshirt und weiße Lauf-Leggings, die bis über die Knie reichten, Henry eine schwarze Laufhose und ein rotes Shirt.

»Da hat deine Großmutter wohl etwas falsch verstanden«, erklärte Henry. »Es hieß, man solle auffällige Klamotten tragen. Im Sinn von leuchtend, fluoreszierend. Das Motto des Laufs ist, die Nacht zum Tag zu machen. Licht ins Dunkel, sozusagen.«

»Von Geschmacksverwirrung war keine Rede«, lachte Letitia. Jeder andere hätte von Geneviève jetzt wieder die *Augenbraue des Todes* zugeworfen bekommen. Ihre Schwägerin war die Einzige, die sich so etwas ihr gegenüber herausnehmen durfte. Sie war die Schwester, die sie nie gehabt hatte. Sie war sakrosankt.

»Egal«, wischte Geneviève schließlich die Bedenken der anderen weg. »Und umziehen werde ich mich jetzt ganz sicher nicht mehr.«

Rund 400 andere Läuferinnen und Läufer hatten sich kurz vor 20 Uhr auf der Place Saint-Pierre am Fuß des Hügels unterhalb von Sacré-Coeur versammelt und fieberten dem Startschuss entgegen. Die Teilnahme am Lauf war gratis, allerdings hatte man sich im Vorhinein online anmelden müssen. Die engen Gassen des *Butte* ließen schlicht nur eine beschränkte Zahl an Teilnehmern zu. Promotoren, die meisten wohl Studenten, die sich mit solchen Taglöhner-Aktionen nebenbei etwas dazuverdienten, verteilten gratis Äpfel, Bananen und Wasser an die Teilnehmer, was von den meisten dankbar angenommen wurde. Geneviève verzichtete auf Obst. So knapp vor dem Sport nahm sie keine Nahrung mehr zu sich. Das Obst wäre wie ein Stein in ihrem Magen gelegen.

Geneviève zog die Blicke aller anderen auf sich. Sie war tatsächlich die Einzige, die derart auffällig gekleidet war.

Zudem stand sie ziemlich weit vorne im ersten Starterblock. Die Teilnehmer hatten bei ihrer Anmeldung ihr Lauflevel angeben müssen. Je nach Leistungsvermögen waren die Teilnehmer dann in Startblöcke eingeteilt worden. So wie es bei den meisten der großen Laufveranstaltungen gang und gäbe war. Für Geneviève war die fünf Kilometer lange Strecke im Grunde genommen keine Herausforderung. Normalerweise lief sie beinahe täglich frühmorgens eine längere Strecke, um sich fit zu halten. Sie kannte die Tücken des Montmartre: ständig bergauf und bergab, viele Straßen, die mit Kopfsteinpflaster ausgelegt waren – alles andere als ein schöner Lauf-Parcours. Aber es war nun mal *ihr Arrondissement*. Natürlich würden sich unten am ebenen Seine-Ufer bessere Zeiten laufen lassen, aber darum ging es nicht. Am *Butte* ging es darum, den inneren Schweinehund zu besiegen. Es war wie im echten Leben: viele Aufs und Abs, nur selten ein gerader Weg.

Der steil abfallende Park von der Basilika bis hinunter zum Startgelände war mit Schaulustigen gefüllt. Viele hatten sich Verpflegung von den vielen Ständen des Weinfests geholt – sowohl in flüssiger als auch in fester Form. Die Gassen und Straßen der fünf Kilometer langen Laufroute waren von Polizisten abgesperrt worden – allesamt Geneviève bekannte Gesichter.

Die Route führte über verwinkelte Gassen und etliche Höhenmeter kreuz und quer über den Hügel, vorbei an diversen Touristenattraktionen, bis zum Ziel bei der Bergstation der Funiculaire de Montmartre, der Standseilbahn, die Touristen, die weniger gut zu Fuß waren, auf den Hügel hinaufbrachte und sich in unmittelbarer Nähe zur schneeweißen Basilika befand, welche über der Stadt thronte wie eine wohlmeinende Mutter.

Geneviève, quasi als inoffizielle offizielle Vertreterin des Bezirks, hatte Letitia und Henry ebenfalls in den ersten Starterblock hineinreklamiert. Sie bezweifelte zwar, dass die beiden das Tempo der Spitzengruppe, die sich aus äußerst ambitionierten Amateurläufern und einer Handvoll prominenter Profisportler, die extra für das Event zugesagt hatten, zusammensetzte, würden mithalten können, aber sie wusste, dass die Leistungen der beiden auch nicht so stark abfielen, dass sie im Weg standen.

Um Punkt 20 Uhr erfolgte der Startschuss. Sofort setzte sich der aus gut 50 Läuferinnen und Läufern bestehende erste Startblock in Bewegung. Die ersten Meter auf der Rue Yvonne le Tac ging es noch eben dahin, als der Pulk nach der Metrostation *Abbesses* in die Rue Ravignan einbog, war Schluss mit lustig. Ab sofort ging es steil bergauf.

Neben sich hörte Geneviève ihre Schwägerin und ihren Freund bereits ordentlich schnaufen. Die beiden wollten sich keine Blöße geben und versuchten, mit ihr Schritt zu halten. Ein Vorhaben, das früher oder später zum Scheitern verurteilt war. Wie Geneviève schätzte, eher früher.

Sie querten die Rue Garreau, dahinter verwandelte sich die Rue Ravignan in einen kleinen Platz, der aus ein paar Bäumen und ganz viel Kopfsteinpflaster bestand. Zwei Restaurants luden mit ihren Tischen im Freien zum Verweilen ein. Nicht so die Läufer, die all das links liegen ließen.

Ein paar Stufen hoch, und die Rue Ravignan wurde zur kleinen gepflasterten Place Émile-Goudeau. Und hier versteckte sich auch eine der unzähligen Sehenswürdigkeiten des *Butte* – das Bateau-Lavoir. Ein schmales dreistöckiges Haus, eingepfercht ins Eck der Place. Eigentlich nichts Besonderes, wenn es nicht Anfang des 20. Jahrhunderts einigen bekannten Künstlern Unterschlupf geboten hätte.

So hatte hier zum Beispiel auch Picasso gewohnt. All das schoss Geneviève durch den Kopf, als sie über die Place lief, die nach wenigen Dutzend Metern wieder zur Rue Ravignan wurde. Letitia und Henry hatten beim Bateau-Lavoir den Anschluss verloren. Das war kein Problem. Sie hatten schon vor dem Start ausgemacht, dass man sich beim Ziel wieder treffen würde. Dort sollte auch der Rest der Familie warten.

Die absolute Spitzengruppe war ihr inzwischen gut 200 Meter voraus. Geneviève war es wegen ihrer beiden Begleiter für ihre Verhältnisse locker angegangen. Jetzt musste sie keine Rücksicht mehr nehmen. Das langsamere Anfangstempo zahlte sich nun aus. Ständig, ohne die Spitzenreiter aus dem Blick zu verlieren, holte sie Meter für Meter auf. Die zehnköpfige Spitzengruppe rechnete nicht mit einem Angriff von hinten. Die Amateure hatte man längst abgeschüttelt. Ein besonders hohes Tempo legte man auch nicht an den Tag. Wozu anstrengen? Der Lauf war international bedeutungslos, es ging lediglich um die Ehre. Preisgeld gab es keines.

Die Strecke führte weiter Richtung Westen, vorbei am Cimetière de Montmartre, dem wahrscheinlich ruhigsten Ort am *Butte*. Die Spitzengruppe war noch 100 Meter vor Geneviève, die nun auch wieder ihr Tempo drosselte. Bis zum Ziel war noch genug Zeit, und sie wollte sich ihre Kräfte einteilen. Zum Glück liefen dort vorne keine absoluten Superstars der Laufszene, die hätte man nur für viel Geld hierher bekommen, und gegen solche Kaliber hätte selbst Geneviève keine Chance, aber aus Nasenbohrern bestand die Spitzengruppe dennoch nicht. Die Straße war auch hier neben dem Friedhof von etlichen Schaulustigen gesäumt. Hinter den hohen Ziegelmauern des Friedhofs konnte Geneviève aus Erfahrung Hunderte rot schimmernde Grablichter erahnen. *Mamie* hatte sie früher des Öfteren zu einem abendlichen Spaziergang über den Friedhof mit seinen alten Gräbern und kleinen Mausoleen mitgenommen. Es war einer der wenigen Momente, die ihre Großmutter nicht zu einer kriminellen Lehrstunde genutzt hatte. Nur sie und ihre Enkelin. Arm in Arm. Rundherum die Zeichen der menschlichen Vergänglichkeit, die umso eindringlicher mahnten, das Leben im Hier und Jetzt zu genießen. Angst auf dem abends beinahe leeren Friedhof hatte Geneviève dabei selbst als kleines Mädchen nicht verspürt. Wovor auch, hatte *Mamie* sie stets ermahnt. Angst musste man nur vor den Lebenden haben. Die Toten wollten schlicht in Frieden ruhen.

Über die Rue Championnet ging es hinauf in den Norden des *Arrondissements* und von dort in einem konzentrischen Kreis im Uhrzeigersinn zurück zum touristischen Zentrum von Montmartre. Auf dem Platz vor Sacré-Coeur hatte sich naturgemäß der Großteil der Schaulustigen versammelt. Im Umkreis der Basilika gab es auch die meisten Kulinarik- und Souvenirstände des Weinfests. Da ließ sich die Zeit bis zum Eintreffen der letzten Teilnehmer des Nachtlaufs am gemütlichsten verbringen.

Der letzte Streckenabschnitt führte direkt an Genevièves Haus vorbei, wobei die finalen 100 Meter den Teilnehmern nochmals alles abverlangten. Diese führten über die Stufen der Rue Maurice Utrillo. Und hier startete Geneviève ihren finalen Angriff auf die Spitze. Zuvor hatte sie sich bis auf 20 Meter an die Führenden herangearbeitet. Den Schlussabschnitt der Strecke kannte sie wie ihre Westentasche.

Auf den ersten Stufen hatte sie die Lücke zur Spitzengruppe bereits geschlossen. Während die Top-Läufer vor ihr alle die rechte Seite der durch einen eisernen Handlauf getrennten 65 Meter langen Treppe nahmen, weil diese auf der »Ideallinie« lag, wählte Geneviève die linke Seite – und hatte freie Bahn. Sie nahm jeweils zwei der steilen Treppen und flog so förmlich an den verdutzten Führenden vorbei, die nun ordentlich Stress bekamen. Geneviève winkte ihnen im Vorbeilaufen mit einem zuckersüßen Lächeln zu und zündete dann den letzten Turbo. Mit vier, fünf Schritten überquerte sie die gepflasterte Rue du Cardinal Dubois, dann noch mehr Treppen, die direkt auf den Platz vor der Basilika führten.

Sie warf einen kurzen Blick über die Schulter. Ihre Verfolger waren fünf Meter hinter ihr. Sie hatte es geschafft, diesen Vorsprung würde sie locker über die Distanz bringen. Zu ihrer Rechten flog die schneeweiße Basilika förmlich an ihr vorbei. Geneviève war in dem Flow, von dem begeisterte Läufer immer wieder berichteten. Sie hatte das Gefühl, als könnte sie noch stundenlang so laufen. Kein Wunder, es waren auch nur fünf Kilometer gewesen. Vor knapp 20 Minuten war erst der Startschuss erfolgt. Im Flachen wäre die Strecke noch viel schneller zu absolvieren gewesen, nicht so aber am *Butte*, wo das Ganze mehr einem Berg- und Tallauf glich.

Einige Sekunden später lief sie mit zum Jubel erhobenen Armen über die Ziellinie und durch das Zielband. Tosender Applaus brandete auf, in erster Linie von ihrer Großfamilie, die kurz nach dem Ziel auf sie wartete. Jules und Danielle waren aus dem Häuschen und fielen ihrer Tante um den Hals. Beinahe wäre Geneviève ob der Wucht der beiden Kinder umgekippt. Am Rande bekam sie mit, wie ihre Konkurrenten kopfschüttelnd ausliefen.

20 Minuten später hechelten auch Henry und Letitia über die Ziellinie. Weitere 15 Minuten später waren auch die

letzten Teilnehmer im Ziel, auf den Stufen vor der Basilika wurde die Siegerehrung abgehalten. Geneviève bekam ihren Siegerpreis von Hélène Muzaton, der Bürgermeisterin des 18. *Arrondissements*, überreicht. Er bestand aus einer Miniaturweinrebe in einem Keramiktopf sowie einer Flasche des Clos Montmartre Weins. Mit einem tapferen Lächeln nahm Geneviève den Preis entgegen. Für den Wein würde sich schon eine Verwendung finden, aber was sollte sie mit dem Bonsai-Weinstock anfangen? Nun, wenigstens würde sich Merlot über einen neuen Kratzbaum freuen.

Nach der Siegerehrung löste sich die Menschentraube am Fuß der Stufen vor Sacré-Coeur rasch auf. Die besiegten Spitzenläufer trollten sich verschämt davon. Von einer Amateurin geschlagen! Noch dazu von einer im Edel-Proll-Outfit. Sie konnten ja nicht wissen, dass Geneviève ihren Job ernst nahm und täglich hart schuftete, um ihren Körper für die Polizeiarbeit in Schuss zu halten. Von Amateurin konnte man bei ihr wirklich nicht sprechen.

»Ich bin stolz auf dich, *ma puce*«, lobte *Mamie* ihre Enkeltochter, als sie gemeinsam die Stufen der Rue Maurice Utrillo hinuntergingen. Olivia Morel hatte sich für einmal von ihrem Liebhaber losgerissen. Henry und Letitia hatten sich geistesgegenwärtig gleich seiner angenommen, um Geneviève die paar Momente mit ihrer Großmutter zu gönnen. Monique und Michel, Genevièves Eltern, bildeten einen zusätzlichen Puffer.

So alt konnte Geneviève nicht werden, dass Lob von *Mamie* nicht trotzdem runterging wie Öl. Vielleicht hatte es mit den Erinnerungen an ihre Kindheit und Jugend zu tun, als sie die Sommer immer bei *Mamie* in Paris verbracht hatte. Die wie nebenbei erfolgte Ausbildung zur professionellen Diebin hatte damals nicht sonderlich gestört. Als Kind war das alles noch ein großes Abenteuer gewesen. Und heute profitierte sie davon. Es gab keinen Dieb, keinen Räuber, dessen Tricks Geneviève nicht kannte. Was auch mit ein Grund für ihren beruflichen Erfolg war. Ihr konnte man so schnell kein X für ein U vormachen. Auch wenn es regelmäßig Mörder und andere Verbrecher gab, die genau das glaubten. Bislang hatte sie noch alle geschnappt. Was ihr wiederum die Überzeugung gab, dass sie auch ihren aktuellen Fall aufklären würde.

Die Ablenkung durch *La course nocturne* hatte gutgetan. Den Kopf ein wenig durchlüften. Solange sie noch keine belastbaren Fakten auf dem Tisch hatte, konnte sie nur mutmaßen. In diesem Fall wohl nicht einmal das. Zu viel war noch unklar. Als Kommissarin war es nur nicht so leicht, das Denken abzustellen. Ihr Beruf war nicht nur das, für sie war er viel mehr. Unterbewusst wohl auch eine Art Sühne, stellvertretend für den Rest der Familie, die sich um Kleinigkeiten wie Gesetze und Besitzrechte wenig bis nichts scherte.

Stolz erzählte sie *Mamie*, wie sie das Rennen taktisch angegangen war und wie sie sich heimlich, still und leise an die Spitzengruppe angeschlichen und diese beim letzten Anstieg überrumpelt und hinter sich gelassen hatte.

»Wie eine echte Morel«, lobte *Mamie* danach nochmals. »Schön, dass meine Ausbildung doch für etwas gut ist.«

»Anschleichen wie die Indianer?«, fragte Geneviève im Scherz.

»Nein, aber sich unauffällig zu bewegen, mit der Masse zu verschmelzen. Da sein und zugleich nicht da sein. Die Unaufmerksamkeiten der anderen zu nutzen. *Chérie*, du hättest alle Anlagen, unser Familienbusiness auf ein neues Level zu heben …«

»Ist dir Frédérics Arbeit nicht gut genug?«, konnte sich

Geneviève eine Spitze gegen ihren jüngeren Bruder nicht verkneifen.

»Erstens führt noch immer dein Vater das Geschäft, und zweitens ist dein Bruder nicht so schlecht, wie du immer tust.«

»Aber?«

»Aber du wärst eine eigene Klasse. Du vereinst alle Vorzüge von deinem Vater und mir.« Bescheidenheit war noch nie eine Stärke *Mamies* gewesen. »Willst du es dir nicht doch noch mal überlegen?«

Geneviève drückte ihre Großmutter fest an sich. »Nein, auf keinen Fall. Ich bin glücklich mit dem, was ich mache, und ich denke, ich bin genau da, wo ich sein sollte.«

Mamie tätschelte die Hand ihrer Enkelin. »Ich gebe meine Hoffnung trotzdem nicht auf.«

»*Comme tu veux.*«

Damit war die Diskussion beendet. Sie hatten inzwischen das Tor zu ihrem Haus erreicht. Vom Restaurant winkte Herbert, der Kellner, fröhlich herüber.

»Wie ist es gelaufen?«, erkundigte er sich.

»*Superbe!*«, rief Geneviève lächelnd zurück.

»Ihr Tisch ist bereits hergerichtet. Soll ich schon mit den entrées beginnen?«

»Geben Sie uns noch ein paar Minuten«, antwortete Olivia Morel. »Unsere Kinder müssen sich erst herrichten.« Mit einer eindeutigen Handbewegung forderte sie Geneviève, Letitia und Henry auf, sich duschen und umziehen zu gehen.

»Ich habe doch kaum geschwitzt«, protestierte Geneviève. *Mamie* hob lediglich die Hand und zog eine Augenbraue streng hoch. Damit war jeder Widerstand gebrochen.

»Dürfen wir auch mit hoch?«, bettelten Jules und Danielle. »Wir waren noch nie in *Tatie* Genés Wohnung!«

»Kommt ruhig mit rauf«, lud Geneviève die beiden Kleinen ein. »Ihr könnt inzwischen Merlot füttern. Oder habt ihr Angst vor einem großen Kater?«

»Nein, natürlich nicht!«, antworteten die beiden empört wie aus der Pistole geschossen. Geneviève wuschelte den Kindern durch die Haare und schubste sie sanft Richtung Hauseingang. »Dann geben wir ein wenig Gas. Ich habe auch schon einen Bärenhunger.«

In der Wohnung angekommen, wurden sie von Merlot bereits sehnsüchtig erwartet. Der Kater maunzte hungrig und schmiegte sich an die Beine seines Frauchens.

»Schon gut, schon gut«, lachte Geneviève. »Letitia, du kannst das Bad gerne als Erste benutzen.«

Ihre Schwägerin nickte und zog sich ins Badezimmer zurück. Den Rucksack mit ihren Ersatzklamotten hatte sie zuvor von Frédéric überreicht bekommen. Während Henry auf seinem Handy Nachrichten überprüfte, erklärte Geneviève den Kindern die Raubtierfütterung. Das Katzenfutter war in einer Lade ihrer Küchenzeile untergebracht. Schon beim Geräusch des Öffnens der Lade wurde Merlot noch unruhiger.

Geneviève deutete auf eine Reihe mit kleinen goldfarbenen Dosen. »Nehmt eine von denen«, wies sie die Kinder an. Danielle war schneller und fischte eine der Katzenfutterdosen aus der Lade.

Merlot wurde immer ungeduldiger, sein Maunzen lauter. Geneviève ignorierte ihn. Ein paar Sekunden würde er schon noch aushalten. »Jules«, sagte sie, »hol bitte aus dem Schrank dort drüben eine Futterschüssel.« Der Zehnjährige trat zwei Schritte zur Seite und öffnete den Schrank, den ihm seine Tante gezeigt hatte. Mit einer weißen Schüssel, auf deren Boden ein Katzenkopf gemalt und darunter der Schriftzug *J'aime mon chat* geschrieben war, kehrte er zurück. Geneviève öffnete die Dose und fummelte das Futter mithilfe einer kleinen Gabel in die Schüssel. Merlot war da schon kaum mehr zu halten. Er hatte sich auf die Hinterläufe gestellt, an Geneviève gelehnt und zupfte mit seinen ausgestreckten Vorderpfoten an ihrem T-Shirt. Er war ein richtig großer Kater.

»Wer will es ihm geben?«

»Ich, ich!«, riefen beide wieder unisono und griffen gleichzeitig nach der Schüssel.

Gott, war Geneviève froh, keine eigenen Kinder zu haben. Sie liebte Danielle und Jules über alles, aber war dann auch wieder erleichtert, wenn sie die beiden an ihre Eltern »zurückgeben« konnte. Für die Mutterrolle war sie einfach nicht geschaffen. Genauso wenig wie für jene einer Ehefrau. Auch wenn Henry das gänzlich anders sah.

Am Ende wurde es ein Kompromiss. Beide Kinder durften die Schüssel auf einer Seite halten und hinunter zu Merlots Futterplatz stellen. Das war eine wackelige Geschichte. Vor allem, weil der Kater die beiden Kinder ungeduldig anstupste. Am Ende gelang die Übung aber doch. Fasziniert sahen die beiden Kleinen dem Kater zu, wie er das Futter in sich hineinschlang. Er war zwar immer gierig, aber normalerweise besorgte er sich bei seinen Freigängen zwischendurch selbst seine Snacks. Was dem ökologischen Gleichgewicht am *Butte* durchaus zuträglich war. Während des Festes hatte der Kater aber noch keinen Schritt hinausgewagt. Beziehungsweise war er zu Beginn einmal kurz draußen gewesen, nach kurzer Zeit aber völlig verschreckt wieder heimgekommen. Da waren zu viele Menschen für seinen Geschmack.

Nachdem Letitia das Bad frei gemacht hatte, schnappte sie ihren Nachwuchs und verließ mit einem Augenzwinkern das

Appartement. »Wie lange werdet ihr brauchen?«, fragte sie Richtung Geneviève. Die grinste nur. »Gebt uns eine halbe Stunde, ihr könnt ruhig schon mit dem *entrée* beginnen.«

»Eine halbe Stunde?«

»Meine Haare«, flunkerte Geneviève.

»Klar, deine Haare«, lachte Letitia.

Malheureusement, die Kinder wollten nicht gehen. »*Maman*, müssen wir wirklich schon? Wir haben gar keinen Hunger und Merlot ist soooo süß!«, raunzten die beiden. Letitia scheuchte die beiden liebevoll zur Tür hinaus. »Ihr dürft sicher wiederkommen, um mit Merlot zu spielen, aber eure Tante braucht jetzt ein wenig …« Ja, wie sollte sie das formulieren? »*Tatie* Gené und Henry müssen noch …«

»Wir müssen noch etwas besprechen«, half Geneviève aus. Sie war schon ganz unruhig. Der Nachtlauf hatte ihr Blut in Wallung gebracht.

»Oh, ihr habt ein Geheimnis?«, ließen die Kinder nicht locker.

»Vielleicht?«, erwiderte Geneviève. »Vielleicht ist es auch eine Überraschung für euch beide?« Sie hatte keine Ahnung, womit sie die beiden überraschen sollte, aber es reichte ihr fürs Erste, auf Zeit zu spielen.

»Was für eine Überraschung?« Klassische Kinderlogik. Letitia kannte dieses Spiel zur Genüge. Sie fand es aber unheimlich lustig, wie sich ihre Schwägerin jetzt in die Ecke gedrängt fühlte. Bei einem Verhör war ihr so etwas noch nicht passiert. Da hatte sie es auch noch nicht mit zwei kleinen neugierigen Kindern zu tun gehabt.

»Wenn ich es euch verrate, ist es ja keine Überraschung mehr«, versuchte sich Geneviève aus der Situation zu retten.

»Gute Antwort«, sagte Letitia und zeigte ihr den erhobenen Daumen.

»Das ist unfair!«, protestierten die Kinder.

»Jetzt reicht es«, beendete Letitia die Diskussion und ließ die Tür hinter sich ins Schloss fallen.

»Eine Überraschung?«, fragte Henry grinsend.

»Zuerst für dich«, antwortete Geneviève.

Eine halbe Stunde später gesellten sie sich zum Rest der Familie. Geneviève hatte Merlot im Arm. Um diese Uhrzeit waren nicht mehr so viele Menschen unterwegs, und der Kater konnte auch wieder ins Freie. »Hier habt ihr eure Überraschung«, sagte sie zu den beiden Kindern. Sie setzte den Kater auf Jules' Schoß. Er war der ältere und größere der beiden. Auf der zierlicheren Danielle wäre für das große Tier gar kein Platz gewesen.

Mamie und der Rest hatten die *entrées* bereits erfolgreich ihrer Bestimmung zugeführt. Für Geneviève und Henry waren lediglich noch ein paar Stück geschnittenen Baguettes übrig geblieben. Auf den drei zusammengeschobenen Tischen standen zwei angebrochene Flaschen *Clos Mireille Cru Classé Côtes de Provence*. Die Flaschen allein waren schon besonders und verführerisch. Sie hatten die Form antiker Amphoren. »Entworfen in den 30er-Jahren des letzten Jahrhunderts«, erklärte *Mamie*. »Einzigartig – in Form und Geschmack.« *Mamie* konnte es einfach nicht lassen, selbst bei den »unkomplizierten« Weinen musste es immer die obere Preisklasse sein.

Henry schenkte ihnen zwei Gläser vom Rosé ein. *Mamie* hob ihr Glas. »*Tchin-tchin*«, rief sie in die Runde, woraufhin auch der Rest der Familie die Gläser hob. Jules und Danielle taten es mit ihren *Oranginas* den Erwachsenen gleich. Geneviève schmunzelte. Als Kind war die Orangenlimo ebenfalls ihr Lieblingsgetränk gewesen, und auch heute griff sie noch ab und zu zu der bauchigen Flasche, wenn sie in Erinnerungen schwelgen wollte. Momentan reichte dafür nur ein Blick zur Seite auf Henry, der sich angeregt mit ihrem Bruder Frédéric unterhielt. Die letzte halbe Stunde hatte gutgetan. Genauso sollte es sein. Ohne Verpflichtungen, im Hier und Jetzt lebend. Sex, wenn es passte und man ihn spontan zur Hand hatte. Der Gedanke an eine feste Beziehung mit einer gemeinsamen Wohnung ließ sie schaudern. Aus diesem Holz war sie einfach nicht geschnitzt. Irgendwann, besser früher als später, musste Henry das auch einsehen. Und damit leben oder die Konsequenzen ziehen.

Über diese Brücke würden sie gehen, wenn sie dort ankamen. Jetzt war der Moment perfekt, und das ließ sie ihn auch spüren. Unter der Tischplatte nahm sie seine Hand und drückte sie fest. Seinen überraschten Blick beantwortete sie mit einem sanften Kuss auf seinen Mundwinkel.

»Bleibst du heute Nacht bei mir?«

Henry nickte.

AUSGEBOOTET

Am nächsten Morgen wurde Geneviève vom Klingeln ihres Handys rüde geweckt. Sie blickte auf den Bildschirm: Es war 7 Uhr morgens, das Display zeigte Isabelle Thibault als Anruferin. Neben ihr grunzte Henry verschlafen, zog sich die Decke über den Kopf und rollte sich zur Seite.

Geneviève stand auf und schlich auf Zehenspitzen aus dem Schlafzimmer. Erst dann nahm sie den Anruf an.

»Isabelle! Es ist 7 Uhr in der Früh. Am Samstag! Was gibt es?«

»Dir auch einen schönen guten Morgen«, begrüßte die Gerichtsmedizinerin sie. »Ich habe erste Ergebnisse, was unsere Tote betrifft.«

»Lass hören.« Geneviève klemmte das Handy zwischen Wange und Schulter und richtete das Frühstück für Merlot. Der Kater hatte beleidigt auf der Wohnzimmercouch geschlafen. So richtig warm war er mit dem in unregelmäßigen Abständen wiederkehrenden männlichen Besuch noch nicht geworden. Wenn Henry bei ihr übernachtete, mied Merlot das Schlafzimmer. Es konnte aber auch damit zu tun haben, dass er bei einer der ersten Übernachtungen Henrys recht unsanft aus dem Bett geflogen war, weil es gar so wild zugegangen war und in der Hitze des Gefechts niemand Rücksicht auf den Kater genommen hatte. Als Dank hatte Merlot Henrys sündteure Lederschuhe angepinkelt. Monsieur *le docteur* hatte es am nächsten Morgen mit heldenhafter Fassung ertragen und nach einer kurzen Abkühlphase Merlot sogar ein Stück von seinem Frühstücks-Croissant abgegeben. Damit war das Revier abgesteckt, ebenso, wer hier das Alphamännchen war. Der Kater konnte es verkraften, dass er ab und zu eine Nacht nicht im Bett seines Frauchens verbrachte.

»Also«, setzte Isabelle an, »ich kann ein sexuelles Verbrechen im Zusammenhang mit unserer Toten ausschließen. Dafür habe ich keine Spuren gefunden.«

»Immerhin«, murmelte Geneviève, noch immer verschlafen, ins Telefon. Sie hatte sich zu ihrem Kater hinuntergebückt und streichelte ihn, während er sich sein Frühstück schmecken ließ. »Sonst noch etwas?«

»Nein, leider noch nicht. Die toxikologischen Auswertungen werden noch dauern. Der DNA-Abgleich ebenfalls.«

»Aufgeschnitten hast du sie schon?«

»Klar. Willst du wissen, was ihre letzte Mahlzeit war?«

»Nicht wirklich.«

»Ich sag's dir trotzdem.«

»Habe ich befürchtet.«

»Immerhin habe ich die halbe Nacht durchgearbeitet, während du lässig über den *Butte* gejoggt bist.«

»Höre ich da einen leichten Vorwurf in deiner Stimme?«

»Streiche das ›leicht‹.«

»Was hätte ich denn sonst machen sollen? Uns fehlt doch noch jeder Anhaltspunkt.«

»Schon gut, schon gut«, lachte Isabelle ins Telefon. »Trotzdem schön, dass ich dir ein schlechtes Gewissen machen konnte.«

»Also: Was hat unsere Tote zuletzt gegessen?«

»Nichts Aufregendes. Fast Food. Ein *Big Mac Menü*.«

»Hilft uns auch nicht wirklich weiter.«

»Ich denke nicht. Aber vorenthalten wollte ich es dir auch nicht.«

»Danke. Sonst noch was?«

»Ja, vielleicht bringt dich das ja weiter.«

»Schieß los!« Mit einem Schlag war Geneviève hellwach.

»Am unteren Rücken war unsere Tote tätowiert.«

»Sie hatte ein Arschgeweih?«

Isabelle lachte. »Nein, noch viel skurriler. Unsere unbekannte Tote trug das Logo eines Fußballvereins über ihrem Steißbein. Soweit ich es recherchieren konnte, ich bin ja kein großer Fußballfan, ist es das Logo von *Stade Reims*.«

»Endlich kommen wir weiter. Sie muss also aus dieser Gegend sein.«

»Sie kann auch von ganz woanders herkommen. Ich schätze, man muss nicht lokal verankert sein, um Fan von einem Fußballverein zu sein.«

»Aber *Stade Reims*? Das ist für eine Auswärtige schon eine sehr eklektische Auswahl, um es freundlich auszudrücken. Ich verstehe ja, wenn man Fan von einem Großverein wie *Paris St. Germain* ist, *Glory Hunters* gibt es in jedem Sport. Aber die anderen Vereine? Das wäre schon ein großer Zufall.«

»Das musst du beurteilen«, gab sich Isabelle geschlagen. »Du bist die Kommissarin.«

»So ist es. Schick mir bitte ein Foto der Tätowierung. Wir können es zur Identifikation der Toten nutzen.«

Sie verabschiedeten sich. Kurz darauf kam auch schon das Foto des Tattoos. Geneviève googelte den Fußballverein, den Isabelle vermutete, und fand ihre Ahnung bestätigt. Das Logo zeigte ein Wappen mit den ineinander verschnörkelten Buchstaben R und S, darüber eine Krone. Sofort schrieb Geneviève Lunette eine Nachricht. Sie sollte die Kollegen im Großraum Reims kontaktieren und dort nach einer abgängigen Frau fragen. Wäre doch gelacht, wenn sie der Identität der unbekannten Toten nicht auf die Spur kommen würden.

Wo sie schon einmal munter war, nutzte sie die Zeit, um Frühstück zu besorgen. Merlot begleitete sie. Der Himmel war blassblau, die Luft knackig frisch, die Umgebung bis auf ein paar andere Frühaufsteher noch mehr oder weniger menschenleer. Die Stände des Weinfests sperrten erst gegen 10 Uhr auf. So lange hatten die *Montmartroises* ihren Hügel noch für sich allein.

An den geschlossenen Kulinarik- und Souvenirständen des Weinfests vorbei ging es hinauf und hinüber zur Place du Tertre, wo Geneviève in ihrer Stammboulangerie, dem Palais des Pains, Croissants und Baguette für sich, Henry und *Mamie* besorgte. Merlot trabte neben ihr her, den Ausgang sichtlich genießend. »Zwei Tage noch«, sagte sie zu dem Kater.

Zurück in ihrem Appartement fand sie Henry bereits munter. Er stand an der Küchenzeile der zum Wohnzimmer hin offenen Küche und hatte gerade die Kaffeemaschine eingeschaltet.

»Das trifft sich ja perfekt«, begrüßte er sie mit einem Kuss, was sofort zu eifersüchtiger Aufdringlichkeit ihres Katers führte. Zur Ablenkung ließ sie ein Stück Croissant hinter ihrem Rücken zu Boden und sich in die Arme ihres *Amoureux* fallen.

Kurz nach 11 Uhr traf sich die Familie wieder bei den Clos de Montmartre. Hier startete zu Mittag der traditionelle Umzug, *Le Grand Défilé*, der knappe zwei Stunden durch die schmalen gepflasterten Gassen von Montmartre führte und gegen 13.30 Uhr vor der *Mairie* des 18. *Arrondissement* endete. Mehr als 1.000 Menschen nahmen am Umzug teil – Vereine, Bruderschaften und Klubs aus verschiedenen *Departements* Frankreichs waren angemeldet. Viele davon marschierten beim Umzug in ihren jeweils typischen

Trachten mit, dazu gesellten sich Musikkapellen, Sänger und andere Künstler, die dafür sorgten, dass es während des Umzugs nicht langweilig wurde.

Noch war erst ein Bruchteil der Teilnehmer am Versammlungsort angekommen. Vor dem Tor stand ein junger Mann mit einem Klemmbrett. Neben ihm war Madame Foucher, die Dame, die die Führungen durch den Weingarten abhielt. Die beiden waren in eine heftige Diskussion mit einer jungen Frau verwickelt.

»Ah, *Commissaire* Morel!«, rief Foucher, als sie Geneviève erblickte, und winkte ihr hektisch zu. Die Erleichterung war ihr anzuhören. Zugleich begann Genevièves Puls zu steigen. Was war denn jetzt schon wieder passiert? Hoffentlich nicht ein neues Verbrechen. Von Lunette hatte sie noch keine Rückmeldung in Bezug auf die unbekannte Tote erhalten.

»*Ça va?*«, wurde sie von Foucher doch noch ordentlich begrüßt.

»*Ça va, merci*«, antwortete sie unverbindlich.

»Das ist Monsieur Rupert Richard, er organisiert den Festumzug.«

Die beiden tauschten die üblichen Höflichkeitsfloskeln aus, während die junge Frau bislang komplett ignoriert worden war. Ihr Gesicht war bereits hochrot, und ihre durchaus ansehnliche Brust hob sich unter der Bluse ihrer traditionellen Tracht merkbar. Da war jemand richtig aufgebracht, stellte Geneviève fest.

»Und Sie sind?«, wandte sie sich an die junge Frau.

»Bianca Villeneuve, die amtierende Weinkönigin.«

»Die *ehemalige* Weinkönigin«, wurde sie von Richard belehrt.

»Nein, die *richtige* Weinkönigin«, echauffierte sich Villeneuve.

»Moment, Moment. Was ist hier eigentlich los?«, wollte Geneviève wissen.

Die junge Frau plusterte sich vor Geneviève auf. »Ich sollte diesen Umzug anführen. Als Weinkönigin ist das meine Aufgabe.«

»Bianca, jetzt beruhig dich bitte wieder«, mischte sich Richard ein. »Ich habe dir doch erklärt, wieso du es heuer doch nicht bist.«

»Ein wenig kurzfristig, *n'est-ce pas*? Vor zwei Tagen schreibst du mir eine kurze WhatsApp-Nachricht, dass ich doch nicht dran bin. Was soll der Scheiß?«

»Bianca, beruhige dich.«

Geneviève wurde ungeduldig. »Würde mir bitte jemand erklären, was hier los ist?«

»Ich …«, stieß Bianca hervor, aber sofort wurde ihr von Richard das Wort abgeschnitten.

»Bianca wurde heuer im Vorfeld des Weinfests zu unserer Weinkönigin gekürt. Sie stammt aus dem *Arrondissement* und hat die letzten Jahre immer als Freiwillige beim Fest mitgeholfen. Ohne Freiwillige wäre das Fest nicht zu organisieren. Es würde schlicht zu viel Geld kosten.«

»Und wo ist jetzt das Problem?«, hakte Geneviève nach. Sie wusste noch immer nicht, warum hier gestritten wurde.

»Das Problem, Madame – wer sind Sie überhaupt?«, knurrte Bianca in Genevièves Richtung.

»Ich bin die Kommissarin des *Arrondissements*, Mademoiselle«, erwiderte Geneviève kühl. Die Angesprochene schluckte kurz und plapperte dann wieder los: »Vor zwei Tagen hat mir Rupert eine Nachricht geschrieben, dass ich raus bin. Es hätte eine großzügige Spende gegeben, und die Spenderin will den Umzug selbst anführen.«

Richard hob entschuldigend die Schultern: »Wie gesagt,

das Geld ist knapp, und wenn wir dann eine großzügige Spende bekommen …«

»Wo ist die neue Weinkönigin denn?«, fragte Geneviève. Nicht, dass sie sich in diese Geschichte einmischen wollte, aber wenn sie den Streit schlichten konnte, bevor er eskalierte …

»Das ist ja das Problem«, jammerte Richard. Er raufte sich die Haare. »Sie ist bis jetzt nicht erschienen. Dabei hätte sie schon vor einer halben Stunde hier sein sollen.«

»Vielleicht steht sie noch im Stau. Die Schlampe hat ja einen längeren Weg hierher«, maulte Bianca.

»Wie? Einen weiteren Weg?«, wollte Geneviève wissen.

»Die Neue ist nicht einmal von hier!« Die Aufregung Biancas steigerte sich immer weiter. Geneviève hatte das nicht für möglich gehalten, aber die junge Dame schien kurz davor zu sein, völlig durchzudrehen. »Sie stammt aus der Champagne. Die Familie hat ein großes Weingut. Da kann man sich leicht einmal einkaufen bei uns. Als ob es für die wichtig wäre, sich hier zu präsentieren.«

»Bianca, ich bitte dich …«

Bei Charlotte begannen die Alarmglocken zu schrillen. Die Champagne … Reims war ganz in der Nähe. Konnte es sein? »Habt ihr versucht, die Dame am Handy zu erreichen?«

»Selbstverständlich!«, erklärte Richard. »Aber nichts. Es ist ausgeschaltet. Man kommt direkt auf die Mailbox.«

Geneviève zog ihr eigenes Handy, wischte ein paarmal übers Display und zeigte Richard das Foto der Toten.

»*C'est la salope!*«, schrie Bianca, die sich dazugedrängt hatte.

Richard wurde blass im Gesicht. Er nickte. »Ja … ja, Bianca hat recht. Das ist Anne Flamant. Sie war es, die sich eingekauft hat.«

»Flamant? Die haben uns doch die Trauben fürs Stampfen gespendet«, mischte sich nun auch Foucher ein.

»Madame?«, wandte sich Geneviève an die Touristenführerin. »Sie haben mir gestern doch erklärt, dass Sie die Leiche nicht kennen.«

»Das stimmt auch«, erwiderte Foucher. »Ich hatte mit der Familie nur per Mail Kontakt. Bei der Anlieferung war ich nicht anwesend. Da müssen Sie sich an den Kellermeister wenden.«

»Mit dem habe ich bereits gesprochen«, erklärte Geneviève. »Er hat die Tote auch nicht erkannt.«

Richard versuchte zu erklären: »Kann er auch nicht. Die Lieferung habe ich in Empfang genommen, allerdings war Anne damals nicht dabei. Warum auch? Die Trauben wurden von einem Arbeiter des Weinguts in einem kleinen Lieferwagen gebracht und abgeladen. So etwas macht doch die Juniorchefin eines großen Weinbaubetriebs nicht selbst.«

Flamant, Flamant … Bei dem Namen klingelte es bei Geneviève. Nicht in Zusammenhang mit Champagner, aber da war doch in den letzten Wochen etwas in den Nachrichten gewesen.

»Sie sagten, Anne wäre die Juniorchefin.«

»Ja, vielleicht war das auch der Grund, dass sie ihr Weingut bei uns präsentieren wollte. Eigentlich hat die Familie das nicht nötig. Flamant ist einer der bekanntesten Champagner Frankreichs.«

»Ich verstehe den Zusammenhang nicht.«

»Soweit ich es mitbekommen habe, wollte sich Anne präsentieren. In der Öffentlichkeit als neue Chefin wahrgenommen werden. Kein Wunder nach der Geschichte mit ihrem Bruder.«

EIN RÄTSEL GELÖST

»Was ist mit ihrem Bruder?«

Richard sah sie an, als wäre sie das achte Weltwunder. »Das ging doch durch alle Medien. Maxime Flamant war über zehn Jahre im kolumbianischen Dschungel verschollen. Angeblich entführt von den kolumbianischen Rebellen. Vor ein paar Wochen ist er plötzlich wieder aufgetaucht.«

Das war es also, wieso es bei Geneviève zuvor bei der Erwähnung des Familiennamens geklingelt hatte. Den Fall hatte sie nicht genau mitverfolgt. Zu dem Zeitpunkt, als Maxime Flamant entführt worden war, hatte sie noch in Cannes gedient. Sie konnte sich noch dunkel erinnern, dass die Entführung damals durch alle Medien gegangen war. Nicht zuletzt, weil es sich um den Erben eines der größten und prestigeträchtigsten Weingüter Nordfrankreichs handelte.

»Ich verstehe noch immer nicht, warum sich unsere Tote deshalb hier präsentieren wollte.«

»Nun, ursprünglich hätte Maxime das Weingut übernehmen sollen. Durch sein Verschwinden ging es jedoch an die Tochter über. Wahrscheinlich hatte sie Angst, dass das jetzt wieder rückgängig gemacht werden könnte. Oder sie wollte auch im Rampenlicht stehen, um nicht vergessen zu werden. Wer kann das bei solchen Leuten schon sagen«, erklärte Richard.

Foucher mischte sich wieder ein: »Das muss für die Mutter furchtbar sein. Jetzt hat sie unverhofft ihren Sohn wieder zurückbekommen, und dann wird die Tochter ermordet.«

Ja, das Leben war hart, aber immerhin hatte Geneviève jetzt mit einem Schlag gleich mehrere Verdächtige.

»Mademoiselle Villeneuve, ich würde Sie bitten, sich zur Verfügung zu halten.«

»Warum?«, fragte die Angesprochene überrascht.

»Weil ich Sie vernehmen will. Ich sage es Ihnen ganz geradeheraus: Sie hatten ein Motiv für den Mord an Mademoiselle Flamant. Nämlich, dass sie Ihnen den Platz der Weinkönigin streitig gemacht hat.«

»Ich? Wieso?«, kreischte die junge Frau entsetzt.

»Immer mit der Ruhe«, redete Geneviève auf sie ein. »Beginnen wir einmal mit Ihrem Alibi: Wo waren Sie in der Nacht von Donnerstag auf Freitag zwischen Mitternacht und 3 Uhr morgens?«

»In meinem Bett«, antwortete Villeneuve wie aus der Pistole geschossen. »Ich habe mich in den Schlaf geheult, weil mir die Position der Weinkönigin weggenommen worden war.«

»Gibt es dafür einen Zeugen?«

»Sie meinen einen Freund? Nein, ich habe nämlich keinen. Auch keine Freundin, wenn Sie es genau wissen wollen.«

Geneviève wunderte sich nicht. Mit dieser aufbrausenden Art umzugehen war nicht jedermanns Sache. Ihre war es jedenfalls nicht. Darum sollte sich Lunette kümmern.

Ihre Assistentin war 20 Minuten später vor Ort und nahm Bianca Villeneuves Daten und Aussage auf. In der Zwischenzeit unterhielt sich Geneviève weiter mit dem Organisator des Umzugs.

»Was sollen wir jetzt machen?«, jammerte dieser.

»Was? Weil Sie keine Weinkönigin haben? Ist das verpflichtend?«

»Nein, aber es sieht komisch aus. Die Leute erwarten es.«

»Wieso nehmen Sie nicht Mademoiselle Villeneuve? Sie hätte den Job doch ohnehin machen sollen.«

»Nehmen Sie Bianca nicht fest?«

Geneviève schüttelte entschieden den Kopf. »So leicht geht das nicht. Wir werden sie nur bitten, die Stadt nicht zu verlassen und sich zur Verfügung zu halten, wenn wir Fragen haben. Sollten sich neue Hinweise ergeben …« Den Schluss ließ sie offen. »Wir haben jetzt ihre Daten und ihre Handynummer. Das reicht fürs Erste.«

»Ja, dann werde ich sie fragen, wenn sie den Job jetzt überhaupt noch will.«

»Da machen Sie sich mal keine Sorgen«, beruhigte Geneviève ihn. »So wie ich die junge Dame einschätze, wird sie sich diese Chance nicht entgehen lassen.« Sie klopfte dem bedrückten Mann aufmunternd auf die Schulter. »Aber natürlich ist das ein Canossagang. War nicht die feine Art, wie Sie sie ausgebootet haben.«

»Was sollte ich denn machen?«, konterte Richard. »Die Flamants haben uns eine fünfstellige Summe als Sponsoring zur Verfügung gestellt. Als einzige Gegenleistung wollte Anne Flamant die Weinkönigin machen. Hätte ich da Nein sagen sollen?«

»Geld ist nicht alles«, erwiderte Geneviève. Das war in ihrem Fall leicht gesagt. Geldprobleme kannte man in ihrer Familie nicht.

»Nicht alles, aber in diesem Fall sehr viel. Sie haben ja keine Ahnung, was das hier alles kostet. Und die Zuschüsse der Stadt halten sich in Grenzen. Man nimmt zwar gerne die Publicity, aber zahlen will man nichts.«

Darauf gab Geneviève keine Antwort. Sie hielt sich aus politischen Sachen heraus. Das war eine ihrer Prämissen. In dieser Hinsicht wollte sie nirgends anecken. Sie wollte einfach ihren Job gut machen. Ohne Zurufe von links, rechts oder aus der Mitte.

»Wann begann die Situation denn zu eskalieren?«, bohrte sie nach.

»Sie meinen, wann die Forderung aufkam, dass Flamant die Weinkönigin gibt? Das war Anfang dieser Woche.«

»Also nachdem der Bruder wieder aufgetaucht ist?«

»Genau.«

»Hm, das würde dafür sprechen, dass sich die junge Dame dadurch Publicity erwartete, um nicht im Schatten des großen Bruders zu stehen. Ich nehme an, Maxime ist älter?«

»Ja, soweit ich weiß, ein ganzes Stück. Zehn Jahre oder mehr.«

»Über wen lief der Kontakt? Anne war ja nur die Juniorchefin, wie Sie vorhin anmerkten.«

»Richtig. Aber sie zog bereits alle Fäden. Ich hatte nur mit ihr direkten Kontakt. Sie machte die Zusagen für das Sponsoring und auch die Trauben für das Stampfen sagte sie uns zu.«

»In denen sie nun selbst gestorben ist.«

»Schrecklich.«

»Was ist mit dem Seniorchef oder der Chefin?«, hakte Geneviève nach.

»Alteingesessener Weinadel, wie es so schön heißt«, antwortete Richard. »Ich kenne die Herrschaften nicht persönlich, nur das, was man in der Branche so mitbekommt. Der Vater hat sich nach dem Verschwinden des Sohnes aus dem Geschäft zurückgezogen, die Mutter hat das Geschäft allein weitergeführt und zugleich die Tochter großgezogen. Das ist wenigstens, was man so gelesen hat. Persönlich bestätigen kann ich es nicht.«

Nein, natürlich nicht. Aber das war kein Problem. Auf Geneviève wartete nun ohnehin ein unangenehmer Weg. Sie musste die Eltern vom Ableben ihrer Tochter unterrichten. Praktischerweise konnte sie dabei auch gleich dem zurückgekehrten Bruder ein wenig auf den Zahn fühlen.

»Das ist schon eigenartig«, meinte auch Lunette, nachdem sie die Aussagen Villeneuves aufgenommen hatte. »Da kehrt dieser Bruder zurück, und kurz darauf stirbt seine Schwester. Hast du ihn in Verdacht?«

»Kann ich dir noch nicht sagen. Dafür muss ich ihn erst mal kennenlernen. Denkbar wäre es schon. Immerhin hat seine Schwester in der Zwischenzeit das ganze Weingut vermacht bekommen, das eigentlich ihm zugestanden hatte, wenn wir den Erzählungen hier vertrauen können. Geschwister haben einander schon für weniger umgebracht. Deshalb hätte ich gerne, dass du dich da ein wenig schlaumachst, während ich mir die Familie persönlich anschaue.«

»Das sollte nicht so schwer sein. Ich gehe doch davon aus, dass die Familie auch hier auf dem Fest ist.«

»Dachte ich mir auch. Aber Monsieur Richard meinte, dass dem nicht so sei. Laut ihm hat Anne erzählt, dass alles, was mit dem Weinfest zu tun hat, auf ihre Kappe ging. Die Familie war nicht beteiligt. Das Fest war ihnen zu wenig elitär und nur Zeitverschwendung. Er hatte auch keine Ahnung, in welchem Hotel Anne Flamant abgestiegen war.«

»Das wird sich herausfinden lassen«, sagte Lunette. »Wir werden eine Anfrage an alle Hotels in Paris herausgeben.«

»Gute Idee. Ich denke, es reicht, wenn du Hotels ab vier Sternen aufwärts abfragst. Ich kann mir nicht vorstellen, dass eine reiche Weinerbin in einer billigen Absteige wohnt.«

»Du musst es ja wissen«, schmunzelte Lunette in Anspielung auf den Lebensstil von Genevièves Familie.

»Immerhin habe ich in der Zwischenzeit herausgefunden, wo ich die Familie finden kann«, überging Geneviève die kleine Spitze ihrer Assistentin.

»In der Nähe von Épernay, nicht?«

»Warst du schon wieder schneller?«

»Ich tue nur meinen Job.«

»Gott sei Dank. Ja, da steht mir heute noch eine kleine Landpartie bevor.«

»Soll ich mitkommen?«

»Ich denke nicht, dass das notwendig ist. Mir wäre lieber, du bleibst hier und kümmerst dich um die Sachen, die erledigt werden können. Hotel und Handy der Toten und so weiter.«

»Das Übliche eben.«

»Genau, das Übliche.«

»Nichts mit ein bisschen frische Landluft für die fleißige Assistentin.«

»Das nächste Mal. Ich habe so ein Gefühl, dass das heute nicht mein letzter Ausflug dorthin sein wird.«

»Immerhin lagen wir richtig mit der Annahme, dass die Tote aus der Gegend von Reims sein muss«, wechselte Lunette das Thema.

»Ja, weit entfernt kann es nicht sein. Genau kann ich es nicht sagen«, gestand Geneviève.

»Ich dafür schon. Es sind weniger als 30 Kilometer. Mit dem Auto schnurgerade durch den Regionalpark Montagne de Reims.«

»Ein Fußballmatch werde ich mir trotzdem nicht ansehen«, schloss Geneviève lachend die Konversation.

Sie gesellte sich wieder zu ihrer Familie. Der Umzug stand kurz vor dem Start. Bianca Villeneuve hatte tatsächlich nicht lange überredet werden müssen, um *Le Grand*

Défilé anzuführen. Hinter ihr hatte eine Trommlerkapelle in napoleonischen Kostümen Aufstellung genommen. Dahinter folgten weitere Gruppen mit verschiedenen Kostümen, manche mit Musikinstrumenten, andere ohne. Der Tross reichte weit ums Eck des Weingartens – mehr als 1.000 Menschen nahmen daran teil. Ein Vielfaches an Schaulustigen säumte die Strecke, die kreuz und quer über den *Butte* ging, um knapp zwei Stunden später vor der *Mairie* des *Arrondissements* zu enden.

Geneviève musste warten, bis auch der letzte Teilnehmer des Umzugs den Weingarten passiert hatte. Sie nutzte die Zeit, um Paire anzurufen, der sich bislang noch nicht gerührt hatte.

»*Commissaire?*«, meldete er sich überrascht. »Ich muss Sie enttäuschen. Leider ist mir nicht eingefallen, woher ich die Tote kennen könnte.«

»*Pas de problème*«, antwortete sie amüsiert, denn Paire klang wirklich niedergeschlagen. »Heute darf ich Ihnen weiterhelfen.« Sie erzählte ihm, was sie zuvor über die Tote herausgefunden hatte und um wen es sich handelte.

»Kann doch nicht wahr sein!«, rief Paire danach ins Telefon.

»*Mais si!*«, bekräftigte Geneviève ihre Ausführungen.

»Gibt es schon einen Verdächtigen?«

»Immer mit der Ruhe, Monsieur Paire. Jetzt kennen wir erst einmal die Identität der Toten. Ein wenig Zeit müssen Sie mir schon lassen.«

»Halten Sie mich auf dem Laufenden?«

»Sie werden der Erste sein, der etwas erfährt.« Nach einer kurzen Pause meinte sie: »Natürlich erst, wenn ich handfeste Informationen habe.«

»*Bien sûr.*«

In der Zwischenzeit hatte sich der Festzug so weit bewegt, dass es wieder ein Durchkommen gab, und sie konnte sich in Richtung ihrer Wohnung in Bewegung setzen. Bei ihrer Familie und Henry hatte sie sich entschuldigt, zugleich aber versprochen, dass sie am späteren Abend wieder retour sein würde. Sie hatte sich die Strecke auf *Google Maps* angesehen. Hautvillers, ein kleiner Ort im Norden von Épernay, der inoffiziellen Hauptstadt der Champagne, war knapp 150 Kilometer entfernt, für die sie laut dem Internet zweieinhalb Stunden brauchte. Mit Blaulicht würde sie es locker in eineinhalb Stunden schaffen. Mit ihrem Motorrad noch schneller, allein was die Zeit anging, die sie benötigte, um aus Paris rauszukommen. Aber für den Nachmittag und Abend war Regen angesagt, und da war sie dann doch lieber mit dem Auto unterwegs.

EINE ERHELLENDE LANDPARTIE

Sie holte ihren aufgemotzten Renault Clio aus der schmalen Garage ein paar Häuser weiter, die gerade Platz für ein Auto bot. Aus dem Fußraum des Beifahrersitzes nahm sie das Blaulicht, öffnete das Fenster, machte es auf dem Dach des Autos mit der magnetischen Halterung fest und fuhr los.

Wie befürchtet, war auch das Blaulicht im Stadtverkehr nur mäßig hilfreich. Nachdem sie auf die Périphérique aufgefahren war, änderte sich das. Jetzt hatten die Autos Platz, ihr auszuweichen, und Geneviève stieg aufs Gas. Sie folgte der ringförmigen Stadtautobahn im Uhrzeigersinn bis zum Ufer der Seine, wo sie auf die A4 abbog, die sie in östlicher Richtung aus der Stadt brachte. Je länger sie fuhr, desto spärlicher besiedelt wurde die Gegend und desto mehr Grün machte sich breit. Auf halber Strecke machte sie eine kurze Pause, um sich einen grauenhaften Kaffee auf einer Raststation zu gönnen. Bei Dormans fuhr sie von der Autobahn ab, der restliche Weg führte über Landstraßen bis nach Hautvillers. Je mehr sie sich dem Dorf im Herzen der Champagne näherte, desto malerischer wurde die Landschaft. Kilometerweit breiteten sich links und rechts Hügel und Wälder aus, die schließlich von den Weinbergen der Champagne abgelöst wurden. Der Stress der Großstadt schien hier wie verflogen, vielmehr fühlte sich Geneviève mitten in ein Landschaftsgemälde Renoirs versetzt. Das mochte kitschig klingen, traf ihre Gefühlslage aber exakt. Hier und da ein paar grasende Rinder, niedrige Steinmauern und größere und kleinere Weingüter, die in der Entfernung wie cremig weiße Flecken in der herbstlich bunten Landschaft wirkten. Es war ganz anders als ihre Heimat an der Côte d'Azur, und doch fühlte sie sich gleich wie daheim. Die Luft war noch immer angenehm warm. Sie ließ die Fenster runter und schaltete das Autoradio richtig laut. Veronique Sanson plärrte aus den Lautsprechern, ihr Haar wehte im Fahrtwind – das war Freiheit!

Noch ein paar Minuten, und sie erreichte die Ortschaft Hautvillers. Ein paar Einfamilienhäuser am linken Ortsrand, rechter Hand Weinhügel, die sich bis zum Horizont zu ziehen schienen. Nicht einmal 800 Menschen lebten hier, und doch war dies die Wiege der Champagner-Produktion. *Dom Perignon*, der wohl berühmteste und älteste Champagner der Welt, stammte von hier. Etliche andere bekannte Weingüter waren ebenfalls hier beheimatet.

Ihr Navi leitete Geneviève tiefer in das idyllische Dorf. Die schmalen, schlecht asphaltierten Straßen waren von den für die Gegend typischen Steinhäusern gesäumt. Manche davon spektakuläre Villen mit in den Hang gebauten Tiefgaragen, andere normale Einfamilienhäuser. Viele dieser Häuser waren mit schmiedeeisernen Schildern geschmückt, wie Geneviève feststellte. Sie passierte diese jedoch zu schnell, um feststellen zu können, was darauf geschrieben oder gemalt war. Die schmalen Straßen führten wie eine Hochschaubahn durch das Dorf, mal rauf, dann wieder runter. Es war unbestreitbar, dass sie sich hier mitten in einer Weinberggegend befand.

Ihr Ziel befand sich am südlichen Rand des Dorfes. Hier wurden die Häuser spärlicher, die Weingärten krochen noch näher an die Zivilisation heran.

»Sie haben Ihr Ziel erreicht«, erklärte die weibliche

Computerstimme ihres Navis. Sie stand vor einem offenen schmiedeeisernen Tor. Auf dem Schild darüber stand »Chateau Flamant«. Darunter führte eine gekieste Straße in sanften Kurven den Hügel hinauf, mitten durch Weingärten. Geneviève folgte der Straße, unter ihren Reifen knirschte der Kiesel. Am Ende der Straße war ein großer offener Platz, in der Mitte ein beeindruckender Springbrunnen, dahinter das namensgebende Chateau. Links vom dreistöckigen Schlösschen, das von einem runden Eckturm überragt wurde, bemerkte sie eine Terrasse mit weißen Sonnenschirmen und Rattanmöbeln, auf denen gut ein Dutzend Menschen die herbstliche Nachmittagssonne bei einem Cocktail genossen. Hinter der Terrasse schimmerte bläulich das Wasser eines großen Swimmingpools. Soweit Geneviève sehen konnte, war niemand abgehärtet genug, ihn zu dieser Jahreszeit noch zu benutzen.

Sie parkte ihren Wagen auf einem der gekennzeichneten Plätze rechts des Chateaus. Anhand der Kennzeichen erkannte sie, dass es sich bei den anderen geparkten Autos nicht um Besucher aus der Gegend handelte. Touristen? Wenn, dann von der superreichen Sorte. Ferrari, Aston Martin, Bentley – sie kam sich mit ihrem kleinen Clio richtig schäbig vor. In dem Moment war auch vergessen, dass ihr Vater in Cannes einen ähnlichen Fuhrpark in der Garage hatte. Damit hatte sie sich jedoch nie wirklich identifiziert. Von *Papas* Autos lag ihr nur ein einziges am Herzen: ein roter Alfa Spider aus dem Jahr 1963. Den borgte sie sich auch immer aus, wenn sie ihre Eltern an der Côte d'Azur besuchte.

Während sie über die Steintreppe fünf Stufen hoch zum Haupteingang des Chateaus stieg, bewunderte sie die Umgebung. Das leise Gemurmel der Gäste auf der Terrasse vernehmend, überwältigte sie der unvergleichliche, atemberaubende Blick auf die sanft ansteigenden und abfallenden Weinberge. Geneviève war einiges gewöhnt und ließ sich nur selten beeindrucken, aber dieses Chateau in dieser Lage … Da konnte man schon ein wenig neidisch werden.

Die Empfangshalle des Landguts war gigantisch, Geneviève fand kein anderes Wort dafür. Der zentrale Teil des Schlösschens war – wohl im Nachhinein – ausgehöhlt worden, sodass der Blick auf ein beeindruckendes Glasdach gezogen wurde, das in bester Kirchenfenstermanier mit bunten Blumen und sich windenden Weinranken bemalt war. Die Wände waren in einem cremigen Weiß gehalten, das den Fassaden der Häuser in der Gegend entsprach, der Boden mit weißem Marmor verfliest. In der Mitte stand eine einladend wirkende weiße Couchgarnitur. Über den gesamten Bereich waren meterhohe Topfpflanzen verteilt. In einer Ecke führte eine breite Treppe ins nächste Stockwerk, von dessen Balkon man hinunter in die Empfangshalle blicken konnte. Dasselbe Spiel wiederholte sich mit dem zweiten und dritten Stockwerk. In einer anderen Ecke entdeckte sie die im Vergleich zum restlichen Prunk dezent wirkende Rezeption. Eine junge Frau mit hochgesteckten Haaren saß hinter dem Pult aus Mahagoniholz. An der Wand hinter ihr hing eine Art brauner Setzkasten mit Nummern von 1 bis 35. In Geneviève stieg die Vermutung auf, dass das Weingut zum Teil auch ein Hotel war.

»Madame?«

»*Oui?*«, antwortete die junge Dame und schaute auf.

»Ich würde gerne mit Ihrer Chefin sprechen«, sagte Geneviève.

»Haben Sie einen Termin? Oder eine Zimmerreservierung?«

Als Antwort zog Geneviève ihre Dienstmarke. »Ich wäre Ihnen wirklich sehr verbunden, wenn Sie Ihre Chefin rufen könnten.«

»Madame Flamant ist derzeit wirklich nicht zu sprechen. Sie ist in der *Mairie* bei einer Besprechung mit dem Bürgermeister«, beharrte die Rezeptionistin. »Ich kann versuchen, Monsieur Maxime zu erreichen.«

Geneviève nickte ihr zu.

Die Rezeptionistin tippte auf das Keyboard ihres Laptops. »Darf ich Ihnen einen Kaffee anbieten, während Sie warten?«

»Gerne.«

Die junge Dame verließ ihren Platz und deutete Geneviève, ihr zu folgen. Durch einen großen Wanddurchbruch ging es in einen Nebenflügel. Dort waren das Restaurant und die Bar des Chateaus untergebracht. Die Farbgestaltung wurde hier wärmer. Es überwogen dunkle Beigetöne. In kunstvoll auf alt hergerichteten Holzregalen wurden die Champagner des Weinguts präsentiert. Die Wände waren aus groben Steinen, eine braune Sitzbank zog sich über die gesamte Länge des Raums. Die dazugehörigen Tische muteten unerwartet unspektakulär an. Die Sessel der Tische waren mit dunkelbraunem Leder überzogen, der Boden war aus Nussholz. Die Bar schwang sich in einem Halbkreis um eine Ecke des Speisesaals. Dahinter verrichtete ein Barkeeper seinen um diese Uhrzeit recht einsamen Dienst. Schließlich galt es, die Gäste draußen auf der Terrasse mit Nachschub zu versorgen.

Die Rezeptionistin übergab Geneviève an den *garçon*, bei dem sie an der Bar *un cappuccino* bestellte. Erfreulicherweise bekam sie die italienische Variante mit geschäumter Milch und nicht die auf dem Land präferierte Version mit Schlagsahne serviert. Der Service konnte sich also schon mal sehen lassen. »Wir sind ein 4-Sterne-Superior-Hotel«, erklärte ihr der Barkeeper mit unüberhörbarem Stolz, nachdem sie ihn für den Kaffee gelobt hatte. Nach der Raststätten-Brühe war diese Tasse Kaffee wie der Himmel auf Erden. »Außerdem ist es unsere eigene Kaffeemarke, Madame«, fügte er hinzu.

»Hier wird nicht nur Champagner produziert?«, fragte Geneviève erstaunt.

»Früher schon. Heute ist das Weingut nur Teil eines großen Unternehmens.« Geneviève drehte sich um. Vor ihr stand ein großer Mann, der etwa in ihrem Alter sein musste, also Mitte 30. Halblanges sandblondes Haar, braune Augen, ein freundliches Lächeln im Gesicht. Die Haut gebräunt. Er trug weite weiße Leinenhosen, dazu ein Hemd in derselben Farbe und aus demselben Stoff, dessen oberste drei Knöpfe geöffnet waren und den Blick auf eine leicht behaarte Brust freigaben. An den Füßen trug er Flip-Flops. Die ganze Aufmachung erinnerte an den Sommer, nicht an den Herbst, auch wenn das Wetter aktuell ein wenig so anmutete.

»Maxime Flamant, es freut mich, Ihre Bekanntschaft zu machen, Madame …?« Der Mann hatte ihr seine rechte Hand entgegengestreckt. Eher eine Pranke. Geneviève reichte ihm ihre Hand. Sie spürte Schwielen an seiner Handfläche. Es war eine Hand, mit der schon viel gearbeitet worden war. Zugleich musterte sie den Mann nochmals genauer von oben bis unten. So hatte sie sich ein Entführungsopfer, das zehn Jahre im kolumbianischen Dschungel verbracht hatte, nicht vorgestellt. Maxime Flamant machte den Eindruck blühenden Lebens.

»Morel. Geneviève Morel«, gab sie bereitwillig Auskunft.

»Was führt eine Kommissarin aus Paris auf unser Weingut?«

Geneviève schluckte. So direkt wollte sie mit der schrecklichen Nachricht nicht ins Haus fallen. »Es geht um Ihre Schwester«, druckste sie herum. Einer Familie die Todesnachricht zu überbringen, gehörte mit zu den unangenehmsten Aufgaben der Polizei.

»Anne? Was hat der Wildfang denn schon wieder angestellt?«, lachte Flamant laut. »Joel, einen Espresso für mich«, wandte er sich zugleich an den *garçon*.

»*Tout de suite!*«

Geneviève lehnte sich mit dem Ellbogen auf die Bar. »Wie kommen Sie darauf, dass Ihre Schwester etwas ausgefressen haben könnte?«

»Nun, wenn sich eine Kommissarin aus Paris hier heraus zu uns bemüht ... Die Idee, sich an dem Weinfest zu beteiligen, kam von Anne. Meine Mutter war strikt dagegen. Hat sie es übertrieben? Sie war schon immer sehr impulsiv und hatte die verrücktesten Ideen.«

»Nein, nein. Das ist es nicht«, wiegelte Geneviève ab. Das fröhliche Gemüt Flamants machte sie nervös. War das bei ihm immer noch das Adrenalin, endlich wieder in Freiheit zu sein? »Ihre Schwester ... sie ist tot.«

Flamant griff sich an die Brust. Mit der anderen Hand stützte er sich an der Bar ab. Joel eilte um die Theke herum und schob seinem Boss einen Barhocker unter das Gesäß. Auf Geneviève machte all das einen ehrlichen Eindruck. Die Überraschung war echt. Sie ertappte sich dabei, das als schade zu empfinden. Flamant war bei ihr auf der Liste der Verdächtigen ganz oben gestanden.

»Wollen Sie ein Glas Wasser?«, fragte Joel. Flamant nickte, ein paar Sekunden später hatte er das Wasser vor sich auf der Theke stehen. Geneviève hatte sich in der Zwischenzeit ebenfalls einen Barhocker genommen.

»Standen Sie sich sehr nahe?«, fragte sie. Man konnte ja nie wissen. Nicht alle Geschwister waren ein Herz und eine Seele. Sie musste nur auf sich und ihren Bruder schauen. Allerdings, den Tod hätte sie Frédéric auch nicht gewünscht.

Wenigstens jetzt nicht mehr.

»So nah es nach so langer Zeit ging«, antwortete Flamant. »Ich war mehr als zehn Jahre weg.« Er machte eine kurze Pause. »Weit weg«, fuhr er schließlich mit einem schwachen Schmunzeln fort. Immerhin, der Mann hatte Selbstironie. Auch nach so einer schweren Zeit. »Sie wissen, dass ich mich das letzte Jahrzehnt über in Gefangenschaft befunden habe? In Kolumbien?«

Geneviève nickte. »Ja, auch wenn ich zugeben muss, dass ich die Geschichte nicht genau kenne. Sie müssen entschuldigen. Ich habe ständig mit so vielen Verbrechen zu tun. Da kann ich mich mit jenen, die mich nicht direkt betreffen, nicht so intensiv beschäftigen.«

Flamant winkte ab. »*Pas de problème*. Mir ist bewusst, dass ich nicht der Nabel der Welt bin. Außer für meine Familie.« Er ließ sich von Joel das Glas Wasser nachfüllen. »Wie ist es passiert?«

»Mit Anne?«, fragte Geneviève. Der Themenwechsel hatte sie auf dem falschen Fuß erwischt.

Flamant nickte. »Ja, wie ist sie gestorben?«

Geneviève räusperte sich. »Ihre Schwester wurde erschlagen.«

»Ermordet? Wer könnte meiner Schwester so etwas antun wollen? Sie mochte ein Wildfang gewesen sein, aber sie war überall beliebt. Vielleicht genau deshalb. Ich war immer das genaue Gegenteil. Sehr zurückhaltend, zurückgezogen.«

»Genau das wollte ich Sie fragen. Wer hätte ein Motiv, Ihre Schwester zu töten?«

Flamant zuckte mit den Schultern. »Keine Ahnung. Aber wie gesagt, ich war die letzten zehn Jahre nicht hier. Könnte sie sich in dieser Zeit Feinde gemacht haben? Das müssen Sie meine Mutter fragen. Sie kann Ihnen da eher weiterhelfen. Aber erzählen Sie bitte, was genau mit meiner Schwester passiert ist.«

»Soweit wir bisher sagen können, wurde sie mit einem Stein erschlagen. Danach hat man sie in einem Weinbottich verschwinden lassen, der zum Traubenstampfen gedacht war.«

Flamant schlug die Augen nieder. »*Mon Dieu.* Das ist ... entsetzlich.«

»Ich muss Sie trotzdem bitten, sie zu identifizieren. Schauen Sie.« Sie zeigte ihm das Foto der Toten auf dem Handy. Gefasst nickte Flamant. Seine Lippen waren fest zusammengepresst. Geneviève spürte, wie er sich zurückhielt. »Um ganz sicherzugehen: Anne hatte eine Tätowierung am Rücken.«

»Das Logo eines Fußballvereins«, bestätigte Geneviève.

»Dann ... dann ist sie es wirklich. Soll ich trotzdem nach Paris kommen, um die Leiche persönlich zu identifizieren?«

»Es reicht, wenn Sie mir etwas mitgeben würden, mit dem wir einen DNA-Abgleich machen können. Haare aus einer Bürste oder Ähnliches.«

»Kein Problem. Sie können sich gerne in ihrer Wohnung umsehen und mitnehmen, was Sie brauchen.« Er trank sein Wasser auf einen Zug aus, dann fragte er: »Ich brauche jetzt etwas Stärkeres. Darf ich Sie einladen?«

»Keinen Schnaps, danke.«

»Daran habe ich nicht gedacht.« Er wandte sich an den *garçon*: »Joel, bitte zwei Gläser vom Besten, was wir haben.«

»*Bien sûr, Monsieur.*« Joel verschwand und kehrte ein

paar Minuten später mit einer angestaubten Flasche zurück. »Ein *Flamant Prestige 2001*. Passt das so?«

Flamant nickte. »*Merci*, Joel. Eine gute Wahl.« Er entkorkte den Champagner und schenkte zwei Gläser ein. Nach kurzem Überlegen schenkte er ein drittes Glas ein. »Für dich, Joel, das muss heute drin sein.«

Geneviève nahm das ihr gereichte Glas mit dem prickelnden Rosé an. Sie hielt das Glas gegen das Licht. So waren die feinen Perlen gut zu erkennen. Dieses Qualitätsmerkmal stimmte schon mal. Auch der Geruch versprach einiges.

»Auf Anne!«, sagte Flamant schließlich und nahm einen kleinen Schluck. Geneviève tat es ihm gleich. Der Champagner prickelte leicht auf der Zunge. Das Gleichgewicht zwischen Süße und Säure war hervorragend. Neben ihrer kriminellen Ausbildung hatten sie *Papa* und *Mamie* auch anderes gelehrt, was sich immer wieder als praktisch erwies. So auch, wie man gute und schlechte Weine voneinander unterschied. Immerhin war es der Plan gewesen, dass sich Geneviève in den noblen Kreisen der französischen Gesellschaft bewegen sollte. Dass dem nicht der Fall war, bedeutete nicht, dass diese Lehrstunden verschwendet waren.

»*Formidable*«, befand sie, nachdem sie einen größeren Schluck gemacht hatte.

Flamant lächelte selig. »Danke, das bringt meine Anne zwar nicht zurück, aber sie hätte sich über dieses Lob sicher gefreut. Der Champagner ist gleich alt wie sie. Ein guter Jahrgang.«

Geneviève nahm den Gesprächsfaden dankbar auf. »Waren Sie in die Vorbereitungen für das Weinfest eingebunden?«

»Nein, nein. Ich bin ja erst ein paar Wochen zurück. Ich muss mich zunächst wieder akklimatisieren.«

»Wie genau ist das abgelaufen? Was haben Sie damals in Kolumbien gemacht?«

Flamant lachte. Es war ein zynisches Lachen. Seine Augen und Mundwinkel lachten nicht mit. »Eigentlich hätte ich zu dem Zeitpunkt meiner Entführung gar nicht mehr dort sein sollen. Da war das Geschäft bereits abgeschlossen, aber ich musste ja unbedingt noch zwei Wochen Urlaub anhängen.«

»Das Geschäft?«

Flamant nickte. »Sie hatten geraden einen Kaffee, *n'est-ce pas*? Der ist aus unserer eigenen Produktion.«

»Das hat mir Joel bereits erklärt. Sie rösten den Kaffee hier in Frankreich?«

»Ja«, lachte Flamant. »Das ist aufwendig, aber zahlt sich aus. Wir machen keine großen Mengen, sondern bewegen uns im Luxus-Segment. Klein, aber fein. Wir beliefern mit unserem Kaffee nur einige ausgewählte Kaffeehäuser und Luxushotels. Es hat keinen Sinn, im großen allgemeinen Markt mitmischen zu wollen. Da sollen sich ruhig die anderen die Schädel einschlagen. Wir haben unsere Nische, und die funktioniert gut. Meine Mutter hat das auch ohne meine Anwesenheit gut eingerichtet.«

»Warten Sie«, unterbrach Geneviève ihn. »Das Geschäft startete, nachdem Sie entführt wurden?«

»Ja«, antwortete Flamant wie selbstverständlich. »Meine Eltern waren der Meinung, dass sie so besser Kontakt mit den Behörden in Kolumbien halten könnten. Dort drüben regelt Geld jede Menge. Eigentlich alles. Also hat man Geld in die Wirtschaft gepumpt und auf Resultate gehofft.«

»Die aber nie gekommen sind.«

»Nun, ich sitze jetzt hier vor Ihnen.«

»Das müssen Sie mir auch noch erklären.«

»Das ist eine lange Geschichte«, wiegelte Flamant ab. »Nur so viel: Es ist mir gelungen, mich zu befreien. Nach zehn Jahren kennt man die Gepflogenheiten seiner Entführer ganz gut.«

»Gab es nie eine Lösegeldforderung?«

»Doch. Sehen Sie.« Er hielt seine linke Hand hoch. Der kleine Finger fehlte. »Als Beweis, dass man mich entführt hatte, wurde mir ein Finger abgehackt und meiner Familie geschickt. Glauben Sie mir, keine schöne Erfahrung.«

»Ist Ihre Familie damit zur Polizei gegangen?«

»Natürlich! Aber wie üblich wurde davon abgeraten, das geforderte Lösegeld zu zahlen.«

»Wie hoch war es?«

»Zehn Millionen.«

Geneviève schluckte, das war eine schöne Stange Geld. »Haben Ihre Eltern gezahlt?«

»Welche Eltern würden das nicht tun!«

»Aber freigelassen wurden Sie nicht.«

»Leider nein.«

»Wer hat Sie denn entführt? Ist in Kolumbien ja nicht so übersichtlich.«

»In meinem Fall waren es die Rebellen. Die FARC-EP. Oder kurz: die selbst ernannte Volksarmee. Selbstverständlich ist das Geld direkt in den Drogenhandel geflossen, den diese Schweine betreiben.«

Es war das erste Mal, dass Geneviève in seiner Stimme Emotionen hörte. Wut, Enttäuschung, sogar ein wenig Hass.

»Wo hat man Sie festgehalten?«

»Im Dschungel. Selbst bei einem Fluchtversuch waren die Aussichten auf eine erfolgreiche Flucht gleich null.«

»Aber Sie haben es geschafft.«

»Wie gesagt, über die Jahre lernt man dazu. Die Geiselnehmer werden leichtsinniger. Es entwickelte sich wohl etwas wie ein umgekehrtes Stockholm-Syndrom. Ich hatte immer die Flucht im Sinn, und meine Geiselnehmer wurden nachlässig. Irgendwann sahen sie mich quasi als einen der ihren an. Mir wurden Freigänge erlaubt, ich durfte mich mit Begleitung im Dschungel aufhalten, mit auf die Jagd gehen. Neben Drogen sind exotische Tiere und deren Leder eine wichtige Einnahmequelle für die Rebellen. Also lernte ich, mich im Dschungel zurechtzufinden.«

»Und schließlich zu befreien.«

»Genau. Aber das können Sie auch im offiziellen Polizeibericht nachlesen. Ich wurde nach meiner Rückkehr mehrmals befragt. Man wollte alles wissen.«

»Das werde ich machen«, erklärte Geneviève. Flamants Geschichte war spannend gewesen. So spannend, dass sie gar nicht gemerkt hatte, wie Joel ihr Glas wieder aufgefüllt hatte. Sie musste sich zurückhalten, schließlich wollte sie heute noch heimfahren.

»Maxime, *mon cher*! Wer ist diese Frau?«

»Das ist *Commissaire* Geneviève Morel, *Maman*.«

Eine ältere Frau hatte sich unbemerkt zu ihnen an die Bar gesellt. Sie war kleiner als Geneviève, trug, wie die Kommissarin mit Kennerblick feststellte, ein klassisches *Chanel*-Kostüm und hatte ihre Haare schwarz gefärbt. Auch das entging Geneviève nicht. Sie schätzte sie auf knappe 60 Jahre.

»Champagner, Madame?«, fragte Joel unterwürfig. Die Stimmung an der Bar war mit einem Schlag auf unter null gesunken. Die Matriarchin des Flamant-Clans musterte Geneviève mit strengem Blick.

»Madame, ich kenne Sie nicht. Sie sind keine Polizistin aus der Gegend.«

»Nein, bin ich nicht«, bestätigte Geneviève. »Ich leite das Kommissariat des 18. *Arrondissements* in Paris.«

»Anne!«, schnaubte Madame Flamant. »Was hat sie denn ausgefressen?«

»*Maman.*« Maxime Flamant legte eine Hand beruhigend auf den Arm seiner Mutter. »Anne ... sie ist tot. Sie wurde ermordet.«

Madame Flamants Blick wurde eisig. Ihre ganze Körperhaltung verströmte Widerwillen. Geneviève versuchte erst gar nicht, sich einzumischen.

»Unmöglich«, stellte Madame Flamant dezidiert fest, machte auf dem Absatz kehrt und verschwand.

»Sie müssen meine Mutter entschuldigen«, erklärte Flamant. »Sie tut sich im Umgang mit Fremden nicht leicht. Ebenso wenig wie mit schlechten Nachrichten. Nach meinem Verschwinden hat sie sich einen Panzer zugelegt. Wohl zulegen müssen. Mein Vater hat sich damals aus Gram mehr oder weniger komplett aus dem Familiengeschäft zurückgezogen, alles blieb an ihr hängen. Sie erwartet, dass Sachen so passieren, wie sie sie haben will. Widerspruch wird hier nicht akzeptiert.«

»Woher wissen Sie das? Sie waren die letzten zehn Jahre doch nicht hier.«

Flamant lächelte. »Einiges hat mir meine Schwester erzählt. Wir haben viel Zeit in den letzten Wochen miteinander verbracht. Den Rest habe ich selbst mitbekommen. *Maman* war mit vielen Entscheidungen meiner Schwester nicht einverstanden. Aber sie musste sie schlucken. Wissen Sie, das Weingut und alles, was dazugehört, war Eigentum meines Vaters. Seine Familie baut hier seit über einem Jahrhundert Wein an. Er hat schließlich entschieden, dass das Weingut an meine Schwester übergeben wird. Meine Mutter musste sich fügen.«

»Aber ursprünglich waren Sie als Erbe vorgesehen?«

»Grundsätzlich ja, aber ich hatte immer vor, das Weingut gemeinsam mit meiner kleinen Schwester zu führen. Ich weiß nicht, wie es jetzt weitergehen soll.«

»Nun, jetzt werden Sie wohl übernehmen.«

»Wahrscheinlich, aber ich will gar nicht daran denken. Ein Leben ohne Anne? Zehn Jahre lang habe ich darauf gewartet, meine kleine Schwester wiederzusehen, und jetzt wird sie mir nach so wenigen Wochen entrissen.«

Schweigend tranken sie aus. Geneviève konnte sehen, wie es hinter Flamants Stirn arbeitete. Sie hoffte, dass er zur Aufklärung des Falls würde beitragen können. Sie wurde das Gefühl nicht los, dass es einen Zusammenhang zwischen seiner Rückkehr und Annes Tod gab. Welchen, den galt es herauszufinden.

»Zeigen Sie mir noch die Wohnung Ihrer Schwester? Ich würde mich gerne wegen der DNA-Probe umschauen.«

»Natürlich, natürlich«, sagte Flamant.

Er führte Geneviève zurück in die Empfangshalle. »Lift oder Treppen?«, fragte er.

»Treppen«, antwortete Geneviève bestimmt.

Es ging hinauf in den letzten Stock, den offenen Balkon unter dem spektakulär gestalteten Dachfenster entlang, das aus der Nähe noch atemberaubender aussah, und durch eine kleine, unauffällige Holztür in den Eckturm. Sie folgten einer engen Wendeltreppe weiter in die Höhe. Das oberste Turmzimmer war Annes gewesen. So hatte sich Geneviève als Kind immer das Gefängnis von Rapunzel vorgestellt. Ein schier endloser Blick über die weitläufigen Weinberge der Gegend, die Geräusche der Hotelgäste von der Terrasse nur ein entfernter Gedanke. Das Zimmer war hell, aber klein. Mehr als 30 Quadratmeter konnte es nicht haben. Unter einem der beiden Fenster stand ein Doppelbett, daneben eine offene Dusche und ein Waschbecken – architektonisch geschickt untergebracht in einem einzelnen Raum, der keine einzige Ecke besaß. Eine Küche suchte man vergeblich, aber die war wohl auch nicht notwendig, wenn man jederzeit auf eine professionelle Hotelküche zurückgreifen konnte.

Jedes einzelne Möbelstück in diesem Raum musste nach Maß angefertigt worden sein. Auch die Schränke, die exakt in die gewölbten Wände passten. Ebenso wie der Schreibtisch, der – wie Geneviève aufgrund der hufeisenförmig angebrachten matten Glühlampen annahm – zugleich als Schminktisch diente.

Alles sah aus, als hätte die Tote es erst vor wenigen Minuten verlassen. Das Bett war nicht gemacht, getragene Kleidung hing über einer Sessellehne. Ein offenes Notizbuch auf dem Tischchen. Daneben eine angebrochene Flasche Mineralwasser. Auf einem Nachtkästchen lag ein Buch, das Lesezeichen etwa in der Mitte eingeklemmt. Anne würde es niemals zu Ende lesen können. Neben dem Buch eine Fernbedienung. Erst jetzt fiel ihr auf, dass an der Wand gegenüber dem Bett ein Flatscreen-TV an der Wand hing. Neben der Dusche sah sie einen kleinen Weinkühlschrank, angefüllt mit etwa einem Dutzend Flaschen. Geneviève wettete, dass es sich um hauseigenen Champagner handelte. Noch etwas, das Anne nie mehr würde genießen können.

Sie streifte sich Handschuhe über und nahm eine Haarbürste sowie einen Schminkpinsel. Beides steckte sie in eine Plastiktüte.

»Reicht Ihnen das?«, fragte Flamant.

»Ich denke schon. Sicherheitshalber würde ich Sie bitten, das Zimmer verschlossen zu halten und niemanden heraufzulassen. Vielleicht müssen wir uns nochmals umsehen. Dann wäre es gut, wenn keine Spuren verwischt wären.«

»Selbstverständlich, Madame. Die Gefahr besteht ohnehin nicht. Meine Schwester war immer schon sehr selbstständig. Sie hat auch ihr Zimmer selbst geputzt, und außer dem Personal hätte niemand einen Grund, hier hochzukommen.«

Geneviève überzeugte sich, dass Flamant das Zimmer beim Verlassen mit einem Schlüssel absperrte.

Flamant zog den Schlüssel aus dem Schloss, steckte ihn in seine Hosentasche und drehte sich zu ihr. Auf dem engen Treppenabsatz war kaum Platz für zwei Leute. Sie war sich nicht sicher, ob Maxime Flamants unmittelbare Nähe angenehm oder unangenehm war. Er trug kein Parfum, roch aber dennoch verführerisch. Er hatte eine ganz eigene Ausstrahlung, das musste man ihm lassen.

Sie standen so eng aneinander, dass kaum ein Blatt Papier dazwischen passte.

»So nah und doch so fern«, sagte Flamant eindeutig zweideutig. Dabei sah er ihr in die eisblauen Augen. Er war einer der wenigen Männer, die ihrem Blick nicht auswichen. Dann schob er sich noch näher an sie heran, presste sie sanft gegen die kühle Steinwand. Sein Kopf näherte sich ihrem. Mit der Hand gebot sie ihm Einhalt.

»*Non, Monsieur!*«

Flamant ließ sich davon nicht abhalten. Er drückte seinen Körper fest an ihren. Durch seine dünnen Leinenklamotten konnte sie jeden seiner Muskel spüren. Und noch etwas, das eindeutig kein Muskel war. Sie umarmte ihn, worauf Flamant sie noch mehr bedrängte. Aber damit hatte sie gerechnet. Sie nutzte seinen Druck, um sich seitlich wegzudrehen und zugleich ihn gegen die Wand zu drücken.

»Ich sagte Nein, Monsieur«, meinte sie tadelnd, lächelte dabei aber.

»Verzeihen Sie mir, ich weiß nicht, was in mich gefahren ist.« Flamant blickte betroffen zu Boden.

»Lassen wir es gut sein. Aber gehen Sie bitte voran.«

Während Flamant vor ihr die Treppen hinunterstieg, ließ Geneviève den Schlüssel zu Annes Zimmer in ihrer Hosentasche verschwinden. Während Flamant aufdringlich geworden war, hatte sie ihm mit einem simplen Taschendiebtrick den Schlüssel geklaut. *Mamie* wäre stolz auf sie.

EIN UNMORALISCHES ANGEBOT

»Wollen Sie mir das Weingut zeigen, bevor ich mich wieder auf den Heimweg mache?«

Flamant lächelte charmant. »Ich habe das Gefühl, als hätten Sie sich ein wenig in die Gegend verliebt. Kann das sein? Keine Angst, Sie wären nicht die Erste. So hat es auch meine Mutter hierher verschlagen.«

Geneviève fühlte sich ertappt. Ja, sie hatte tatsächlich wenig Lust, jetzt schon wieder nach Paris und zu ihrer versammelten Großfamilie zu fahren. Sie erwiderte sein charmantes Lächeln, konnte gar nicht anders. Der Typ hatte einfach eine umwerfende Ausstrahlung. »Wer weiß? Vielleicht komme ich für ein paar Tage zurück. Jeder braucht mal Urlaub.«

»Es wäre mir eine Freude, Sie einzuladen.« Der Blick, den er ihr schenkte, hätte andere Frauen auf der Stelle zum Schmelzen gebracht. Geneviève riss sich zusammen und erwiderte seine Einladung mit dem kühlen Hochziehen einer Augenbraue.

»So sehr mich das auch ehrt, Monsieur Flamant, aber das würde unter Bestechung fallen, und damit möchte ich gar nicht erst anfangen. Nein, wenn ich tatsächlich bei Ihnen absteigen sollte, dann läuft alles regulär ab.«

»Wie Sie meinen, Madame. Kommen Sie, ich zeigen Ihnen den Rest des Weinguts.«

Sie verließen das Chateau über den Haupteingang. »Die Terrasse kennen Sie ja bereits. Hier können unsere Gäste sich bei einem Cocktail oder einem Glas Champagner entspannen, bevor es um 18 Uhr zum *diner* geht.«

»Jedes Mal gesetzt?«

»*Bien entendu, Madame!* Sie erwarten von einem Haus wie dem unseren doch nicht ein All-you-can-eat-Buffet?«

Geneviève musste ob der Empörung Flamants lachen. »Nein, natürlich nicht.«

Flamant führte sie ums Eck des Chateaus. Sie marschierten über einen mit Terrakottafliesen ausgelegten Weg, der sich durch die noch immer sattgrüne Wiese wand. »Unser Pool ist state-of-the-art und beheizt, damit man ihn auch im Winter benutzen kann.«

»Momentan traut sich aber niemand hinein«, stellte Geneviève fest.

Flamant zuckte mit den Schultern. »Wir zwingen niemanden dazu. Ich drehe jedenfalls jeden Morgen ein paar Runden.«

Sie blieben am Rand des Pools stehen. Es war ein Naturpool, und Geneviève verspürte das unbändige Verlangen, ihre Klamotten abzustreifen und hineinzuspringen. Allein der Ausblick vom Pool war gewaltig. Sie konnte sich gut vorstellen, hier nur stundenlang am Poolrand zu lümmeln und in die Ferne zu schauen.

»Kommen Sie, es gibt noch einiges zu sehen.«

Geneviève folgte ihm weiter in die Weinberge.

»Hier sind unsere *gîtes*. Die Bungalows sind selbstverständlich mit jeglichem Luxus ausgestattet.«

Geneviève sah ein halbes Dutzend Steinhäuser, die mit genug Abstand zueinander um das Chateau verteilt waren, jeweils am Rand der Rieden.

»Bevor Sie fragen: Nein, die Mieter müssen sich nicht selbst versorgen. Sie wohnen nur außerhalb. Die Mahlzeiten werden in unserem Restaurant eingenommen.«

»Keine Selbstversorger?«, lachte Geneviève.

»Lachen Sie nicht, hatten wir auch schon«, gestand Flamant. »Manchmal sind die reichsten Menschen jene, die am bodenständigsten sind.« Geneviève sah ihn zweifelnd an. »Okay, sagen wir so: Sie versuchen manchmal, sich bodenständig zu geben. Wenigstens im Urlaub. Aus diesem Grund sind unsere *gîtes* allesamt mit hochmodernen Küchenzeilen ausgestattet.«

»Wie viele davon wurden auch tatsächlich schon benutzt?«

»Kommen Sie weiter«, lachte nun Flamant, ohne die Frage zu beantworten. Was auch schon wieder Antwort genug war.

Nun ging es tiefer in die Weinrieden.

»Welche Sorten bauen Sie hier an?«

»Hauptsächlich Spätburgunder, Chardonnay und Pinot Noir. Aus diesen Trauben wird ein Großteil unserer Champagnersorten gemacht.«

»Wie war die diesjährige Ernte?«, fragte Geneviève, der keine andere vernünftige Frage mehr einfiel.

»Zufriedenstellend. Wir hatten schon bessere Jahrgänge, aber auch schlechtere. *Comme ci, comme ca.*«

»Wie groß ist Ihr Anbaugebiet?«

»Wir besitzen in etwa 50 Hektar.«

Geneviève konnte damit nicht viel anfangen. »Ist das viel?«

Flamant klärte sie auf: »Das komplette Produktionsgebiet der Champagne umfasst in etwa 34.400 Hektar auf rund 300 Gemeinden aufgeteilt. Es gibt insgesamt um die 16.000 Winzer, die diese Fläche bewirtschaften. Nur in diesem Gebiet produzierte Schaumweine dürfen Champagner genannt werden. Das wurde durch ein Gesetz aus dem Jahr 1927 beschlossen. Viele der Winzer besitzen gerade mal die

Fläche eines Tennisplatzes. Also ja – unsere Fläche kann sich durchaus sehen lassen, auch wenn es viel größere Weingüter gibt. *Roederer* besitzt zum Beispiel über 200 Hektar. Aber wir haben ja inzwischen unser Portfolio vergrößert. Man will heutzutage nicht mehr von einem einzigen Produkt abhängig sein.«

»Sie nagen also nicht am Hungertuch.«

»Soweit ich das nach meiner langen Abwesenheit beurteilen kann, nicht.«

»Was ist das da drüben?« Geneviève zeigte auf ein Gebäude, bei dem sie sich nicht sicher war, ob es sich um eine Lagerhalle oder eine Scheune handelte, und das am Rand der Weinhügel stand, nur unweit jener Landstraße, die sich durch die Hügel Richtung A4 schlängelte. Es musste die Straße sein, über die Geneviève gekommen war.

»Das ist die Lagerhalle für unseren Kaffee. Dort werden die Bohnen gemahlen oder direkt abgefüllt und für den Weitertransport fertig gemacht.«

»So weit weg von den anderen Produktionsstätten?«

»Es ist ein eigenes Produkt, und es gibt keinen Grund, wieso wir unsere Trauben und den Kaffee mischen sollten.«

»Sogar eine eigene Einfahrt?« Ganz in der Nähe der Kaffeehalle, wie Geneviève sie in Gedanken nannte, war ein Tor. Bei Weitem nicht so schmuck wie jenes, durch das sie auf das Gelände gefahren war.

»Wie gesagt, das ist eine ganz eigene Schiene und hat auch eigene Produktions- und Logistikwege. Wie hat Ihnen der Kaffee denn geschmeckt?«

»Er war hervorragend«, antwortete Geneviève wahrheitsgemäß.

»Kommen Sie, ich zeige Ihnen jetzt noch unser Spa, und vielleicht kann ich Ihnen mit dem Besuch einer unserer Suiten ja wirklich noch Lust auf einen weiteren Besuch machen.«

Flamant führte sie zurück zum Chateau. An die Rückseite schloss ein weitläufiger Wintergarten an, der in den ursprünglichen Bauplänen garantiert nicht vorgesehen war. Durch eine Seitentür gelangten sie ins Innere. Stufen führten unter die Erde.

»Normalerweise ist der Zugang zu unserem Wellnessbereich über das Untergeschoss.« Flamant vermied das Wort Keller. »Aber besonders im Winter ist dieser Eingang gerade bei unseren Saunagängern sehr beliebt. Es ist der schnellste Weg ins Freie.«

»Sie meinen, Ihre Gäste kommen hier pudelnackt heraus?« Sicherheitshalber schaute sie sich um, aber da waren keine Nackten zu sehen.

Flamant lachte wieder. »Soweit mir meine Schwester berichtet hat, ist es so. Aber erst im Winter, wenn es richtig kalt wird. Bei diesen Temperaturen macht es wenig Sinn. Und Sie dürfen nicht vergessen: Unsere Klientel ist hier unter sich. Außerdem werden viele Geschäfte nicht nur auf dem Golfplatz, sondern auch in der Sauna gemacht.«

Sie drangen weiter in den Spa-Bereich vor. Geneviève fühlte sich an den noblen Strandclub ihrer Eltern in Cannes erinnert, das L'art de la mer. Hatte dieselbe Innenarchitektin sich hier austoben dürfen? Die Wände waren aus Kalkstein, kunstvoll gestaltete Ammoniten und anderes versteinertes Urzeitgetier zierte die Wände – natürlich alles neu produziert, aber der Effekt war hinreißend. Dazu sanftes blaues Licht, heller Steinboden, durch eine Fußbodenheizung gewärmt, meditative Musik und in regelmäßigen Abständen versprühtes unaufdringliches Raumparfum. Sie fühlte sich beinahe wie daheim.

»Geschmackvoll eingerichtet«, merkte sie an.

»Hat alles meine Schwester veranlasst«, erklärte Flamant mit unüberhörbarem Stolz.

»Sie muss tatsächlich eine … bemerkenswerte junge Frau gewesen sein.«

»Das war sie.« Die Trauer in Flamants Stimme war nicht zu überhören. »Darf ich Sie noch auf einen Kaffee einladen, bevor Sie sich auf den Heimweg machen?«

Geneviève überlegte kurz und sagte dann zu.

Der Kaffee wurde ihnen auf der Terrasse serviert. Sie waren inzwischen allein. Der Großteil der anderen Hotelgäste hatte sich auf die Zimmer zurückgezogen.

»Was haben Sie eigentlich in der Nacht des Todes Ihrer Schwester gemacht?«, stellte Geneviève jene Frage, um die sie sich schon den ganzen Nachmittag gedrückt hatte. Aber es musste sein.

»Ich war hier auf dem Weingut«, erklärte Flamant wie aus der Pistole geschossen.

»So sicher?«, hakte Geneviève nach. Die Antwort war ihr zu schnell gekommen.

Flamant lächelte charmant. »Ganz sicher. Ich habe das Weingut seit meiner Rückkehr nicht verlassen.« Nach einer kurzen Pause verbesserte er sich: »Außer für ein paar Spaziergänge in die Ortschaft. Aber in Paris war ich seit meiner Rückkehr noch nicht. Meine Eltern werden Ihnen das bestätigen können.«

»Was ist mit Ihrem Vater?«, erkundigte sich Geneviève. Sie wärmte ihre Hände an der warmen Kaffeetasse. Die Temperatur war inzwischen merklich gesunken. Auf dem Land ging das wesentlich schneller als in der Stadt.

Flamants Blick wurde ernst. »Er hat sich nach meinem Verschwinden zurückgezogen. Macht nur mehr, was ihm Spaß macht. Der Verlust von Anne wird ihm den Rest geben, wie ich fürchte. Sie war in den letzten zehn Jahren sein Ein und Alles. Den Betrieb hat er meiner Mutter überlassen, das Weinmachen hat ihn nur mehr mäßig interessiert.«

»Hat sich das nach Ihrer Rückkehr geändert? Er muss doch heilfroh sein, dass Sie zurück sind.«

Flamant schüttelte langsam und traurig den Kopf. »Leider nein. Der Schock von damals sitzt offenbar noch immer zu tief. Natürlich hat er sich gefreut, dass ich wieder da bin. Aber innerlich hatte er sich mit meinem Tod abgefunden. Ich wurde vor ein paar Jahren für tot erklärt, wie ich nach meiner Rückkehr erfahren habe. Papa muss sich mit der neuen Situation erst wieder zurechtfinden.«

Geneviève fühlte sich seltsam berührt von Flamants Geschichte. »Das muss für Sie auch hart gewesen sein, als Sie davon erfuhren.«

»Was?«, lachte er. »Dass ich ein wandelnder Toter bin? Sie haben schon recht. Das war ein Schock. Allein die ganzen Behördenwege, damit ich meine alte Identität zurückbekomme. Aber das nimmt man gerne in Kauf, wenn man dafür wieder offiziell am Leben ist. Trotzdem wünsche ich niemandem, so etwas durchmachen zu müssen.« Er schaute Geneviève tief in die Augen. »Wenn die Belohnung allerdings ist, mit einer so schönen Kommissarin einen Nachmittag verbringen zu dürfen, könnte man es sich anders überlegen.«

Geneviève wurde warm im Magen. Was war nur los mit ihr? Sie hatte einen Freund, also sollten diese Komplimente sie kaltlassen. Sie wechselte das Thema: »Wer ist denn nun für den Champagner zuständig?«

»Wir sind aktuell auf der Suche nach einem neuen Kellermeister. Der alte ist dieses Jahr leider verstorben.«

»Mein Beileid. Trotzdem muss ich fragen: Wer hat den aktuellen Jahrgang gekeltert?«

»Mein Vater. Er hat eine Ausnahme gemacht, weil es notwendig war. Er interessiert sich zwar nicht mehr für den Betrieb, aber für Anne würde er alles machen. In diesem Fall hat er es für sie allein gemacht. Nicht für meine Mutter.«

»Lebt Ihr Vater überhaupt hier auf dem Weingut?«

»Er würde sich eher umbringen, als von hier wegzuziehen. Aber, das werden Sie inzwischen vermuten, die Ehe meiner Eltern besteht nur mehr auf dem Papier. Jeder lebt sein eigenes Leben. Mein Vater wohnt in einer der *gîtes*.« Mit einem Augenzwinkern fügte er hinzu: »Er benutzt die Küchenzeile des Appartements tatsächlich.«

Sie verließen den Spa-Bereich über eine Treppe und fanden sich schließlich in der großen Empfangshalle wieder. »Darf ich Ihnen noch eine unserer Suiten zeigen?« Flamant griff dabei nach Genevièves Hand. Sie merkte es zu spät, um sie ihm, ohne harsch zu wirken, zu entziehen. Flamant wartete nicht lange auf eine Antwort und führte sie eine weitere Treppe hinauf in den ersten Stock. Er stieß eine dunkle Doppelflügeltür aus edlem Holz auf. »Unsere Präsidentensuite!«, sagte Flamant mit unüberhörbarem Stolz. Geneviève schluckte. Selbst sie war von der Suite beeindruckt. Eigentlich handelte es sich bei der Suite um ein großes Loft.

»150 Quadratmeter«, erklärte Flamant. Das Loft war sonnendurchflutet. Raumhohe Fenster sorgten dafür. Die dominierende Farbe war Weiß. Eine Wendeltreppe aus Stein führte einen Stock höher, von der oberen Balustrade konnte man das gesamte Loft überblicken. Dicke braune Holzstreben sorgten für sparsam eingesetzte Farbakzente, ein altes Himmelbett und eine freistehende Badewanne für einen Schuss Romantik. Der helle Holzboden gab dem riesigen Raum eine angenehme Wärme.

»Ich fürchte, das könnte ich mir nicht leisten«, flunkerte Geneviève.

»Es wäre mir eine Freude, Sie einzuladen.« Flamant hielt noch immer Genevièves Hand.

»Monsieur, ich habe Ihnen doch schon erklärt, dass das aus Compliance-Gründen, wie es heutzutage heißt, gar nicht geht.« Sie gab sich einen Ruck und entriss ihm forsch ihre Hand. »Außerdem möchte ich Sie bitten, Ihre Annäherungsversuche zu unterlassen.« Der letzte Satz kam weniger unfreundlich, als der Inhalt vermuten ließ.

Trotzdem sah Flamant drein wie ein geprügelter Hund. »Entschuldigen Sie«, meinte er schließlich kleinlaut. »Ich wollte Ihnen selbstverständlich nicht zu nahe treten. Es ist nur … ich war über zehn Jahre nicht mehr mit einer Frau zusammen. Und dann kommt jemand Hinreißender wie Sie. Da können die Hormone mit einem Mann schon mal durchgehen. *Pardonnez-moi, Madame.*«

Geneviève winkte seine Entschuldigung weg, trotzdem spürte sie, wie sie rot im Gesicht wurde. »Ich muss mich jetzt wieder auf den Heimweg machen. Sie können sich vorstellen, dass in Paris eine Menge Arbeit auf mich wartet.«

»Aber natürlich. Sie halten mich auf dem Laufenden, was Ihre Ermittlungen angeht?«

»Selbstverständlich.«

Zurück in der Empfangshalle, bekam Geneviève doch noch die Möglichkeit, die Eltern der Toten kennenzulernen. Madame und Monsieur Flamant standen an der Rezeption und redeten beide wie verrückt auf die Empfangsdame ein. Die Arme wurde von beiden Seiten in die Mangel genommen – offenbar mit gänzlich unterschiedlichen Wünschen.

»*Maman! Papa!* Was ist denn los?«, rief Maxime entsetzt.

»Max, *chéri*!«, stieß die Mutter erleichtert aus. »Schön, dass du da bist. Du musst mir helfen, deinen Vater zur Vernunft zu bringen.«

»Zur Vernunft bringen«, murrte der Vater verächtlich. »Deine Mutter will mich delogieren!«

»Sebastien!«, rief die Mutter. »Das ist nicht wahr. Wir brauchen deine *gîte* doch nur für eine Woche. Das Hotel ist restlos ausgebucht.«

»Und was mache ich in der einen Woche? Wieder zu dir ziehen?« Die Abscheu war Sebastien Flamant anzuhören. Geneviève war es ein wenig peinlich, diesem Familienstreit beizuwohnen. Gehen wollte sie aber auch nicht. Immerhin ergab sich nun unverhofft doch noch die Chance, mit den Eltern des Opfers zu reden.

»Auf keinen Fall!«, empörte sich die Mutter. »Die Jagdzeit hat begonnen, du könntest mit deinen Freunden wegfahren. Macht euch eine schöne Woche.«

»Das würde dir so passen. Nein, ich verlasse meine *gîte* sicher nicht. Vergiss nicht, wem das Ganze hier gehört. Anne wird das nicht zulassen.«

»Das Anwesen gehört nach wie vor der Familie«, widersprach die Mutter. Verächtlich fügte sie hinzu: »Nur weil die Kleine einen Narren an dir gefressen hat, heißt das nicht, dass sie keinen Geschäftssinn hat.«

Sebastien Flamant machte eine wegwerfende Handbewegung und wollte gehen, aber sein Sohn hielt ihn zurück.

»Madame«, wandte sich Geneviève an das weibliche Familienoberhaupt.

»Sie sind noch immer hier? Ich hatte gehofft, dass Sie sich inzwischen aus dem Staub gemacht haben.«

»*Maman*«, redete Maxime beruhigend auf seine Mutter ein.

»Madame, auch wenn Sie es jetzt leugnen, Ihre Tochter wird davon nicht wieder lebendig.«

»Nicht wieder lebendig? Was ist mit Anne?« Sebastien Flamants Gesicht war kreidebleich geworden. Er schien mit einem Schlag um 20 Jahre gealtert.

»Hat *Maman* es dir noch nicht erzählt?«, fragte Maxime erstaunt.

»Deine Mutter redet nur mit mir, wenn sie es für notwendig hält. Oder sie mich ärgern will.«

Geneviève übernahm wieder das Gespräch. »Ihre Tochter wurde ermordet. Während des Weinfests in Paris. *Mes sincères condoléances.*«

Sebastien Flamant sank in die Knie. Mit einer Hand hielt er sich am Rand der Rezeptionstheke fest. »Mathilde«, flüsterte er in Richtung seiner Frau, »können wir die Diskussion über meine Unterkunft verschieben? Ich denke, das sollte jetzt unsere geringste Sorge sein.«

»Wie du meinst«, antwortete Mathilde Flamant kühl. »Bei mir kannst du jedenfalls nicht wohnen.« Damit drehte sie sich um und stürmte aus dem Chateau.

»Sie müssen meine Frau entschuldigen, sie ...«, setzte Monsieur Flamant an.

»Keine Sorge«, beruhigte ihn Geneviève. »Ihr Sohn hat mich bereits ins Bild gesetzt, was sie angeht.«

Maxime führte seinen Vater zu dem großen Sofa, das mitten in der großen Empfangshalle stand. »Nehmen Sie bitte Platz«, lud Monsieur Flamant Geneviève ein. »Erzählen Sie mir bitte genau, was mit meiner Tochter passiert ist.«

Geneviève kam dem Wunsch des gebrochenen Mannes nach. Der Schmerz war ihm in jeder Faser seines Körpers anzusehen. Die Bewegungen waren langsam und zugleich fahrig, seine Augen schlossen sich immer wieder. In Gedanken war er bei seiner toten Tochter.

»Soll ich nach Paris kommen, um meine Tochter zu identifizieren?«

Geneviève verneinte: »Ihr Sohn hat das bereits anhand eines Fotos und der Tätowierung am Rücken Ihrer Tochter getan.«

»Was, wenn es sich nur um einen tragischen Zufall handelt?« Neues Leben kam in den alten Mann. Er klammerte sich an jeden noch so kleinen Strohhalm.

»In diesem Fall habe ich einige Gegenstände aus dem Besitz Ihrer Tochter, anhand derer wir einen DNA-Abgleich machen können.«

»Was doch sicher einige Tage dauern wird. Nein, so lange kann ich nicht warten. Ich muss Gewissheit haben.«

»Nun, ich kann Sie nicht daran hindern, und natürlich würde das auch uns helfen. Ich möchte Sie in Ihrem Zustand aber nicht überstrapazieren.«

»Ich bin mir sicher, dass mein Sohn so gut sein wird, mit mir nach Paris zu fahren. Es ist das Mindeste, was wir noch für Anne tun können.«

»Selbstverständlich, Papa«, bestätigte Maxime Flamant. »Da ist nur eine Sache.«

Geneviève wurde hellhörig. Was konnte wichtiger sein, als diesen – schwierigen – Weg zu gehen?

»Du meinst die Feier?«

Maxime Flamant nickte stumm.

»Deine Mutter wird nach dieser Nachricht doch die Feier absagen, hoffe ich.«

Der skeptische Blick des Sohns sprach Bände. Trotzdem sagte er: »Du kennst *Maman*, gerade jetzt wird sie die Feier durchziehen. Und wenn es nur ist, um den Tod Annes zu verdrängen.«

»Du hast wahrscheinlich recht. Dann müssen wir eben gleich in der Früh losfahren, damit wir rechtzeitig wieder zurück sind.«

»Darf ich fragen, um welche Feier es sich handelt?«, merkte Geneviève an.

»Meine Mutter hat ein großes Willkommensfest für mich geplant.«

»Obwohl sie wusste, dass Ihre Schwester da wegen des Weinfests nicht dabei sein wird?«

Flamant nickte. »Meine Mutter war, wie ich Ihnen bereits gesagt habe, nicht sonderlich begeistert, unser Weingut auf dem Weinfest zu präsentieren. Dementsprechend lag es für sie auch in der Verantwortung Annes, rechtzeitig zur Feier für mich wieder zurück zu sein. Oder eben darauf zu verzichten. Um ehrlich zu sein, ich glaube, dass es ihr sogar ganz recht war, dass sie nicht dabei sein würde.«

»Hatten die beiden so argen Streit?«

»Sie hatten zu vielen Themen unterschiedliche Auffassungen. Belassen wir es dabei.«

Geneviève konnte nur zustimmend nicken. Sie ließ Maximes Alibi von seinem Vater bestätigen und gab Maxime ihre Visitenkarte. »Melden Sie sich bei mir, bevor Sie Paris erreichen. Ich gebe Ihnen dann die Adresse der Gerichtsmedizin durch.«

Maxime Flamant begleitete Geneviève zu ihrem Auto. »Jetzt habe ich doch noch Ihre Telefonnummer bekommen«, meinte er schmunzelnd, während er wieder nach ihrer Hand griff und diese zum Mund führte. Der Handkuss erwischte Geneviève – wie so vieles andere an diesem Nachmittag – auf dem falschen Fuß. Er war vorbei, bevor sie ihn verhindern konnte.

»Es ist meine dienstliche Nummer«, versuchte sie, ihren Verehrer ein wenig abzukühlen.

»Macht nichts. Hauptsache, ich kann mit Ihnen in Kontakt bleiben.« Er fischte ein Portemonnaie aus seiner Gesäßtasche und überreichte ihr seine Visitenkarte. »Falls Sie Sehnsucht nach mir bekommen sollten«, sagte er leise. Geneviève nahm die Karte kommentarlos und stieg in ihr Auto.

Flamant sah ihr noch lange nach, als sie ihren Clio über den Schotterweg Richtung Ausfahrt steuerte. Fast unmerklich schüttelte er den Kopf. Dann machte er sich auf die Suche nach seiner Mutter.

WAS FÜHRT MAMIE IM SCHILDE?

Für Geneviève verlief die Rückfahrt wie im Nebel. Sie war überrascht, als sie nach zwei Stunden die Pariser Stadtgrenze erreichte. Wieso hatte dieser Flamant derart Eindruck auf sie gemacht? War es seine abenteuerliche Geschichte gewesen? Obwohl, viel hatte er nicht erzählt. Sie kannte noch immer keine Details. Die hatte er geschickt ausgespart.

Sein Äußeres? Er sah ein wenig wie ein gepflegter Wilder aus. Sein Geld konnte es nicht sein, davon hatte sie selbst genug und legte zudem keinen besonderen Wert darauf. In Gedanken versunken, parkte sie den Wagen in ihrer schmalen Garage. Sie musste sich durch eine Traube Schaulustiger kämpfen, und erst das Einschalten des Blaulichts half, dass sich die Menge zerstreute.

Der Grund für die vielen Menschen war schnell gefunden. Am Balkon eines Hauses gegenüber jenem, in dem sie mit ihrer Großmutter lebte, fand eines jener Konzerte statt, für das die *Fête des Vendanges* ebenfalls berühmt war. Es war nicht nur der Wein, der in dieser Woche gefeiert wurde. Kultur – und hier vor allem die Musik – stand ebenfalls im Mittelpunkt. Dieser Teil des Weinfests hatte den für sich selbst sprechenden Namen *Decibels Vendanges* und bot Gratiskonzerte aus allen denkbaren Musikrichtungen für die Besucher. In diesem Fall war es ein ganz besonderes Spektakel: eine lokale *Chanteuse* gab ein »Konzert aus dem Fenster«. Geneviève kannte die Sängerin vom Namen und war ihr auch schon das eine oder andere Mal auf der Straße begegnet. Ließ sich kaum vermeiden, wenn man quasi Tür an Tür wohnte. Singen hatte sie die Frau noch nie gehört. Ein Versäumnis, wie sie wehmütig feststellte. Ann-Marie Direz, so glaubte Geneviève sich zu erinnern, dass die Frau hieß, sang mit einer Hingabe alte Pariser Chansons, dass ihr beinahe die Tränen in die Augen schossen. Der Rest der Zuschauer war ebenso ergriffen. Selbst *Mamie*, die sonst selten um eine zynische Ansage verlegen war, fand diesmal nichts auszusetzen. Sie hatte sich mit dem Rest der Familie bei Chez Frédéric eingefunden, um einen *apéro* zu genießen. Das kleine Bistro schien für die Zeit des Familienbesuchs durchgehend einen großen Tisch für die Morels reserviert zu haben. Sehr zu ihrem Unmut stellte Geneviève fest, dass Marron, der Museums-Kurator, auch wieder anwesend war und für ihren Geschmack viel zu dicht neben *Mamie* saß. Schon fast auf ihr klebte.

Sie setzte sich an den Tisch und bestellte einen *Kir Royal*. Aber schon nach wenigen Minuten begann sie zu frösteln. Tagsüber hatte die Sonne für angenehme Temperaturen gesorgt. Abends merkte man nun schon, dass es Herbst war.

»Ich hole mir von oben eine Jacke«, entschuldigte sie sich für einen Moment. Oder besser: dachte sie. Denn ihre Großmutter meinte: »Zieh dir etwas Schönes an, *ma chère*. Nach dem Konzert gehen wir noch fein essen.« Geneviève seufzte und trottete hinauf ins Dachgeschoss. Auf den Lift verzichtete sie. Sie war ohnehin den halben Tag im Auto gesessen und benötigte ein wenig Bewegung. Oben nutzte sie die paar Minuten, um Merlot zu füttern und sich auch gleich frischzumachen. Die passende Abendkleidung war schnell gefunden. Ein schwarzer Hosenanzug von einem jungen angesagten Designer, dessen Name ihr schon wieder entfallen war. Modetrends kamen und gingen schneller, als man bis zehn zählen konnte, und genauso erging es ihr mit den Namen der ebenso rasant aufstrebenden wie auch wieder verglühenden Sterne und Sternchen der Modebranche.

Der Hosenanzug war im Großen und Ganzen zeitlos und sollte für jeglichen Plan ihrer Großmutter passen. Sie warf sich einen bodenlangen dünnen Wollmantel um und gesellte sich wieder zu ihrer Familie. Inzwischen war auch Henry eingetroffen. *Mamie* musste ihn eingeladen haben. Geneviève hatte ursprünglich nicht vorgehabt, ihn heute Abend zu treffen. Schon gar nicht nach der eigenartigen Begegnung mit Maxime Flamant am Nachmittag. Sie hatte ja nicht einmal gewusst, dass ihre Großmutter für den Abend ein weiteres Familientreffen geplant hatte. Langsam wurde es ihr zu viel. Wie hieß es so schön? Die Dosis macht das Gift.

Ein Blick auf Jules und Danielle ließ sie ein wenig schmunzeln. Die Kinder fühlten sich in ihren feinen Klamotten so was von unwohl. Ständig zupften sie an der Hose, dem Kleid, dem Hemd – einfach an allem herum. Letitia warf ihr einen hilflosen Blick zu und hob entschuldigend die Schultern. Sollte heißen: Es war nicht ihre Idee gewesen, *Mamie* hatte darauf bestanden. Und der Matriarchin der Morels widersprach man nicht. Letitia selbst war viel zu geerdet, um ihre Kinder ständig in feine Abendkleider oder gar Anzüge zu stecken. Diesmal hatte sie aber nachgegeben.

»*On y va*«, blies Olivia Morel schließlich zum Aufbruch, nachdem Direz ihr außergewöhnliches Konzert beendet hatte. Es hatte genau geklappt, dass Geneviève ihren *Kir* hatte austrinken können. Abwesend hatte sie Henry mit zwei Wangenküsschen begrüßt, was von ihm mit einem irritierten Blick quittiert worden war. Geneviève entschuldigte sich damit, dass er doch wusste, wie sehr sie den Austausch von Zärtlichkeiten in der Öffentlichkeit scheute. Sein Gesichtsausdruck verriet ihr, dass er die Ausrede nicht so recht glauben wollte. »Es ist nur der neue Fall«, versuchte sie sich anders rauszureden.

Nachdem weit und breit kein Taxi zu sehen war, wusste Geneviève, wohin es gehen würde. Zu Fuß kam nur ein Lokal für *Mamie* infrage. Prompt steuerte Olivia Morel wenige Minuten später das Au Cygne Noir an. Im schwarzen Schwan war Olivia ein gern und oft gesehener Gast. Obwohl sie auf das Hundeverbot pfiff und auch an diesem Abend Aramis wieder mitgekommen war. Marron hatte den Cocker Spaniel an der Leine führen dürfen. Ein geschicktes Ablenkungsmanöver, denn *Mamie* hatte sich dafür bei Henry eingehakt, den sie seit dem ersten Kennenlernen als passenden Ehemann für ihre Enkelin auserwählt hatte. Geneviève hatte sich mit Letitia ein Stückchen zurückfallen lassen. Um die Kinder durfte sich Frédéric kümmern.

Flüsternd erzählte sie ihrer Schwägerin von der Begegnung mit Flamant. »Der könnte dich die ganze Nacht auf Trab halten«, kommentierte Letitia mit einem Funkeln in den Augen.

»Das kann Henry auch«, protestierte Geneviève halbherzig.

»Wo ist dann das Problem?«

»Was weiß ich?« Geneviève warf die Arme in die Höhe.

Sie beendeten das Gespräch, als sie an der Tür des Schwarzen Schwans vom Chefkoch persönlich begrüßt wurden. Sie kannte die Besitzverhältnisse des Haubenlokals nicht, nahm aber fest an, dass der Chefkoch zugleich auch der Besitzer war. Nichts Ungewöhnliches in der Gastronomieszene. *Mamie* und alle anderen weiblichen Familienmitglieder wurden mit einem formvollendeten Handkuss begrüßt. Es würde ein teurer Abend werden, und man sah dem *chef* schon jetzt die Vorfreude darauf an. Geneviève wurde warm im Magen, als ihre Hand genommen und geküsst wurde. Nicht, weil der Handkuss des Kochs so großartig war, sondern weil er Erinnerungen an den Nachmittag und Maxime Flamant erweckte. Angenehm oder unangenehm – da war sich Geneviève nicht sicher.

Wie gut vorbereitet das Restaurant auf den Besuch der Morels war, zeigte sich auch daran, dass unter ihrem Tisch bereits eine Wasserschüssel für Aramis wartete. »*Merci*, Javier«, sagte *Mamie* zu dem Chefkoch und ließ sich von einem *garçon* einen samtbezogenen Sessel unter das verwöhnte Gesäß platzieren.

»Javier Martinez ist einer der besten Köche der Stadt«, erklärte Olivia Martel ihren versammelten Gästen. »Er ist vor 30 Jahren aus Spanien in unsere schöne Stadt gekommen und hat nach kurzer Zeit den Schwarzen Schwan übernommen. Zu dem Zeitpunkt war das hier ein gehobenes Bistro. Javier hat daraus eines der besten und angesagtesten Haubenlokale der Stadt gemacht.«

Geneviève kannte die Geschichte zur Genüge, sie vermutete, dass auch ihre Eltern damit vertraut waren. Deshalb nahm sie an, dass *Mamie* die Geschichte in erster Linie wegen der beiden neuen Gäste zum Besten gab: Henry und Monsieur Marron. Letzterer hing wie gebannt an den Lippen ihrer Großmutter. Was er allerdings ohnehin die ganze Zeit über tat.

Olivia Morel fuhr fort: »Javier hat eine höchst interessante Fusion aus der spanischen und der französischen Küche mit asiatischen Einflüssen kreiert. Für uns hat der Gute heute Abend ein ganz besonderes Menü aus seinen besten Kreationen zusammengestellt. Praktisch seine *Greatest Hits* aus den letzten 30 Jahren.«

Geneviève musste gestehen, dass die siebengängige Menüfolge alles übertraf, was sie in letzter Zeit gegessen hatte. Die

Weinbegleitung war erstklassig. Die Familie stieß an, dann entschuldigte sich *Mamie* und ging vor das Lokal, um eine ihrer seltenen Zigaretten zu rauchen. Geneviève kannte das Ritual. Nach einem besonders gelungenen Restaurantbesuch gönnte sich ihre Großmutter gerne eine Zigarette. Natürlich mit Stil, also mit Zigarettenspitze. Dass sie das seit ein paar Jahren vor dem Restaurant machen musste, trübte den Spaß allerdings ein wenig.

Marron war im Restaurant geblieben und unterhielt sich in Ermangelung des Objekts seiner Begierde mit Genevièves Vater. Geneviève nutzte die Gelegenheit, entschuldigte sich und folgte ihrer Großmutter vor die Tür.

»*Mamie*, was hat es jetzt wirklich mit dem Typen auf sich? Er ist doch nur ein wahnsinniger Schleimer. So jemand ist doch gar nicht dein Typ.«

»Kindchen, Kindchen, misch dich bitte nicht in meine Liebesgeschichten ein. Roland hat viele verborgene Qualitäten. Wer mein Typ ist, entscheide noch immer ich.«

»Du planst doch etwas.«

»Wer, ich?«, fragte *Mamie* unschuldig. »Selbst wenn, würdest du mir doch garantiert auf die Schliche kommen. Also lasse ich gleich die Finger davon.«

Geneviève sah ihre Großmutter mit zusammengekniffenen Augen an. Nach einem Gespräch mit Letitia im letzten Sommer war sie sich nicht mehr sicher, ob ihre Großmutter sie nicht die ganzen Jahre über nur verarscht hatte. Ja, sie hatte *Mamie* immer wieder mal bei kleinen Diebstählen erwischt, und ihre Großmutter hatte die heiße Ware im Anschluss immer – anonym – an die rechtmäßigen Besitzer retournieren müssen. Aber das waren Kleinigkeiten. Gerade so, dass Geneviève sich denken konnte, ihre Großmutter unter Kontrolle zu haben. Wenigstens war es das, was Letitia vermutete. Und je mehr Geneviève darüber nachdachte, desto mehr kam sie zu dem Schluss, dass ihre Schwägerin recht hatte. Olivia Morel hatte in ihrem Leben unzählige große und spektakuläre Coups durchgeführt und war nie in Gefahr geraten, entdeckt zu werden. Wenn sie all das kombinierte, konnte das nur bedeuten, dass ihre Großmutter sie an der Nase herumführte, um mit den kleinen Gaunereien ihre großen Coups zu verschleiern. Blöd nur, dass Geneviève in den letzten Jahren von großen Gaunereien absolut nichts mitbekommen hatte. Zumindest keine Coups, die nicht aufgeklärt worden waren und mit denen Olivia Morel garantiert nichts zu tun hatte.

Sie beschloss, ihrer Großmutter ins Gewissen zu reden. Wohl wissend, dass sie genauso gut versuchen konnte, einen Junkie von der nächsten Spritze abzuhalten. Die Chancen waren in beiden Fällen gleich null.

»Du weißt, dass ich dich nicht beschützen kann, wenn du mal erwischt wirst.«

»Wobei sollte ich erwischt werden?«, fragte *Mamie* unschuldig. »Ich bin in Rente, mein Schatz. Ich genieße jetzt einfach das Leben. Und Roland hat ein ganz herausragendes Wissen über Picasso und seine Geschichte. Von ihm kann sogar ich noch lernen. Wusstest du zum Beispiel, dass im Archiv unseres Museums ein bislang unbekanntes Frühwerk Picassos aufgetaucht ist?«

Geneviève wurde hellhörig.

»Alles noch geheim, wie mir Roland versichert hat. Es handelt sich um eine Bleistiftzeichnung. Ein Frühwerk. Er ist darauf gestoßen, als er das Archiv neu geordnet und katalogisiert hat. Die Zeichnung war zwischen zwei andere Blätter gerutscht und galt seit Jahrzehnten als vermisst.«

»Interessant. Wieso hat man davon noch nichts gehört?

Über so einen Sensationsfund berichtet doch sogar das Fernsehen.«

»Roland hält das noch geheim. Er will das Bild in ein paar Wochen mit allem gebotenen Pomp und Trara präsentieren. Davor soll niemand davon wissen. Natürlich hat er Angst, dass so ein Fund wenig vertrauenswürdige Subjekte auf den Plan rufen könnte. So weiß niemand davon und kann nicht auf dumme Gedanken kommen.«

Geneviève schluckte. Wollte *Mamie* diese Zeichnung stehlen? Wenn noch niemand davon wusste, konnte Marron damit auch schlecht an die Öffentlichkeit gehen. Schon aus rein persönlichen Gründen nicht. Er müsste sich Fragen gefallen lassen, warum er die Zeichnung nicht sofort präsentiert und ordnungsgemäß gesichert hatte. Oder er würde als geltungssüchtiger Lügner dastehen. Der letzte Gedanke gefiel Geneviève ausnehmend gut.

»Du musst dir keine Sorgen machen, *chérie*. Wie du siehst, hat alles seine Ordnung. Ich genieße die Zeit mit Roland und sauge neue Sachen auf. Du weißt doch, dass die Kunst mein Leben ist.« Sie zwinkerte ihrer Enkeltochter zu, drückte die Zigarette aus und ging wieder ins Restaurant.

Geneviève folgte ihr kopfschüttelnd. *Mamie* hatte ihr gerade mehr oder weniger ausführlich ihr nächstes Ziel erklärt. Fassungslos beobachtete sie, wie ihre Großmutter wieder neben Marron Platz nahm, ihm einen flüchtigen Kuss auf die Wange drückte und seine Hand in ihre nahm. Olivia Morel hatte es wirklich drauf. Marron war ihr hoffnungslos verfallen. Geneviève wusste nicht, ob sie ihre Großmutter bewundern oder sich von ihr abgestoßen fühlen sollte. Marron derart eiskalt auszunutzen. Dann sah sie, wie der Museumskurator ihre Großmutter anhimmelte und wusste, dass er es sich verdient hatte, sollte *Mamie* wirklich planen, ihn auszurauben.

EINE FEIERLICHE NICHT-HOCHZEIT

Das Familientreffen war gegen Mitternacht zu Ende gegangen. Jules und Danielle hatten da bereits auf dem Schoß ihrer Eltern geschlafen. Henry hatte die Nacht bei Geneviève verbracht. Sie hatte für ihn eine Überraschung am Sonntag geplant. Diese hatte auch mit dem Weinfest zu tun und war eine der außergewöhnlicheren Attraktionen des Fests. Eine Show, wie es sie nur in Frankreich geben konnte.

Zunächst waren in Geneviève noch ungebetene Erinnerungen an Maxime Flamant hochgestiegen, aber Henry hatte rasch einen Weg gefunden, ihre Konzentration ganz auf sich zu ziehen. Merlot hatte sich da schon längst beleidigt aus dem Schlafzimmer getrollt. Erst gegen 2 Uhr morgens schlief Geneviève mit einem wohlig warmen Gefühl in Bauch und Brust ein. Henry eng an sie geschmiegt, jederzeit bereit für eine neue Runde, sollte Geneviève den Startschuss geben.

Als um 7 Uhr morgens ihr Handy läutete, schreckte Geneviève verwirrt hoch. War nicht Sonntag? Verschlafen griff sie nach ihrem *portable*. Sie kannte die Nummer auf dem Display nicht.

»Hallo?«

»*Bonjour, Madame!*«, erklang es am anderen Ende der Leitung beneidenswert munter. Sie benötigte ein paar Sekunden, um die Stimme zuordnen zu können.

»Monsieur Flamant«, antwortete sie schließlich. Dabei klopfte ihr Herz in der Brust eine Spur zu schnell. Verlegen sah sie sich um. Henry schlief noch tief und fest.

»Was für eine Freude, Sie zu hören, *Commissaire*«, sagte Maxime Flamant. »Ich bin mit meinem Vater schon auf dem Weg. In etwa einer dreiviertel Stunde werden wir bei der Gerichtsmedizin ankommen. Vorausgesetzt, der Pariser Verkehr hält uns nicht auf.«

»Da müssen Sie sich am Sonntagmorgen keine Sorgen machen«, beruhigte Geneviève ihn. Wie versprochen gab sie ihm die Adresse der Gerichtsmedizin durch.

20 Minuten später saß sie auf ihrer Maschine und war auf dem Weg zum *Institut médico-légal* im 12. *Arrondissement*, direkt am Ufer der Seine. Sie hatte Henry gebeten zu bleiben, bis sie wieder zurück war, da sie noch Pläne mit ihm hatte.

Die Fahrt zur Gerichtsmedizin verlief entspannt wie selten. Kaum Verkehr, der frische Fahrtwind weckte ihre Lebensgeister, und zwischendurch konnte sie stehen bleiben, um sich bei einem mobilen Kaffeestand einen *Espresso* zu gönnen. Als sie an ihrem Ziel ankam, hatte sie noch ein paar Minuten Zeit, ehe die Flamants eintrafen.

Sonntags war das Medizininstitut für die Öffentlichkeit geschlossen. Für die Polizei galt das selbstverständlich nicht. Was nicht bedeutete, dass Isabelle besonders erfreut war, an ihrem freien Tag zur Verfügung stehen zu müssen.

»Hätte das nicht bis morgen Zeit gehabt?«, maulte sie verschlafen, als sie Geneviève einließ. Die Leiterin der Gerichtsmedizin war von Geneviève am Vortag noch gewarnt worden, dass sie Zutritt zur Pathologie benötigte. Nachdem Isabelle ohnehin noch mit der Leiche Anne Flamants beschäftigt gewesen war, hatte sie die Nacht gleich in ihrem Institut verbracht. Für solche Fälle gab es einen kleinen Schlafraum gleich neben ihrem Büro. Ersatzkleidung hatte sie ebenfalls im Büro.

»Ist schwer zu erklären. Aber du kannst die Überstunden doch abrechnen?«

»Es geht nicht ums Geld«, schmunzelte Isabelle. Über Mund und Nase trug sie eine türkisfarbene medizinische Maske, über ihren Haaren eine Haube in derselben Farbe. Von ihrem Gesicht waren nur mehr die Augen zu sehen. »Ich bin stark verkühlt und will niemanden anstecken«, entschuldigte sie ihr Auftreten. »Du hast gesagt, dass der Vater schon älter ist. Da will ich nichts riskieren.«

»Aber die Haube?«

»Wenn ich schon in mein ›Büro‹ komme, arbeite ich auch.«

Kurz vor 8 Uhr parkte sich Maxime Flamant vor dem Gebäude auf einem der Besucherparkplätze ein. Geneviève nickte anerkennend. Die Flamant-Männer waren in einem Citroën DS aus den frühen 1960er-Jahren gekommen. Neben der *Ente* wohl das klassischste aller französischen Autos. Der Wagen sah gut gepflegt aus. Die Farbe, ein kaum definierbares mattes Tarngrün, erinnerte sie an alte Filme aus derselben Epoche, als alles irgendwie bunt, aber zugleich trüb und matt erschien.

»Willkommen in Paris«, empfing Geneviève die Flamants. Maxime umarmte sie ungefragt und drückte ihr zwei Küsse auf die Wangen. Isabelle warf ihrer Freundin einen erstaunten Blick zu. Flamant senior reichte zuerst Geneviève und dann Isabelle die Hand. »Können wir? Ich möchte es hinter mich bringen«, drängte er darauf, die Leiche zu sehen.

Isabelle führte ihre Besucher ins Untergeschoss der Gerichtsmedizin, wo der Leichnam Annes gekühlt aufbewahrt wurde. Der typisch scharfe Geruch stieg der empfindlichen Winzernase von Flamant senior merkbar in die Nase. Der Junior blieb ungerührt. Zehn Jahre Gefangenschaft im Dschungel härteten offenbar ab.

Flamant senior schnappte deutlich hörbar nach Luft, als Isabelle das Tuch vom Leichnam entfernte. Von Anne, vor ihrem Tod eine schöne junge Frau, war nur mehr eine bläulich-blasse Hülle übrig. Den Brustkorb hatte Isabelle in der typischen Y-Form aufgeschnitten und das Brustbein entfernt. Sebastien Flamant schlug die Hände vors Gesicht, sein Sohn drehte sich bedrückt weg. Sein Blick suchte Halt bei Geneviève, aber sie konnte und wollte sich nicht auf diese persönliche Ebene begeben. Es gab schon zu viel Unausgesprochenes zwischen ihnen, völlig untypisch für die sonst so kühle und kalkulierende Kommissarin. Sie musste hier eine Grenze ziehen, alles andere wäre unprofessionell. Es ging um die Aufklärung eines Mordes. Das hieß nicht, dass sie nicht mit den Hinterbliebenen mitfühlte, trotzdem benötigte es hier eine gewisse professionelle Distanz.

»Können … können wir ihren Rücken sehen?«, stotterte Maxime Flamant. Geneviève stellte beruhigt fest, dass der Bruder der Toten endlich auch echte Emotionen zeigte und diese nicht mit charmanten Bemerkungen und Flirts ihr gegenüber zu überspielen versuchte. Wenigstens hatte sie seine Avancen so gedeutet. Jeder Mensch ging anders mit Trauer um.

Vorsichtig hob Isabelle die Leiche auf einer Seite an und drehte sie zur Seite. Aus dieser Position war auch das klaffende Loch in ihrem Hinterkopf gut zu sehen. »Kommen Sie zu mir«, forderte sie die Angehörigen auf. »Stimmt die Tätowierung?«

Maxime und Sebastien Flamant nickten. »Ja, das ist meine Anne«, schluchzte Flamant senior schließlich. Isabelle drehte den toten Körper wieder in seine ursprüngliche Position.

»Darf ich?«, fragte der Vater. Isabelle nickte. Flamant senior bückte sich, drückte seiner toten Tochter einen Kuss auf die kalte Stirn und strich ihr zärtlich durchs Haar. Geneviève musste sich wegdrehen. Jetzt wurde es ihr zu viel. Als der Vater schließlich endgültig die Fassung verlor und bitterlich zu schluchzen begann, musste sie den Raum ganz verlassen. Sie wartete im Atrium, bis Isabelle die Flamants wieder hochbrachte. Beide Männer waren kreidebleich.

»Vielleicht sollten Sie noch ein wenig in der Stadt bleiben, bis Sie sich wieder erholt haben«, schlug Geneviève vor. Sie war sich sicher, dass Maxime die ausgestreckte Hand sofort ergreifen würde.

Das Gegenteil war der Fall.

Maxime Flamant richtete sich auf, sein Blick war eiskalt. »Danke, *Commissaire*«, erwiderte er förmlich. »Aber ich werde mit meinem Vater wieder nach Hause fahren. Wir haben hier alles gesehen, was es zu sehen gibt. Mein Vater möchte keine Minute länger hierbleiben. Und ich genauso wenig. *Au revoir, Madame*. Ich hoffe, Sie bekommen dieses Schwein möglichst bald zu fassen. Wenn es so weit ist, möchte ich ihm ins Auge schauen.«

Geneviève lief es kalt über den Rücken. Maxime Flamants ganze Art hatte sich um 180 Grad gedreht. Wo zuvor noch eine gewisse Keckheit und unerschütterliches Selbstbewusstsein war, war nun nur noch stille Wut. Sein ganzer Körper war angespannt. Die Hände ballten sich zu Fäusten und lösten sich wieder. Der Vater war das genaue Gegenteil. Ein komplett gebrochener Mann. Er wirkte kleiner und verletzlicher als zuvor. Als wäre er seit dem Anblick seiner toten Tochter um ein paar Zentimeter geschrumpft. Die Haut aschfahl, die Augen halb geschlossen. Jeder Schritt unendlich mühsam.

»Eine Frage habe ich noch«, sagte Geneviève.

»Sagen Sie schon«, forderte Maxime sie schroff auf.

»Sie wissen nicht zufällig, in welchem Hotel Ihre Schwester wohnte?«

»Nein, weiß ich nicht. Ich habe Ihnen doch schon gesagt, dass die ganze Parisidee von ihr kam. Wir hatten damit nichts zu tun. Und jetzt entschuldigen Sie uns.«

Sie sah den beiden noch nach, als sie in ihren Oldtimer stiegen und sich auf den Weg zurück in die Champagne machten.

»Alles in Ordnung?« Isabelle hatte ihre Hand auf Genevièves Schulter gelegt.

»Ja«, wiegelte diese ab. »Darf ich dich noch auf ein Frühstück einladen?«

Isabelle nickte. »Ja, ums Eck ist ein nettes Café.«

In der nächsten Stunde unterhielten sich die beiden über Gott und die Welt. Nur nicht über die tote Winzerin. Isabelle gehörte zu den empathischsten Menschen, die Geneviève kannte. Die Medizinerin wusste immer genau, was ihre Freundin benötigte.

Geneviève kehrte am späten Vormittag in ihre Wohnung zurück. Henry saß auf der Couch, auf seinem Schoß überraschend Merlot. Der große rote Kater ließ sich streicheln. Er schnurrte sogar.

»Was ist jetzt passiert? Bin ich in einem Paralleluniversum gelandet?«, fragte Geneviève konsterniert.

»Keine Ahnung«, antwortete Henry gut aufgelegt. »Könnte es daran liegen, dass ich ihn gefüttert habe? Du bist in der Früh so überstürzt aufgebrochen, dass das arme Tier beinahe verhungert wäre.«

»So sieht der Kater auch aus«, meinte Geneviève schnippisch. Sie setzte sich neben die beiden männlichen Wesen aufs Sofa.

»Haben wir heute wieder einen Familientermin?«, erkundigte sich Henry.

»Sag bloß, du hast schon genug davon.«

Henry lachte laut auf. »Ja … nein … aber heute ist Sonntag und ich hätte dich gerne einen Tag für mich allein. Das Wetter ist schön, wir könnten an der Seine spazieren gehen. Einfach mal weg vom überlaufenen *Butte*. Solange das Weinfest ist, ist es hier ja nicht auszuhalten.«

Geneviève seufzte theatralisch. »*Mon cher*, da muss ich dich leider enttäuschen. Wir haben zwar keinen Familientermin, aber den letzten Tag des Fests möchte ich mir trotzdem nicht entgehen lassen.«

Sie blickte auf ihre Uhr. »Zieh dich an. Unser erster Termin beginnt in Kürze.«

»Unser erster Termin?«

»Lass dich überraschen.«

»Kommt deine Familie mit?«

»Das will ich dir nicht antun«, antwortete Geneviève kryptisch. Henrys Blick war unbezahlbar.

Genevièves Ziel war die Place des Abbesses. Um dem Trubel des Weinfests rund um Sacré-Coeur zu entgehen, nahm Geneviève den Umweg über die Treppen der Rue Paul Albert und den Square Louis Michel. Danach mussten sie nur mehr der Rue Yvonne le Tac folgen, um direkt bei der Metrostation *Abbesses* ihr Ziel zu erreichen. Zwischen einem Crêpes-Stand, einem Karussell und einem Zeitungskiosk war auf dem kleinen Platz ein großes Podium aufgebaut worden, darauf stand ein Tisch mit drei Stühlen – einer auf der einen Seite, zwei auf der anderen. Daneben war ein offenes Zelt, vor dem ein Dutzend Leute Schlange stand.

»Was machen wir hier?«, fragte Henry, noch immer ratlos.

»Wirst du schon sehen. Jetzt stellen wir uns mal an.« Sie reihten sich in die Schlange der Leute vor dem Zelt ein.

Nach einer halben Stunde waren sie endlich an der Reihe. Ein Friseur empfing sie im Inneren des Zelts. »Keine Fragen, keine Wünsche«, erklärte er und machte sich daran, in erster Linie an Genevièves Haaren herumzuwerkeln. Zehn Minuten später hatte sich ihr Kopf in einen wandelnden Blumengarten verwandelt – Blümchen, feine Äste und Zweige, hier wurde alles verwendet, um die Haarpracht der Damen zu einem echten Spektakel zu machen. Dann war Henry an der Reihe. Auch sein Haupt wurde mit Blumen geschmückt, wenngleich weniger auffällig als Genevièves.

»Und jetzt?«, fragte Henry verdutzt. Er kannte sich noch immer nicht aus.

Geneviève gab sich einen Ruck und ihm einen langen Kuss. »Jetzt feiern wir unsere Nicht-Heirat.«

»Nicht-Heirat?«

»Das hier ist *La cérémonie des non-demandes en mariage*. Das Nicht-Eheversprechen wird sogar von der Bürgermeisterin unseres *Arrondissements* abgenommen«, erklärte sie ihm, gespannt auf seine Reaktion. Das war der Grund, warum sie ihrer Familie nichts davon gesagt hatte. Sie wollte Henry nicht vor ihnen bloßstellen, falls er den Spaß nicht mitmachen wollte.

»*Mon Dieu!*«, rief Henry aus. »Davon habe ich schon gehört, aber ich dachte nicht, dass es diese Zeremonie tatsächlich gibt.«

»Doch, doch«, lachte Geneviève. »Komm, wir sind gleich an der Reihe.« Zwischen mehreren Sesselreihen für Schaulustige schritten die beiden über einen roten Teppich auf das Podium zu, auf dem in der Zwischenzeit bereits *la maire* hinter dem Tisch Platz genommen hatte. Die Stufen hinauf aufs Podium waren ebenfalls mit einem roten Teppich ausgelegt. Bunter Blumenschmuck zierte das Geländer, welches das Podium umschloss.

Hélène Muzaton nickte Geneviève mit einem wissenden Schmunzeln zu, als sie mit Henry das Podium betrat. »*Commissaire*, Monsieur Martel.«

Die beiden nahmen auf den samtgepolsterten Stühlen gegenüber der Bezirks-Bürgermeisterin Platz. »Ihr seid also heute hier, um euch zu schwören, nicht zu heiraten?«, fragte sie. Jetzt war der Moment gekommen. Wie würde Henry darauf reagieren? Aus dem Augenwinkel beobachtete Geneviève ihn ganz genau. Er schluckte. Es war ein richtiger Kloß, der ihm durch den Hals rutschte. Aber er nickte tapfer. »*Oui, Madame*«, antwortete er. Geneviève drückte ihm beruhigend die Hand.

»*Et vous, Commissaire?*«

»*Oui*«, antwortete Geneviève mit fester Stimme.

»Dann sprecht mir jetzt die unsterblichen Worte von Georges Brassens und seinem Chanson *La Non-demande en mariage* nach.« Der *Nicht-Heiratsantrag* gehörte wohl zu den skurrilsten Liedern des Dichters und Chansonniers.

»Ich bin so frei und halt' nicht an um deine Hand, wir ritzen unsre Namen nicht ins Pergament«, rezitierte Muzaton die entscheidende Stelle des Chansons.

Geneviève gingen die Worte leichter von der Hand als ihrem Liebhaber. Am Ende des Zitats brauste Jubel im Publikum auf, und Geneviève belohnte Henry mit einem langen Kuss. Dem längsten, den sie jemals in der Öffentlichkeit zugelassen hatte. Er hatte es sich verdient.

Den Nachmittag verbrachten sie, wie von Henry vorgeschlagen, am Ufer der Seine. Hand in Hand spazierten sie an der Quai de la Seine entlang und genossen die vielleicht letzten wärmenden Sonnenstrahlen des Jahres. Geneviève gönnte sich eine *Nutella*-Crêpe, während Henry eine mit Aprikosenkonfitüre bevorzugte. Sie genossen eine Seine-

Rundfahrt mit einem der Touristenschiffe und gingen bei Einbruch der Dunkelheit auf ein frühes Abendessen in ein kleines Restaurant im Marais. Alles möglichst weit weg vom Trubel, der am Montmartre herrschte. Und möglichst weit weg von der Familie. Die, wie sie annahm, aufgeregten Anrufe *Mamies* und Letitias drückte sie weg. Nicht heute. Montag war noch genug Zeit für die Familie.

Henry blieb eine dritte Nacht in Folge bei Geneviève. Der Sex war außergewöhnlich. Ihre letzten Gedanken, bevor sie der Schlaf übermannte, waren dennoch ganz woanders. Hatte Maxime Flamant heute tatsächlich seine Heimkehr-Party gefeiert?

EIN DÜSTERER LICHTBLICK

Die Arbeitswoche begann erfreulich. Zunächst war es das Weinfest. Beziehungsweise das Ende des Weinfests. Noch am Vorabend waren die Stände abgebaut worden, und damit zog am *Butte* nun wieder Ruhe ein. Verhältnismäßig. So ruhig, wie es an einem der absoluten Touristen-Hotspots in Paris sein konnte. Für Merlot bedeutete das: endlich wieder ab in die Freiheit. Als hätte er es gerochen, saß er gleich nach seinem Frühstück auf dem Fensterbrett, scharrte mit den Krallen am geschlossenen Fenster und maunzte herzzerreißend.

»Schon gut, schon gut«, redete Geneviève beruhigend auf ihn ein. »Hier, raus mit dir.« Sie öffnete das Fenster. Mit einem Satz war der Kater am nächsten Baumast. In atemberaubender Geschwindigkeit sprang er von Ast zu Ast und war in Sekundenschnelle im weitläufigen Grün des Parks unterhalb der Basilika verschwunden. Die Schonzeit für Mäuse und Vögel war vorbei.

Geneviève genoss noch einen Kaffee mit Henry, dann ging es zurück in den Alltag. Henry musste in seine Ordination, die sich ganz in der Nähe der Clos de Montmartre befand, und Geneviève wurde bestimmt schon im Kommissariat erwartet. Sie hoffte inständig, dass Lunette inzwischen Neuigkeiten für sie hatte.

Ihre Assistentin enttäuschte sie nicht. Lunette erwartete sie bereits in ihrem Büro im letzten Stock des klobigen Glasbaus in der Rue de Clignancourt.

»Schönen Sonntag gehabt?«, fragte sie schnippisch.

»Hey, ich habe dir nicht befohlen, dass du das Wochenende durcharbeiten sollst«, entschuldigte sich Geneviève ohne schlechtes Gewissen.

»Musstest du auch nicht. Du kennst mich gut genug und weißt, dass ich keine Ruhe habe, wenn ich nichts unternehme.«

»Dafür liebe ich dich doch so.«

Lunette schickte ihrer Chefin einen sarkastischen Luftkuss über den Schreibtisch. Dann rückte sie ihre Brille zurecht und ging durch ihre Unterlagen.

»Also, wir wissen jetzt, wo Anne Flamant gewohnt hat. Sie hatte sich in einem Hotel unterhalb des Boulevard de Clichy eingemietet. Drei Sterne, nichts Besonderes. Deshalb hat die Abfrage länger gedauert. Wir dachten ursprünglich, dass sie in einem Luxushotel abgestiegen sein musste.«

»Warst du schon dort?«

»Noch nicht. Die Rückmeldung auf unsere Abfrage ist vor 15 Minuten hereingekommen. Ich habe das Hotel rasch gegoogelt und mir ein paar Informationen und Bewertungen durchgelesen. Zazou und sein Team sind bereits unterwegs. Ich habe ihnen gesagt, dass wir nachkommen, sobald du auftauchst. Sie benötigen ohnehin Vorsprung, um das Zimmer zu sichern.«

»Sonst?«

»Über den Handybetreiber konnten wir ihr Handy orten. Trackingdaten sind angefordert.«

»Wo ist das Handy? Sie hatte es ja nicht mit.«

»In der Nähe des Weingartens am *Butte*. So exakt lässt sich das nicht sagen. Es hat inzwischen auch aufgehört zu senden.«

»Von wann stammt die letzte Ortung?«

»In etwa rund um den Mord an ihr.«

Geneviève überlegte. Ihr Team hatte den Weinberg abgesucht und nichts gefunden. Das konnte nur bedeuten, dass der Täter das Handy an sich genommen und dann entsorgt hatte. Vielleicht in einem Kanalgitter oder einem Mülleimer. Wo auch immer, das Handy war weg. Die Mülleimer waren in der Zwischenzeit mehrmals entleert worden, und in der Kanalisation brauchten sie ohne genauere Ortungsdaten erst gar nicht zu suchen beginnen.

»Auto?«, stellte sie schließlich die nächste Frage.

»Auf die Familie Flamant sind mehrere Autos registriert und zugelassen. Allesamt Firmenwagen. Anne war mit einem davon unterwegs. So viel habe ich herausgefunden. Das hättest du übrigens auch selbst fragen können, als du auf dem Weingut warst. So habe ich nochmals extra im Chateau anrufen müssen.«

»Entschuldigung. Ja, das hätte ich tatsächlich können. Es war nur … der ganze Besuch war ein wenig skurril.«

»Das kannst du mir erzählen, während wir zu Annes Hotel fahren.«

Auf dem Weg zum Auto schloss sich ihnen *Commandant* Albouy an. Von der Rangfolge her Genevièves Nummer 2, hatte er in den letzten Jahren seinen Platz in der inoffiziellen Hackordnung hinter Lunette akzeptiert.

»Hatten Sie ein schönes Wochenende, *Commandant*?«, erkundigte sich Geneviève.

»Danke der Nachfrage, Madame. Ich kann mich nicht beschweren.«

»Waren Sie wieder tanzen?«

Albouy verdrehte die Augen. »Die Geschichte vom letzten Sommer werden Sie mir wohl ewig vorhalten.«

»Ewig kann ich nicht garantieren. Aber solange keine bessere kommt – ja. Ich könnte Sie auch Fred Astaire nennen«, lachte Geneviève.

Albouy lachte zurück. »Ich denke, Patrick Swayze passt besser zu mir.«

»Albouy!«, rief Lunette in gespieltem Entsetzen. »Seit wann haben Sie Sinn für Humor?«

Sie stiegen in einen der Polizeiwagen vor dem Kommissariat. Albouy war schneller als Geneviève und beanspruchte den Fahrerplatz für sich. »*Commissaire*, ich kenne Ihre Fahrgewohnheiten zu gut«, beantwortete er ihren tadelnden Blick. »Ich habe gerade erst gefrühstückt und würde das Essen gerne bei mir behalten. Außerdem läuft uns das Hotelzimmer nicht weg, wir haben also keine Eile.«

Lunette war es ganz recht, dass sich der *Commandant* hinter das Steuer geklemmt hatte. Der Fahrstil ihrer Chefin war, freundlich umschrieben, als ruppig zu bezeichnen. Ungeduld war ihr zweiter Vorname, wenn es um Verkehr ging. Deshalb nahm Geneviève, sooft es ging, ihre Maschine. Damit ließen sich die täglichen Staus in der Millionenmetropole leichter umgehen.

Während der Fahrt erzählte Geneviève von ihrem Besuch bei den Flamants. Die Avancen des heimgekehrten Sohns ließ sie aus. Lunette hätte sie davon erzählt, Albouy musste das hingegen nicht unbedingt wissen.

Sie erreichten das Hotel kurz nach 9 Uhr. Es handelte sich, wie von Lunette bereits erwähnt, um ein Dreisternehotel in der Rue Blanche im 9. *Arrondissement*. Obwohl nur unweit des berüchtigten Pigalle, war die Gegend ruhig und gepflegt. Das Hotel fiel in der schmalen Wohngasse fast nicht auf und reihte sich nahtlos in die schmucke Häuserzeile ein. Gegenüber war ein Friseur, nebenan die Filiale einer Drogeriemarktkette, zwei Häuser weiter ein Bistro, daneben eine *Patisserie*, noch ein Friseur, ein neu eröffneter Burgerladen im Miniformat – es fühlte sich ein wenig wie ein kleines Dorf mitten in der Stadt an. Obwohl nicht weit vom Montmartre entfernt, war Geneviève das Gässchen fremd. Aber sie fand es auf Anhieb entzückend.

Da es sich um keinen Tatort handelte, hatte Zazou mit seinem Team Diskretion walten lassen können. Das Hotel war nicht abgesperrt worden, das Tagesgeschäft lief ganz normal. Geneviève und ihre Begleiter wurden von der Rezeptionistin, die trotz allem bleich um die Nase war, in den zweiten Stock gebracht, wo sich Anne Flamants Zimmer befand. Erst hier fiel auf, dass die Polizei vor Ort war. Der Flur war abgesperrt, die Tür zu Annes Zimmer offen. Von innen drang geschäftiges Treiben auf den Flur. Fünf in weiße Schutzanzüge gewandete Forensiker waren beschäftigt, jeden Zentimeter des Hotelzimmers zu untersuchen.

»Eine halbe Stunde noch, *Commissaire.*« Das war Zazou. Geneviève nickte. Statt einen Blick in Anne Flamants Zimmer zu werfen, schnappte sie sich die Rezeptionistin, die mit fasziniertem Blick dem Treiben der Spurensicherer zusah.

»Kommen Sie«, forderte sie die Frau auf. »Ich habe ein paar Fragen, vielleicht können Sie uns helfen.«

»Natürlich, Madame.«

Sie begaben sich wieder in den kleinen Empfangsbereich im Erdgeschoss. »Kaffee?«, fragte die Rezeptionistin.

»Sehr gerne, *merci.*«

Die Frau verschwand durch eine Tür hinter ihrem Pult und kam zwei Minuten später mit einem Tablett zurück. Darauf standen mehrere Styroporbecher mit dampfendem Kaffee. »Entschuldigen Sie, aber wir sind normalerweise nicht auf Besucher eingestellt.« Sie stoppte, sah sich um und lächelte verlegen. Immerhin waren sie ja in einem Hotel. »Also, nicht auf diese Art von Besuchern. Wir sind nur ein kleines Boutique-Hotel mitten in der Stadt und haben nicht einmal eine eigene Bar. Auch keinen Frühstücksraum. Es gibt genug nette Cafés gleich nebenan.«

»Kein Problem, Madame …?«

»Miradoli, Marie Miradoli.«

»Vielen Dank für den Kaffee.«

»Sie meinten, Sie hätten Fragen an mich?«

»Genau. Meine erste Frage: Wissen Sie, wo Madame Flamant ihren Wagen abgestellt hat? Das Hotel hat ja keinen eigenen Parkplatz.«

»Nein«, lächelte Miradoli. »Dafür ist die Gasse zu schmal. Aber wir haben eine Kooperation mit einem Parkhaus ganz in der Nähe, wo wir fünf Parkplätze für Gäste angemietet haben. Warten Sie, ich sehe nach.«

Die Rezeptionistin verschwand wieder hinter ihrem Pult. Sie tippte auf ihrem Computer und begann über das ganze Gesicht zu strahlen. »Ja, hier haben wir sie. Madame Flamant hat ihren Wagen in der Garage abgestellt.« Sie gab ihnen die Adresse des Parkhauses und das Stockwerk, in dem das Hotel die Plätze angemietet hatte. Das Parkhaus war weniger als 200 Meter entfernt. Albouy machte sich auf den Weg, um sich nach dem Wagen Flamants umzusehen.

In der Zwischenzeit setzte Geneviève ihr Gespräch – Einvernahme wollte sie es nicht nennen – mit der Rezeptionistin fort. »Ist Ihnen an Madame Flamant etwas aufgefallen?« Klar, eine total 08/15-Frage, aber die gehörte nun mal dazu.

»Nein, *Commissaire*. Ich hatte allerdings auch nicht viel Kontakt mit ihr.«

»Hatte sie Besuch?«

Wieder schüttelte Miradoli den Kopf. »Die Rezeption ist allerdings auch nicht rund um die Uhr besetzt. Meinen Sie, dass sie sich einen Liebhaber aufs Zimmer geholt haben könnte?«, fragte sie verschwörerisch.

Gute Frage, auf diese Idee war Geneviève noch gar nicht gekommen. Allerdings sprachen weder der Zustand der Leiche noch der Auffindungsort für so ein Verbrechen. Trotzdem erwiderte sie mit einer Gegenfrage: »Hätten Sie den Eindruck gehabt, dass sie einen Freund hat?«

»Ich meinte nicht einen Freund«, konterte Miradoli mit einem kecken Augenaufschlag. »Ich meinte tatsächlich einen Liebhaber. Ein schnelles Abenteuer. Madame war eine sehr hübsche Person.«

Und deshalb muss sie jede Nacht vögeln? Geneviève sprach die Frage nicht aus. Die junge Rezeptionistin hatte sich wahrscheinlich zu viele Krimis oder Romantikschinken reingezogen.

So kamen sie nicht weiter. Von der Rezeptionistin war nichts Brauchbares zu erfahren. Zum Glück zerriss das Klingeln ihres Handys die peinliche Stille. Geneviève entschuldigte sich und ging vor die Haustür, wo sie den Anruf entgegennahm. Es war Letitia.

»*Ça va?*«

»*Ça va, merci*«, antwortete ihre Schwägerin. »Wo bist du?«

»Im Hotel unserer Toten.«

»Oh«, antwortete Letitia betreten. »Ich dachte, du hast heute noch ein wenig Zeit für uns. Wir fliegen am Nachmittag wieder heim.«

Geneviève griff sich an die Stirn. Das hatte sie ganz vergessen. Andererseits: Sie hatte nun mal auch einen Job. Anders als ihre Verwandtschaft, die dank des Familienvermögens nach Lust und Laune in den Tag hinein leben konnte. »Wann geht euer Flieger?«

Letitia lachte laut ins Telefon. »Wann immer wir wollen. Ist doch Papas Privatjet.«

Stimmte auch wieder. Es gab eben ein paar Sachen, die Geneviève verdrängte. Zum Beispiel, dass ihre Familie einen eigenen Privatjet besaß. Eine Gulfstream G700, wenn sich Geneviève nicht irrte. Benutzt hatte sie das Flugzeug noch nie. Es war auch erst nach ihrem Umzug nach Paris angeschafft worden.

»Gib mir noch ein wenig Zeit. Ich kann hier jetzt nicht weg. Aber wie wäre es mit Mittagessen?«

»Nur wir zwei und die Kinder?«

»Gerne.«

Geneviève beendete das Gespräch und ging zurück ins Hotel. Dort wurde sie bereits von Zazou erwartet.

»Das Hotelzimmer ist jetzt frei für Sie, Madame.«

»Spoilern Sie mich: Etwas Interessantes gefunden?«

»Nein, leider nicht. Aber sehen Sie sich selbst um. Vielleicht ist uns etwas entgangen.«

Geneviève nickte: »Kontaktieren Sie bitte Albouy. Er sollte inzwischen den Wagen der Toten gefunden haben. Hoffen wir, dass sich dort ein Hinweis finden lässt. Die Rezeptionistin kann Ihnen die Adresse der Parkgarage geben.«

Zazou nickte, salutierte und machte sich auf den Weg.

Geneviève stieg die Stufen hinauf zum Zimmer Flamants. Dort hatten die Spurensicherer inzwischen das Feld geräumt. Viel zu sehen gab es nicht. Anne Flamant war zu Lebzeiten offenbar eine sehr ordentliche Person gewesen. Bis auf die zurückgeworfenen Bettlaken sah das Zimmer so aus, als wäre eben erst das Putzpersonal durchgefegt. Gleich neben der Eingangstür war einer jener Kleiderschränke, mit denen gefühlt die Hälfte aller Hotelzimmer auf dem Planeten ausgestattet waren. Zwei breite Schiebetüren. Hinter einer versteckte sich eine Kleiderstange mit den klassischen diebstahlgesicherten Hotelkleiderbügeln, bei denen man zwar den Bügel selbst abnehmen konnte, statt eines Hakens jedoch ein fix angebrachter Ring von der Stange baumelte. Hinter der zweiten Tür waren Ablagefächer. In den Fächern fand Geneviève ein paar ungetragene Shirts, eine Bluse und drei Garnituren Unterwäsche. Sie erkannte auf den ersten Blick, dass es sich hier um keine Designerware handelte. Auf der Kleiderstange hingen ein Mantel und ein Trachtenkleid. Dieses sah teurer aus als der Rest der Klamotten. Ein Blick auf das Label half ihr auch nicht weiter. Der Name sagte ihr nichts. Andererseits war sie auch noch nie in Versuchung geraten, Tracht zu tragen. Das war für sie zu alpenländisch. Nichts gegen ein leichtes, luftiges Sommerkleid, aber Tracht kam ihr nicht ins Haus. Glücklicherweise sah *Mamie* das ebenso.

Sie sah sich das Zimmer weiter an. Auf dem Nachtkästchen lag ein Buch, dessen Titel Geneviève zwar etwas sagte, so richtig einordnen konnte sie es jedoch nicht. Tat wohl auch nichts zur Sache. In der Lade des Nachtkästchens fand sich die unvermeidliche Bibel. Wie so gut wie alle anderen Hotelexemplare, die sie bisher gesehen hatte, war auch diese Ausgabe in makellosem Zustand. Geneviève kannte niemanden, der jemals eine Hotelbibel gelesen hatte. Trotzdem hielt sich diese Sitte hartnäckig.

Das Bett war nur auf der linken Seite benutzt worden. Hier hatte eindeutig keine zweite Person die Nacht verbracht. Gegenüber dem Bett war ein schmales Sideboard, auf dem ein nicht sonderlich großer Flatscreen-TV stand. Für einen Schreibtisch war im Zimmer kein Platz. Im Eck neben dem Sideboard stand ein Fauteuil, darauf lag ein Koffer. Geneviève öffnete den Koffer. Darin fand sie einen Beutel mit Schmutzwäsche. Sie leerte den Beutel auf dem Bett aus, aber fand auch hier nichts von Bedeutung.

Langsam drehte sie sich im Zimmer um. Etwas fehlte. Nach ein paar Sekunden fiel es ihr ein: Wo war Flamants Handtasche? Oder ein Rucksack? Eine Umhängetasche? Irgendetwas. Am Tatort hatten sie auch nichts gefunden. Bereits damals war Geneviève davon ausgegangen, dass sie die Tasche – welche auch immer – in ihrem Hotel gelassen hatte oder dass sie vom Täter gestohlen worden war. Ebenso wie die Ausweise und ihre Geldbörse. Nun schien klar, dass der Mörder die Tasche entsorgt hatte – wie auch das Handy. Ärgerlich, es hatte sie Zeit gekostet, die Identität der Toten festzustellen, aber kein Täter konnte so dumm sein zu glauben, dass die Polizei nicht hinter die Identität des Opfers kommen würde. Das wiederum ließ sie darauf schließen, dass es sich dabei um eine Panikreaktion gehandelt haben könnte.

Kopfschüttelnd verließ sie das Zimmer und schloss die Tür hinter sich. Was konnte der Täter von Flamant gewollt haben? Sie glaubte nicht so recht daran, dass die geschasste Weinkönigin Bianca damit zu tun hatte. Schließlich waren sie hier nicht in einer Telenovela. Oder etwa doch? Manchmal war das Leben skurriler als die Fantasie. Ein Anruf riss sie aus ihren Gedanken.

»Madame?«, meldete sich Albouy am anderen Ende der Leitung.

»*Oui?*«

»Sie sollten möglichst schnell hierherkommen.«

»Wohin?«

»In die Parkgarage. Sie werden nicht glauben, was wir in Madame Flamants Wagen gefunden haben.«

DA WÄCHST KEIN GRAS DRÜBER

Albouy hatte nicht übertrieben. Fassungslos stand Geneviève vor den aufgeklappten Hecktüren des Transporters, der auf den Betrieb der Familie Flamant zugelassen und mit dem Anne nach Paris gefahren war. Diese Information hatte Albouy sofort nach seinem Eintreffen mithilfe des Nummernschilds feststellen können. Es handelte sich um einen unscheinbaren weißen Renault Trafic. Man hielt es in der Familie also mit Autos aus lokaler Produktion.

Im Stauraum des Transporters hatten die Spurensicherer rund um Zazou zuerst – wenig überraschend – Dutzende Kartons mit verschiedenen Jahrgängen des Flamant-Champagners gefunden. Dahinter war man auf etwas anderes, potenziell Wertvolleres gestoßen: zwei Kisten mit Marihuana. Fein säuberlich in kleine Plastiktüten verpackt.

»Darf ich?«, fragte Geneviève Zazou, der nickte. Sie nahm ein paar der Tüten heraus, öffnete eine davon und schnupperte. Der Duft war unverkennbar und stieg ihr sofort in den Kopf. Eindeutig Gras. Haschisch. Marihuana. Pot. Wie auch immer man das Zeug nennen wollte. Sie schloss die Tüte wieder und legte sie zurück in den Karton.

»Ich denke, wir können davon ausgehen, dass Madame Flamant nicht Apotheken mit CBD beliefern wollte«, erklärte Albouy trocken.

»Nein, denke ich auch nicht. Sicherheitshalber sollten wir den Stoff trotzdem untersuchen, bevor wir voreilig falsche Schlüsse ziehen.«

»Natürlich. Einige Stichproben sind bereits auf dem Weg ins Labor, Madame.«

»*Très bien.*« Sie wandte sich an Zazou. »Haben wir etwas von Interesse im Wagen gefunden?«

»Nein, leider nicht. Nur das Übliche: Sonnenbrille, Taschentücher, Kaugummis, der Zulassungsschein, ein paar Euro-Münzen. Das Auto war selbstverständlich abgesperrt, wir mussten es *kreativ* öffnen.«

»Die Familie wird es verschmerzen.«

Zazou sah seine Chefin empört an. »Madame! Wir haben nichts kaputt gemacht. Wir sind doch keine Barbaren!«

»Natürlich, natürlich«, lächelte Geneviève zurück. »Eine Handtasche oder Rucksack haben wir auch hier nicht gefunden, oder?«

Zazou schüttelte den Kopf. »Nein, wie am Tatort. Die persönlichen Dinge der Toten sind wie vom Erdboden verschluckt.«

»Dafür entschädigt der Fund der Drogen.«

»*Absolutement!* Stellt sich nur die Frage, was es damit auf sich hat. Wir reden hier doch von einer erfolgreichen Champagner-Winzerin?«

»Davon ging ich bislang auch aus«, meinte Geneviève nachdenklich.

»Dass ihr jemand das Dope untergejubelt hat?«, mischte sich Albouy ein.

»Möglich, aber nicht wahrscheinlich. Der Wagen war abgeschlossen. Haben Sie alte Einbruchspuren gefunden, Zazou?«

Der Leiter der Spurensicherer schüttelte den Kopf. »Nein, der Wagen ist noch relativ neu. An den Schlössern hat sich niemand zu schaffen gemacht. Es ist schon möglich, dass jemand ähnlich *kreativ* war wie wir, aber wieso sollte man der Frau zwei Kartons mit Drogen unterjubeln? Und sie danach umbringen?«

»Eben«, gab ihm Geneviève recht. Jetzt machte auch Maxime Flamants flapsig dahingesagte Aussage, dass seine Schwester ein Wildfang sei und was sie schon wieder angestellt habe, Sinn. Aber ob er damit gemeint hatte, dass sie mit Drogen handelte? Für den Eigenbedarf waren die beiden Kartons auf jeden Fall zu viel. Blieb nur ein Schluss: Entweder hatte Anne selbst mit Drogen gehandelt und wollte das Weinfest dazu nutzen, um unauffällig ihren Stoff an den Mann und die Frau zu bringen, oder sie hatte sich als Drogenkurier anheuern lassen. Wer kontrollierte schon einen Wagen mit hochwertigem Champagner?

Gedankenversunken machte sich Geneviève auf den Weg zurück zum Hotel. Dort hatte sich Lunette in der Zwischenzeit weiter um die Rezeptionistin gekümmert, aber auch nichts mehr aus ihr herauskitzeln können, was die Ermittlungen weitergebracht hätte. Sie verabschiedeten sich von Miradoli und machten sich auf den Weg zurück zum Kommissariat. Geneviève schickte Albouy eine Nachricht, dass sie den Wagen nahmen. Er müsste mit der Spurensicherung zurückkommen. Geneviève ließ Lunette ans Steuer. Sie nutzte die kurze Fahrtzeit, um das Lunch-Date mit ihrer Schwägerin zu fixieren.

Am Kommissariat angekommen, sprang Geneviève sofort auf ihre Maschine und machte sich auf den Weg. Sie hatte sich mit ihrer Schwägerin in einem kleinen Bistro in der Nähe des Eiffelturms verabredet. Sie hatte das Lokal ausgewählt, weil es direkt an das Champ de Mars angrenzte und Letitias Kinder dort genug Auslauf hatten, während sich die Erwachsenen unterhielten. Sie konnte sich noch gut an ihre eigene Kindheit erinnern. Es gab nichts Langweiligeres, als dabei sein zu müssen, wenn sich ihre Mutter mit einer Freundin zum Essen oder auf einen Kaffee getroffen hatte. Also baute sie vor. Eine weise Entscheidung, wie sich herausstellte. Jules und Danielle waren derart überdreht, dass es sie keine fünf Minuten auf ihren Stühlen hielt.

»Dürfen wir ein bisschen spielen gehen?«, fragte Jules, der ältere der beiden Geschwister, schließlich zappelig.

»Aber natürlich, *ma puce*«, antwortete Letitia, sichtlich froh, dass die Kinder von selbst fragten und sie die beiden nicht extra wegschicken musste. Denn: So langweilig konnte es gar nicht sein, sobald die Eltern wollten, dass man sich anders beschäftigte, war das auf einmal gar nicht mehr so spannend. Es könnte ja sein, dass die Erwachsenen etwas Interessantes zu besprechen hatten, und das wollte man auf keinen Fall verpassen.

Aber so war alles in Butter. Die Kinder jagten über die Wiese, während Geneviève und Letitia Mittagessen bestellten. Die Kinder hatten sich jeweils für einen *croque-monsieur* entschieden – den klassischen französischen Schinken-Käse-Toast, der erst durch die Hinzugabe von – im Optimalfall – selbst gemachter Béchamelsoße zur richtigen französischen Spezialität wurde. Geneviève hatte der Vormittag auf den Magen geschlagen. Sie ließ sich von den Kindern inspirieren und bestellte einen *croque-madame*, praktisch die aufgepeppte Version. In diesem Fall wurde der Toast zusätzlich mit einem Spiegelei serviert. Letitia schloss sich ihrer Schwägerin an. Gemeinsam teilten sie sich dazu einen kleinen *salade niçoise*, der mit einem Körbchen frischem Baguette serviert wurde.

Die beiden Frauen genossen die Sonnenstrahlen der Mitte Oktober schon merklich niedriger stehenden Sonne. Geneviève hatte das Gefühl, dass es mit dem Spätsommer bald zu Ende ging. Dann würde sich wieder das trübe Herbstwetter über die Stadt legen. Was zwar die Touristen nicht davon abhielt, der Stadt der Liebe einen Besuch abzustatten, sich aber sehr wohl auf Genevièves Gemüt legte. Als Tochter des Südens waren die Herbst- und Wintermonate für sie in Paris immer am schlimmsten. Schnell verdrängte sie wieder diesen Gedanken, noch war es ja nicht so weit.

Mit Letitia plauderte sie über belanglose Dinge. Über die neuen Entwicklungen im Mordfall schwieg Geneviève. Die meiste Zeit sahen sie den Kindern beim Spielen zu. Zwischen den beiden herrschte eine angenehme Vertrautheit, die nicht vieler Worte bedurfte. Jules und Danielle kamen nur kurz zurück zum Tisch, um ihren Toast runterzuschlingen und im Nachgang eine der bauchigen *Orangina*-Flaschen zu leeren.

»Hätten die beiden heute nicht Schule?«, schoss es Geneviève mit einem Mal ein.

»Doch«, bestätigte Letitia, »wir haben sie für ein paar Tage aus der Schule genommen. Sie sind zum Glück beide gut in der Schule und …«

»… und einer Morel wird ohnehin kein Wunsch abgeschlagen«, vollendete Geneviève den Satz.

»Exakt. Warum sollte man das nicht ausnutzen? Ich finde es wichtig, dass die Kinder Paris kennenlernen und auch das Weinfest. Abgesehen von der Toten war es wirklich herrlich. Ein Spektakel.«

»Auf jeden Fall«, gab ihr Geneviève recht. Die letzten Tage war tatsächlich viel passiert. Eigentlich ein Wochenende zum Genießen, wenn da nicht dieser Mord wäre.

Kurz nach 13 Uhr hielt eine schwarze Limousine vor dem Bistro.

»*On y va!*«, rief Letitia ihren Kindern zu.

»Och, müssen wir schon?«, schallte es enttäuscht zurück.

»Ja, wir müssen«, beharrte Letitia. Zu Geneviève gewandt sagte sie: »Begleitest du uns? Deine Eltern würden sich freuen, dich noch einmal zu sehen.«

Geneviève nickte. Sie fuhr auf ihrer Maschine hinter der Limousine her. Eine quälend langsame Angelegenheit. Mehrmals musste sich Geneviève zurückhalten, um nicht zu überholen und vorauszufahren.

Das Ziel war der Privatflughafen Le Bourget im Norden der Stadt. Es war derselbe Weg wie zum Flughafen Charles de Gaulle, allerdings lag Le Bourget wesentlich näher an der Stadt. Nach einer halben Stunde hatten sie ihr Ziel erreicht. Unzählige flache und schmucklose Gebäude drängten sich dicht an dicht. Einen Privatflughafen stellte man sich anders vor, aber in der Realität hatte auch ein Privatflughafen in erster Linie eine einzige Aufgabe. Und die war nicht, möglichst luxuriös nach außen zu wirken.

Eine Schranke verwehrte am »Gate 0« die direkte Zufahrt. Erst nach Vorweisen ihrer Papiere wurden Geneviève und die Limousine durchgelassen. In einer Lounge mit Blick auf das Flugfeld wartete bereits der Rest der Familie Morel. *Maman* fiel ihrer Tochter um den Hals, während Papa sich dezent zurückhielt und ihr lediglich wohlwollend zunickte.

»So schön, dass du es noch geschafft hast«, flötete Monique Morel.

»Klar«, flunkerte Geneviève und umarmte auch ihren Vater. Frédéric, ihr Bruder, hatte es nicht für notwendig gehalten, von seinem Sitz aufzustehen. Er grunzte nur ein gelangweiltes »*Ça va*« zu ihr rüber, was Geneviève unbeantwortet ließ.

»Kommst du vor Weihnachten noch einmal nach Hause?«, wollte ihre Mutter wissen.

»Ich glaube nicht, Mama. Zu viel zu tun hier.«

»Ach Schatz, die große Stadt tut dir nicht gut. Schau dich doch an. Ganz blass bist du.«

»Das ist nur der aktuelle Fall. Keine Sorge, ich komme schon genug an die frische Luft.«

»Aber was für eine frische Luft. Kein Vergleich zu uns daheim. Na gut, aber du musst versprechen, dass du zu Weihnachten heimkommst. *Mamie* hat schon zugesagt.«

»Zu Weihnachten war ich doch noch jedes Jahr daheim.« Geneviève verdrehte dabei die Augen, aber bevor ihre Mutter komplett hyperventilierte, spielte sie lieber brav mit. Der Heimatbesuch zu Weihnachten war nie fakultativ, sondern immer obligatorisch gewesen. Als Tochter des Südens war es für sie normal, Weihnachten nicht im Schnee, sondern im Sand der Côte d'Azur zu verbringen. Von Schnee war in den letzten Jahren in Paris ohnehin kaum die Rede gewesen.

Wobei, zwei Jahre zuvor hatte es in Paris um die Weihnachtszeit tatsächlich Schnee gegeben. So hatte es die Schriftstellerin Evangeline Moreau in ihrer denkwürdigen Thriller-Serie sogar beschrieben. Aktuell las Geneviève gerade den dritten Teil. In *Je suis la vie* hatten sich die Protagonisten der Serie jedoch bereits aus Paris hinausbewegt. Sehr zur Freude Genevièves, die mit der realistischen Darstellung der Attentate auf Paris von vor zwei Jahren so ihre Probleme hatte. Beziehungsweise mit der Art und Weise, wie Moreau die Geschichte präsentierte und sich selbst und Olivier Guyon, den Leiter der *Brigade de recherche et d'intervention*, kurz BRI, dabei als tatsächliche Auslöser und Leidtragende in den Mittelpunkt stellte. Ihre Abneigung gegen Moreau hatte sich ein wenig abgeschwächt, nachdem sie die Schriftstellerin im Zug eines anderen Mordfalls im letzten Sommer näher kennenlernen durfte. Richtig geheuer war ihr die Frau jedoch noch immer nicht. Mit Guyon verband sie seitdem eine professionelle Freundschaft. Alles andere als schlecht, wenn man bei Ermittlungen auch auf solche Ressourcen zurückgreifen konnte.

»Das wird schön«, jubilierte ihre Mutter. »Das Weihnachtsdorf in Cannes soll dieses Jahr ganz besonders herausgeputzt werden. Freut ihr euch schon aufs Eislaufen?«, fragte sie ihre beiden Enkelkinder. Jules und Danielle nickten pflichtbewusst, hatten ihre Augen jedoch ganz woanders. Nämlich auf einem großen Eisbecher, der gerade einem anderen Kind und seinen Eltern serviert wurde. Geneviève spendierte den beiden ein großes Eis, was von ihrem Bruder mit einem genervten Augenverdrehen quittiert wurde. Perfekt, *Mission accomplished.*

Eine halbe Stunde später war der Morelsche Privatflieger bereit zum Starten. Geneviève sah dem Flugzeug noch nach, bis es nur mehr ein kleiner Punkt am Himmel und schließlich ganz verschwunden war. Von Norden zogen dunkle Wolken auf. Gut, dass ihre Familie in die entgegengesetzte Richtung unterwegs war. So wie auch sie selbst. Wind war ebenfalls aufgekommen, und Geneviève wollte trocken zurück in die Stadt kommen. Als sie das Kommissariat erreichte, begannen die ersten Regentropfen herunterzuprasseln. Fett und schwer. Zugleich sank die Temperatur spürbar.

Der Herbst war in Paris eingekehrt.

VERMISSEN SIE MICH BEREITS?

Der Dienstag begann so trüb, wie es der Vorabend versprochen hatte. Ein Tiefdruckgebiet hatte sich über den Norden Frankreichs gelegt und die letzten Reste des Sommers verblasen. Sturmböen peitschten durch die Stadt und rissen Laub von den Bäumen, wenigstens hatte es zu regnen aufgehört. Die Temperaturen waren mit einem Schlag in den oberen einstelligen Bereich gerasselt, und das schlechte Wetter hatte sich auf die Laune der Menschen geschlagen. Das hatte Geneviève bereits festgestellt, als sie nach ihrer Laufrunde durch die Gassen ihres *Arrondissements* im Le Palais des Pains Baguette und Croissants für sich und *Mamie* gekauft hatte. Khaled, der junge Marokkaner, der für Cédric Beauvais das Geschäft schmiss, während dieser sich um seine benachbarte *Patisserie* kümmerte, war von einer Kundschaft derart unfreundlich angeschnauzt worden, dass Geneviève für einen Moment überlegt hatte einzuschreiten. Khaled hatte die Situation aber auch ohne ihre Hilfe gemeistert, war immer freundlich und zuvorkommend geblieben, bis es der Kundschaft zu blöd wurde, sie zahlte und stampfend die Boulangerie verließ.

Khaleds Probleme mit dem abgelaufenen Visum waren dank Lunettes Intervention bei Audette Allegre, der Sekretärin des Innenministers, in der Zwischenzeit aus der Welt geschafft worden. Allegre war seit Jahrzehnten die heimliche graue Eminenz des Innenministeriums. Sie hatte Dutzende Innenminister und -ministerinnen kommen und gehen sehen, hatte jede politische Wende unbeschadet überstanden. Wer auch immer sich gerade auf dem Schleudersitz befand, war heilfroh, sich auf ihre Expertise und Loyalität verlassen zu können. Im Gegenzug hatte sich Allegre nicht nur ein unschätzbares Netzwerk aufgebaut, sondern genoss auch bei jedem ihrer Chefs eine gewisse Narrenfreiheit. Wünsche – die zumeist als Vorschläge vorgebracht wurden – wurden ihr nicht abgeschlagen. Khaled selbst hatte seine neu gewonnene Freiheit genutzt, um die Gesellenprüfung nachzuholen. Sein alter Chef, Baptiste Buffet – der ewige Zweite bei der Wahl zum besten Baguette der Stadt –, hatte ihn bewusst als »U-Boot« gehalten. Der Junge war gut. Richtig gut in seinem Job. Als verängstigter Illegaler war er nie Gefahr gelaufen, Baptiste zu verlassen und sich eine besser bezahlte Stelle zu suchen. Sehr zu Genevièves Freude hatte sich das nun geändert. Nach dem Mord an Francois Beauvais wäre es zu schade gewesen, wenn die für Geneviève beste Boulangerie der Stadt für immer hätte zusperren müssen. Stattdessen hatte sie Khaled Cédric Beauvais, dem Neffen des ermordeten Starbäckers, ans Herz gelegt. Am Ende eine Win-win-Situation für alle Beteiligten. Und nicht zuletzt für den Montmartre.

Sie gab ihre Bestellung auf, bekam das gewünschte Gebäck von Khaled feierlich über die Glastheke gereicht – bei Geneviève, seinem »Schutzengel«, zelebrierte er das immer ganz besonders –, bezahlte und joggte hinunter zu ihrem Haus. Sie lief die vier Stockwerke zu *Mamies* Wohnung hinauf, ließ sich selbst hinein und stellte die Tüte mit ihrem Frühstück in der Küche ab. *Mamie* selbst schlief noch den Schlaf der Gerechten. Oder eher Ungerechten, wie Geneviève immer wieder feststellen musste. Sie schlich sich aus der Wohnung und zog die Tür leise hinter sich zu.

Einen Stock höher, in ihrer Dachgeschosswohnung, wurde sie wider Erwarten nicht von ihrem Kater empfangen. Die von den Sturmböen gegen die Hauswand gepeitschten Äste der Bäume hatten den roten Maine-Coon-Kater verschreckt. Merlot hatte sich irgendwo in der großzügig angelegten Wohnung versteckt. Geneviève versuchte erst gar nicht, das riesige Tier zu finden. Wie alle Katzen hatte er die Gabe, nicht gefunden zu werden, wenn er es nicht wollte. Egal, wie groß oder klein die Wohnung auch war. Es gab jedoch einen Trick, mit dem der Kater aus seinem Versteck gelockt werden konnte.

Geneviève schüttelte die Blechdose mit dem Trockenfutter. Keine fünf Sekunden später saß Merlot neben ihren Füßen. Den Schwanz um den eigenen Körper gelegt, den Kopf fordernd in Richtung Mensch hinaufgestreckt. Sie stellte die Blechdose wieder weg und nahm stattdessen ein Säckchen mit Nassfutter. Enttäuscht wollte der Kater bereits abdrehen. Genau so lange, bis Frauchen das Säckchen aufgerissen hatte und der verführerische Duft in seine Nase stieg. Verführerisch nur für den Kater, Geneviève ekelte sich davor.

Einen Kaffee, ein Croissant und eine Dusche später war Geneviève auf dem Weg zum Kommissariat. Wie nicht anders zu erwarten war, saß Lunette bereits in ihrem Büro. Langsam bekam sie ein schlechtes Gewissen, weil ihre Assistentin so gut wie jeden Tag vor ihr im Büro war.

Das schelmische Lächeln Lunettes lenkte sie sofort wieder ab. »Isabelle hat heute Nacht noch die toxikologischen Ergebnisse rübergeschickt.«

»Ich nehme an, dass es dabei eine Überraschung gegeben hat. So wie du grinst.«

Lunette nickte. »Ja und nein. Also, nach dem gestrigen Tag.«

»Wie meinst du?«

»Isabelle hat in Annes Blut Spuren von Rauschgift gefunden. Allerdings nicht nur von THC, sondern auch von Kokain.«

Das überraschte Geneviève tatsächlich. Sie hatte Anne Flamant zwar nicht gekannt, aber alles, was sie bisher über sie erfahren hatte, hätte sie nicht auf eine Drogensüchtige schließen lassen. »Warte mal«, sagte sie. »Ist sie an einer Überdosis gestorben und der eingeschlagene Schädel sollte davon ablenken?«

»Nein«, musste Lunette ihre Chefin enttäuschen. »Aber sie war beim Schlag wohl so weggetreten, dass sie nicht viel davon mitbekommen hat.«

Geneviève lehnte sich in ihrem Bürostuhl zurück und schloss die Augen. Dann dachte sie laut vor sich hin: »Ich muss wohl noch mal mit der Familie reden.«

»Du glaubst, dass sie dir diesmal mehr erklären?«

»Keine Ahnung, aber probieren muss ich es.«

»Wieso haben sie beim ersten Mal nichts von ihrer Kokssucht gesagt?«

»Würdest du so etwas über dein Kind erzählen? Freiwillig? Nachdem es brutal ermordet wurde?«

»Nein, wohl nicht«, musste Lunette eingestehen.

Geneviève öffnete eine Schreibtischlade. Nach kurzem Suchen fand sie die Visitenkarte von Maxime Flamant. »Mal schauen, was er sagt«, meinte sie zu Lunette, wählte die auf der Karte angegebene Nummer über ihren Festnetzanschluss und stellte den Lautsprecher an. Lunette sollte mithören können.

Flamant hob beim zweiten Läuten ab. Als hätte er auf ihren Anruf gewartet.

»Haben Sie schon Sehnsucht nach mir?«, eröffnete er das Gespräch frech. Lunette warf ihrer Chefin einen amüsierten Blick zu. Geneviève hatte ihr zwar andeutungsweise von seinen Avancen erzählt, diese aber direkt zu hören, war nochmals eine eigene Nummer. Sie schüttelte den Kopf. Nicht jetzt.

»Monsieur Flamant«, antwortete sie mit neutraler Stimme. »Ich muss Sie enttäuschen, ich melde mich rein beruflich bei Ihnen.«

»Schade.« Fröhlich fügte er hinzu: »Was nicht ist, kann ja noch werden.«

Lunettes Mund formte ein großes O. Sie lehnte sich zurück, hielt sich die Hand vor den Mund und prustete möglichst leise los. Geneviève tippte sich mit dem Zeigefinger an die Stirn. Dann konzentrierte sie sich wieder auf ihr Telefonat.

»Monsieur Flamant …«

»Maxime bitte«, unterbrach er sie.

»Monsieur Flamant«, beharrte Geneviève. »Es geht um Ihre Schwester. Wir haben Spuren von Kokain und Marihuana in ihrem Blut gefunden. Wussten Sie, dass Ihre Schwester Drogen konsumiert hat?«

Kurze Stille am anderen Ende der Leitung. Schließlich antwortete Flamant ernst: »Nein, das wusste ich nicht. Anne hatte auch nicht den Eindruck auf mich gemacht. Andererseits bin ich noch nicht so lange daheim. Ich kann es also nicht mit 100-prozentiger Sicherheit sagen.«

»Bei unserem letzten Gespräch sagten Sie, dass Ihre Schwester ein Wildfang sei. Was genau meinten Sie damit?«

»Nichts Spezielles«, antwortete Flamant ohne zu zögern. »Anne war sehr lebenslustig. Sie tanzte gern, ging gern aus, stand bei den Matches von Reims immer in der Fankurve. Sie ließ sich nichts vorschreiben. So war das gemeint. Probleme hat sie eigentlich nie gemacht.«

»Könnte ich mit Ihren Eltern reden?«

»Natürlich, natürlich«, antwortete Flamant verwirrt. Genevièves Gedankensprung hatte ihn auf dem falschen Fuß erwischt. »Ich werde schauen, ob ich meine Mutter finde. Sie wird Sie dann umgehend zurückrufen.«

Geneviève beendete das Gespräch. »Haben Sie schon Sehnsucht nach mir?«, wiederholte Lunette lachend Flamants Begrüßung. Geneviève seufzte und erzählte ihr diesmal ausführlicher, was bei ihrem Besuch auf dem Weingut der Flamants passiert war.

»Zuerst der Doktor, jetzt ein reicher Winzer – sieht so aus, als könntest du dich vor betuchten Verehrern nicht retten.«

Geneviève machte eine wegwerfende Handbewegung. »Geld ist mir egal, das weißt du doch.«

»Ja, weil du selbst genug hast.«

»Und? Soll ich mich dafür schämen?« Insgeheim tat sie aber genau das. Ein Großteil des Geldes kam ja aus suspekten Kanälen. Auch wenn nicht alles gestohlen war.

»Natürlich nicht«, versuchte Lunette zu kalmieren.

»Wo Tauben sind, fliegen Tauben zu«, meinte Geneviève mit einem Achselzucken und beendete das Thema.

Das Telefon läutete. Es war Maxime Flamant: »Es tut mir wirklich furchtbar leid, Madame. Aber meine Mutter will nicht mit Ihnen reden. Sie will nicht glauben, dass man Drogen in Annes Blut gefunden hat.«

»Sie können nicht auf Ihre Mutter einwirken?«

»Nein, leider. In dieser Hinsicht ist sie stur. Kann ich Ihnen anders helfen?«

Geneviève verneinte und legte auf.

»Und jetzt?«, fragte Lunette.

»Jetzt knöpfe ich mir die Mutter persönlich vor. Sie wird

mir schwer entkommen können, wenn ich zum Weingut fahre.«

»Ich wäre mir da nicht so sicher. Nimm dir lieber eine Garnitur Ersatzklamotten mit. Wer weiß, was dort noch alles passieren kann.«

Geneviève sah ihre Assistentin aus zusammengekniffenen Augen an. »Wieso beschleicht mich das Gefühl, dass du etwas ganz anderes damit meinst?«

»Ich sag ja nur.« Lunette zwinkerte ihr zu und verließ das Büro. In der Tür drehte sie sich um und gab ihrer Chefin noch einen Ratschlag: »Du sagtest, sie haben einen Spa-Bereich? Dann pack doch sicherheitshalber auch gleich einen Bikini ein.« Rasch zog sie die Tür hinter sich zu, ehe Geneviève ihr etwas nachwerfen konnte.

Zwei Stunden später saß Geneviève in ihrem Wagen und fuhr wieder Richtung Champagne. Auf der Rückbank lag ein kleiner Koffer mit Ersatzkleidung, sollte sie tatsächlich über Nacht bleiben. Bleiben müssen, wie sie sich selbst einredete. Auf den von Lunette vorgeschlagenen Bikini hatte sie verzichtet.

Ein Badeanzug musste es auch tun …

SEÑORA MUERTE

Geneviève erreichte das Weingut der Familie Flamant am Nachmittag. Das Wetter hatte sich auf dem Weg in die Champagne nochmals verschlechtert. Zum Sturm war auch Starkregen gekommen. Auf der Autobahn war die Sicht teilweise so schlecht, dass sie nicht mehr als 60 Stundenkilometer fahren konnte. Ein Tempo, das ihre Geduld gewaltig auf die Probe stellte. Am Ende hatte sich aber doch die Vernunft durchgesetzt. Auf halber Strecke hatte sie auf einer Raststätte eine längere Pause eingelegt. Die Hoffnung, dass sich das Wetter doch noch bessern würde, starb schließlich zuletzt.

Aber sie starb.

Also hatte sie ihren Weg im Schneckentempo fortgesetzt. Als sie auf dem Parkplatz des Chateaus einparkte, merkte sie erst, wie anstrengend die Fahrt gewesen war.

Und wie gut der Tipp Lunettes gewesen war, Ersatzklamotten für den nächsten Tag einzupacken. Sie ahnte schon jetzt, dass sie sich heute die Rückfahrt nicht mehr antun würde. Sollte das Gespräch mit den Flamants in eine komplett falsche Richtung gehen, konnte sie noch immer in einer Pension in Hautvillers übernachten. Sie hatte keine hohen Ansprüche. Auch oder gerade weil sie in Luxus aufgewachsen war und dem wenig abgewinnen konnte, wie sie sich selbst ständig einredete.

Unablässig prasselte der Regen in dicken Tropfen auf ihr Auto und lief wasserfallartig über die Windschutzscheibe. Die Umgebung rundherum war kaum mehr zu erkennen. Die

Wasserschlieren wirkten wie der Blick durch jahrzehntealte Altbaufenster, die über die Jahre zu verschwimmen begannen und die Welt außerhalb nur mehr verzerrt darstellten.

Sie hatte tatsächlich nur leicht gepackt. Dementsprechend unvorbereitet war sie nun. Der Weg vom Parkplatz bis zum schützenden Hoteleingang war nicht weit. Vielleicht 20 oder 30 Meter. In diesem Wetter aber weit genug, um bis auf die Haut durchnässt zu werden.

Geneviève atmete einmal tief durch, öffnete die Autotür und stieg aus. Es fühlte sich an, als wäre sie unter die laufende Dusche gestiegen. Mit dem Unterschied, dass das Regenwasser eisig kalt war. Mit der linken Hand zog sie ihre Lederjacke hoch und über den Kopf – auch nicht viel besser, jetzt regnete es auf ihren Rücken und das Wasser lief sofort in ihre Hose und in ihren … sie schüttelte sich. Mit der rechten Hand öffnete sie die hintere Autotür und schnappte sich ihren kleinen Trolley. Dann lief sie durch Pfützen und Matsch zur Hotellobby. Dort angekommen, musste sie feststellen, dass ihre Sneaker im Eimer waren. Die Plastiksohlen machten quietschende Geräusche auf dem glatt polierten Steinboden der Lobby. Aus den Hosenbeinen lief Wasser, ihr T-Shirt unter der Lederjacke klebte an ihrem Oberkörper. Geneviève war heilfroh, dass sie sich für ein schwarzes Shirt entschieden hatte.

»Madame?« Die Rezeptionistin hatte sich von ihrem Stuhl erhoben. »Kann ich Ihnen helfen? Haben Sie reserviert?«

Geneviève zeigte der Rezeptionistin – es war eine andere als bei ihrem letzten Besuch – ihre Dienstmarke. »Ich würde gerne mit Madame Flamant sprechen.« Die junge Frau musterte sie trotz des Dienstausweises skeptisch von oben bis unten. »Und ein Handtuch, wenn es möglich wäre«, fügte Geneviève noch hinzu.

»Madame Flamant ist derzeit nicht zu sprechen. Ich bin mir nicht einmal sicher, ob sie sich auf dem Weingut befindet«, antwortete Laure Ribery – der Name stand auf einem kleinen Anstecker an ihrer Brust – kühl und ohne auf die Bitte Genevièves einzugehen.

Geneviève schnaufte genervt. »Dann eben Monsieur Maxime. Er wird doch sicher da sein?«

»Wobei können wir Ihnen überhaupt helfen?«, blieb Ribery stur.

Bei Geneviève begann langsam der Geduldsfaden zu reißen. »Madame, wir können hier jetzt noch länger diskutieren, oder ich kann die lokale Polizei rufen und Ihr Weingut auf den Kopf stellen, bis ich gefunden habe, wonach ich suche.« Konnte sie selbstverständlich nicht, aber das musste die Frau ja nicht wissen. »Ich verlange von Ihnen keine Wunderdinge. Lediglich, dass Sie einen Ihrer Chefs anrufen und mich ankündigen. Ich versichere Ihnen, dass Monsieur Maxime sehr erfreut über meinen Besuch sein wird.« Sie hasste es, diese Karte auszuspielen, aber in manchen Fällen war es einfach notwendig. Sie konnte förmlich spüren, wie ihre eisblauen Augen giftige Pfeile Richtung der jungen Dame schickten. Eine streng hochgezogene Augenbraue sorgte schließlich dafür, dass endlich Leben in die Rezeptionistin kam.

»Aber natürlich«, murmelte sie und nahm ihr Handy.

Fünf Minuten später erschien Maxime Flamant in der Lobby. Seine Haare waren zu einem kurzen unordentlichen Pferdeschwanz zusammengebunden, trotz der niedrigen Temperaturen lief er in einer beigefarbenen Leinenhose und passendem Leinenshirt herum. Die Knöpfe des Shirts waren bis zur Brust offen. An den Füßen trug er wieder Flip-Flops.

Er umarmte Geneviève wie eine alte Freundin. Es war ihm egal, dass sie klitschnass war. Dann drückte er ihr die unvermeidlichen *bisous* auf die Wangen. Geneviève war zu überrascht, um sich zu wehren. Über seine Schulter sah sie, wie ihr die Rezeptionistin giftige Blicke zuwarf. Da war jemand ein wenig eifersüchtig.

Sie drückte ihn sanft von sich, sein Duft blieb aber in ihrer Nase hängen. Ein klein wenig süßlich, wild, ungezügelt.

»Monsieur …«

»Maxime bitte!«

Geneviève hatte keine Lust mehr zu diskutieren und gab sich geschlagen. »Maxime, ich muss mit Ihrer Mutter reden.« Immerhin duzte sie ihn nicht.

»Wegen der vermeintlichen Drogensucht meiner Schwester?« Er sagte es mit einem leicht spöttischen Unterton.

»Maxime, die toxikologischen Ergebnisse sind Tatsache. Ich würde Ihnen das ›vermeintlich‹ gerne glauben. Aber Sie sagten selbst, dass Sie dafür nicht lange genug zurück sind. Deshalb würde ich gerne mit Ihrer Mutter oder Ihrem Vater sprechen.«

Flamant gab sich geschlagen: »Sie können es gerne probieren, aber meine Mutter kommt erst gegen Abend zurück. Und mein Vater ist nun doch einige Tage verreist. Jagdausflug mit Freunden.« Er sah sie nochmals genauer an. Verschlang sie fast mit seinen Blicken. Geneviève empfand es nicht als komplett unangenehm. Der Mann hatte etwas.

»Haben Sie noch ein Zimmer frei?«, wechselte sie schließlich das Thema.

Flamant schenkte ihr sein strahlendstes Lächeln. »Für Sie doch immer. Laure!«

Die Rezeptionistin erschien wie aus dem Nichts an seiner Seite. »Monsieur?«

»Geben Sie Madame *Commissaire* doch bitte ein Zimmer.«

»Nichts Besonderes«, warf Geneviève ein. »Ich bleibe nur eine Nacht.«

»Das Beste, das wir haben«, entschied Flamant.

»Auf keinen Fall!«, protestierte Geneviève.

»Madame, Sie sind selbstverständlich eingeladen.«

»Auf gar keinen Fall! Das würde gegen alle Regeln verstoßen. Die Rechnung geht an mein Kommissariat.«

Flamant gab sich geschlagen. »Laure, zeigen Sie Madame Morel bitte ein paar verschiedene Zimmer. Sie soll sich aussuchen, welches für sie passend ist.«

Mit merkbarem Widerwillen führte Ribery Geneviève durchs Haus. Flamant wollte im Restaurant auf sie warten. Das hatte ihr noch gefehlt, dass sie mit ihm alleine in einem Zimmer war. Sie entschied sich schließlich für das kleinste der ihr gezeigten Zimmer. Was noch immer einer mittleren Suite in einem Stadthotel entsprach. Kleine oder bescheidene Zimmer gab es hier nicht. Laure überreichte ihr die Keycard für das Zimmer, das sich im zweiten Stock eines Nebenflügels des Chateaus befand. Der Blick von der Terrasse ging Richtung Westen. Direkt unterhalb war der beheizte Außenpool. Gleich dahinter erstreckten sich die Weingärten über sanfte Hügel. Verstreut dazwischen, aber noch immer in angenehmer Gehdistanz vom Haupthaus, waren die *gîtes*. Sie fragte sich, welche davon Flamant senior gehörte.

Sie schlüpfte aus ihren tropfnassen Klamotten und packte sie in einen Wäschesack. Wenn sie schon hier war, würde sie den Service des Hotels auch nutzen. Außerdem hatte sie nicht mit so einem Notfall gerechnet. Wenn sie jetzt schon auf ihre Ersatzklamotten zurückgreifen musste, hatte sie für den nächsten Tag nichts Frisches mehr. Sie hasste es, zwei Tage hintereinander in den gleichen Sachen zu stecken.

Im Anschluss stieg sie in die Dusche. Das Bad war nicht minder luxuriös als der Rest ihres Zimmers. Boden und Wände mit teurem Marmor verkleidet. Die Armaturen aus Gold. Für ihren Geschmack schon zu viel Prunk. Da bevorzugte sie allemal ihr eigenes Bad, das wahrscheinlich noch um einiges teurer gewesen war als dieses, das seine Qualitäten aber besser versteckte. Hier fuhr einem der Luxus mit dem Arsch ins Gesicht. Das mochte sie nicht.

Als sie eine Stunde später im Restaurant auftauchte – in weißen Hotelschlappen, da auch ihre verdreckten und durchtränkten Sneaker in die Wäsche gewandert waren –, wartete Maxime Flamant noch immer auf sie. Er hatte sich in der Zwischenzeit mit seinem Handy abgelenkt. Sie hielt ihm ihren Wäschesack vor die Nase. »Wo kann ich den abgeben? Ich benötige die Wäsche morgen früh wieder.«

Flamant schien durch nichts aus der Fassung zu bringen zu sein. Er lächelte wie üblich charmant zurück und sagte: »Laure wird sich darum kümmern.« Er nahm ihr den Wäschesack ab, verließ das Restaurant und kehrte nach wenigen Minuten zurück. »Morgen früh haben Sie Ihre Wäsche wieder. Gewaschen und gebügelt.«

»*Merci.*«

»*De rien.*«

Geneviève bestellte einen *Café Noisette*, der wenig später, wie es sich gehörte, mit einem kleinen Kännchen warmer Milch serviert wurde. Flamant hatte ihr wortlos zugesehen. Geneviève war auch kein passendes Gesprächsthema eingefallen. Auf seine Gefangenschaft wollte sie ihn nicht schon wieder ansprechen.

Es war Flamant, der schließlich die Stille durchbrach. »Was wollen wir mit dem angebrochenen Nachmittag anfangen?«

»Auf Ihre Mutter warten? Wie gesagt, ich bin beruflich und nicht zum Spaß hier.«

»Schade, dabei hätte unser Chateau so viel zu bieten.« Verschwörerisch lehnte er sich vor. »Meine Mutter kommt frühestens am Abend. Von mir aus können Sie bis dahin gerne ermitteln. Auch wenn ich nicht wüsste, was es hier groß zu ermitteln gäbe. Oder …«, Flamant machte eine bedeutungsschwangere Pause, »… Sie nehmen sich den Nachmittag frei und schieben dafür eine Abendschicht ein, wenn *Maman* wieder daheim ist.«

»Und was schlagen Sie vor, das wir in der Zwischenzeit tun?«

»Wir?«, entgegnete Flamant mit gespielter Überraschung.

Merde, jetzt hatte er sie doch überrumpelt. Sie versuchte, die Situation zu retten: »Nun, Sie sind der Gastgeber. Ich kenne mich hier nicht aus. Sie könnten mir einen Tipp geben, wie ich die Zeit bis zur Rückkehr Ihrer Mutter totschlagen könnte.«

»Ich weiß etwas Besseres.«

Ohne zu fragen, schnappte er ihre Hand. Geneviève ließ es geschehen. Sie benötigte seine Kooperation, und zweifelsfrei konnte sie sich wehren, wenn er zu aufdringlich werden sollte.

»Sie wollen mir nicht verraten, wohin Sie mich entführen?«, fragte sie halbherzig.

»Einen Moment, Sie werden es gleich sehen«, beschwichtigte Flamant, während er sie euphorisch durchs Chateau schleppte.

Und dann waren sie im Spa-Bereich. »Das müsste Ihnen doch gefallen. Als erfolgreiche und mit Sicherheit ständig im Einsatz befindliche Kommissarin haben Sie sich ein paar Stunden Auszeit verdient.«

Warum eigentlich nicht? Flamant hatte recht. Sie konnte sich aufs Bett legen und Däumchen drehen, bis Madame Flamant auftauchte. Oder sie konnte es sich selbst gut gehen lassen. Das Spa hatte schon bei ihrem ersten Besuch verlockend ausgesehen.

»Was meinen Sie?« Flamant sah sie mit einem Dackelblick an, dem man – in diesem Moment – keinen Wunsch abschlagen konnte.

»Na gut«, gab sich Geneviève geschlagen. »Lassen Sie mich nur meine Sachen holen. So kann ich ja schlecht hinein.«

»Aber lassen Sie mich nicht zu lange warten«, antwortete Flamant mit einem schelmischen Augenzwinkern.

Nicht warten lassen? Hatte er vor, den Nachmittag mit ihr zu verbringen? Andererseits: Was hatte sie erwartet?

Auf ihrem Zimmer zog sie den mitgebrachten Badeanzug an und begutachtete sich im Spiegel. Gut, er offenbarte nicht zu viel. Harmlos sah sie trotzdem nicht aus. Tat sie allerdings nie. Fluch und Segen zugleich. Aber besser so als andersherum. Ein Zimmermädchen hatte in ihrer Abwesenheit einen flauschigen Bademantel mit dem aufgestickten Logo des Chateaus aufs Zimmer gebracht. Ebenso wie eine kleine Packung Schokopralinen, die, mit einer Blume drapiert, auf einem Kopfkissen des Betts lag. Die Schokolade verstand sie noch, die bekam wohl jeder Gast. Aber eine Rose? Flamant schien alle Register zu ziehen, um bei ihr landen zu können.

Das Spa war in mehrere Bereiche aufgeteilt: ein großzügig angelegtes Hallenbad, ein Bereich für verschiedenste Wellnessbehandlungen und ganz am Ende ein Ruheraum, dessen Panoramafenster einen atemberaubenden Blick auf die sanften Hügel offenbarte. Die Beleuchtung war schummrig, aus versteckten Lautsprechern tönte sanfte Musik, dezentes Raumspray sorgte für einen frischen Meerduft, was durchaus zur Innenarchitektur passte, die mit ihren runden Formen und porösen Oberflächen an eine Unterwasserwelt erinnern sollte. Wieder fragte sich Geneviève, ob die Flamants dieselbe Designerin angeheuert hatten wie ihre Eltern für die Gestaltung des Strandclubs in Cannes. Diese Frage wollte sie sich für einen Moment aufheben, wenn ihr Flamant zu nahe kam oder ihr Gespräch ins Stocken kommen sollte. Es war immer gut, ein Ass im Ärmel zu haben.

Von Flamant war zunächst nichts zu sehen. Geneviève suchte sich im Poolbereich einen Platz. Sie legte ihr Handtuch und ein Buch auf einer Liege ab und sah sich um. Der Poolbereich war gut besucht. Bei dem Wetter draußen kein Wunder. Außer ihr waren gut zwei Dutzend andere Gäste im oder rund um den Pool versammelt. Die Stimmung war entspannt und ruhig. Es waren keine Kinder unter den Gästen.

Sie wollte eben mit einem Kopfsprung ins Wasser, als sie von einer Hotelangestellten angesprochen wurde. »Wenn Sie mir bitte folgen würden?« Die junge Frau wartete nicht auf eine Antwort. Sie machte kehrt und vertraute darauf, dass Geneviève ihr folgen würde.

Geneviève warf sich wieder den Bademantel um und trabte der Frau hinterher. Diese hielt ihr die Tür zum Wellness-Bereich auf und wies ihr mit dem ausgestreckten Arm den Weg zu einer kleinen Theke, hinter der eine weitere Frau saß.

»Willkommen, Madame Morel! Mein Name ist Nadine«, wurde sie von dieser empfangen. »Was können wir heute für Sie tun?« Die Freundlichkeit Nadines war ansteckend. Auch wenn sie nur rein professioneller Natur war.

»Ich weiß nicht?«, antwortete Geneviève unsicher.

Nadine schob ihr eine hochwertig aussehende Karte über die Theke. »Sehen Sie sich doch unser Angebot an. Hier im Spa Flamant bieten wir ganz außergewöhnliche Wellness-Behandlungen an. Gustieren Sie ein wenig. Darf ich Ihnen in der Zwischenzeit einen Tee zubereiten? Oder wollen Sie lieber einen frischen Fruchtsaft? Es sind alles reine Bio-Säfte aus der Gegend. Ganz hervorragend, wie ich Ihnen versichern kann.« Nadine sprach wie ein Wasserfall. Geneviève murmelte eine Zusage, was den Tee betraf, worauf Nadine verschwand.

Gott sei Dank. So viel Fröhlichkeit war ja nicht auszuhalten. Bis Nadine zurückkehrte, studierte Geneviève das Wellnessangebot, das sich tatsächlich sehen lassen konnte. Hier wurden Behandlungen angeboten, von denen selbst sie noch nichts gehört hatte. Dementsprechend war auch die Preisgestaltung. Was sie in einen Zwiespalt brachte. Das konnte sie dem Kommissariat auf keinen Fall verrechnen. Andererseits klang das alles sehr verlockend. Sie beschloss, die Behandlungen auf ihre eigene Rechnung zu nehmen.

Nadine kehrte mit einer großen Tasse dampfendem Tee zurück. »Bitte schön, Madame. Ich habe mir erlaubt, Ihnen einen unserer ausgezeichneten Bio-Grüntees aus Kolumbien zuzubereiten. Sie werden merken, wie schnell er sie in die passende Stimmung für unsere außergewöhnlichen Behandlungen bringen wird.«

»Was die Behandlungen angeht …«, setzte Geneviève an, doch Nadine schnitt ihr sofort das Wort ab.

»Keine Sorge, Madame, in unserem Hotelaufenthalt sind pro Gast drei Behandlungen inkludiert.«

Okay, jetzt reichte es. Geneviève ließ sich nicht für blöd verkaufen. Eine Behandlung hätte sie noch geglaubt. Aber drei?

»Bei *speziellen* Gästen ist das tatsächlich der Fall«, versicherte Nadine mit einem Augenzwinkern. Geneviève wollte ihren Gastgeber nicht vor den Kopf stoßen, also unterließ sie jede weitere Diskussion. Sie suchte sich drei Behandlungen aus und begab sich in die Hände Nadines. Sie hoffte nur, dass die junge Frau nicht auch während der Behandlungen so viel redete. Sonst wäre der Erholungseffekt gleich wieder weg. Sie ließ sich von Nadine in eine Privatsuite führen. Das Luxusklientel wurde hier tatsächlich bis ins letzte Detail verwöhnt.

»Die straffende Packung haben wir bei Ihrer Haut nicht nötig«, stellte Nadine mit Kennerblick fest, nachdem Geneviève den Bademantel abgelegt hatte. »Die Honig-Detox-Behandlung, die Sie sich ausgesucht haben, schadet aber auf keinen Fall. Als Polizistin haben Sie doch sicher gewaltigen Stress. Der Honig wirkt antibakteriell und stärkt das Immunsystem.«

Geneviève legte sich mit dem Bauch auf den Behandlungstisch. »Madame, ich muss Sie bitten, auch den Badeanzug abzulegen.« Also stand sie wieder auf und schälte sich aus dem Badeanzug.

»Sehr gut«, lobte Nadine. »Machen Sie es sich gemütlich, schließen Sie die Augen. Ich bin in einem Moment wieder zurück.« Geneviève folgte der Anweisung. Sie legte den Kopf auf ihre verschränkten Arme und ließ sich von der leisen Hintergrundmusik berieseln. Die Wärme im Raum war einschläfernd. Vor dem einzigen Fenster des Raums hing ein blickdichter Vorhang. Die Tropfen, die vom Sturm an die Fensterscheibe gepeitscht wurden, hörte sie trotzdem.

Nadine kehrte mit einem Gläschen Honig zurück. Wortlos begann sie, den Honig mit einem passenden Holzstäbchen auf Genevièves Haut aufzutragen. Es kitzelte ein wenig und machte sie wieder munter. Aus dem Augenwinkel beobachtete sie, wie Nadine die Behandlung richtiggehend zelebrierte. Hatte sie der Frau Unrecht getan? Sie schien wirklich Spaß an ihrer Arbeit zu haben.

Es folgte eine Meersalz-Peeling-Behandlung und nach einer kurzen Dusche der Höhepunkt: eine Hot-Stone-Massage. Diese Behandlung war die zeitintensivste, und Geneviève genoss jede Sekunde. Da nahm sie selbst Nadines historische Erklärung in Kauf. »Menschen verwenden warme Steine bereits seit Urzeiten zur Massage«, holte Nadine aus. »Meistens – wie auch in unserem Fall – handelt es sich um Basaltsteine, die im Wasserbad auf 60 Grad erwärmt werden.«

Was bei der komplett tiefenentspannten Geneviève ankam, klang in etwa so: »Blablablabla.« Aber selbst das nur gedämpft. Sie war in einem Zustand völliger Ruhe und hatte es geschafft, an so gut wie nichts zu denken. Einfach nur im Moment zu sein. Ohne Gedanken an Morde, ihre kriminelle Familie oder andere Probleme. Vor allem nicht an Henry. Während der Honigbehandlung hatte sie noch einen Anflug von schlechtem Gewissen gehabt, aber den hatte ihr Nadine gründlich wegbehandelt. Wieso sollte sie auch ein schlechtes Gewissen haben? Sie hatte nicht vor, Henry mit Maxime Flamant zu betrügen. Dass er ihr nachstieg, dafür konnte sie nun wirklich nichts.

Es war kurz vor 19 Uhr, als Nadine Geneviève entließ. Als Bonus hatte sie ihr noch eine Gesichts- und Haarpackung angedeihen lassen. Geneviève fühlte sich wie ein neuer Mensch. Leichtfüßig schwebte sie zurück in den Poolbereich, der sich mittlerweile fast komplett geleert hatte. Die Gäste mussten bereits zurück auf ihre Zimmer gegangen sein, um sich für das Dinner vorzubereiten. Geneviève war es recht. Mit einem Kopfsprung tauchte sie in das warme Wasser des Indoor-Pools ein, schwamm ein paar Längen und ließ sich dann mit geschlossenen Augen auf dem Rücken treiben.

Eine Hand legte sich von hinten auf ihre Schulter. »Madame?«

Sie schreckte hoch. Hinter ihr stand Maxime Flamant im brusthohen Wasser. Sie hatte ihn weder gehört noch anders bemerkt.

»*Pardonnez-moi*«, sagte er betreten, als er ihren überraschten Blick bemerkte. »Ich wollte Sie nicht erschrecken.«

»Ist schon gut«, murmelte Geneviève. Sie hatte sich inzwischen aufgerichtet und stand ihm gegenüber. Unangenehm nah? Sie wusste es nicht so recht. Jedenfalls war zwischen ihnen vielleicht eine Handbreit Platz. Sie fand es bewundernswert, wie wenig er sich um ihren persönlichen Raum scherte. Eine jüngere, unerfahrenere Frau wäre Flamant unter Umständen auf der Stelle verfallen. Sein Körper war durchtrainiert, die sonst sandblonden Haare waren durch das Wasser dunkel, beinahe schwarz, und klebten an seinem Kopf.

Flamant wich ein Stück von ihr zurück. Es schien ihm endlich gedämmert zu sein, dass zu viel Nähe bei Geneviève nicht gut ankam. Seine warmen braunen Augen nahmen dabei einen traurigen Blick an. Geneviève fühlte sich dabei ertappt, an einen kleinen geprügelten Hund zu denken. Sie durfte nicht vergessen, dass Flamant zehn Jahre lang keinen Kontakt zur Außenwelt gehabt hatte. Das erklärte sein teils tollpatschiges Auftreten ihr gegenüber. »Haben Sie die Behandlung genossen?«, fragte er schließlich.

Geneviève schenkte ihm ein gewinnendes Lächeln. »Ja, sehr sogar. Vielen Dank dafür. So entspannt habe ich mich schon lange nicht mehr gefühlt.«

»*De rien*«, wischte er ihren Dank weg. »Hier im Chateau wollen wir, dass unsere Gäste sich wohlfühlen. Ihre Anfahrt war sicher alles andere als angenehm bei diesem Wetter. Und irgendwie mussten Sie ja die Zeit bis zum Abend totschlagen. Mit mir wollten Sie sie ja offensichtlich nicht verbringen.«

Geneviève überging den gar nicht so leisen Vorwurf Flamants: »Ist Ihre Mutter schon zurückgekehrt?«

»Nein, noch nicht. Aber sie ist auf dem Weg. Sie können sie beim Dinner treffen. Ich habe mir erlaubt, Sie an unseren Tisch einzuladen. Da kann Ihnen meine Mutter auch nicht so leicht entkommen.«

Sie schluckte. Das klang beinahe so, als würde Flamant sie seiner Mutter vorstellen wollen. Was Schwachsinn war. Er hatte ja recht. Im großen Speisesaal vor versammeltem Publikum konnte Madame Flamant ihr schlecht eine Szene machen. Viel näher konnte sie ihr kaum kommen.

»Wann geht es los?«

»Um 20.30 Uhr. Sie haben also noch Zeit.« Er drehte sich um und wollte wegschwimmen, als Geneviève ihn aufhielt. Ein bisschen Gesellschaft hatte er sich verdient. Außerdem interessierte sie etwas anderes.

»Die Tätowierung auf Ihrem Rücken – was bedeutet sie?« Als Flamant sich von ihr weggedreht hatte, hatte er ihr den flächendeckend tätowierten Rücken zugewandt. Soweit Geneviève erkennen konnte, handelte es sich um eine Frauengestalt in farbenfroher südamerikanischer Tracht. Nur der Kopf ließ sie frösteln – es war ein Totenschädel.

Flamant drehte sich grinsend zu ihr um. »Vielleicht hätte ich mich gleich ausziehen sollen, um Ihre Aufmerksamkeit zu bekommen«, meinte er sarkastisch.

»Vielleicht.« Geneviève war gewillt, das Spiel mitzuspielen. »Also, was stellt es dar?«

»Es zeigt *Señora muerte*, den weiblichen Tod. Eine traditionelle südamerikanische Darstellung. Haben Sie sicher schon mal im TV gesehen. Der *Día de Muertos* wird in ganz Lateinamerika groß gefeiert, nicht nur in Mexiko.«

»Aber wieso tragen Sie das am Rücken?«

Flamant zuckte zuerst mit den Schultern, dann legte sich seine Stirn in Falten. »Ich habe es während meiner Gefangenschaft machen lassen.«

»Freiwillig?«

Er nickte nachdenklich. »Ja. Auch wenn es idiotisch klingt, aber mit der Zeit wurde mir langweilig. Die Aussicht auf Flucht war kaum vorhanden, und nach und nach passt man sich an.«

»Ihre Kidnapper ließen das zu?«

Ein bitteres Lächeln zeigte sich in Flamants Gesicht. »Warum nicht? Man hat mich ja nicht in die nächste Stadt in einen Tätowierladen gebracht. Unser Lager befand sich mitten im Dschungel. Ein oder zwei Mal im Jahr wurde ein Tätowierer ins Lager gebracht. Natürlich mit einem Sack über dem Kopf. So dumm waren meine Entführer auch wieder nicht. Wahrscheinlich war ihnen auch langweilig. Das halbe Lager ließ sich bei diesen Gelegenheiten tätowieren.«

»Sie hätten dem Tätowierer keinen Tipp geben können? Keine geheime Botschaft?«

Flamant zögerte einen Moment. Dann sagte er nachdenklich: »Wie heißt es so schön? Wes Brot ich ess, des Lied ich sing. Vermutlich stand der Tätowierer auch auf der Gehaltsliste der Rebellen. Man vertraute ihm. Nicht genug, dass man ihn die Position des Lagers hätte wissen lassen. Aber genug, dass man sich bei ihm stechen ließ. Sie können sich nicht vorstellen, wie es in diesem Land zugeht. Der Großteil der Menschen kämpft um jeden Peso. Da wird nicht lange nachgefragt, woher das Geld kommt. Der nächste Tag, die nächste Mahlzeit – das ist das einzig Wichtige.«

Er schwamm eine Runde um Geneviève. »Bei Ihnen nichts? Keine Tätowierung? Kein Piercing? Ungewöhnlich für die heutige Zeit.«

»Vielleicht nur an Stellen, die Sie nicht sehen können.«

»*Touché*«, antwortete Flamant lachend. »Vielleicht kann ich ja …«

»Auf keinen Fall«, schnitt ihm Geneviève bestimmt, aber nicht unfreundlich das Wort ab. »Ich habe bereits einen Freund.«

»Jammerschade.« Damit gab sich Flamant geschlagen. Vorerst, wie Geneviève annahm. Sie schätzte ihn nicht als den Typen ein, der sich von einem Korb abschrecken ließ. Auch nicht von zwei, drei oder mehreren.

EIN DENKWÜRDIGER ABEND

Um 20.30 Uhr erschien Geneviève wie vereinbart im Restaurant des Chateaus. Sie trug ein neues Paar Sneaker. Die Schuhe hatten auf dem Zimmer auf sie gewartet, als sie aus dem Spa zurückgekommen war.

Flamant erwartete sie bereits. »Ich habe mir erlaubt, Ihnen ein neues Paar besorgen zu lassen. Ich konnte mir nicht vorstellen, dass Sie in Badeschlappen zu Abend essen wollen«, schmunzelte er.

»Woher kennen Sie meine Schuhgröße?«

»Geraten?«, antwortete Flamant verschmitzt. »Nein, ich habe nachgesehen. Sie haben Ihre alten Schuhe ja in unsere Wäscherei gegeben.«

Geneviève nickte und nahm Platz. Flamant hatte einen Tisch in einer schummrigen Ecke des Restaurants reservieren lassen. Direkt neben einem raumhohen Fenster mit Blick auf die Weinberge, die um diese Uhrzeit nur mehr zu erahnen waren. Aus dem beleuchteten Raum war es unmöglich, in die Dunkelheit draußen zu sehen.

Als sie sich setzte, sah sie, dass der Tisch für drei gedeckt war.

»Meine Mutter sollte in Kürze erscheinen«, erklärte Flamant.

Bevor es so weit war, bestellten sie einen Aperitif. Flamant entschied sich für einen hauseigenen Champagner, Geneviève nahm einen Aperol Spritz – die Spezialversion des Hauses, aufgegossen mit dem hauseigenen Champagner.

Nachdem sie angestoßen hatten, erschien auch Madame Flamant. Ein Kellner bot der Matriarchin ihren Platz an. Sofort erschien eine zweite Kellnerin mit einer Champagnerflöte.

»*Merci*«, murmelte Mathilde Flamant abwesend. Ihrem Sohn warf sie einen stechenden Blick zu. »Du hast mir nicht gesagt, dass diese Person mit uns dinieren wird.«

»Natürlich nicht, *Maman*, sonst hättest du eine Ausrede gefunden, nicht zu kommen. Madame Morel hat nur ein paar kurze Fragen.«

»Dann bin ich sie los?«

»Um in Ruhe um Ihre Tochter zu trauern?«, warf Geneviève ein. Ihr Tonfall war zynischer, als sie geplant hatte.

»Haben Sie ein Problem damit?«

»Nein, natürlich nicht. Sie haben letztens nur einen … wie soll ich sagen, recht abweisenden Eindruck gemacht.«

»Kindchen«, wandte sich Madame Flamant herablassend an Geneviève, »wie ich um meine Tochter trauere, überlassen Sie bitte mir. Nicht jeder trägt sein Herz auf der Zunge.«

Maxime Flamant räusperte sich. »*Mesdames*, wollen wir noch mal von vorne anfangen, jetzt, da das geklärt ist?«

Aus Genevièves Sicht war nichts geklärt, aber um des Tischfriedens willen war sie mit seinem Vorschlag einverstanden.

»Heben wir das Glas auf meine Schwester. Sie war so ein lebenslustiger Mensch, sie hätte es garantiert nicht anders gewollt.«

Sie stießen an, die Stimmung zwischen den beiden Frauen blieb so kühl wie der Champagner. Der *garçon* sorgte schließlich dafür, dass wieder etwas Tauwetter aufkam. Er servierte die *mise en bouche*. Der Gruß aus der Küche war in diesem Fall ein kleines Häppchen, das auf einem speziellen Löffel fertig angerichtet serviert wurde.

»Hummerbutter auf speziellem Landbrot aus der Region«, erklärte Maxime Flamant. »Ich habe mir erlaubt, für heute Abend unser Spezialmenü zu ordern. Da bekommen Sie einen wunderbaren Überblick über unsere hervorragende Küche.«

Jetzt kam auch in Madame Flamants Augen Leben. »Wir mögen hier auf dem Land sein, aber wir sind keine Bauern«, erzählte sie, ohne dass Geneviève eine Andeutung in diese Richtung gemacht hätte. Sie begann zu grübeln. Die Frau wurde ihr zusehends unsympathischer. Was ihren Snobismus anging, konnte sich sogar *Mamie* noch etwas von ihr abschauen. Vielleicht tat sie Flamant aber unrecht. *Mamie* gab sich auch nur nach außen kühl und unnahbar, in ihrem Inneren war sie ganz anders. Konnte es damit zu tun haben, dass beide Frauen ein großes Familienunternehmen führten? Musste man sich da eine raue Schale zulegen?

Sie beschloss, den wahren Grund ihres Besuchs auf das Ende des Menüs zu verschieben. Es hatte keinen Sinn, jetzt für noch mehr böses Blut zu sorgen. Hoffentlich war Madame Flamant ja mit vollem Magen auskunftsfreudiger. Stattdessen unterhielt man sich über unverfänglichere Dinge, wie zum Beispiel Annes Vorliebe für Fußball und hier im Speziellen den Fußballverein *Stade Reims*, der ihr so sehr am Herzen gelegen war, dass sie sich das Vereinslogo hatte tätowieren lassen.

Mit jedem Gang begann Geneviève, sich wohler zu fühlen. Von den anderen Tischen im vollen Restaurant – nicht alles Hotelgäste, wie ihr Madame Flamant zwischendurch erklärte, sondern auch Leute aus der Region, die sich einen exklusiven Abend im Chateau gönnten – drang gedämpftes Murmeln zu ihr, dazu der Duft der exquisiten Gerichte und über all dem noch das unaufdringliche Geklimper eines

Bar-Pianisten. Letzteres war Geneviève ein bisschen zu sehr 80er, aber störte nicht sonderlich.

Als nächster Gang kamen Crevetten aus dem Golf von Lion, eingelegt in eine herrliche *bisque*, eine pürierte Suppe aus Linsen, Birnen und Borretsch, auch als Gurkenkraut bekannt. Es folgte eine mediterrane Rotbarbe, die von einer *pistou*, einer Soße aus Pistazien und Minze, begleitet wurde. Zum Abschluss wurde eine Kumquat serviert, die 72 Stunden in Schokolade konfiert worden war, mit geröstetem Buchweizen bestreut und auf einem Fruchtspiegel aus Aprikosen serviert wurde.

»Ein Gedicht!«, stellte Geneviève ehrlich fest, nachdem sie die Nachspeise voller Genuss verspeist hatte.

Madame Flamant nickte zustimmend. »Wir haben das große Glück, einen vielversprechenden Nachwuchskoch aus Paris zu uns in die Provinz gelotst zu haben. Er gilt als großes Talent und konnte sich vor Angeboten aus der Hauptstadt kaum retten.«

»Wieso hat er sich für Ihr Chateau entschieden?«, fragte Geneviève. »Das sollte jetzt nicht despektierlich klingen, Madame«, fügte sie sicherheitshalber hinzu.

Madame Flamant kniff die Augen zusammen, schluckte Genevièves Erklärung aber. »Hier bei uns geht es stressfreier zu als in den Haubenlokalen der Großstadt. In unserer Küche kann er sich ausleben, experimentieren und hat als Bonus diese wunderbare Umgebung.«

»Sie legen keinen Wert auf eine Haube? Ich kenne mich ein wenig aus und muss sagen, das, was mir hier heute serviert wurde, hat durchaus das Potenzial dazu.«

»Unwichtig«, winkte Flamant ab. »Ob Haube oder keine Haube – wir können auch hier gehobene Preise verlangen. Es geht rein um den Namen. Hauben und Sterne … da geht es lediglich um die Befriedigung von Eitelkeiten. Das ist mir nicht wichtig. Das Restaurant gehört zum Hotel, aber beides ist nicht unser Hauptgeschäft. Der Champagner ist das Wichtigste.«

Als der Kaffee serviert wurde, Madame Flamant nahm ihren koffeinfrei, da es bereits auf 23 Uhr zuging, brachte Geneviève das Gespräch endlich auf den eigentlichen Zweck zurück.

»Madame, ich muss das Thema jetzt doch ansprechen: Hatte Ihre Tochter Drogenprobleme?«

»Nein«, antwortete Flamant kurz angebunden.

»Aber wir haben Spuren von Kokain und Marihuana in ihrem Blut gefunden.«

»Man könnte sie dazu gezwungen haben?« Madame Flamant hatte die Arme vor ihrer Brust verschränkt. Ihr Blick hing an der Wand über Genevièves Schulter.

Geneviève schüttelte frustriert den Kopf. »Das war nicht alles: In ihrem Wagen haben wir außerdem zwei Kartons mit Marihuana gefunden. In Tüten für den Verkauf verpackt.«

»Wollen Sie meiner toten Tochter auch noch unterstellen, dass sie eine Drogendealerin war?«, zischte Madame Flamant. »Jetzt reicht es dann langsam. Wenn Sie so weitermachen, werde ich mich beim Innenminister über Sie beschweren. Meine Familie hat sehr gute Verbindungen in höchste Kreise.«

»Tun Sie das ruhig«, erwiderte Geneviève kühl. Sie würde es darauf ankommen lassen, wer hier den besseren Draht zum Innenminister hatte. Sie wettete auf ihre eigene Familie. Aber das musste sie Flamant ja nicht unter die Nase reiben. »Madame, ich versuche hier nicht, Ihrer Tochter etwas zu unterstellen. Was ich Ihnen gesagt habe, sind Fakten. Unumstößlich. Es kann schon sein, dass jemand Anne die Drogen untergejubelt hat. Aber genau das wollen wir ja herausfinden. Es sollte doch auch in Ihrem Interesse liegen, den Mörder Ihrer Tochter zu finden.«

»Natürlich, natürlich«, murmelte Madame Flamant, nun wieder gefasster.

»Hat es Drohungen gegen das Weingut gegeben?«, hakte Geneviève nach. Sie hoffte, dass Annes Mutter jetzt genug weichgeklopft war, um zu kooperieren.

»Nein, gab es nicht. *Gibt* es nicht. Was sollte man von uns wollen? Wir sind ein mittelständischer Betrieb. Nicht der kleinste hier in der Gegend, aber auch bei Weitem nicht der größte.«

»Vielleicht Ihre Entführer, Maxime? Sie haben mir erzählt, dass Sie sich befreien konnten, aber Sie haben mir noch nicht gesagt, wie Sie das genau angestellt haben. Könnte es sein, dass man Ihnen nach Frankreich gefolgt ist und Ihre Schwester aus Rache ermordet hat?«

Maxime Flamants Augen wurden groß. »Interessanter Gedanke«, gestand er ein. »Aber ich glaube nicht, dass sie so weit gehen würden. Dafür wäre der Aufwand zu groß. Lieber schnappen sie sich einen anderen Europäer.«

»Nicht jeder ist so gut betucht wie Ihre Familie«, gab Geneviève zu bedenken.

Flamant zuckte mit den Schultern, ließ ihre Frage aber unbeantwortet.

»Würde das nicht unter Umständen auch die Drogen in Annes Auto erklären?«, warf Madame Flamant ein. Sie war plötzlich ganz bei der Sache. Ihre Augen funkelten.

»Möglich«, meinte Geneviève. Die Idee mit den Entführern war ihr eben erst gekommen, und so richtig glaubte sie nicht daran. Da sie die Sache jetzt aber aufs Tapet gebracht hatte, würden sie auch dieser Möglichkeit nachgehen müssen.

Madame Flamant spann den Faden weiter: »Vielleicht sind die Drogen als Zeichen gedacht.«

»Wie meinen Sie?«

»Nun, damit man weiß, wer Anne getötet hat.«

»Marihuana? Hätten die Täter da nicht eher Kokain hinterlassen?«

»Wäre das nicht zu teuer?« Flamant nahm einen Schluck von ihrem Kaffee. »Ich kenne mich damit nicht sonderlich gut aus, Gott sei Dank, aber ein Karton Marihuana ist doch sicher weniger wertvoll als ein Karton Kokain, nicht?«

»Doch, das ganz sicher«, bestätigte Geneviève.

»Als Zeichen würde das Marihuana dann auch reichen. Wieso sollten die Mörder also das teurere Kokain dafür verwenden?«

Wieso sollten Sie das überhaupt tun, fragte sich Geneviève im Stillen. »Wir werden dem auf jeden Fall nachgehen«, versprach sie Flamant, die jetzt Feuer und Flamme war. Endlich ein paar Muttergefühle, dachte Geneviève. Wenigstens schien sie jetzt daran interessiert, den Mörder ihrer Tochter zu finden.

»Hatten Sie damals persönlichen Kontakt mit den Entführern Ihres Sohnes?«, hakte sie nach.

Madame Flamant sah sie verdattert an. Mit diesem Gedankensprung hatte sie nicht gerechnet.

»Ja, hatten wir«, antwortete sie schließlich.

»Wie ist das damals abgelaufen?«

»Ist das jetzt wichtig?« Madame Flamant nahm wieder ihre abweisende Haltung ein.

»Alles kann wichtig sein. Vor allem, wenn es sich bei den Mördern Ihrer Tochter wirklich um die Entführer Ihres Sohnes handeln sollte.«

Flamant gab sich geschlagen. »Man hat uns angerufen und die Bedingungen mitgeteilt.« Sie stockte. Geneviève deutete ihr mit der Hand weiterzumachen. »Haben Sie die Behörden eingeschaltet?«

»Ja, aber leider erst zu spät.«

»Was meinen Sie?«

»Beim ersten Gespräch hat man uns gedroht, Maxime umzubringen, wenn wir die Behörden einschalten. So wie man es aus dem Fernsehen kennt.«

Geneviève beschlich ein ungutes Gefühl. »Sagen Sie nicht, Sie sind ohne Rücksprache mit der Polizei auf die Bedingungen der Entführer eingegangen.«

»Was denn sonst?«, erwiderte Madame Flamant aufgebracht. »Was glauben Sie, wie viel Erfahrung man mit solchen Sachen hat? Keine! In dem Moment ging es mir nur um das Leben meines Sohnes.« Unbewusst strich sie Maxime über den Unterarm.

»Wie viel haben Sie gezahlt?«

Wieder eine lange Pause. Dann, sehr leise: »Fünf Millionen Euro.«

Geneviève schnappte nach Luft. Als sie sich gefangen hatte, fragte sie: »Wie wurde das Geld übergeben?«

»Wir mussten es auf ein Offshore-Konto überweisen.«

»Was passierte dann?«

Die beiden Flamants sahen sich traurig an. »Gar nichts«, antwortete die Mutter schließlich. »Als wir nach zwei Wochen noch immer nichts von den Entführern hörten, haben wir die Polizei eingeschaltet. Einen Monat später kam wieder ein Anruf der Entführer. Sie wollten noch einmal fünf Millionen. Auf Anraten der Polizei sind wir nicht darauf eingegangen.«

»Gab es überhaupt einen Beweis, dass die Entführer Ihren Sohn hatten? Durften Sie mit ihm sprechen?«

»Ja, bei unserem ersten Telefonat hat man uns ein paar Sekunden miteinander reden lassen. Vor der zweiten Lösegeldforderung wurde mir ein Paket zugestellt. Darin war der kleine Finger Maximes.«

»Wie haben Sie das festgestellt?«

»Die Polizei ließ einen DNA-Abgleich machen. Es war eindeutig der Finger meines Sohnes.« Maxime griff sich bei der Erwähnung seines abgeschnittenen Fingers gedankenverloren an seine Hand.

»Hat man die Anrufe nachverfolgen können?«

»Nein, die Polizei hatte keine Chance. Die Entführer hielten sich immer sehr kurz.«

»Wie ging es weiter?«

»Die Polizei riet mir davon ab, das Geld zu überweisen.«

»Sie haben es trotzdem getan«, mutmaßte Geneviève.

»Natürlich. Es ging doch um meinen Sohn!«, meinte Madame Flamant flehentlich. »Wie hätte ich es nicht tun können?«

»Das Resultat war aber wieder dasselbe.«

»Leider.«

»Haben Sie danach noch mal von den Entführern gehört?«

»Nein, nichts mehr. Das Geld ist in irgendwelchen dunklen Kanälen verschwunden. Selbst die Polizei konnte das nicht bis zum Ende verfolgen.«

»Gab es Kontakt mit den kolumbianischen Behörden?«

»Selbstverständlich. Sogar das Außenministerium hat sich eingeschaltet. Aber wer einmal im Dschungel Kolumbiens verschwindet … Ein entführter Franzose steht bei den kolumbianischen Behörden zudem nicht sonderlich weit oben auf der Prioritätenliste. Nach einem Jahr wurde Maxime für tot erklärt. Es war so furchtbar. Diese Ungewissheit. Wir hatten nicht einmal einen Leichnam, den wir beerdigen konnten. Andererseits ließ das auch immer die Hoffnung, dass mein Maxime doch noch zu uns heimkehren würde. Deshalb haben wir uns auch entschlossen, trotz allem in eine Kaffeeplantage vor Ort zu investieren. Wir hofften, so Kontakt zu den Behörden halten zu können. Dass man uns besser gesinnt wäre, wenn wir Geld ins Land brachten. Das waren unsere Überlegungen.«

»Und dieses Wunder ist jetzt auch tatsächlich eingetreten.«

»Ja!« Madame Flamants Miene hellte sich auf. »Ein Wunder, das ist das richtige Wort. Ich danke Gott jeden Tag dafür.«

Geneviève wandte sich an Maxime Flamant: »Hat man Ihnen nie mit dem Tod gedroht? War es nicht recht mühsam für die Rebellen, eine Geisel so lange durchzufüttern?«

Flamant hob entschuldigend die Schultern: »Die ersten zwei, drei Jahre habe ich in ständiger Todesangst gelebt. Diese Leute waren sehr ... sprunghaft. Mal behandelten sie mich gut, dann wurde ich wieder geprügelt. Man wusste morgens nie, was einen erwartet. Wieso man mich nicht umgebracht hat? Ich kann es Ihnen wirklich nicht sagen. Vielleicht wollten sie mich aufheben, falls sie nochmals Geld brauchten? Oder man hat mich schlicht und einfach vergessen. Ich habe Ihnen bereits erzählt, dass ich mich an das Leben dort gewöhnte. Umgekehrt war es wohl genauso. Ich möchte jetzt nicht behaupten, dass das Verhältnis zwischen mir und den Rebellen amikal war, aber ... ich weiß nicht, wie ich Ihnen das Leben in so einem Dschungelcamp beschreiben soll. Ich habe mich angepasst. Wollte so wenig wie möglich auffallen. Mich nützlich machen. Wie es aussieht, hat das funktioniert.«

Geneviève nickte. Nein, sie konnte sich diese Situation wirklich nicht vorstellen. Das lag zu weit außerhalb ihres zivilisierten Denkens.

Das düstere Thema war allen auf den Magen geschlagen. Geneviève zog sich auf ihr Zimmer zurück, es war inzwischen knapp Mitternacht. Draußen prasselte noch immer der Regen gegen die Wände und Fenster des Chateaus. Sie las noch ein paar Seiten aus *Je suis la vie*, aber das machte die Sache auch nicht besser. Eher im Gegenteil. Madame Moreau, die Schriftstellerin, hatte – so hoffte Geneviève – ihrer Fantasie freien Lauf gelassen und die Handlung mittlerweile nach einem Abstecher in die Toskana nach Wien verlegt. Noch immer nicht weit genug entfernt von ihrem Paris für Genevièves Geschmack. Sie hatte ein wenig recherchiert und hatte die Spur der Verwüstung, die Moreau mit Guyon in den Büchern durch halb Europa zog, auch im echten Leben nachverfolgen können. Manches war für die Öffentlichkeit unter Verschluss gehalten worden. Zum Glück war sie nicht die Öffentlichkeit.

Kurz vor 1 Uhr wurden ihre Augen endlich schwer. Sie klappte das Buch zu und knipste das Licht auf ihrem Nachtkästchen aus. Ihr Schlaf war unruhig, die Träume noch unruhiger.

NUR EINE SCHÖNE FASSADE

Am nächsten Morgen erwachte Geneviève gegen 8 Uhr. Sie hatte sich keinen Wecker gestellt, schließlich gab es auch keinen dringenden Termin. Ein Blick aus dem Fenster zeigte, dass die Regenwolken über Nacht verschwunden waren. Zumindest fürs Erste. Noch immer hingen dunkle Wolken über der Champagne. Immerhin schien sich aber auch der Sturm gelegt zu haben. Die vereinzelt über die Weinhänge verstreuten Obstbäume wogten nur sanft im Wind.

Im Restaurant war ein großes Frühstücksbuffet aufgebaut. Die Stimmung war noch recht verschlafen. Die Gäste murmelten nur leise miteinander, das Klirren des Bestecks und der Teller überlagerte alles andere. Geneviève setzte sich an denselben Tisch wie am Vorabend. Dort genoss sie ihre Ruhe und ließ ihren Blick über die sanfte Hügellandschaft schweifen. Eine Kellnerin fragte, ob sie Kaffee wünschte, und kam kurz darauf mit dem bestellten *Café au Lait* zurück. In der Zwischenzeit hatte sich Geneviève am Buffet bedient und war mit einem vollen Teller an ihren Tisch zurückgekommen: ein weiches Ei, ein Croissant, ein Stück getoastetes Brot, Avocado-Creme, Frischkäse und ein Glas Orangensaft. Sie hatte vor, heute das Mittagessen ausfallen zu lassen. Das Buffet war zu verlockend und schmackhaft angerichtet.

Geneviève genoss das Frühstück in vollen Zügen. Ihr Handy schaltete sie erst danach ein. Ein Fehler. Denn kaum hatte sich das Gerät in den nächsten Funkmast eingewählt, ploppten auch schon neue Nachrichten für sie am Display auf. Allesamt von Lunette, die auch drei Mal versucht hatte, sie telefonisch zu erreichen. Den Kurznachrichten entnahm sie, dass Lunette bei der Durchleuchtung der Familie Flamant auf einiges gestoßen war. Vorfälle aus der Vergangenheit.

Sie begab sich zurück auf ihr Zimmer und rief ihre Assistentin an.

»Na endlich!«, wurde sie harsch begrüßt. »Glaubst du, du bist auf Urlaub?«

Geneviève sah sich um. Der Ausblick aus ihrem Zimmer war eigenartig. Keine Spur von Goldenem Herbst, aber von hier störte das nicht sonderlich. Das Zimmer war gut geheizt, das Bett, auf dem sie lümmelte, war äußerst bequem, und ihr voller Magen ließ sie sich durchaus behaglich fühlen. »Ein wenig vielleicht?«, antwortete sie schnippisch.

»Dein Leben möchte ich haben. Im Sommer mal kurz beruflich an die Côte, jetzt in die Champagne …«

»Glaub mir, das willst du nicht wirklich.« Geneviève dachte dabei nicht nur an ihre komplizierte Familienkonstellation, sondern auch an die Geschichte in dem illegalen Casino, in die sie sich – entgegen ihren normalen Gewohnheiten – Hals über Kopf und ohne Back-up gestürzt hatte. Und die gerade mal noch gut ausgegangen war. »Weißt du was«, fuhr sie fort, »das nächste Mal darfst du einen Ausflug machen. *D'accord?*«

»Einverstanden«, erklärte Lunette. »Nachdem wir die wichtigen Sachen besprochen haben – willst du wissen, was ich über die Familie Flamant herausgefunden habe?«

»Schieß los!«

»Also, wenn hier irgendwer ein Wildfang war, dann war es Maxime Flamant. Er hatte in seiner Jugend ordentlich was auf dem Kerbholz.«

»Tatsächlich? Wieso haben wir das nicht schon früher erfahren?«

»Ganz einfach. Weil alles unter den Teppich gekehrt worden ist. Familiäre Verbindungen ganz nach oben und so. Du verstehst?«

»Ja, aber erzähl, was ihm alles vorgeworfen wurde.«

»Offensichtlich war Maxime ein richtiger Schnösel, der glaubte, mit seinem Familiennamen alle Freiheiten zu genießen: Raufhandel, kleinere Einbrüche, Fahren ohne Führerschein, sogar mit Drogen hat man ihn erwischt. Zwar nur Marihuana, aber trotzdem.«

»Und nichts davon ist hängen geblieben?«

»Nein, gar nichts. Es gab etliche Anzeigen bei der lokalen Polizei, aber diese wurden entweder erst gar nicht weiterverfolgt, oder man hat sich so lange Zeit gelassen, bis alles im Sand verlaufen war.«

»Riecht schwer nach Bestechung.«

»Sehe ich auch so. Wäre nicht der erste Fall, in dem ein Promisohn protegiert wird.«

»Und auch sicher nicht der letzte«, murmelte Geneviève nachdenklich. Die Straftaten, die Lunette aufgezählt hatte, waren allesamt nichts Schlimmes, aber es war doch bezeichnend, wie sich die Familie in diesem Zusammenhang verhalten hatte. Konsequenzen waren offenbar keine gezogen worden. Maxime war noch immer Mamas Liebling, der nichts falsch machen konnte, wenn Geneviève die Beziehung zwischen Mutter und Sohn richtig deutete.

»Was ist mit Anne? Sowohl Mutter als auch Bruder behaupten, dass sie die Wilde der Familie gewesen sei.«

Geneviève hörte, wie Lunette in ihren Unterlagen blätterte. Schließlich sagte sie: »Nichts. In der Schule immer gutes Benehmen und ebenso gute Noten. Kein Kontakt mit der Polizei. Nicht einmal bei Fußballspielen. Sie war übrigens tatsächlich Mitglied in einem Fanclub von *Stade Reims*. Aber selbst da in einem der unauffälligen. Sehr gesittet. Oder so gesittet, wie es auf einem Fußballplatz zugehen kann. Wenn sie jemals etwas angestellt hat, dann war sie dabei vorsichtiger als ihr Bruder.«

»Sonst noch was?«

»Nein, das war's fürs Erste. Reicht dir das nicht?«

»Doch, ich glaube, ich muss mit Maxime noch mal ein Wörtchen reden.«

»Maxime? Hat er dein Herz schon erweicht?«

»Ach was, es ist nur so …«

»Ja?«

»Vergiss es.«

Sie verabschiedeten sich, und Geneviève legte auf. Sah ganz so aus, als müsste sie ihre Heimfahrt ein wenig verschieben.

Sie fand Flamant zwischen zwei Reihen von Weinreben, wo das Areal des Chateaus fließend in die Weinberge überging. Kitschig, dachte sie, wie Flamant verträumt durch seinen Weinberg schlenderte, mit den Fingerspitzen über die bräunlich verfärbten Weinblätter strich und den Blick in die Ferne schweifen ließ. Mit seinen halblangen Haaren und dem selbst bei den inzwischen einstelligen Temperaturen unvermeidlichen Leinenhemd und weiten Leinenhosen wirkte er wie der Held eines schwülstigen Liebesromans, der direkt vom Cover in die echte Welt gesprungen war. Den Eindruck trübten nur die schweren Arbeitsschuhe, gegen die er seine Flip-Flops getauscht hatte. Irgendwann musste es wohl auch ihm zu kalt werden. Aus dem kolumbianischen Dschungel kannte er diese Temperaturen kaum mehr. Es war über ein Jahrzehnt her, dass Flamant einen europäischen Winter erlebt hatte.

»Maxime?«

»Hm?« Er drehte sich um, sofort erhellte ein strahlendes Lächeln sein Gesicht. »Oh, wie schön, Sie kommen sich noch von mir verabschieden.«

»Auch.«

»Auch?«

Geneviève druckste herum. Es fiel ihr nicht leicht, seine melancholische Stimmung zu stören. Aber es musste sein. »Sie haben mir einige Sachen verschwiegen.«

»Habe ich das?«

Geneviève nickte und zählte ihm die Straftaten auf, die Lunette herausgefunden hatte. Daraufhin verfinsterte sich seine Miene. »Wieso kommen Sie mir mit diesem alten Scheiß?«, fuhr er sie zornig an. Geneviève zuckte unbewusst zurück. So aufgebracht hatte sie ihn bislang nicht erlebt. War alles nur Fassade gewesen?

»Monsieur Flamant, das sollen keine Beschuldigungen sein. Es würde mich nur interessieren, wieso Sie mir diese ›Kleinigkeiten‹ verschwiegen haben. Bislang konnte ich nur den Eindruck gewinnen, dass Ihre Schwester die Wilde in der Familie war. Unsere Nachforschungen haben jetzt ein anderes Bild gezeichnet.«

»Nichts von dem stimmt. Wenn Sie korrekt recherchiert haben, wissen Sie, dass nichts von alldem jemals nachgewiesen wurde.«

»Wie erklären Sie sich dann die Anschuldigungen?«

»Wenn etwas dran gewesen wäre, würde das in den Akten aufscheinen. Mich wundert ja, dass Sie diesen alten Schwachsinn gefunden haben. Ich dachte, das wäre alles gelöscht worden, nachdem es sich als falsch herausstellte.«

»Von falsch kann keine Rede sein, Maxime.« In der Hoffnung, dass er sich beruhigte und kooperativer wurde, probierte sie es wieder mit der vertrauteren Ansprache. »Es sieht eher so aus, als wären die Ermittlungen abgedreht worden, wenn Sie verstehen, was ich meine.«

»Ich verstehe sehr gut«, antwortete Flamant leise. Seine Augen hatten sich zu zwei Schlitzen verengt, die Stirn war in Falten gelegt. »Sie werfen meiner Familie unverhohlen Bestechung vor. Dass wir gezahlt hätten, um diese Vorwürfe aus der Welt zu schaffen.«

»Das haben jetzt Sie gesagt, Maxime, aber ganz unvorstellbar erscheint es mir nicht. Wieso sollte es hier auf dem Land anders sein als in der Stadt? Eher das Gegenteil. Hier ist doch noch alles viel familiärer. Man kennt sich. Und der Betrieb Ihrer Familie ist wichtig für die Gegend. Vielleicht ist ja gar kein Geld geflossen. Vielleicht hat einfach nur eine Hand die andere gewaschen. Geld ist nicht das einzige Bedürfnis, das Menschen haben.«

»Ich habe Ihnen doch schon gesagt, dass wir bei Weitem nicht der größte Betrieb hier sind«, protestierte Flamant.

»Muss ja auch nicht sein. Aber Ihr Betrieb hat trotzdem eine stattliche Größe.«

»Und deshalb glauben Sie, dass uns hier jeder Zucker in den Arsch bläst?« Flamants Sprache wurde zunehmend obszöner. Sie hatte offenbar einen wunden Punkt getroffen.

»Da fällt mir ein, Sie haben mir noch immer nicht erzählt, wie Sie flüchten konnten.«

»Wie bitte?« Flamant war vom Themenwechsel auf dem falschen Fuß erwischt worden.

»Ich würde gerne wissen, wie Sie es geschafft haben, nach zehn Jahren Gefangenschaft doch noch zu flüchten.«

»Madame Morel, ich würde Sie jetzt bitten zu gehen. Schade, dass Sie meine Gastfreundschaft so auf die Probe stellen.«

»Keine Antwort?«

»Ich rede nicht so gerne darüber. Außerdem habe ich das nach meiner Rückkehr bereits den Behörden erzählt. Bei Ihren Beziehungen können Sie sicher Einsicht in die Protokolle nehmen.«

»*Bien sûr*, aber Sie würden mir eine Menge Arbeit ersparen, wenn Sie es mir gleich hier und jetzt selbst erzählen. Ist auch sicher spannender, als seitenweise langweilige Protokolle zu lesen.«

»Ich … ich kann nicht. Dieses Trauma, es sitzt noch zu tief. Jedes Mal, wenn ich die Geschichte erzähle, muss ich wieder daran denken, und dann bin ich in meinem Kopf ganz schnell wieder im Dschungel. Wieder in Gefangenschaft.«

Geneviève blieb ruhig. Sie erkannte eine Lüge, wenn man sie ihr auftischte. Und das war gerade ein ganzer Haufen an Mist, den ihr Flamant servierte. Er hatte noch nicht detailliert über seine Flucht gesprochen, aber bislang immer recht frei von der Leber weg über seine Gefangenschaft erzählt. Keine Spur von Trauma. Er hatte immer sehr gefasst gewirkt. Was sollte jetzt also dieses Schmierentheater?

»Bitte gehen Sie jetzt, Madame. Sie können ja gerne zurückkommen, wenn Sie den Mörder gefangen haben. Hoffentlich können wir uns dann wieder über angenehmere Dinge unterhalten.«

Ja, das war das Problem mit einer Polizistin, überlegte Geneviève. Irgendwann legte sie den Finger in die offene Wunde. In diesem Fall waren es wohl Flamants Jugendsünden. Sie konnte sich nicht vorstellen, dass er wegen der Kolumbien-Geschichte so eingeschnappt war. Es ging um das, was er als Teenager angestellt hatte.

Sie drehte sich um und ging Richtung Chateau. Nach zehn Metern stand Maxime plötzlich neben ihr. »Entschuldigen Sie meinen Ausbruch«, gab er sich wieder ganz zahm. »Es fällt mir wirklich nicht leicht, darüber zu sprechen.«

»Das machte in den letzten Tagen aber einen anderen Eindruck«, erinnerte Geneviève ihn an seine Erzählungen.

»Ich rede von der Flucht. Ich möchte diese Tage wirklich nicht noch einmal erleben. Nicht einmal in meinem Kopf. Sie können sich nicht vorstellen, wie das war. Aber wenn Sie darauf bestehen, erzähle ich Ihnen, warum ich wirklich länger als vorgesehen geblieben bin.«

Geneviève nickte ihm aufmunternd zu.

»Ich wollte mein Spanisch verbessern.«

»Das wäre doch auch in Spanien gegangen. Ist näher und weniger gefährlich.«

Flamant schüttelte den Kopf. »Wir spielten damals bereits mit dem Gedanken, unser Portfolio um Kaffee zu erweitern. Deshalb Kolumbien. Ich habe ein halbes Jahr dort verbracht, mein Spanisch verbessert und zugleich Kontakte zu Kaffeebauern aufgebaut. Am Ende, das habe ich Ihnen bereits erzählt, wollte ich noch zwei Wochen Urlaub anhängen. Da ist es dann passiert. Im Dschungel. Mein Reiseführer war unvorsichtig. Oder von den Rebellen bezahlt, um ihnen passende Opfer zu bringen. Ich weiß es nicht. Ich habe den Mann danach nie mehr gesehen.«

Während Flamant erzählte, waren sie weitergegangen und vor dem Chateau angekommen.

»Darf ich Sie noch auf einen Kaffee einladen? Es täte mir im Herzen leid, wenn wir uns so feindselig trennen müssten.«

Jetzt trug er schon recht dick auf, stellte Geneviève amüsiert fest. Aber wie konnte man ihm böse sein? Er war wie ein kleiner Junge im Körper eines erwachsenen Mannes.

»In Ordnung. Bestellen Sie, inzwischen räume ich mein Zimmer und begleiche die Rechnung.«

Als sie das Zimmer mit ihrer Kreditkarte bezahlte, wunderte sie sich über die Rechnung. Für ein Luxushotel war die Summe verdächtig niedrig.

»Ich sagte Ihnen doch, dass die Polizei das Zimmer übernimmt. Sie bringen mich in Teufels Küche mit dem Rabatt, den Sie mir gegeben haben«, funkelte sie Flamant zornig an, als sie sich zum versprochenen Kaffee zu ihm setzte.

»Lassen Sie mir doch diese Freude, Madame. Für besondere Gäste haben wir auch besondere Zimmerraten. Sie sind nicht die Einzige, die in diesen Genuss kommt.«

Dem konnte Geneviève nichts entgegensetzen. Hatte auch keinen Sinn, jetzt mit ihm zu streiten.

Während sie den Kaffee tranken, erzählte Flamant enthusiastisch über die hauseigene Marke. »Ist alles *Fair Trade*. Das war auch einer der Gründe, wieso ich damals persönlich nach Kolumbien geflogen bin. Ich wollte mich vor Ort davon überzeugen, dass die Kaffeebauern auch tatsächlich ihren fairen Anteil bekommen.«

So viel Samaritertum war Geneviève schon wieder verdächtig.

»Zahlt sich das Geschäft für Sie aus?«

»Nachdem es schon seit einem Jahrzehnt läuft, nehme ich das an. Sie verstehen, dass ich nach meiner Rückkehr noch nicht alle Geschäftszahlen kenne.«

Geneviève nickte.

»Es reicht, wenn wir damit eine schwarze Null schreiben«, führte Flamant weiter aus. »Das war ursprünglich unser Plan. Wir wollten unseren Gästen etwas Spezielles bieten. Über die Jahre ist das Geschäft gewachsen, wie mir meine Mutter erzählt hat.« Er lehnte sich in seinem Sessel zurück. »Damals konnte ja noch niemand ahnen, dass Kaffee zu so einem Lifestyle-Produkt wird. Ich kann mich noch an meine Kindheit erinnern. Im Café gab es die großen Espressomaschinen. Daheim gab es Filterkaffee. Völlig normal.«

Geneviève nickte. Daran konnte sie sich auch noch erinnern, obwohl es im Morel'schen Haushalt niemals Filterkaffee gegeben hatte. Das Maximum der Gefühle für Normalsterbliche war damals die inzwischen legendäre achteckige Espressokanne, auf die vor allem Lorenzo, der italienische Chauffeur der Morels, schwor. Kein Wunder, sie war eine italienische Erfindung und trug dort den passenden Namen *Moka*. Es gab sie in verschiedenen Größen, wobei die jeweilige Größe in der Anzahl der Mokka-Tassen angegeben wurde, die mit einer Kanne produziert werden konnte.

Sie plauderten noch ein paar Minuten über belangloses Zeug, dann machte sich Geneviève endgültig auf den Weg zurück nach Paris. Der Himmel hatte inzwischen wieder zugezogen, aber noch war von Regen keine Spur. Etwas nagte an ihr. Sie war sich sicher, dass mit der Familie Flamant etwas nicht stimmte. Zu sprunghaft waren die Familienmitglieder in ihren Stimmungen. Maxime hatte sie nicht einmal gefragt, wann seine tote Schwester für die Beerdigung freigegeben würde. Von einem Begräbnis war bislang sowieso keine Rede gewesen. Alles sehr seltsam. Mit ihren beschränkten Mitteln kam sie hier nicht weiter.

Auf halber Strecke nach Paris wählte sie schließlich widerwillig eine Nummer. Es läutete keine zwei Mal, da wurde am anderen Ende auch schon abgehoben.

»Geneviève, schon lange nichts mehr von dir gehört!«, meldete sich Olivier Guyon am anderen Ende.

»Olivier, *ça va?*«

»*Ça va, merci.* Wie kann ich dir helfen?

»Wenn ich das wüsste«, stöhnte Geneviève. Dann erzählte sie ihm ihre Geschichte.

»Und du willst jetzt, dass ich mich da schlaumache?«

»Bitte, damit wäre mir sehr geholfen. Ich könnte auch den Weg über Audette und das Innenministerium gehen, aber ich hoffte, dass ich bei dir direkter an die Informationen komme.«

»Ich werde schauen, was ich machen kann«, versprach er, dann legte er auf.

Geneviève wählte die Nummer von Henry und fragte ihn, ob er Lust auf ein Dinner-Date am Abend hätte. Nach den Anmachversuchen Maxime Flamants musste sie sich allein schon zur Beruhigung ihres eigenen Gewissens mit ihm treffen. Ganz abgesehen davon, dass ihr durchaus danach war, die nächste Nacht nicht alleine verbringen zu müssen.

EIN WÜRDIGER RAHMEN

Geneviève kam gegen Mittag wieder in Paris an. Vom stockenden Verkehr an diesem Mittwochmittag genervt, fuhr sie direkt nach Hause. Sie musste die Unterhaltung mit Maxime Flamant erst verarbeiten, ehe sie mit Lunette darüber sprechen konnte.

Außerdem hatte sie Sehnsucht nach ihrem Kater.

Merlot erwartete sie schwanzwedelnd und maunzend gleich hinter der Eingangstür. Ein Blick auf die halb volle Futterschüssel zeigte, dass ihre Großmutter ihrer Aufgabe nachgekommen war und den Kater gefüttert hatte. Viel mehr aber wohl auch nicht.

»Keinen Hunger?«, fragte sie den Kater, nachdem sie ihn hochgenommen hatte. Der rote Kater schnurrte laut wie ein Traktor und schmiegte seinen Kopf an ihr Kinn. Die Krallen der Vorderpfoten hatte er dabei schmerzhaft in ihre rechte Schulter gehakt. Sicher war sicher.

Nach einigen Streicheleinheiten mixte Geneviève eine halbe Handvoll Trockenfutter unter das Nassfutter, das *Mamie* dem Kater in der Früh gegeben hatte. Sofort stürzte sich Merlot über das Fressen.

Geneviève packte in der Zwischenzeit ihre Sachen aus. Dann ging sie einen Stock tiefer, um zu sehen, wie es ihrer Großmutter ging. Die hatte jedoch kaum Zeit für sie. »Schätzchen, ich muss los. Roland erwartet mich.«

»Läuft das noch immer?«, fragte Geneviève genervt.

»Gönn mir doch meinen Spaß.«

»*Mamie*, ich kenne dich schon so lange und ich weiß, dass Monsieur Marron nicht dein Fall ist. Was hast du wirklich mit ihm vor?«

»Was soll ich mit ihm vorhaben?«, fragte *Mamie* entsetzt. »Außer vielleicht ein paar heiße Runden im …«

»Danke!«, schnitt ihr Geneviève das Wort ab. »Ich brauche keine Bilder im Kopf.«

Olivia Morel lächelte zufrieden. Wie leicht sie ihre Enkelin doch manipulieren konnte.

»Nicht einmal Zeit für ein schnelles Mittagessen?«, fragte Geneviève, um das Thema zu wechseln.

»Nein, wirklich nicht, *chérie*. Ich bin mit Roland zum Essen verabredet.«

»Wo denn?«

»Im Café Renoir.«

»Ist das nicht im …«

»Musée de Montmartre? Aber ja. Was für ein Zufall?«, bestätigte *Mamie* fröhlich.

»*Mamie!*«

»Was denn? Ich darf doch hier im *Arrondissement* ohnehin nichts klauen«, verteidigte sie sich empört. »Abgesehen davon, dass meine kriminellen Tage schon lange hinter mir liegen.«

Wenn es nur so wäre, stöhnte Geneviève innerlich. »Versprich mir einfach, dass du keinen Blödsinn machst. Wenn man dich erwischt, kann ich dir auch nicht aus der Patsche helfen.«

»Mach dir keine Sorgen, *chérie*. Ich stelle schon nichts Dummes an.« *Dumm* war auch immer Interpretationssache.

Während sich Geneviève zu Fuß auf den Weg ins Kommissariat machte, nahm *Mamie* die Treppen hinauf zu

Sacré-Coeur. Ein paar Minuten später hatte sie die Rue Cortot und das Musée de Montmartre erreicht.

Roland Marron erwartete sie bereits im Café. Er begrüßte sie mit *bisous* auf die Wangen, die ihm Olivia Morel auffordernd entgegenhielt. Sie trug ein elegantes *Chanel*-Kostüm, die grauen Haare wie üblich zu einem Knoten hochgesteckt und mit einem sündteuren Bleistift in Position gehalten. Upper-Class-Marotten. Was das anging, war *Mamie* die absolute Queen.

»*Ma chère!*«, wurde sie von ihrem Liebhaber so freudig empfangen, als hätten sie sich seit Wochen nicht mehr gesehen.

»Hier ist es so wunderschön. Ich war schon viel zu lange nicht mehr hier«, flötete *Mamie*, Marrons Schmachterei ignorierend. Bis vor gar nicht so langer Zeit war das Café Renoir ausschließlich den Besuchern des Museums zugänglich gewesen. Inzwischen hatte man die Zeichen der Zeit erkannt. Wer sich ein 5-Euro-Ticket für den angeschlossenen Renoir-Garten kaufte, durfte sich auch im Café vom Pariser Alltagsstress erholen. Vom dem Museum gegenüberliegenden Ende des Gartens hatte man einen hervorragenden Blick auf den kleinen Weingarten gleich nebenan.

Hatte man das Museum einmal betreten, blieb der Alltag draußen. Noch viel mehr, wenn man sich in das Café an der Rückseite mit Blick auf den berühmten Garten setzte. Das Renoir-Thema zog sich hier von A bis Z durch. Der Maler hatte dieses Haus einst für einige Zeit als Atelier genutzt und unter anderem eines seiner berühmtesten Gemälde, den *Bal du Moulin de la Galette*, hier geschaffen. Die Moulin de la Galette selbst war auch nicht weit entfernt – so wie praktisch alles am Montmartre. Die inzwischen in ein Restaurant umgewandelte Mühle war keinen halben Kilometer entfernt. Erst vor wenigen Monaten war dort eine tote Tänzerin auf einem der Windmühlenflügel gefunden worden. Ein Fall, den ihre Enkeltochter hatte klären können. Sehr zum Stolz der Großmutter. Immerhin war es dabei um Mord und nicht um Kunstdiebstahl gegangen. Olivia Morel sah sich, wie der Rest der Familie ebenfalls, als Gentleman-Gaunerin. Mit Gewalt hatte sie nichts am Hut.

»Es freut mich ganz außerordentlich, dass du mich am Ort meines Schaffens besuchen kommst«, schleimte Marron.

»Wie könnte ich mir das entgehen lassen? Du kennst doch meine Vorliebe für Kunst.«

»Eigentlich fast schade, dass wir nicht vor 100 Jahren gelebt haben.«

»Wieso?«

»Du wärst eine unvergleichliche Muse gewesen. Und ich der Künstler. Ich sehe es direkt vor mir«, kam Marron ins Schwärmen.

Mamie tätschelte seine Hand. Dabei zog sie rote Wangen auf. An ihr war eine erstklassige Schauspielerin verloren gegangen. »Du bist so romantisch. Aber wer sagt, dass wir das nicht heute auch noch machen können? Du wärst nicht der erste Künstler, für den ich Modell gestanden hätte.« Das war nicht einmal eine Lüge. Er musste ja nicht wissen, dass mit Künstler in ihrem Fall in erster Linie etliche bekannte Modedesigner der 70er- und 80er-Jahre gemeint waren. Hervorragende Mode war für Olivia Morel genauso Kunst. So wie Kunst für sie allgemein ein dehnbarer Begriff war, unter den auch Diamanten und andere Juwelen fielen. Natürlich hatte sie auch für Maler Modell gestanden. Und das waren keine unbekannten Künstler gewesen …

»Ich bin ein Künstler für dich?«, fragte Marron geschmeichelt. »Dabei ist das doch nur ein Hobby.«

Sie strich ihm mit dem Zeigefinger über die Wange. »Ewig schade darum, aber wer sagt, dass es zu spät ist? Wieso immer nur die Werke anderer Maler ausstellen? Bei deinem Talent!«

»Wir ... wir könnten natürlich darüber sprechen. Wollen wir gleich hinauf? Es gibt im Museum ein Atelier. Ich verwende es momentan als Büro und Ort der Inspiration für meine eigenen Kunstwerke.«

»Nicht so schnell, mein Lieber. Erstens habe ich Hunger und zweitens würde ich gerne noch etwas mit dir besprechen.«

Marron war die Enttäuschung anzusehen. Aber sofort gewann wieder die Hoffnung die Oberhand. Aufgeschoben war nicht aufgehoben.

Mamie bestellte einen *salade italienne*, Marron begnügte sich mit einem *bun au chèvre*.

»Es geht um die Geburtstagsfeier einer meiner Freundinnen. Sie ist ebenfalls eine große Kunstfreundin, und ich würde ihr für ihren runden Geburtstag gerne einen passenden Rahmen bieten – eben hier im Museum.«

»Runder Geburtstag? Wie jung wird die gute Dame denn?«

»Roland! Man fragt eine Dame doch nicht nach ihrem Alter!«, empörte sich *Mamie*. »Ist das überhaupt wichtig?«

»Nein, nein. Natürlich nicht. Was hättest du dir denn vorgestellt?«

»Ich hätte einen Abend für etwa zehn Personen geplant. Nach Sperrstunde des Museums. Wir wollen das Tagesgeschäft nicht stören. Aber könntest du uns nach dem Essen eine Privatführung geben? Das wäre der absolute Höhepunkt für meine Freundin!«

»Es wäre mir eine Ehre!«, warf sich Marron in die Brust. »Wann soll die Feier denn stattfinden?«

»In ein paar Tagen. Ganz genau kann ich es dir noch nicht sagen. Es soll eine Überraschung für meine Freundin werden, und wir müssen den richtigen Moment abwarten.«

Marron legte die Stirn in Falten. »Hm, das wird nicht einfach. Ich müsste den Koch überzeugen, dass er kurzfristig ein Menü für euch kreiert. Ohne Vorlaufzeit ist das kompliziert. Köche sehen sich auch gerne als Künstler. Vor allem die besseren Köche.«

Mamie strich ihm verführerisch über die Hand. »*Mon cher*, es sind doch nur zehn Leute. Und wie gesagt, wir wollen das gerne nach Museumsschluss machen. Es würde reichen, wenn euer Koch uns ein kleines Buffet vorbereitet.«

Marron dachte nach. Dann murmelte er: »Wegräumen könnte er am nächsten Morgen.« Laut sagte er: »Ich denke, das lässt sich machen. Für dich ohnehin alles.«

»Du bist ein Schatz«, jubelte *Mamie*. Sie rückte mit ihrem Stuhl näher an seinen und drängte sich sanft an ihn. »Und wer weiß? Vielleicht ist währenddessen Zeit, dass ich dir zur Probe kurz Modell stehen kann«, ließ sie ihn hoffen.

»Eher liegen«, antwortete Marron.

Olivia Morel hob streng eine Augenbraue hoch. »Das hast du mit mir vor?«

»Fällt dir etwas Besseres ein?«

Darauf gab *Mamie* keine Antwort. Sie lächelte lediglich geheimnisvoll.

Nachdem sie ihre Speisen gegessen hatten, bot Marron an, Olivia eine Vorab-Backstage-Führung angedeihen zu lassen. »Ich kann mir beim besten Willen nicht vorstellen, dass dich der unbekannte Picasso nicht interessiert. Wer weiß? Sollte er je versteigert werden, könnte er sogar bei dir landen. An Geld mangelt es den Morels ja nicht.«

Mamie spitzte ihre Lippen. »Ich bin mir nicht sicher, ob

der Picasso in meine Sammlung passt. Abgesehen davon, dass ich doch schon längst aus dem Geschäft raus bin. Heutzutage trete ich nur mehr als Mäzenin auf. Ich könnte meine Wohnung gar nicht so gut sichern, dass Einbrecher sich nicht an meiner Sammlung vergehen könnten. Nein, ich bleibe lieber im Hintergrund und genieße, was ich habe. Man soll doch nicht gierig werden.«

»Aber sehen willst du das Bild doch sicher?«

»*Bien évidemment!*«, antwortete *Mamie* mit dem gebotenen Enthusiasmus. Noch viel mehr interessierten sie aber die Vorsichtsmaßnahmen, die ihr Liebhaber getroffen hatte, um den unschätzbaren Picasso zu sichern.

Marron führte sie in den zweiten Stock, der zugleich das Dachgeschoss war. Am nördlichen Ende des Gebäudetrakts war ein lichtdurchflutetes Atelier – sein Büro. Die komplette Decke und die nördliche Wand waren durch große Glasfenster ersetzt worden. »Das ist schon vor Jahrzehnten passiert«, erklärte Marron. »So konnten die Künstler hier bei perfektem Licht ihrer Arbeit nachgehen.«

Mamie sah sich um. Ein Teil des Ateliers sah so aus, wie man sich so einen Raum vorstellte. Holzstaffeleien, Farbbehälter, einige unvollendete, einige bereits vollendete Gemälde und eine abgewetzte Couch, die den Künstlern zwischendurch für Ruhepausen zur Verfügung stand. Die Gemälde waren allesamt neueren Datums. »Ich bekomme hier immer wieder Proben von aufstrebenden Künstlern aus dem Bezirk«, erzählte Marron. »Manche kommen auch hierher, um in diesem historischen Setting Inspiration zu finden.«

»Momentan auch?«

Marron lachte. »Nein, aktuell steht das Atelier nicht zur Verfügung. Ich benötige es als Büro und um meiner Passion nachzugehen. Es muss ja auch einen Vorteil haben, wenn man Kurator der nächsten Ausstellung ist.«

»Das angefangene Bild dort auf der Staffelei, das ist von dir?«

Marron nickte enthusiastisch. *Mamie* baute sich vor der Staffelei auf und überflog das halb fertige Gemälde mit Kennerblick. Technisch astrein, aber kreativ völlig belangloser Kitsch. Es fehlten die Wärme, der Ausdruck, der Schuss Genialität, kurz: alle Eigenschaften, die große Kunst ausmachten. Das Bild – es war der von den Malern auf der Place du Tertre schon zigtausend Mal gemalte Ausblick auf den Weingarten – weckte in ihr nichts. Es war so belanglos, dass sie sich darüber nicht einmal ärgerte.

»Wunderbar!«, pries sie das Bild enthusiastisch. »Der forsche Pinselstrich, die Auswahl der Farben, die gewagte Perspektive – ein echtes Meisterwerk!« Nicht einmal gut genug für die Touristenmaler auf der Place, dachte sie.

»Findest du?«, fragte Marron verblüfft. Offenbar glaubte er selbst nicht so recht an sein Talent. Zu Recht, wie *Mamie* befand, aber das musste, nein, das *durfte* sie ihm nicht auf die Nase binden. Wenigstens jetzt noch nicht.

»Wenn es fertig ist, würde ich es dir gerne schenken«, erklärte Marron. Olivia Morel schluckte und wurde blass.

»Was ist?«, fragte Marron erschrocken.

»Alles … alles gut. Ich kann das nicht annehmen«, versuchte sie sich rauszureden. »Das Bild hat sich einen anderen Platz verdient.« Am besten auf einem Müllhaufen.

»Nun, wir werden ja sehen«, gab sich Marron beruhigt. »Bis es fertig ist, vergehen noch einige Wochen. Vielleicht änderst du bis dahin ja deine Meinung.«

Mamie nickte. »Aber wolltest du mir nicht etwas ganz anderes zeigen?«

»Ja, natürlich!« Marron griff sich an die Stirn. »Den Picasso. Warte einen Moment.« Er ging zu einem Aktenschrank, zog sich weiße Stoffhandschuhe über und die unterste Lade heraus. Zwischen verstaubten Akten fingerte er ein Blatt Papier hervor. Schon gelblich von den vielen Jahrzehnten, die es verschollen überstanden hatte. Marron hatte es in eine schützende Plastikhülle gegeben. Das Bild zeigte ein Selbstporträt des jungen Pablo Picasso. Gemälde war ohnehin übertrieben, es war eine Zeichnung, nicht mehr als eine Skizze. Dennoch von beinahe unschätzbarem Wert. *Mamie* zog eine Augenbraue hoch – diesmal vor Überraschung.

»Du hast es gar nicht in einem Tresor oder anders gesichert?«, fragte sie ehrlich überrascht.

»Warum?«, antwortete Marron überheblich lächelnd. »Niemand weiß davon, wer sollte es also stehlen? Über 100 Jahre hat es niemand erkannt. Bei jedem Umbau des Ateliers ist es von einem Schrank in den nächsten gewandert, ohne dass jemand davon Notiz genommen hat. Nein, so ist es am sichersten. Sobald die Ausstellung startet, wird es ganz anders gesichert sein. Es bekommt einen Ehrenplatz hinter Glas in einem der größeren Ausstellungsräume.«

»Groß ist hier relativ«, lächelte *Mamie*.

»Absolut, aber genau das macht den Charme des Museums aus. Es ist ein kleines, aber feines Museum. Sehr intim.« Beim letzten Wort umarmte er *Mamie* innig und drängte sie zum Sofa.

»Nein, nein, mein Lieber«, stoppte sie ihn. »Doch nicht am helllichten Tag. Das heben wir uns für unser nächstes Date auf.« Olivia Morel wollte so schnell wie möglich raus aus dem Museum. Sie konnte ihr Glück kaum fassen. Der Picasso lag wie auf dem Servierteller bereit. Jetzt musste sie mit ihren Freundinnen nur noch den Plan verfeinern, wie sie das Bild möglichst unauffällig stehlen konnten. Über die Folgen machte sie sich keine Sorgen. Marrons Ambitionen spielten ihr in die Karten. Da er noch niemandem von dem Bild erzählt hatte, würde man ihm später nur schwer glauben, dass es gestohlen worden war. Wenn er überhaupt den Mumm aufbrachte, das Bild als gestohlen zu melden. Er wäre den Eigentümern des Museums gegenüber verpflichtet gewesen, ihnen umgehend von seinem Fund zu berichten. Was für ein Glück, dass die Kunstszene in erster Linie von eitlen Gockeln bevölkert wurde.

Nachdem sie ihm versprochen hatte, sich am Abend mit ihm zum Essen – und möglicherweise für mehr – zu treffen, brach sie hastig auf. Die frohe Botschaft in Bezug auf das Bild musste gefeiert werden. Natürlich mit ihren Freundinnen und bei einem guten Glas Champagner. Und möglichst weit weg vom Montmartre. Die Hotelbar im Ritz nahe der Place Vendôme war dafür wie geschaffen.

Geneviève hatte Stunden über den Akten brütend in ihrem Büro am Kommissariat verbracht. Viel weitergebracht hatte sie das nicht. Spuren waren äußerst dürftig bis nicht existent. Nach einem Gespräch mit Lunette hatte sie beschlossen, die Kollegen vom Drogendezernat hinzuzuziehen. Die Drogen in Annes Kofferraum waren der einzige verwertbare Hinweis, den sie hatten.

Am späten Nachmittag verabschiedete sich Geneviève. Sie wies Lunette an, es ihr gleichzutun. Sie wollte nicht, dass ihre Assistentin täglich bis in die späten Abendstunden im Büro blieb. Früher oder später würde sie das kaputtmachen. Den Mörder würden sie trotzdem nicht schneller fangen.

Gegen 20 Uhr traf sie sich mit Henry im Le Moulin de la Galette. Es war das Restaurant, an dessen Mühlenflügel im vergangenen Sommer eine Frauenleiche gefunden worden war. Damals hatte Geneviève beschlossen, dem Restaurant einen Besuch abzustatten. Optimalerweise mit Henry. Die Besitzerin, Henriette Muller, hatte ihr während ihrer Einvernahme erklärt, dass sie einen sensationellen jungen Koch engagiert hatte und ihr Lokal keinesfalls nur eine Touristenfalle sei. Dies galt es nun mit Verspätung zu überprüfen.

Das Lokal war nur einen Zehnminutenspaziergang von ihrem Haus entfernt. Der Weg führte mehr oder weniger schnurgerade über die Stufen der Rue Maurice Utrillo, vorbei an Sacré-Coeur und über die Rue Norvins bis zur Kreuzung mit der Rue Girardon. An der nächsten Straßenecke befand sich das Restaurant.

Sie betrat das Lokal durch den von wildem Efeu überwucherten Torbogen aus weißem Stein, der genau an der Kreuzung der Rue Girardon und der Rue Lepic Gäste zum Eintreten einlud. Über dem Restaurant thronte die alte, aus Holz gezimmerte Mühle.

Im kleinen Vorgarten standen Tische, die um diese Jahreszeit jedoch trotz der Heizlampen nur spärlich besetzt waren. Im Inneren hatte sich Muller in den letzten Jahren wild ausgetobt und dem angestaubten Lokal einen neuen, modernen Anstrich gegeben. Jedoch nicht, ohne die lange Historie ihres Restaurants zu vergessen. Die Mühle war vor über 400 Jahren weiter oben am Hügel erbaut worden, später von der Familie Debray gekauft und an ihre jetzige Stelle verlegt worden. Seinen Namen erhielt das Lokal durch die flachen Teigfladen, die der Müller gemeinsam mit einem Glas Milch verkaufte. Zum damaligen Zeitpunkt wurde noch alles, was flach und aus Mehl – und vor allem mit viel Butter – zubereitet wurde, als »Galette« bezeichnet, wie ihr *Mamie* bei einem ihrer Rundgänge durch das *Arrondissement* in ihrer Kindheit erzählt hatte. Das Lokal und die Mühle hatten jedoch auch eine grausige Geschichte. Im 19. Jahrhundert mussten sich die *Montmartroises* einmal mehr gegen Angreifer wehren. Aus Rache wurde Charles Debray von den Angreifern getötet und an einen Flügel seiner eigenen Windmühle genagelt.

Heute diente die Mühle nur mehr als Sehenswürdigkeit und Werbung für das Lokal, das nicht zuletzt durch Renoirs Gemälde *Bal du Moulin de la Galette* aus dem Jahr 1876 weltbekannt war. Renoir hatte eine der damals beliebten Tanzveranstaltungen für die Ewigkeit auf Leinwand gebannt.

Geneviève wurde von Madame Muller freundlich empfangen und zu ihrem reservierten Tisch geführt. Henry war noch nicht da, aber sie war auch einige Minuten zu früh. Die Zeit, bis Henry kam, überbrückte sie mit einem *Kir Royal* und dem Studium der Karte, die sich wie ein »Best of« der französischen Küche las. Zwiebelsuppe, Weinbergschnecken, Terrine von der Ente, *moules marinières, coq au vin* und so weiter. Weiter unten fanden sich andere Speisen, die der von Muller zuletzt so angepriesene Jungkoch auf die Karte gesetzt haben musste: Seezunge nach Müllerin Art, Linguine nach Förster Art und andere für Paris weniger typische Gerichte.

Kurz darauf trat Henry mit einigen Minuten Verspätung durch die Eingangstür. Suchend drehte er seinen Kopf von links nach rechts. Geneviève hob ihre Hand und winkte ihn zu sich. Er begrüßte sie mit einem intensiven Kuss auf den Mund, den Geneviève ausnahmsweise zuließ.

Henry bestellte ein kleines Bier. »Harten Tag gehabt?«, fragte Geneviève.

»Sicher nicht so hart wie deiner«, antwortete Henry schmunzelnd. Sie wollte ihm nicht widersprechen, aber wirklich hart war ihr Tag nicht gewesen. Rätselhaft und unergiebig – ja, hart – nein. Nachdem Geneviève nicht antwortete, fuhr Henry fort: »Das Übliche. Patienten bis weit über die normalen Öffnungszeiten. Der Wetterumschwung macht sich vor allem bei der älteren Bevölkerung bemerkbar. Sobald es Herbst wird, nehmen die Erkrankungen zu. Da ist immer Hochsaison für uns Ärzte. Ich bin direkt aus der Praxis gekommen.« Er leerte sein Bierglas in zwei Zügen. »So, jetzt geht's besser. Erzähl, wie war es bei dir?«

Geneviève beschloss, ihm reinen Wein einzuschenken und von Maxime Flamants Avancen zu erzählen. Es war ja nicht ihre Schuld. Zudem hatte er gewusst, worauf er sich mit ihr eingelassen hatte. Sie war selbstbewusst genug zu akzeptieren, dass sie mit ihrem Aussehen jedem Model Konkurrenz machte. Bei ihr gesellten sich Verstand und Cleverness dazu. Manchmal zu viel Verstand. Gerade was Herzenssachen betraf, dachte sie immer einmal zu viel nach.

»Interessant«, meinte Henry ungerührt, nachdem Geneviève ihre Geschichte beendet hatte. »Ich habe von ihm gelesen. Faszinierende Geschichte. Kommt nicht oft vor, dass sich jemand aus so einer Situation retten kann.«

Geneviève sah ihn verdattert an. »Das ist alles, was du dazu sagst? Keinen Anflug von Eifersucht?« Sie war ein klein wenig enttäuscht.

Henry nahm ihre Hand. »*Chérie*, wäre es dir lieber, wenn ich dir hier eine Szene mache? Wieso überhaupt? Ist ja nicht deine Schuld, dass er dir nachstellt. Du hast ihn ziemlich deutlich auflaufen lassen, so wie du erzählt hast. Ich vertraue dir. Du würdest mich nicht anlügen.«

Geneviève schluckte. »Niemals!« Und dachte im nächsten Moment an ihr Familiengeheimnis.

Madame Muller kam persönlich, um ihre Bestellungen aufzunehmen. Geneviève entschied sich für die traditionelle Variante: die Zwiebelsuppe, gefolgt von den *Escargots de Bourgogne en coquille*. Henry schloss sich bei der Wahl der Suppe an – »Ich kann dich nicht alleine so viel Zwiebeln essen lassen«, meinte er mit einem Augenzwinkern – und wählte als Hauptgang ein *filet de boeuf normand au poivre*.

Dass sie sich auf die Weinbergschnecken gefreut hätte, war eine Übertreibung. Sie hatte sie sich nun mal in den Kopf gesetzt. Eigentlich schon vor Monaten, als sie hier im Lokal ermittelt hatte und die Karte durchgegangen war. Henry hatte schon recht. Sie stand zu ihrem Wort. Auch oder vor allem, wenn sie es sich selbst gegeben hatte. Das hinderte sie nicht daran, die Suppe vor ihrem Schneckenexperiment umso mehr zu genießen. Leider war die Portion nicht sonderlich groß. Dafür umso geschmackvoller angerichtet. Traditionell und ohne großen Schnickschnack. Wie es sich für ein Restaurant dieser Klasse gehörte. Den übertriebenen Aufwand der Luxusrestaurants kannte sie dank *Mamie* ohnehin zur Genüge. Da tat es richtig gut, eine einfache weiße Tasse auf einem kleinen Untersetzer serviert zu bekommen. Die Oberfläche der Suppe war mit einer Scheibe getoastetem Weißbrot bedeckt, das mit Käse gratiniert war. Einige knusprige Käsefäden waren über den Tassenrand gelaufen. Geneviève pickte sie mit den Fingernägeln ab und ließ sie im Mund verschwinden. Herrlich, wie der gebackene Käse zwischen den Zähnen knirschte.

»*Bon appétit*«, wünschte Henry und machte sich über

seine Suppe her. Geneviève tat es ihm gleich. Danach musste sie gestehen, dass sie schon lange keine so gute Zwiebelsuppe mehr gegessen hatte. Der beigemischte Weißwein war gerade richtig herauszuschmecken, ohne den Geschmack der kräftigen Suppe zu überlagern, die Zwiebeln waren karamellisiert worden, bevor sie in der Suppe landeten. Eine interessante Variante, die Geneviève zuvor noch nicht untergekommen war.

Auf Empfehlung von Madame Muller kam nach der Suppe eine Karaffe mit einem ausgezeichneten Burgunder. Der Weißwein passte laut der Lokalchefin perfekt zu den Weinbergschnecken und dem Steak.

Als der Hauptgang schließlich serviert wurde, war Geneviève positiv überrascht. Neun Schneckenhäuser waren in einer silbernen Schüssel drapiert. Dazu gab es die unvermeidliche Schneckenzange, ohne die dieser sehr spezielle Genuss kaum zu meistern war. Sie ließ sich von Madame Muller erklären, wie diese Variante der Schnecken zubereitet wurde. Genau ließ sie sich das Rezept nicht entlocken, aber immerhin fand Geneviève heraus, dass der Sud, in dem die Schnecken gegart worden waren, mit bestem Burgunder angesetzt wurde und zum Verschluss der Schneckenhäuser eine besondere selbst gemachte Kräuterbuttermischung verwendet wurde, auf die als Farbklecks Pesto gestrichen worden war.

»Selbstredend, dass gleich zu Beginn die Schnecken aus ihren Häusern gezogen werden, um sie zu putzen und auch die Schneckenhäuser selbst zu reinigen«, erklärte Muller, die immer gesprächiger wurde. Erwartungsvoll sah sie Geneviève an. Muller wartete wohl darauf, dass sie eine der Schnecken probierte. Also machte sie sich an die erste Schnecke. Zuerst zaghaft, dann mutiger. »Was ist denn in der Füllung noch drin?«, fragte sie schließlich. »Ich kann es nicht genau einordnen. Schmeckt aber hervorragend.«

»Ihnen kann ich es ja sagen«, flüsterte Muller verschwörerisch. Sie konnte Geheimnisse doch nicht so gut für sich behalten. »Wir verwenden für unsere Kräuterbutter auch gemahlene Mandeln. Das gibt den gewissen Kick, wenn Sie verstehen.«

»Darf ich?« Henry sah Geneviève erwartungsvoll an.

»*Sers-toi.*«

Ohne zu zögern, nahm sich Henry eine der Schnecken und verspeiste sie. »*Excellent, Madame*«, sprach er Muller ein Kompliment aus. »Wenn mein Steak nur halb so gut ist, werde ich Sie in Zukunft meiner Kundschaft mit Freude weiterempfehlen.«

»Sind Sie auch im Gastrobereich tätig?«, fragte Muller überrascht.

»Nein«, lachte Henry, »ich bin Arzt. Aber meine Patienten plaudern sehr gerne – manchmal habe ich das Gefühl, sie kommen nur deshalb, um Ansprache zu bekommen. Sie freuen sich sicher, wenn ich Ihnen auch abseits meines ärztlichen Rats einen Tipp geben kann.«

»Wie praktisch!«, flötete Muller und nahm auf einem freien Stuhl Platz. »Ich bin ohnehin auf der Suche nach einem neuen Arzt. Ich bin mit meinem alles andere als zufrieden. Worauf sind Sie spezialisiert?«

Genevièves Augen wurden groß. Flirtete Madame Muller gerade mit ihrem Freund? Sie tadelte sich selbst. Freund. So ein starkes Wort. »Dauerliebhaber« klang doch viel unverfänglicher.

Henry schien Mullers Verhalten nicht aufzufallen oder er überging es einfach. »Ich bin praktischer Arzt. Ich habe von praktisch allem Ahnung«, scherzte er. In dem Moment wurde Geneviève wieder klar, wieso sie sich mit ihm eingelassen hatte. Abgesehen von seinem Äußeren konnte er auch verdammt charmant sein. Kein Wunder, dass die vorwiegend weibliche Kundschaft ihm die Tür einrannte.

Besitzergreifend legte sie ihre Hand auf seine. »Dann probiere doch mal das Steak, bevor es kalt wird«, erinnerte sie ihn.

Das Steak war auf einem Holzbrett serviert worden. Am Rand rang ein abgezähltes Dutzend Steak-Fries um Aufmerksamkeit. Das Messer schnitt durch die hauchzarte knusprige Kruste, dann glitt es durch das saftige dunkelrosa Fleisch. Wässriges Blut lief aus der Schnittstelle. Wunderbar. Henry ließ das perfekt gebratene Stück im Mund verschwinden. Die Augen waren voller Genuss geschlossen. Neidisch blickte Geneviève zwischen ihren Schnecken und Henrys Steak hin und her. Die *escargots* waren nicht schlecht. Tatsächlich sogar außergewöhnlich gut – für Schnecken. Letztlich zuckte sie mit den Schultern und machte sich über ihre *helix pomatia*, wie der lateinische Name für die Tierchen lautete, her. Was dabei half, war das getoastete Weißbrot, das zu ihrem Gericht gehörte.

»Das Dessert geht aufs Haus«, verkündete Madame Muller eine Stunde und eine weitere Karaffe Burgunder später. »Ein kleines Dankeschön für Ihren Einsatz im Sommer.«

Und was für ein Dessert es war! Ein *garçon* kam mit einem Servierwagen, auf dem zwei Teller mit Pfannkuchen abgestellt waren. »Madame, Monsieur«, erklärte der Kellner, »unsere *fameuses crêpes Suzette flambées*!« Er goss jeweils einen Schuss Cognac und Orangenlikör über die Crêpes, dann entzündete er die Mischung mit einem Küchenfeuerzeug. Für einen Moment schlug Geneviève und Henry Hitze ins Gesicht.

Zum Abschluss gönnten sie sich auf Vorschlag Genevièves noch Kaffee. »*Deux expressos, s'il vous plaît*«, orderte sie die starke Variante.

»Ungewöhnlich für diese Uhrzeit«, merkte Henry an.

»Ich brauch dich heute noch munter«, antwortete Geneviève eindeutig zweideutig.

»Dann schauen wir, dass wir heimkommen.« Henrys Augen glänzten.

Der späte Kaffee – aber nicht nur der – hielt die beiden noch bis 3 Uhr morgens wach. Danach hatte Geneviève auch den letzten Anflug schlechten Gewissens wegen Flamants Flirtversuchen abgeschüttelt.

EIN ECHTER HELD

Henry musste am nächsten Morgen früh raus, um einigen seiner älteren Patienten Hausbesuche abzustatten. Eine Praktik, die über die letzten Jahrzehnte beinahe verloren gegangen war. Nicht nur in Frankreich, wie Henry aus Gesprächen mit internationalen Kollegen wusste. Stattdessen saßen nun hustende und kränkelnde Menschen in überfüllten Arztpraxen und steckten dabei gleich die anderen Wartenden an. In den letzten Jahren war der Ruf nach Hausbesuchen wieder lauter geworden. Daraus hatte sich die Gründung von *SOS Médecins* ergeben. Eine Vereinigung, die rund um die Uhr verfügbar war und ihre Ärzte zu Hausbesuchen schickte, so es sich nicht um einen akuten Notfall handelte. Für diese waren andere Stellen zuständig. Henry war einer der wenigen niedergelassenen praktischen Ärzte, die diese Tradition noch hochhielten. Zwei Mal die Woche waren seine Vormittage für Hausbesuche reserviert. Der Donnerstag war einer dieser Tage.

Geneviève verließ gemeinsam mit Henry das Haus. Merlot war wie üblich beleidigt, wenn Henry bei seinem Frauchen übernachtet hatte, und strafte beide mit Nichtachtung. Er war nun mal eine launische Diva. Der Kater würde sich wieder einkriegen, war sich Geneviève sicher. Spätestens wenn sie von ihrer Laufrunde zurückkam und er noch immer kein Futter gehabt hatte.

Die Runde war diesmal richtig zäh. Leichter Nebel hing über der Stadt, die Temperaturen waren passend zum

Herbst, die Bürgersteige und das Kopfsteinpflaster der Straßen feucht. Alles andere als optimale Bedingungen zum Joggen. Auf der anderen Seite die Erinnerung an die vergangene Nacht, sie spürte noch immer die wohlige Wärme von Henrys Haut und ihrer Bettdecke. Ihr innerer Schweinehund wehrte sich heftig, konnte letztlich aber an die Leine gelegt werden. Als sie 45 Minuten und einen kurzen Zwischenstopp im Palais des Pains später wieder heimkehrte, gebärdete sich Merlot, als hätte er seit Tagen nichts mehr zu fressen bekommen. Sie füllte dem Kater eine Schüssel mit Futter an und nutzte die Zeit, in der das Tier mit Fressen beschäftigt war, um sich rasch zu duschen. Der Maine-Coon-Kater war alles andere als wasserscheu und liebte es, vor der offenen Dusche auf sie zu warten und sich dann an ihre nassen Waden zu schmiegen. Was zur Folge hatte, dass sie nochmals in die Dusche und die Katzenhaare von ihren Beinen waschen musste.

Im Büro hatte Lunette noch keine Neuigkeiten für sie. Die Kollegen von der Drogenfahndung hatten ihre Anfrage zwar aufgenommen, aber waren noch nicht mit Informationen rausgerückt. Auch Guyon hatte sich noch nicht zurückgemeldet. In Ermangelung anderer Spuren gingen sie nochmals alles durch, was sie bisher wussten. Was zugegebenermaßen nicht viel war. Anne war eine lebenslustige junge Frau gewesen, die das Weingut ihrer Eltern übernommen hatte. Gegen den Wunsch ihrer Mutter hatte sie das Weinfest am Montmartre mit Ausschussware für das Weintraubenstampfen beliefert und sich zugleich zur Weinkönigin machen lassen. Sehr zum Missfallen von Bianca, der ursprünglich vorgesehenen Weinkönigin, die von Annes Geld ausgestochen worden war. Immerhin gab es hier Neuigkeiten. Lunette hatte herausgefunden, dass Biancas Alibi stimmte. Laut ihren Handydaten war sie während der Mordnacht tatsächlich die ganze Zeit an ihrer Heimatadresse gewesen. Natürlich konnte Bianca vorausschauend ihr Handy daheim gelassen haben, aber so viel Kaltblütigkeit trauten Geneviève und Lunette der jungen Dame nicht zu. Und sonst? Annes Mutter war verschlossen wie eine Auster, ihr Bruder eben erst aus mehrjähriger Gefangenschaft im kolumbianischen Dschungel zurückgekehrt. Ihn schien der Tod seiner Schwester mehr mitgenommen zu haben als die Mutter, aber das konnte auch mit deren Verschlossenheit zu tun haben. Nicht jeder trug sein Herz auf der Zunge. Und dass Maxime Flamant auch anders konnte, hatte er Geneviève mit seinem Ausraster bewiesen. Dann waren da noch die Drogen, die sie in Annes Wagen gefunden hatten. Wie passten die dazu? Anne war die Erbin eines großen Weinguts, da hatte sie es doch nicht nötig, Drogen zu verkaufen.

»Ich blick da nicht durch«, meinte Lunette schließlich deprimiert. »Haben wir etwas übersehen? Einen Liebhaber? Eine Liebhaberin? Ein Mord aus Eifersucht?«

Geneviève schüttelte den Kopf. »Nein, das war kein Mord aus Eifersucht. Aber du kannst das mit dem Freund gerne überprüfen. Frag bei Maxime Flamant nach. Ich möchte da im Moment nicht noch mehr Öl ins Feuer gießen.«

Lunette machte sich sofort an die Arbeit. In der Zwischenzeit besorgte Geneviève Mittagessen für sich und ihre Assistentin. Von einem nahe gelegenen Italiener holte sie zwei Portionen *Pasta Alfredo*, dazu eine Stange Baguette und zwei der süßen bauchigen Flaschen *Orangina*. Kindheitserinnerungen!

Während des Essens erzählte Lunette von ihrem Gespräch mit Maxime Flamant, der sofort ans Telefon gegangen war.

Leider war es nicht viel, was Lunette berichten konnte: »Monsieur Flamant meinte, dass er nichts von einem Freund oder einer Freundin wüsste. In der kurzen Zeit, die er seit seiner Rückkehr mit seiner Schwester verbracht hatte, hatte sie sich voll und ganz auf den Betrieb konzentriert. Immerhin habe ich da eine Neuigkeit für dich.«

»Lass hören.«

»Ich hoffe, dass es neu ist, wenigstens hattest du bislang nichts davon erzählt. Anne hat in den letzten Jahren versucht, den Betrieb auf Bio umzustellen.«

»Und?«, meinte Geneviève verständnislos.

»Maxime meinte, dass er ...«

»Maxime?«, fragte Geneviève belustigt.

Lunette wurde rot. »Er ist tatsächlich sehr charmant«, gestand sie. »Ich dachte, dass er gesprächiger sein könnte, wenn ich seinem Angebot, uns zu duzen, zustimme.«

Geneviève lächelte. »Er scheint ganz allgemein ein Schwerenöter zu sein.«

»Wie auch immer«, winkte Lunette ab. »Er meinte jedenfalls, dass seine Mutter von dem Vorschlag nicht begeistert war.«

»Warum? Bio ist doch gerade total in.«

»Schon, aber hier geht es um Menge. Bio ist teurer und der Ertrag geringer. Es ist alles viel aufwendiger.«

»Gut, halten wir also fest: Anne hat alles Mögliche getan, was ihrer Mutter gegen den Strich ging. Ist nicht die erste Familie, in der die junge Generation alles auf den Kopf und die Vorleistungen der Eltern infrage stellt.«

»Ich dachte nur, dass es ein interessantes Detail ist.«

Geneviève nickte. »Auf jeden Fall. Es gibt Einblick, wie es zwischen Mutter und Tochter bestellt war.«

»Nicht so toll.«

»Absolut nicht.«

Ihr Gespräch wurde durch einen Anruf gestört. »Dein alter Chef«, erklärte Geneviève Lunette nach einem Blick aufs Display.

»Stell auf laut.«

Geneviève drückte auf die grüne Taste und auf die Lautsprechertaste. *»Bonjour, Olivier, ça va?«*

»*Ça va, merci*. Störe ich?«

»Hat uns unser Schmatzen verraten?«, antwortete Lunette.

Am anderen Ende der Leitung konnte man Olivier Guyons Amüsement deutlich hören. »Lunette, was für eine Freude. Hätte mich auch gewundert, wenn du deiner Chefin nicht zur Seite stündest. Euch gibt's wohl nur im Doppelpack.«

Die beiden Frauen sahen auf ihre halb leer gegessenen Take-away-Spaghetti. »Kann man so sagen«, feixte Lunette.

»Was hast du herausgefunden, Olivier?«, steuerte Geneviève das Gespräch wieder in produktivere Bahnen.

»Noch nicht viel, leider«, meinte der Chef der BRI. »Aber es sollte am Nachmittag noch etwas reinkommen. Hättest du gegen 18 Uhr Zeit? Dann können wir meine Ergebnisse in Ruhe durchgehen.«

»Ja, klar. Lunette?«

Ihre Assistentin schüttelte den Kopf. Ihr Mund war gerade voll mit Pasta. Sie schluckte hektisch hinunter: »Geht heute nicht. Jean-Marie und ich haben Kinokarten.«

»Auch gut«, antwortete Olivier. »Geneviève wird dich morgen sicher up to date bringen.«

»Hast du noch gar nichts?«, fragte Geneviève.

»Nichts, was du wahrscheinlich nicht auch schon weißt. Flamant wurde vor zehn Jahren von kolumbianischen Rebellen im Dschungel gefangen genommen. Es floss Lösegeld, aber selbstverständlich ließ man Flamant nicht frei. Vor einigen Wochen tauchte er plötzlich am Rand des Dschungels wieder auf. Wurde in einem Spital in Bogota aufgenommen, durchgecheckt und dann vom französischen Botschafter persönlich in die Heimat gebracht. So weit die offizielle Geschichte. Allerdings …«

»Allerdings?«

»Allerdings kommen mir diese Unterlagen und Aufzeichnungen ein wenig geschönt vor, wenn du verstehst, was ich meine. Man scheint im Innenministerium nicht gerne über diese Geschichte zu sprechen. Was an und für sich schon sehr eigenartig ist. Normalerweise lässt man sich so eine Heldengeschichte nicht entgehen und presst sie medial bis auf den letzten Tropfen aus.«

»Ja«, gab ihm Geneviève recht. »Irgendwas ist da faul. Was auch erklärt, wieso Flamant selbst nicht darüber reden will.«

»Aus diesem Grund habe ich mich mit unseren Kontakten in Kolumbien direkt in Verbindung gesetzt. Mal schauen, was man dort über die Geschichte erzählt.«

»Deshalb das späte Treffen?«

»Genau. Dort ist es jetzt noch frühmorgens. Bis 18 Uhr habe ich sicherlich ein paar Informationen. Ich glaube zwar nicht, dass dabei mehr herauskommt, aber man weiß ja nie.«

»Hoffen wir einfach mal.«

»Und was deine Drogengeschichte angeht …«

»Was heißt *meine* Drogengeschichte? Wir sind hier am *Butte* eine Insel der Seligen, was das angeht.«

»Im Vergleich zum Rest von Paris«, murmelte Lunette mit vollem Mund.

»Du hast mir doch erzählt, dass eure Tote einen Kofferraum voll Marihuana hatte.«

»Das ist übertrieben. Zwei Kartons hatte sie dabei.«

»Ich würde mir an deiner Stelle trotzdem mal anschauen, wie es am Montmartre damit aussieht.«

»Ist das ein Wink mit dem Zaunpfahl?«

»Nein, natürlich nicht«, antwortete Olivier. »Über die Phase der kryptischen Andeutungen sind wir hinaus, denke ich. Wenn ich Informationen für dich habe, gebe ich sie dir. Aber es erscheint mir schlüssig, dass es etwas mit den Drogen auf sich hat.«

»Wir haben beim Drogendezernat bereits nachgefragt, aber noch keine Antwort bekommen.«

»Halte mich auf dem Laufenden«, forderte Olivier sie auf.

»Selbstverständlich. Wo wollen wir uns am Abend treffen?«

»Das Bistro bei dir kenne ich bereits, diesmal bin ich mit Aussuchen dran. Ich dachte an das Café de l'Homme.«

»Bei Trocadéro? Mit dem herrlichen Ausblick auf den Eiffelturm? Sag bloß, du nimmst deine Freundin mit und erwartest dir einen romantischen Abend?«

Olivier lachte laut auf. »Nein, nein, keine Sorge. Evangeline ist aktuell auf Pressetour in den USA. Die Verfilmung einer ihrer Romane kommt demnächst in die Kinos.«

»Die Rechnung geht diesmal aber auf deine Kostenstelle«, stellte Geneviève klar.

»*Avec plaisir.*«

Kurz vor 18 Uhr parkte Geneviève ihren Wagen auf dem Personalparkplatz des Musée national de la Marine. Das Museum war Bestandteil des Palais de Chaillot, das mit seinen gespiegelten Hälften und dem offenen Platz dazwischen den nördlichen Eingang zum Trocadéro-Komplex bildete, dessen großflächige Terrasse und die darunterliegenden Gärten einen unvergleichlichen Blick auf den Eiffelturm gewährten. Das Café, eigentlich eine moderne Brasserie, in dem sich Olivier Guyon mit ihr treffen wollte, gehörte zum Museum.

Um Missverständnissen vorzubeugen, legte sie einen offiziellen Polizeiausweis hinter die Windschutzscheibe. Dann lief sie durch den strömenden Regen über die Avenue Paul Doumer zum Museumseingang. Das Wetter hatte wieder umgeschlagen, weswegen sie gezwungen war, auf ihr geliebtes Motorrad zu verzichten und den Wagen zu nehmen. Ihre Aufmachung erleichterte es nicht, trockenen Fußes an ihr Ziel zu gelangen. Zwar hatte sie einen Regenschirm aufgespannt, aber Windböen fegten ihr die Regentropfen zeitweise waagrecht ins Gesicht. Nachdem das Café de l'Homme nicht zuletzt aufgrund seiner Lage zu den angesagteren Adressen der Stadt gehörte, hatte sie sich gezwungen gefühlt, sich herauszuputzen. Zum Glück hatte sie auf hohe Stilettos verzichtet und sich stattdessen für relativ flache Slingback-Pumps von *Prada* entschieden, deren Spitzen waffenscheinpflichtig waren. Dazu passend trug sie einen schwarzen Hosenanzug von Stella McCartney, dessen Schnitt an einen Männer-Smoking angelehnt war, ihre Figur dennoch tadellos zur Geltung brachte.

Am Eingang zum Café meldete sie sich beim Empfang an. »Morel«, stellte sie sich vor. »Monsieur Guyon müsste einen Tisch reserviert haben.«

Der *garçon* blätterte in seiner dünnen Mappe und führte Geneviève dann in den Wintergarten des Restaurants. Von hier hatte man den wohl zweitbesten Blick auf den Eiffelturm. Den besten hatte man selbstverständlich von der Terrasse, aber die war aufgrund der Witterung an diesem Abend geschlossen. Olivier erwartete sie bereits. Sie hielt ihm zur

Begrüßung die Wange für die obligatorischen *bisous* hin, dann nahm sie Platz.

»So wie du grinst, hast du noch etwas herausgefunden«, eröffnete sie das Gespräch schnörkellos.

»*Oui!* Aber zuvor lass uns bestellen. Hunger?«

»Nein, im Moment nicht, danke. Ein kleiner *apéro* wäre aber nicht schlecht.«

Nachdem der Kellner ihre Bestellung aufgenommen hatte, bewunderte Geneviève die Einrichtung des Restaurants. Nach einer gründlichen Komplettsanierung erstrahlte das Lokal in verschiedenen Holztönen und ganz viel Naturstein. Das Abendpublikum trudelte bereits langsam ein, ein DJ sorgte für die musikalische Untermalung. Das Restaurant wurde mehr und mehr auch für größere private Veranstaltungen und öffentliche Events gebucht. Nach dem *diner* ging es täglich noch bis 2 Uhr morgens mit Musik und – vor allem – Networking weiter. Hier traf sich, wer jung, hip und in war.

Oder sich dafür hielt.

Eine Kellnerin servierte Geneviève einen Aperol Spritz, Olivier hatte ein kleines Bier bestellt. Ganz ohne Essen ging es aber nicht, ihnen war unaufgefordert ein kleiner Teller mit Fingerfood auf den Tisch gestellt worden.

»Hat seinen Vorteil, wenn man das Lokal öfter frequentiert«, lächelte Olivier Genevièves aufkeimende Frage weg.

»Mit Madame Moreau?«

Olivier zuckte nonchalant mit den Schultern. »*Tchintchin.*« Er hob sein Glas und stieß mit ihr an.

»Jetzt erzähl schon, ich habe nicht den ganzen Abend Zeit«, forderte Geneviève ihn auf, endlich seine Recherche-Ergebnisse mit ihr zu teilen.

»Nicht? Schade.«

»Okay, ich habe heute nichts vor. Aber ich sitze schon wie auf Nadeln. Also rück endlich raus damit.«

Das tat Olivier. Mit Genuss berichtete er von seinen Recherchen. »Es hat ein wenig Überredungskunst gekostet, aber am Ende sind die kolumbianischen Kollegen doch mit der Wahrheit rausgerückt. Es hat noch eine weitere letzte Lösegeldzahlung gegeben. Das lief über eine gemeinsame Aktion der französischen und kolumbianischen Behörden. Flamant wurde am Rand des Dschungels in einem kleinen Kaff übergeben.«

Geneviève hob erstaunt eine Augenbraue. »Wie hoch war die letzte Forderung?«

»Wieder fünf Millionen.«

»Davon hat mir Flamant bislang nichts erzählt.«

»Nein, natürlich nicht. War auch nie beabsichtigt. Du kennst die Einstellung gegenüber Erpressern. Lösegeld wird niemals bezahlt.«

»Wenigstens nicht offiziell.«

»*Exactement*. Deshalb wurde danach diese Heldengeschichte erfunden, in der sich Flamant selbst befreit hat und flüchten konnte.«

»Und das hast du nicht gewusst?«

»Ist nicht meine Baustelle«, antwortete Olivier entschuldigend. »Ich kümmere mich um Gefahren im Inland.«

»Aber in dem Buch deiner Freundin …«

»Das ist eine andere Geschichte«, schnitt er ihr das Wort ab. »Wie auch immer. Es ist auf jeden Fall verständlich, dass sich die Flamants an die offizielle Version halten.«

»Bringt uns jetzt auch nicht wirklich weiter.«

»Wahrscheinlich nicht, mehr war aus den Kolumbianern auch nicht rauszukriegen. Sie sind froh, dass sie ein Problem weniger haben.«

»Kann ich mir vorstellen.«

»Das Problem mit den Paramilitärs und Drogenkartellen hat sich in den letzten Jahren verschärft. Ein neuer Player ist auf den Plan getreten, der es geschafft hat, die einzelnen Gruppen zu vereinen und so etwas wie einen Staat im Staate aufzubauen. Nennt sich El Hermano, der Bruder. Geht mit unglaublicher Brutalität vor, zugleich hat er sich das einfache Volk auf dem Land und die Menschen in den Slums zu Freunden gemacht.«

»Lass mich raten – sie bauen für ihn Drogen an, und er bezahlt sie.«

Olivier nickte. »Wes Brot ich ess, des Lied ich sing.«

»Irgendwie verständlich bei der Armut im Land.«

»Aus Sicht der Menschen dort, ja«, gestand Olivier ein. »Ich glaube, wir können uns gar nicht vorstellen, wie es sein muss, unter solchen Umständen zu leben.«

»Nein, nicht wirklich«, bestätigte Geneviève. Woher auch? Sie selbst war im totalen Luxus aufgewachsen. Aber selbst die unteren Schichten Frankreichs führten im Vergleich zu den Menschen in den Slums von Bogota oder den ruralen Dörfern ein Leben im Überfluss.

»Wieso erzählst du mir das?«, fragte Geneviève.

»Weil ich denke, dass es mit deiner Toten zu tun haben könnte.«

»Inwiefern?«

»Hast du schon Rückmeldung von der Drogenabteilung bekommen?«

»Nein, noch immer nicht.«

»Dann bekommst du jetzt von mir Informationen.«

»Ach, da kennst du dich wieder aus?«

»Inland, meine Liebe, Inland!« Er lächelte charmant und prostete ihr mit seinem halb geleerten Bierglas zu. »Dieser

Hermano hat das Drogengeschäft in Kolumbien mehr oder weniger unter Kontrolle. Damit hat er aber nicht genug. Jetzt expandiert er im großen Maß nach Europa. Und sein erstes Standbein kannst du dir wohl denken.«

»Frankreich«, antwortete Geneviève leise.

»Genau. Er hat bereits in den *banlieus* Fuß gefasst. Bezahlt dort die Jugendlichen, lässt sie seine Drogen verticken. Davon konntest du in deinem relativ ruhigen *Arrondissement* nicht viel mitbekommen, also kein Grund, sich Vorwürfe zu machen«, beruhigte er sie sofort.

»Was hat das mit meiner Toten zu tun?«

»Gib mir einen Moment, darauf komme ich gleich. Auf jeden Fall überschwemmt Hermano aktuell die Drogenszene mit einer neuen Kokainmischung, die extrem hoch dosiert ist. Der Kick an der Sache ist, ob man es überlebt oder nicht.«

Geneviève schüttelte den Kopf. »Die Leute sind so krank. Aber ich verstehe jetzt, worauf du hinauswillst. Du meinst, dass sich dieser Hermano mit Anne eine unliebsame Konkurrentin vom Hals geschafft hat?«

»Ich würde es nicht ausschließen. Auch wenn bei ihr nur verhältnismäßig kleine Mengen Marihuana gefunden wurden. Konkurrenz, egal wie groß oder klein, wird nicht goutiert. Der Umgangston in dem Milieu ist rau. Wenn selbst die Kolumbianer von ›brutal‹ reden, könnte ich mir das schon vorstellen.«

Geneviève überlegte. Ob sich der Boss eines Drogenkartells wirklich um einen kleinen Fisch wie Anne Flamant kümmerte? Sie konnte es sich nicht so richtig vorstellen. Aber es war, wie Olivier gesagt hatte: Auszuschließen war es auch nicht. Und letztendlich war es ihre einzige brauchbare Spur. »Ich kann mir nicht vorstellen, dass Anne lediglich als Kurier fungiert hat«, meinte sie schließlich.

»Glaube ich auch nicht. Wenn, dann hat sie das Zeug selbst produziert.«

»Aber warum? Sie ist die Erbin eines großen Weinguts. Sie hätte das doch nicht nötig.«

»Langeweile? Jugendlicher Leichtsinn?« Er lächelte sie sarkastisch an. »Hast du nie etwas Kriminelles getan?«

Geneviève schluckte. Olivier hatte bereits im Sommer angedeutet, dass er wusste, welches Geheimnis ihre Familie hütete. Er genoss es, sie bei ihren Gesprächen immer wieder daran zu erinnern. Freundschaftlich, aber trotzdem.

»Nein«, antwortete Geneviève bestimmt. »Ich nicht.« Abgesehen davon, dass sie ihrem Arbeitgeber ihren wahren Hintergrund verschwieg. Aber das war mehr eine Auslassung als eine Lüge. »Ich sollte mir das Weingut nochmals genauer ansehen.«

»Glaubst du, dass sie das Dope dort angebaut hat?«

»Gibt es ein besseres Versteck als die endlosen Weingärten? Unter so viel Grün fällt es nicht auf. Wer würde dort schon suchen?«

»Möglich wäre es«, gestand Olivier ein.

»Ich glaube, ich muss dem Chateau noch einmal einen Besuch abstatten.«

Daraufhin prostete Olivier ihr zu.

ERTAPPT

Geneviève und Henry kamen am späten Freitagnachmittag in Hautvillers an. Die Sonne ging gerade hinter den Weinbergen der Champagne unter, das Dorf Hautvillers lag malerisch zu ihren Füßen, als sie über die letzte Hügelkuppe fuhren. Der Anblick erinnerte sie an die alten Drei-Musketiere-Filme mit Michael York als D'Artagnan, die sie in ihrer Kindheit so gerne gesehen hatte und in denen das ländliche Leben in einigen Szenen so wunderbar kitschig und klischeehaft gezeigt wurde. Ganz ähnlich sah es hier aus: links und rechts der Landstraße D386 Weinreben, Hecken und Wälder, unten im Talbecken das Dorf. Fehlten nur die rauchenden Schornsteine und die strohgedeckten Dächer.

»Idyllisch ist es hier«, stellte Henry fest. Geneviève hatte ihn gebeten, das Wochenende auf seinen Namen zu buchen. Sie wollte die Familie Flamant nicht vorwarnen. Henry war sofort Feuer und Flamme gewesen. Er konnte es gar nicht erwarten, seinen »Konkurrenten« persönlich kennenzulernen.

»Absolut. Obwohl mir diese Weite mit der Zeit auf die Nerven gehen würde, glaube ich.«

»Bist du zur Großstädterin mutiert?«

»Cannes ist jetzt auch nicht gerade eine Kleinstadt. Warst du schon mal an der Côte? Von Antibes bis Théoule-sur-mer ist die Küste komplett verbaut.«

»Oh, ich war sogar schon öfters dort, aber ich habe mir die ruhigeren Gegenden im Hinterland ausgesucht. Stress und Hektik habe ich in Paris genug. Das hier ist perfekt. Klein, ruhig, wunderbare Landschaft.«

Geneviève boxte ihm freundschaftlich in den Oberarm. »Sag bloß, du wirst jetzt zum Landdoktor.«

Henry nahm den Blick für einen Moment von der Straße und sah sie an. »Warum nicht? Aber nur mit dir an meiner Seite.«

»Dann, *mon cher*, wird aus dem Traum nichts. Ich mag die Großstadt.«

Auf Henrys Drängen machten sie einen Halt in Hautvillers. Henry wollte ein wenig durchs Dörfchen spazieren und einen Kaffee trinken. So erreichten sie das Chateau erst kurz vor 19 Uhr. Die Rezeptionistin, Laure Ribery, hatte wieder Dienst, fiel aus allen Wolken, als die *Commissaire* schon wieder am Weingut auftauchte.

»Ich habe Sie gar nicht auf unserer Reservierungsliste«, meinte sie gereizt.

»Wie könnten Sie auch?«, antwortete Henry vergnügt. »Ich habe unter meinem Namen bestellt. Sie finden ganz sicher einen *Docteur* Henry Martel auf der Liste. Ich habe eine *gîte* reserviert.«

Auch darauf hatte Geneviève bestanden. Sie wollte Bewegungsfreiheit, um die Gegend in Ruhe erkunden zu können. Das ging besser aus einem der kleinen Gästehäuser, die an der Peripherie der Weingärten lagen.

»*Mais bien sûr, Monsieur*«, flötete Ribery. Der Doktortitel wirkte immer wieder Wunder. Hier auf dem Land wahrscheinlich noch mehr als in der Stadt.

Ribery schnippte mit ihren Fingern nach einem Hotelpagen, der das leichte Gepäck der neuen Gäste nahm und vorausging. Geneviève und Henry folgten dem Pagen, der sie über einen mit Steinen ausgelegten Weg entlang des Chateaus zur zweiten *gîte* führte. Ein kleines, gemütlich wirkendes Steinhaus mit einer Holzterrasse, die auf der dem Chateau abgewandten Seite Richtung Weinberge ging. Im Inneren war das Cottage in mehrere kleine Räume und einen großen Wohnraum unterteilt. Auch eine Küche durfte nicht fehlen. Die schien jedoch mehr Zierde zu sein, Gebrauchsspuren konnte Geneviève keine erkennen. So wie sie selbst hatten wohl auch die meisten der früheren Gäste die Option Vollpension gebucht. Am wichtigsten war ohnehin die Kaffeemaschine. Ein durchsichtiger Spender war mit verschiedenfarbigen Kaffeekapseln für jeden Geschmack gefüllt.

Henry drückte dem Pagen einen Zehneuroschein in die Hand und schloss die Tür hinter ihm.

»Willst du gleich loslegen?«, fragte er Geneviève. Sie sah auf die Uhr und schüttelte den Kopf. »Nein, in Kürze startet das *diner*, das sollten wir uns nicht entgehen lassen.«

»Du lächelst so verschmitzt, was hast du vor?«

»Nichts«, antwortete Geneviève unschuldig. »Ich bin nur schon auf die Reaktion der Flamants gespannt.«

»Du glaubst, sie werden auch anwesend sein?«

»Soweit ich das mitbekommen habe, diniert die Familie – oder wenigstens Mutter und Sohn – immer gemeinsam im großen Restaurant. Madame Flamant machte auf mich nicht den Eindruck, als würde sie selbst in der Küche den Kochlöffel schwingen.«

Sie warfen sich dem Anlass und der Umgebung angemessen in Schale. Henry hatte einen *BOSS*-Anzug eingepackt, Geneviève ein royalblaues ärmelloses Etuikleid von *Calvin Klein*.

Im Restaurant war an diesem Abend nicht viel los. Ein Dutzend Gäste, verteilt auf drei Tische, alle möglichst weit auseinander, damit man in Ruhe plaudern konnte. Eine *serveuse* teilte ihnen einen Platz nahe einem der Panoramafenster in der Nähe der Bar zu. Es war ein gemütlicher, intimer Tisch für zwei, dezent mit einer Rose und einer flackernden Kerze dekoriert. Das Besteck lag auf einer weißen Stoffserviette, auf der das Familienwappen der Flamants aufgestickt war.

»*Commissaire!*« Eine Hand hatte sich dezent auf ihre linke Schulter gelegt. Geneviève blickte sich um und sah direkt in die Augen Maxime Flamants, in denen ein unstetes Feuer zu flackern schien. Sie hatte den Eindruck, dass er sich beim Anblick Henrys unter Kontrolle halten musste. Gut, sie wollte ihn ja aus der Reserve locken.

»Maxime!«, flötete Geneviève in gespielter Entzückung zurück. Sie stand auf und hielt ihm die Wange für die obligatorischen Wangenküsse hin. Flamant kam nicht umhin, ihrer Aufforderung zu folgen. »Wollen Sie sich zu uns setzen?«, fragte Geneviève, wohl wissend, dass er sicher den Teufel tun würde.

Sie wurde nicht enttäuscht.

»*Je suis désolé, Madame*«, entschuldigte er sich erwartungsgemäß. »Ich bin abends zumeist meiner Mutter verpflichtet. Aber vielleicht an einem der nächsten Tage? Wie lange planen Sie zu bleiben?«

»*Enchanté*«, mischte sich nun Henry mit einem breiten Lächeln ein. Er genoss Flamants augenscheinliche Unsicherheit. Egal, was er Geneviève erzählt hatte, am Ende war Maxime doch ein weiterer Konkurrent um ihre Gunst. Da konnte man gern einmal sein »Revier« abstecken. »Ich bin *Docteur* Henry Martel.«

»Maxime Flamant«, antwortete Flamant kurz angebunden und nahm widerwillig die ihm entgegengestreckte Hand.

In diesem Moment erschien auch Madame Flamant. Die Matriarchin des Clans musterte Geneviève und Henry kühl. Dann bot Maxime ihr seinen Arm an und führte sie an den für sie reservierten Tisch. Es war derselbe, an dem Geneviève mit den beiden diniert hatte.

»Mich fröstelt«, kommentierte Henry die kurze Begegnung mit Mathilde Flamant.

Geneviève hob die Achseln. »Was soll ich sagen? *Mamie* kann das genauso gut. Da würde ich nicht zu viel darauf geben. Was sagst du zu ihm?«

Jetzt war es Henry, der nonchalant die Schultern hob. »Ein gut aussehender Mann. Offenbar hat er sich sehr schnell und gut von seiner Gefangenschaft erholt. Ich hätte mir das anders vorgestellt. Zehn Jahre im Dschungel? Unter wenig freundlichen Bedingungen? Aus medizinischer Sicht sieht er mir nicht danach aus.«

»Nicht?« Geneviève war erstaunt. Daran hatte sie noch nicht so richtig gedacht. Sie war davon ausgegangen, dass man Flamant nach seiner Rückkehr eingehend untersucht hatte. Andererseits war er ja bereits in Kolumbien in einem Spital aufgenommen worden.

»Nein. Ich bin zwar nur Allgemeinmediziner, aber solche Sachen bekommt man von Kollegen, die mal damit befasst waren, schon mit. Selbst Leute, die nach zehn Jahren aus einem halbwegs normalen Gefängnis kommen, sehen selten aus wie das blühende Leben. Nach zehn Jahren im Dschungel sollten ein paar Merkmale von Mangelernährung und fehlender Hygiene bemerkbar sein. Das kann ich an Monsieur Flamant alles nicht erkennen.«

Während des viergängigen Menüs – die Jakobsmuscheln waren wirklich exzellent, musste Geneviève zugeben – bekam sie Flamant nicht aus dem Kopf. Verstohlen warf sie immer wieder einen Blick in seine Richtung, aber er saß mit dem Rücken zu ihr und verdeckte seine viel kleinere Mutter, die ihm gegenübersaß, beinahe komplett. Was hatte er ihr noch alles verheimlicht? Von Guyon wusste sie ja bereits, dass die Sache mit der Freilassung anders gelaufen war, als er ihr erzählt hatte. Auch die zusätzlichen fünf Millionen Euro Lösegeld hatte er elegant ausgelassen. Insgesamt hatten die Flamants 15 Millionen Euro für die Freilassung ihres Sohnes gezahlt. Selbst für ein erfolgreiches Unternehmen war das keine Kleinigkeit.

»Mit der Familie stimmt etwas nicht«, stellte sie schließlich deprimiert fest.

»Das hätte ich dir nach der ersten Begegnung mit ihnen vorhin auch schon sagen können.« Henry ließ sich seine Laune nicht verderben. Immerhin hatte er die Aussicht auf ein romantisches Wochenende mit Geneviève. Auch wenn sie zwischendurch ein wenig »arbeiten« wollte.

»Ist es so auffällig?«

Henry tupfte seine Lippen mit der Serviette ab. »Nein, wahrscheinlich ist das nur meine vorgefasste Meinung nach allem, was ich von dir schon weiß.«

»Und ein klein wenig Eifersucht?«

Er zwinkerte ihr fröhlich zu. »Ja, auch das.«

»Ich dachte, du bist nicht eifersüchtig.«

»Bin ich auch nicht. Aber es ist immer etwas anderes, wenn man seinen vermeintlichen Widersacher in natura sieht. Das sind wohl noch uralte Instinkte«, versuchte er, sich zu entschuldigen.

»Keine Sorge.« Sie griff nach seiner Hand, strich mit ihren Fingern über seine, und schließlich griffen ihre Hände ineinander. Eine seltene öffentliche Liebesbekundung Genevièves. Henrys Blick war weich geworden, und gerade als

Geneviève befürchtete, dass er ihr ein »*Je t'aime*« zuhauchen wollte, wurden sie glücklicherweise von der *serveuse* und dem Dessert – einer Panna Cotta mit Pinienkern-Karamellsauce – unterbrochen. Mit einem leisen Seufzer ließ Henry ihre Hand los.

Die Flamants verließen nach dem Dinner kommentarlos das Restaurant, Madame Flamant wieder am Arm ihres Sohnes. Geneviève setzte sich mit Henry an die Bar, wo sie sich einen Cocktail gönnten. Um 23 Uhr begaben sie sich schließlich zurück in ihre *gîte*. Dort zogen sie sich um. Zur Erforschung des Geländes wollten sie in bequemere Klamotten schlüpfen. Sie warteten darauf, dass im Chateau die Lichter ausgingen, was gegen Mitternacht der Fall war. Nur im großen Eingangsfoyer brannte noch Licht.

»*On y va*«, gab Geneviève das Kommando zum Aufbruch. Henry strahlte wie ein Kleinkind zu Weihnachten. Endlich einmal durfte er mit ihr gemeinsam ermitteln. Beide trugen nun dunkle Kleidung, um nicht aufzufallen. Statt Richtung Chateau ging es mitten hinein in die Weingärten. »Wenn es etwas zu finden gibt, dann hier.«

»Glaubst du, Anne hat hier Marihuana angebaut? Vor aller Augen?«

»Vor aller Augen glaube ich nicht, aber irgendwo hier in den Weingärten – ja.«

Vor ihnen breiteten sich im Mondlicht die Weinhügel Richtung Westen und Norden aus. Immer wieder schob sich eine dunkle Wolke vor den Mond, es war schwierig, zwischen den Weinreben nicht über Wurzeln zu stolpern. »Zum Glück habe ich an eine Taschenlampe gedacht.«

Immer weiter entfernten sie sich vom Chateau. »Ich glaube«, erklärte Geneviève nach ein paar Minuten, »dass wir – wenn überhaupt – frühestens hinter der nächsten

Hügelkuppe etwas entdecken werden. Anne war sicher nicht so dumm, ihre Plantage dort anzulegen, wo die Hotelgäste sie sehen könnten.«

»Wenn es wirklich so ist, war das schon recht geschickt von ihr. Zwischen den vielen Weinreben würde es kaum auffallen.«

Sie wanderten weiter. Von links und rechts waren immer wieder leise Geräusche zu hören. Hasen, Füchse – jede Menge Kleingetier wuselte durch die nächtlichen Weinberge. Auf der Suche nach Nahrung oder auf der Flucht vor einem Jäger.

Es ging den nächsten Hügel hinauf. Mit der rechten Hand hielt Geneviève die Stabtaschenlampe, mit der linken Henrys Hand. Zwischendurch drehte sie sich um. Sie hatten das Chateau inzwischen einen Kilometer hinter sich gelassen. In der Ferne sah sie auch ihre *gîte*. Wie friedlich alles wirkte. *Zu* friedlich für ihren Geschmack. Vor wenigen Tagen war die Erbin des Weinguts ermordet worden, und hier wirkte alles, als hätte sich Schneewittchen gerade schlafen gelegt.

Rechts vom Chateau und in einiger Entfernung wand sich eine schmale und um diese Uhrzeit nur spärlich befahrene Straße durch die Landschaft. Dunkel konnte sie an deren Peripherie auch das Gebäude erkennen, in dem die Flamants ihren Kaffee lagerten und für den Transport fertigmachten. Das Grundstück war dort mit einer hohen Hecke von der Straße abgegrenzt. Direkten Zugang zu den Weingärten konnte Geneviève straßenseitig nicht erkennen. Wo keine Hecken waren, schützte eine hohe Steinmauer das weitläufige Grundstück der Familie Flamant vor den neugierigen Blicken der Öffentlichkeit.

»Wohin?«, fragte Henry ungeduldig. Ein kalter Wind hatte eingesetzt und fuhr ihm ungemütlich durch Jacke und Hose.

»Gehen wir weiter.« Geneviève hatte auch keine Ahnung, wo Anne ihre Marihuanaplantage angelegt hatte, so es diese überhaupt gab, aber ganz sicher nicht in unmittelbarer Nähe des Chateaus.

Sie erreichten die nächste Hügelkuppe, es war zugleich die höchste in der Umgebung. Von hier gab es tagsüber einen wunderbaren Ausblick. Jetzt konnten sie nicht viel sehen. Einige Kilometer entfernt die Lichter des nächsten Dorfs, vereinzelt die sich bewegenden Autoscheinwerfer einiger weniger Nachtschwärmer. Richtung Norden lag ein heller Schein über den Wäldern und Hügeln des Nationalparks Montagne de Reims – es waren die Lichter von Reims, der mit Abstand größten Stadt in der Umgebung. Von der Lichtverschmutzung war hier in den Weinbergen nicht viel zu bemerken. Nachdem sich ihre Augen inzwischen an die Dunkelheit gewöhnt hatten, reichte auch das Licht des wolkenlosen Sternenhimmels, um sich zu orientieren. Wäre der Hintergrund ihres nächtlichen Spaziergangs nicht so ernst gewesen, hätte Geneviève unter Umständen sogar romantische Gefühle bekommen können. So schaltete sie aber wieder ihre Taschenlampe ein, um nicht über eine Wurzel oder eine umgestürzte Weinrebe zu stolpern. Der Sturm der letzten Tage hatte auch hier im Weingarten seine Opfer gefordert.

»Was ist das dort?«, fragte Henry. Er zeigte auf einen dunklen Fleck in der nächsten Senke. Von ihrer Position sah es wie ein schwarzes Quadrat aus.

»Keine Ahnung, aber vielleicht das, wonach wir suchen. Schauen wir es uns mal an.«

Langsam schlenderten sie den Hang hinunter. Je näher sie kamen, desto intensiver war der Geruch, der in der Luft lag: ein beißender Brandgeruch, durchzogen von einer süßlichen Note.

Geneviève beugte sich hinunter und ließ ihre Hand über die verbrannte Erde streichen. »Ich glaube, wir haben gefunden, wonach wir gesucht haben.« Aus dem Boden zog sie eine angekokelte Marihuanapflanze. »Auf jeden Fall ist das hier der Beweis, dass Anne ganz sicher kein Unschuldslämmchen war.«

»Du meinst, das hier war ein Marihuanafeld?«

Geneviève nickte. »Ja, kein großes. Wovon sprechen wir hier? Fünf mal fünf Meter? Und jemand hat es in den letzten Tagen niedergebrannt.«

»Ich bin kein Drogenspezialist, aber damit kann man doch nicht das ganz große Geschäft machen?«

»Nein, das ganz große Geschäft nicht. Aber für den Einstieg könnte das schon reichen.« Sie blickte sich um. Das Feld war in die Reihen von Weinreben eingebettet gewesen und aus der Entfernung wohl kaum zu unterscheiden gewesen. Der Geruch hatte an dieser Stelle auch kein Problem dargestellt, die Zivilisation war kilometerweit entfernt. »Lunette hat herausgefunden, dass Anne den Betrieb auf bio umstellen wollte. Vielleicht hatte sie das auch mit ihrer Marihuanaplantage vor? Wenigstens einen Teil davon? Könnte ein neuer Trend sein? Oder sie hat hier im Freien neue Sorten gezogen.«

»Meinst du, dass es noch eine andere Plantage gibt?«, schlussfolgerte Henry.

»Ja, eine herkömmliche. Aber die ist ganz sicher nicht hier in den Weinbergen. Normalerweise werden die Pflanzen versteckt im Keller gezogen. Mit viel künstlichem Tageslicht. Auf jeden Fall weit weg von neugierigen Blicken.«

Henry sah sich ratlos um – die Weite der Weinberge war in diesem Fall beinahe erdrückend. »Für einen Keller gibt es hier ausreichend Platz. Ich wüsste nicht, wo wir überhaupt zu suchen beginnen sollten.«

»Wonach wollen Sie suchen?« Geneviève und Henry

zuckten erschrocken zusammen. Maxime Flamant stand mit einer doppelläufigen Schrotflinte bewaffnet keine zehn Meter von ihnen entfernt.

»Maxime«, antwortete Geneviève, »so eine Überraschung, Sie so spät noch zu sehen. Auch Schlafprobleme?«

»Madame Morel, Sie enttäuschen mich. Was haben Sie um diese Uhrzeit hier zu suchen? Das ist Privatgrund. Wenn Sie sich für eine Weingartenführung interessieren, hätten Sie nur bis morgen warten müssen. Wir bieten das unseren Gästen ohnehin an.«

Geneviève ging nicht auf sein Angebot ein. »Wieso die Schrotflinte?«

Maxime Flamant sah das Gewehr in seiner Hand an, als wäre er sich gar nicht bewusst gewesen, es mitzuhaben. »Ich habe den Schein einer Taschenlampe in den Weinbergen gesehen und wollte nachschauen, wer sich hier herumtreibt. In letzter Zeit ist es leider vermehrt zu Vandalismusakten gekommen.«

»So wie hier?« Geneviève zeigte auf das verbrannte Feld.

»Genau. Jemand hat sich einen Spaß gemacht und einen Brand mitten im Weingarten gelegt. Zum Glück haben wir es schnell genug bemerkt und konnten das Feuer rasch löschen. Ein paar alte Reben sind dem Feuer leider trotzdem zum Opfer gefallen.«

»Aber das sind doch …«

»Das tut mir sehr leid«, schnitt Geneviève Henry das Wort ab. »Das wussten wir nicht. Sonst hätten wir Sie um Erlaubnis gefragt. Aber wir wollten einen romantischen Mondscheinspaziergang machen. Das ginge tagsüber mit anderen Gästen nur schlecht.« Flamant und sie sahen sich an. Sie wusste, dass er ihr kein Wort glaubte. So wie er wusste, dass sie ihm nicht glaubte.

Flamant schüttelte den Kopf. »Kommen Sie, gehen wir zurück. Wie vorhin erwähnt, die Weingärten sind Privatgrund. Meine Eltern sind da sehr heikel. Sie wollen nicht, dass Gäste sich darin herumtreiben. Haben Sie das Informationsblatt in Ihrer *gîte* nicht gelesen? Da steht ausdrücklich, dass es den Gästen nicht erlaubt ist, alleine in die Weinberge zu gehen.«

Geneviève versuchte, ihre Scharade aufrechtzuerhalten: »Nein, haben wir nicht. Das Häuschen ist so entzückend und unsere Beziehung noch so frisch, dass wir …« Den Rest überließ sie der Vorstellung Flamants. Dessen Kopf wurde hochrot. Sie wusste nicht, ob es wegen ihrer offensichtlichen Lüge oder aus Eifersucht war.

Flamant machte am Absatz kehrt und deutete ihnen, ihm zu folgen. 20 Minuten später waren sie wieder bei ihrem Ferien-Cottage.

»Ich wünsche Ihnen noch eine gute Nacht«, verabschiedete sich Flamant brummig und stapfte zurück zum Chateau.

»Das war knapp«, atmete Henry tief durch, als sie im Bett lagen.

»Gar nichts war knapp«, widersprach Geneviève ihm nachdenklich. »Das war alles nur Theater. Er weiß ganz genau, was wir entdeckt haben. Flamant ist nicht dumm. Und er hält mich auch nicht für dumm. Ihm ist klar, dass wir herumgeschnüffelt haben. Er konnte es nur nicht offen sagen. Und ich konnte es ihm nicht so einfach unter die Nase reiben.«

»In der Politik nennt man das Diplomatie.«

»Ja, jeder lügt wie gedruckt. Auf jeden Fall müssen wir ab morgen vorsichtiger sein. Er wird uns ab jetzt keinen Moment aus den Augen lassen.«

»Was hättest du noch geplant gehabt?«

»Nun, ich hätte noch die Schlüssel zu Annes Wohnung, aber das ist nach unserer Begegnung mit dem Hausherrn wohl hinfällig. Dafür bin ich mir jetzt sicher, dass hier irgendwo Marihuana im großen Stil angebaut wird. Flamant weiß ganz sicher davon. Ist nur die Frage, ob er damit *d'accord* war oder ob er die Nebengeschäfte seiner Schwester abstellen wollte. In letzterem Fall hat er sich auf meiner Verdächtigenliste gerade wieder ganz nach oben gedrängt.«

»Ich verstehe noch immer nicht, warum ein gut gehendes Weingut überhaupt auf so kriminelle Aktivitäten angewiesen ist. Das Risiko ...«

»... ist eigentlich zu groß. Völlig richtig. Außer es ist nicht alles so, wie es scheint. Ich glaube, es wird Zeit, dass Lunette sich die Finanzen des Weinguts mal genauer ansieht. Vielleicht findet sich dort ja die Lösung.«

Sie verbrachten eine unruhige Nacht. Von Romantik konnte keine Rede sein. Die Stimmung wurde auch am nächsten Morgen nicht besser. Beim Frühstück bekamen sie Besuch von Mademoiselle Ribery, der Rezeptionistin. Mit einem kühlen Lächeln teilte sie ihnen mit, dass ihr ein Fehler unterlaufen war und sie ihre *gîte* räumen müssten. Es stünden Renovierungsarbeiten auf dem Programm, die unaufschiebbar waren.

»Haben Sie ein anderes Zimmer?«, erkundigte sich Henry hörbar enttäuscht, aber Geneviève kannte da bereits die Antwort.

»*Je suis désolée*«, säuselte Ribery erwartungsgemäß, »wir sind leider komplett ausgebucht. Als Entschuldigung für die Unannehmlichkeiten sind Sie aber auf ihren bisherigen Aufenthalt eingeladen. Wir hoffen, dass Sie uns nicht böse sind und wir Sie in Zukunft wieder als Gäste begrüßen dürfen.«

Da hatte jemand seine Entschuldigungsphrasen schön auswendig gelernt. Geneviève verzichtete darauf, bei Maxime Flamant persönlich nachzuhaken. Natürlich war der Rauswurf von ihm oder seiner Mutter angeordnet worden. Es war besser, sich jetzt zurückzuziehen und einen neuen Schlachtplan zu entwerfen. In dieser Hinsicht hatte sie auch schon eine Idee.

Sie packten ihre Sachen, was nicht allzu lange dauerte, da sie am Vorabend noch gar nicht richtig zum Auspacken gekommen waren. Kurz nach 10 Uhr waren sie wieder auf dem Heimweg Richtung Paris.

»Das war ein kurzes Vergnügen«, stellte Henry betrübt fest.

»Ja, aber ein sehr lehrreiches. Ich bin mir jetzt sicher, dass Flamant etwas versteckt. Warum und wieso, das muss ich herausfinden.«

Während Henry den Wagen über die A4 Richtung Paris steuerte, rief Geneviève zuerst Lunette und dann Isabelle an. Die Gerichtsmedizinerin war über die Störung am Samstag wenig erfreut. Nachdem sie sich Genevièves Vorschlag angehört hatte, war sie aber Feuer und Flamme für deren Vorschlag. Lunette hatte sowieso nicht lange überredet werden müssen. Nachdem sie mit beiden telefoniert hatte, wies sie Henry an, sie nach ihrer Ankunft in Paris am Kommissariat aussteigen zu lassen.

PLAN B

»Wie großartig ist das denn?«, jubelte Lunette euphorisch. Sie ließ sich im warmen Wasser des Indoor-Pools im Spa-Bereich des Chateau Flamant treiben. Daneben zog Isabelle in dem 15-Meter-Becken unaufhörlich ihre Längen. Isabelle machte eine kurze Pause.

»Wir sind zum Arbeiten hier«, erinnerte die Gerichtsmedizinerin ihre Freundin.

»Schon, aber es ist Samstagabend, und man wird das Leben doch ein wenig genießen dürfen?«

»Solange du nicht den eigentlichen Grund unseres Ausflugs vergisst.« Isabelle legte sich wieder flach ins Wasser und begann, mit raumgreifenden Armzügen die nächste Länge zu kraulen. Lunette hatte eine Schwimmnudel unter ihren Nacken geklemmt und blickte verträumt zur gläsernen Decke über dem Pool. Die Nacht war bereits über dem Chateau hereingebrochen, das blaue Wasser spiegelte sich in den Fensterscheiben – so wie auch sie selbst. Zum Schwimmen hatte sie ihre Beinprothese abgenommen. Die teils belustigten, teils mitleidigen Blicke der anderen Spa-Gäste hatte sie, ohne mit der Wimper zu zucken, weggesteckt. Über die Jahre hatte sie sich daran gewöhnt. Ganz abgesehen davon, dass es in dieser Situation zum Plan gehörte. Sie wollte möglichst viel Aufmerksamkeit auf sich ziehen. Wenn die Blicke der anderen Gäste nicht gerade auf sie beziehungsweise den Stumpf ihres rechten Beins gerichtet waren, hingen sie an der athletischen Figur

Isabelles. Die Gerichtsmedizinerin trug einen schneeweißen Badeanzug, der einen blendenden Kontrast zu ihrer tiefschwarzen Haut bildete. Dass ihre Brüste durch den nassen Stoff besonders gut zu sehen waren, gehörte ebenso zum Plan. Der war plump und sexistisch, aber Geneviève war auf die Schnelle nichts Besseres eingefallen. Zudem war ein simpler Plan oft der beste. Vor allem, wenn es darum ging, die Aufmerksamkeit von Monsieur Flamant auf sich zu ziehen.

Geneviève war überzeugt, dass Flamant sich nicht einzig wegen des intellektuellen Austausches zu ihr hingezogen gefühlt hatte. Vielmehr war es ihm wohl um ihre körperlichen Vorzüge gegangen. Reize, mit denen auch Isabelle dienen konnte. Die Gerichtsmedizinerin war zudem in keiner Beziehung und konnte ohne schlechtes Gewissen als Lockvogel herhalten. Wenn Geneviève Maxime Flamant richtig einschätzte, würde er Lunette wegen ihres amputierten Beins ignorieren, egal, wie hübsch ihre Assistentin sonst war. Er schien ihr nicht der Typ, der sich mit weniger als Perfektion zufriedengab. Was sicher auch in seiner Erziehung begründet war. Vom Aufwachsen in einem Millionärshaus konnte Geneviève ein Lied singen.

Es dauerte auch nicht lange, bis der Köder geschluckt wurde. Lunette und Isabelle lehnten am Beckenrand und ließen sich über Unterwasserdüsen den Rücken massieren. Theatralisch spektakulär tauchte Maxime Flamant vor den beiden auf. Ein klein wenig wie Daniel Craig in *Casino Royale*, nur dass bei Flamant die Proportionen zwischen Kopf und trainiertem Oberkörper passten. Das Wasser hatte seine Haare dunkel gefärbt. Auf seiner braun gebrannten glatten Haut perlte das Wasser ab wie auf Teflon. Im schummrigen Zwielicht des sanft beleuchteten Indoor-

Pools wirkte er wie ein junger Gott, der dem Wasser entstieg. Lunette und Isabelle sahen ihn desinteressiert an.

»*Mesdames!*«, schnaufte Flamant. Dabei strich er sich zuerst mit der Hand das Wasser aus dem Gesicht und danach die Haare zurück.

»*Oui?*«, antwortete Isabelle gelangweilt. Sie sollte die Aufmerksamkeit Flamants auf sich ziehen, zugleich aber nicht zu interessiert wirken. Gut, dass sie letztens bei Flamants Besuch in der Gerichtsmedizin eine Maske getragen hatte und er sie nicht wiedererkennen würde, sonst wäre ihr Plan von Beginn an zum Scheitern verurteilt gewesen.

»Gestatten, Maxime Flamant«, stellte er sich vor. Seinen erwartungsvollen Blick ließen beide unbeantwortet.

»Witzig«, antwortete Isabelle. »Sie heißen ja wie das Chateau. So ein Zufall aber auch.« Innerlich zog sich bei Isabelle alles zusammen. Sie hasste es, sich dämlich zu stellen. Normalerweise hatte sie das in ihrem Job auch nicht nötig. Die Toten stellten keine Fragen. Das war ihr erster Außeneinsatz, und sie musste sich gehörig überwinden, ihrer Rolle treu zu bleiben. Aber was tat man nicht alles, um den Fall zu lösen. Außerdem, musste sie sich eingestehen, war Flamant so attraktiv, wie Geneviève ihn beschrieben hatte.

Flamant schenkte ihr ein strahlendes Lachen. »Das könnte damit zu tun haben, dass das Chateau meiner Familie gehört.«

»Nein, wirklich?«

»Ja, tatsächlich. Ich schwimme abends hier gerne ein paar Runden.«

»Und da begrüßen Sie neue Gäste immer persönlich.«

Flamant rückte näher an Isabelle heran. Zuerst waren seine Augen gierig auf Lunette gelegen. Nachdem er ihr fehlendes Bein registriert hatte, hatte er sich aber rasch Isabelle zugewandt. »Nein«, lachte er. »Tue ich nicht. Aber heute sind nicht so viele Gäste hier, wie Sie sehen. Da nehme ich mir gerne die Zeit, Sie persönlich willkommen zu heißen.«

»Das ist wirklich sehr zuvorkommend.«

»Nun, es ist nicht ganz uneigennützig«, fuhr Flamant fort. »Meine übliche Abendbegleitung ist heute nicht zugegen, und ich bin noch auf der Suche nach Tischgesellschaft.«

»Wirklich?«, entgegnete Isabelle. »Sie kennen mich doch gar nicht. Ich könnte todlangweilig sein.«

»Oder eine Serienkillerin«, warf Lunette ein.

Flamant blieb ungerührt. »So eine schöne Frau kann unmöglich eine Mörderin sein. Nein, ganz bestimmt nicht. Aber entschuldigen Sie, ich habe noch gar nicht gefragt, ob Sie in Begleitung hier sind.«

»Nein, sind wir nicht«, antwortete Lunette. »Wir sind ein paar Tage unterwegs, um die Scheidung meiner Freundin zu feiern.«

»Nein! Was für ein glücklicher Zufall!«

»Das können Sie laut sagen«, sagte nun wieder Isabelle. »Ich wollte mich hier ein paar Tage erholen und meine neu gewonnene Freiheit genießen und nicht gleich wieder von einem Mann angebaggert werden.«

Flamant hob entschuldigend die Hände. »*Excusez-moi, Madame*. Das war ganz sicher nicht meine Intention. In diesem Fall lasse ich Sie Ihren Abend genießen.«

»Nicht so schnell«, bremste Isabelle ihn ein. Sie nahm seine Hand. »In unserem Plan war nicht vorgesehen, einen Chateau-Besitzer kennenzulernen. Das ändert die Lage dramatisch.« Dabei war Isabelle näher an ihn herangerückt und hatte seine Hand auf ihre Hüfte gelegt.

Er lehnte sich näher an Isabelle. »Ich hoffe nicht, dass es Ihnen nur ums Geld geht«, flüsterte er hörbar erregt.

»Natürlich nicht!« Mit gespielter Empörung stieß sie ihn wieder von sich weg. »Ich gehe in Ihrem Fall nur davon aus, dass Sie ein echter Gentleman sind und mich nicht ausnutzen wollen. Sie können sich vorstellen, dass ich nach meiner wirklich sehr traumatischen Scheidung emotional noch labil bin.« Wie zum Beweis zog sie ihn wieder an sich heran. Lunette hatte sich ein paar Meter entfernt. Sie musste sich bemühen, nicht in schallendes Gelächter auszubrechen. Isabelle machte das ganz hervorragend. Unter der Wasseroberfläche konnte sie sehen, wie sich Flamants Badeshorts ausbeulten. Sie hatte ihn sprichwörtlich bei den Eiern.

Eine Stunde später saßen sie im Restaurant zu dritt am selben Tisch, an dem Flamant bereits mit Geneviève und seiner Mutter diniert hatte. Äußerst charmant hatte Flamant auch Lunette zum Abendessen eingeladen. Das Menü war durchaus ansprechend, auch wenn vor allem Lunette kein großer Fan von Schalentieren war. Der Hummer ging jedoch durchaus als gelungen durch. Nach dem Dessert, einem Stachelbeer-Sorbet auf Limettenschaum, entschuldigte sich Lunette. Sehr zur Erleichterung Flamants, der sich nun endlich voll und ganz dem Objekt seiner Begierde widmen konnte. Isabelle hatte sich für den Abend ordentlich herausgeputzt. Sie trug ein hautenges dunkelblaues Kleid. Im Gegensatz zu Geneviève, die mit einem Designerkleid angetanzt wäre, lediglich von der Stange. Was der Begierde Flamants keinen Abbruch tat. Lunette hoffte inständig, dass Isabelle es schaffen würde, seine Avancen so weit abwehren zu können, dass es nicht zum Äußersten kam. Das stand nicht in der Job-Description. Allerdings schien es, als ob Isabelle selbst ebenfalls Gefallen am Champagner-Erben gefunden hatte. Während des Essens hatte er ihnen von seiner Entführung erzählt. Isabelle war wie gebannt an seinen Lippen gehangen. Lunette befürchtete, dass das nichts mehr mit Schauspielerei zu tun hatte. Wie auch immer, Isabelle musste ihn ein paar Stunden ablenken. So lange, dass sie ihren Auftrag ausführen konnte.

Lunette hatte das Hotel-Restaurant noch nicht verlassen, da war Flamant schon nahe an Isabelle herangerückt. Die Gerichtsmedizinerin hatte ihren rechten Ellenbogen auf dem Tisch abgestützt und zwirbelte mit dem Zeigefinger unablässig eine Haarsträhne.

Lunette eilte zurück auf ihr Zimmer. Sie hatte sich für den Abend ebenfalls herausgeputzt und schlüpfte nun in Jeans und eine schwarze Bluse. Sie hatten eines der günstigeren Zimmer des Chateaus gebucht. Noch immer weit über ihrer Preisklasse, aber in diesem Fall bekam sie die Spesen ohnehin ersetzt. Dann fischte sie aus ihrem Portemonnaie einen Schlüssel. Es war jener zu Annes Zimmer, den Geneviève Flamant geklaut hatte. Ihre Chefin hatte nicht erzählt, wie sie es getan hatte, und Lunette hatte nicht insistiert, das Geheimnis zu lüften.

Es war ein glücklicher Zufall, dass das Chateau just an diesem Abend so schwach gebucht war. So gelangte Lunette problemlos zu dem Eckturm, in dessen oberstem Zimmer Anne gewohnt hatte. Sie hoffte, dass die Flamants in der Zwischenzeit das Schloss zu Annes Zimmer nicht ausgetauscht hatten. Der Verlust des Schlüssels hatte Maxime auffallen müssen.

Das Gefühl, endlich wieder *Action* zu erleben, war berauschend. Bis zu ihrem beinahe fatalen Einsatz im *Bataclan* waren solche Einsätze bei ihr auf der Tagesordnung gestanden. Regelmäßig hatte sie ihr Leben aufs Spiel gesetzt, um *La Grande Nation* und deren Einwohner zu schützen. Seit damals … Geneviève hatte ihrem Leben neue Bedeutung, neuen Sinn gegeben. Und trotzdem hatte etwas gefehlt. Als einfache Polizistin hielten sich die Herausforderungen in Grenzen. Kopfarbeit war gefragt. Das hier … das hier war anders. Endlich spürte sie sich wieder. *Mon Dieu*, war ihr so ein Einsatz abgegangen. Das wurde ihr erst jetzt klar.

Sie erreichte das oberste Stockwerk des Turms. Der Schlüssel passte! Rasch schlüpfte sie in Annes Zimmer und zog die Tür hinter sich zu. Sie wagte es nicht, das Licht einzuschalten. Stattdessen zog sie eine kleine LED-Taschenlampe aus ihrer Hosentasche. Die gab mehr als genug Licht.

Lunette ließ ihren Blick durch das Zimmer streifen. Entgegen Genevièves Anordnungen hatte ein Putztrupp in der Zwischenzeit für Ordnung gesorgt. Das Bett war frisch bezogen, Annes Schminkutensilien waren weggeräumt worden, auch die offene Flasche Mineralwasser fehlte. Offenbar gab es noch mindestens einen weiteren Schlüssel für das Zimmer. Aber das wunderte sie nicht sonderlich. Es wäre eigenartig gewesen, wenn dem nicht so gewesen wäre.

Sie machte sich an die Arbeit. Oberflächlich hatte Geneviève das Zimmer bereits abgesucht und nichts gefunden. Was nicht verwunderlich war. Wenn Anne etwas vor ihren Eltern – oder den Putzfrauen des Hotels – zu verbergen hatte, würde sie es nicht herumliegen lassen. Ein zu kompliziertes Versteck für was auch immer würde es andererseits auch nicht geben. Dafür war in dem Zimmer nicht genug Platz, und gröbere Umbauarbeiten wären ohne das Wissen der Eltern auch nicht gegangen. Nein, es musste etwas relativ Einfaches sein, auf das Anne schnell Zugriff hatte. Wobei sich Lunette nicht sicher war, wonach genau sie tatsächlich suchte. War es Bargeld von den Drogendeals? Waren es die Drogen selbst? Dafür war das Zimmer viel zu klein. Wenn Anne Drogen im großen Stil verkauft hatte, würde das Lager anderswo versteckt sein.

Was sie schließlich fand, überraschte sie umso mehr. Sie hatte zunächst alle Wände nach Hohlräumen abgeklopft und nichts gefunden. Dann hatte sie sich auf Annes Bett gesetzt und nachgedacht. Ohne zu einer Erleuchtung zu kommen. Enttäuscht hatte sie das Zimmer wieder verlassen wollen, als ihr auffiel, dass eine der Bodendielen ein wenig lose war. Konnte es wirklich so einfach sein?

Konnte es.

Vorsichtig hob sie das Parkettbrett an. Darunter war ein Hohlraum.

»Hab ich dich!«, flüsterte sie und steckte ihre Hand in das Loch im Boden. Darin befanden sich einige Säckchen Marihuana und ein Buch. Sie legte die Plastiktüten mit dem Dope zur Seite und widmete sich zunächst dem Buch. Der Einband war aus rotem Leder. Sie schlug das Buch auf. Nein, es war kein Buch. Oder eigentlich schon. Ein Tagebuch, die Seiten mit einer schwungvollen Handschrift gefüllt.

Allerdings in Deutsch. Das sie nicht verstand. Sie setzte sich wieder auf die Bettkante. Was zum Teufel machte Anne Flamant mit deutschen Tagebüchern?

Sie beschloss, dass sie sich lang genug in Annes Zimmer aufgehalten hatte. Zeit, sich aus dem Staub zu machen. Man sollte sein Glück nicht überstrapazieren. Das Dope und die Tagebücher nahm sie an sich und machte sich auf den Weg zurück in ihr Zimmer, das sie sich mit Isabelle teilte. Dort wartete sie eine Stunde auf ihre Kollegin. Dann noch eine. Um 2 Uhr nachts schaltete sie den Fernseher und das Licht aus. Sie erwachte kurz nach 7 Uhr morgens. Ihr Schlaf war leicht gewesen, und das Öffnen der Tür hatte sie sofort geweckt. Es war Isabelle, die auf Zehenspitzen versuchte, ins Zimmer zu schleichen. Ihre Pumps trug sie an den Riemchen in der Hand.

»Bist du irre?«, wurde sie von Lunette empfangen, die sich verschlafen im Bett aufgerichtet hatte und sie vorwurfsvoll anblickte.

»Nein, ich bin eine Frau und habe auch Bedürfnisse.«

»Und die musst du mit einem Verdächtigen befriedigen?«

»Was heißt Verdächtiger?« Sie setzte sich zu Lunette aufs Bett. Ihr Gesicht strahlte mit der Morgensonne um die Wette. »Glaub mir, so ein Mann kann kein Böser sein. Ich habe noch nie so eine Nacht erlebt. Maxime ist … mir fehlen die Worte. Es war, als wüsste er in jedem Moment, was ich gerade wollte, was ich gerade brauchte. Es war unglaublich.«

Lunette sah sie entgeistert an. »Ich hätte nicht gedacht, dass man jemandem das Gehirn rausvö…«

»Lunette!«, unterbrach sie Isabelle.

»Ist ja wahr.«

»Ach, du bist doch nur eifersüchtig.«

»Blödsinn, ich bin in einer glücklichen Beziehung. Und Flamant kommt mir ohnehin viel zu machohaft vor.«

»Du bist zu streng. Der Arme hat so viel mitgemacht.«

Lunette stöhnte laut auf. »Jetzt ist es dann aber auch wieder gut. Das klingt mir ganz nach einem Mutterkomplex.«

Isabelle grinste schmutzig. »Glaub mir, mütterlich war ich heute Nacht sicher nicht.«

Lunette machte eine wegwerfende Handbewegung. »Lassen wir das. Und Geneviève gegenüber erwähnen wir das auch nicht. Sie würde dir den Kopf abreißen.«

»Ist in Ordnung«, gab sich Isabelle geschlagen. »Ich gehe jetzt unter die Dusche und dann ins Bett. Viel zum Schlafen bin ich nicht gekommen.«

Lunette zog sich das Kissen über den Kopf und drehte sich weg. Das Plätschern der Dusche lullte sie wieder in einen unruhigen Schlaf.

GELDFLÜSSE

Montag früh, den Sonntag hatten sie noch auf dem Weingut der Flamants verbracht, präsentierte Lunette ihren Fund Geneviève. Isabelle hatte nicht die Courage aufgebracht, ebenfalls dabei zu sein. Sie hatte sich mit wichtigen Aufgaben in der Gerichtsmedizin entschuldigt. Das war Lunette ganz recht, da sie sich sicher war, dass Isabelle über ihr Abenteuer mit Flamant nicht hätte schweigen können. Sie hatten den Sonntag zum größten Teil im Spa verbracht und sich einige Behandlungen gegönnt. Eigentlich nur Lunette, denn Isabelle hatte jede Möglichkeit genutzt, um sich mit Maxime wegzuschleichen. Während der Heimfahrt hatte die Gerichtsmedizinerin geschlafen wie ein Baby. Was wenig verwunderlich war, so wie sie sich von Flamant hatte rannehmen lassen. Die Verabschiedung war dann überraschend emotionslos vonstattengegangen. Lunette hatte mit mehr Herzschmerz gerechnet. Mehr als zwei Wangenküsschen hatte es nicht gegeben, aber vielleicht waren die beiden auch nur komplett ausgepowert gewesen.

»Hattet ihr ein schönes Wochenende?«, wurde sie von ihrer Chefin empfangen.

»Ging so«, flunkerte Lunette. Immerhin wurde sie dabei nicht rot. »Hat gutgetan, du hättest dir dort wirklich einige der Massagen gönnen können«, fuhr sie fort, bevor Geneviève nachfragen konnte.

»Habe ich. Die Frage ist: Habt ihr auch gearbeitet?«

»*Bien sûr!*«, empörte sich Lunette und legte Geneviève

ihre Funde auf den Tisch. »Während du dir das anschaust, hole ich uns einen Kaffee.«

»Ja, aber bitte einen richtigen.« Geneviève nahm die Plastiktütchen, öffnete sie und schnupperte daran. Lunette machte sich in der Zwischenzeit daran, dem Wunsch ihrer Chefin nachzukommen, der sich praktischerweise auch mit ihrem eigenen deckte. Statt des Kapselkaffees aus der Kantine kam sie eine Viertelstunde später mit zwei Styroporbechern richtigen Kaffees und zwei noch warmen Croissants aus einem Café in der Nähe zurück.

Geneviève hielt ihr eines der beiden Tagebücher entgegen. »Was ist das? Ich verstehe kein Wort.«

»Ich nehme an, das sind Tagebücher«, entgegnete Lunette.

»Das dachte ich mir auch schon. Aber wessen?«

»Müssen wohl Annes sein. Wir brauchen einen Übersetzer. Dann wissen wir sicher mehr.«

Geneviève nickte. »Schon organisiert. Ich hatte nur die leise Hoffnung, dass du mehr darüber weißt.«

»Leider verstehe ich auch kein Deutsch. Tut mir leid.«

Geneviève winkte Lunettes Entschuldigung weg. »*Pas de problème*. Dafür habe ich über das Wochenende auch ein paar interessante Sachen herausgefunden. Im Gegensatz zu dir habe ich nicht in einem Spa chillen können.«

»Hallo? Das habe ich mir auch mal verdient.«

»Natürlich.«

»Also, was hast du herausgefunden?«

Geneviève räusperte sich. »Dein alter Chef hat mir ein wenig geholfen, die Finanzen der Familie Flamant zu durchleuchten. Er hat jetzt auch Blut geleckt und will der Sache auf den Grund gehen. Das ist praktisch.«

»Absolut! Also, was hat er herausgefunden?«

»Ich weiß noch nicht genau, was ich mit den Informationen anfangen soll. Aber es ist nicht uninteressant. Um es kurz zu machen: Den Flamants ging es nicht immer so gut wie jetzt.«

Lunette nippte an ihrem Kaffee. Mit einer nickenden Kopfbewegung deutete sie ihrer Chefin fortzufahren.

»In den Jahren vor Maximes Verschwinden hat das Weingut tiefrote Zahlen geschrieben. Damals machten die Flamants auch nur Champagner. Von einem Hotel- und Spa-Betrieb war man noch weit entfernt.«

»Klingt nicht verdächtig. Viele Betriebe mussten sich in den letzten Jahren den Gegebenheiten anpassen. Maxime hat dir doch erklärt, dass sie nicht das größte Weingut in der Gegend sind. Sie haben reagiert, sich breiter aufgestellt und jetzt funktioniert es wieder, *n'est-ce pas*?«

»Ich denke nicht, dass es so einfach ist«, widersprach Geneviève. »Das Weingut war vor 15 Jahren richtig tief in den roten Zahlen.«

»Was ist dann passiert?«

»Dann gab es eine mysteriöse Geldspritze. Ein Investor ist eingestiegen. Ab dem Moment ging es bergauf. Von einem Jahr aufs andere hat das Weingut plötzlich nicht nur schwarze Zahlen geschrieben, sondern richtig gut Gewinn abgeworfen.«

Lunette tippte mit ihren Fingern auf die Schreibtischplatte. »So wie du das erzählst, weiß man nicht, wer dieser Investor war?«

»Nein, weiß man nicht. Das Geld kam über Briefkastenfirmen. Da ist Olivier momentan dran, mehr herauszufinden. Das kann aber noch dauern.«

»Das ist der ganze Sinn und Zweck dieser Konten«, bestätigte Lunette.

»Wie auch immer. Mit dem neuen Investor haben die Flamants begonnen, das Weingut um das Hotel zu erweitern.«

»Was den Gewinn erklären könnte.«

»Wenn es nur so leicht wäre. Dafür sind die Zahlen zu sprunghaft in die Höhe gegangen. Glaub mir, Hotellerie ist ein schwieriges Geschäft. Sogar meine Eltern haben die Finger davon gelassen.«

»Aber ihr habt doch diesen Privatclub in Cannes?«

»Schon, aber das hat mit einem Hotel nichts zu tun. Der Club ist ein Selbstläufer. Tagsüber zahlen die Leute unfassbar viel Geld für eine Liege und einen Schirm am Strand. Und natürlich für ihre Privatsphäre. Und am Abend lassen sie ihr Geld im Restaurant und bei verschiedenen Events. Aber das ist alles im überschaubaren Bereich.« Dass der Club in erster Linie zum Amüsement ihrer Mutter und in zweiter Linie zum Geldwaschen da war, verschwieg sie wohlweislich. Das Gleiche galt für den Golfclub, den ihr Vater gemeinsam mit einigen Geschäftspartnern an der westlichen Peripherie von Cannes vor einigen Jahren eröffnet hatte. Insgesamt war es ein Glück, dass das Kunstgeschäft so unübersichtlich war, dass selbst die Finanzbehörden den Durchblick verloren hatten.

»Was sagt uns das jetzt?«

»Dass hier nicht alles mit rechten Dingen zugegangen ist«, erklärte Geneviève. »Wenn du mich fragst, wird hier Geld gewaschen.«

»Und da ist ihnen noch niemand auf die Zehen gestiegen?«

Geneviève schüttelte den Kopf. »Die Flamants sind eine alteingesessene Familie. Und die Beträge haben sich immer im Rahmen gehalten. Wenigstens, wenn man nur oberflächlich draufgeschaut hat. Was bislang der Fall war, weil es keinen Grund gegeben hat, misstrauisch zu werden. Dafür ist die Familie in der Region zu gut vernetzt.«

»Wie man an den Anzeigen gegen Maxime gesehen hat, die allesamt im Sand verlaufen sind.«

»Genau. Irgendwie passt nur diese Entführung nicht ins Bild.«

»Was, wenn man Maxime entführt hat, um Druck auf die Familie zu machen?«

»Kann sein. Aber wieso sollte man das tun? Wenn das Weingut zur Geldwäsche verwendet wurde, wäre das doch dämlich.«

»Vielleicht wollten die Flamants nicht mehr? Das Weingut war saniert, und man wollte wieder auf den legalen Weg zurück.«

»Möglich«, zierte sich Geneviève. »Aber es wäre keine schlechte Idee, wenn man sich die Familiengeschichte der Flamants noch mal näher ansieht.«

»Mit ›man‹ meinst du wohl mich.«

»Natürlich«, lachte Geneviève. »Jemand anderem würde ich so eine Aufgabe nicht anvertrauen.«

Lunette machte sich an die Arbeit. Geneviève hatte etwas anderes vor. Der begeisterte Bericht ihrer Assistentin in Bezug auf das Spa des Chateau Flamant hatte ihr Lust gemacht. Zudem gab es da eine Stelle in Madame Moreaus Büchern, die eben jenes Thema behandelten. Moreau schwärmte in ihren Büchern vom Piscine Pontois, einem historischen Schwimmbad im Stil des *Art Deco* und eine der wenigen Pariser Sehenswürdigkeiten, die im Zug von Moreaus psychedelisch anmutenden Abenteuern nicht der Zerstörung zum Opfer gefallen war. Zudem eine der wenigen Pariser Sehenswürdigkeiten, die Geneviève noch nicht kannte. Ein kurzer Blick ins Internet verriet Geneviève, dass das Schwimmbad erst unlängst einer Renovierung unterzogen worden war und seit einigen Monaten im neuen alten Glanz erstrahlte.

Erstrahlen war kein übertriebener Ausdruck, wie Geneviève feststellte, nachdem sie in dem Hallenbad im 5. *Arron-*

dissement, mitten im Herzen des *Quartier Latin*, angekommen war und am Eingang ein Abendticket gelöst hatte. Hier ließ sich der Duft der *Belle Époque* noch in vollen Zügen genießen.

Das Bad wirkte wie aus der Zeit gefallen. Das zentrale Becken war zwei Stockwerke hoch von Säulengängen umgeben. In diesen befanden sich die Schränke und Kabinen für die Gäste. Die Schlüssel dafür wurden – herrlich altmodisch – noch von einem *Schlüsselmann* verwaltet. Kunstvoll gestaltete Mosaike fügten sich harmonisch in die anderen Designteile der Architektur ein – durch die Renovierung erstrahlte alles in einem neuen frischen Licht. Moreau hatte mit ihrer Beschreibung des Bades recht gehabt, stellte Geneviève fest, als sie sich, auf dem Rücken liegend, durch das warme Wasser treiben ließ. Man fühlte sich wie ein Gast an Bord eines Kreuzfahrtschiffs. Unten der Pool, weiter oben die Kabinen der Gäste mit kleinen Balkonen, von denen man auf die badenden Gäste herunterblicken konnte.

Das Highlight war aber ganz sicher die Glaskuppel. Nachdem es bereits dunkel geworden war, wirkte sie wie die Decke eines Aquariums. Das gesamte Hallenbad war in schimmerndes Blau getaucht. Das Licht kam von Unterwasserstrahlern. Ein unbeschreibliches Gefühl der Wärme und Geborgenheit überkam sie. Wenn sie die Augen schloss, konnte sie alles rund um sich vergessen. Herrlich, alleine im Schwimmbad. Ganz ohne Mann. Weder Henry noch Maxime. Sich einfach nur treiben lassen, die Seele baumeln lassen, wie es so schön hieß. Wieso hatte sie dieses Schwimmbad nicht schon vorher entdeckt?

Kurz darauf wurde ihre Ruhe gestört. Natürlich von einem Mann. Mit diesem hatte Geneviève jedoch nicht gerechnet: Olivier Guyon tauchte nämlich plötzlich neben ihr auf.

»Ist das ein Hobby von dir, Frauen im Schwimmbad zu stalken?«, begrüßte sie ihn ein klein wenig angepisst. Es war gerade so schön gewesen.

»Weil ich Evangeline auch schon mal hier abgeholt habe?«, erwiderte er. »Scheinbar mögen es die Frauen, mit denen ich zu tun habe, es sich hier im *piscine* gut gehen zu lassen, während ich ihre Arbeit erledige.«

»*Touché!*«

»*Merci.* Außerdem bin ich diesmal passend gekleidet.«

»Stimmt«, meinte Geneviève anerkennend. »Bei deiner Freundin hast du dir ja gerade mal die Schuhe ausgezogen.«

»Dafür bin ich nicht ins Wasser gegangen.«

»Auch wieder wahr. Dann soll ich das als Kompliment nehmen, dass du für mich extra in Badeshorts geschlüpft bist?« Sie begann, Spaß daran zu finden, ihn aufzuziehen.

»Wie du willst, aber keine Angst, ich versuche nicht, dich anzumachen. Bei Evangeline war nicht wirklich Zeit, heute kann ich locker eine Stunde freimachen, um mir auch eine Runde im Becken zu gönnen.«

Geneviève blinzelte ihn herausfordernd an. »Um die Wette?«

Olivier nickte. »Eine oder zwei Längen?«

»Zwei.«

Sie stießen sich vom Beckenrand ab. Aus dem Augenwinkel sah Geneviève, wie Olivier das Wasser mit raumgreifenden Kraulzügen durchschnitt. Sie war selbst keine schlechte Schwimmerin, ganz im Gegenteil, aber gegen den durchtrainierten Mann neben ihr hatte sie keine Chance. Dafür waren die körperlichen Vorteile Guyons schlicht zu groß. Trotzdem gab sie nicht auf und schlug am Ende nur knapp zehn Sekunden später an.

»Nicht schlecht«, meinte Olivier anerkennend.

»Danke.«

»Warst du früher in einem Schwimmclub?«

»Nein, aber ich bin am Meer aufgewachsen.«

»Stimmt, wie konnte ich das nur vergessen.«

Sie trockneten sich ab, zogen sich um und verließen das Hallenbad.

»Ist es so dringend, dass du mir bis ins Bad nachfahren musstest?«, erkundigte sie sich schließlich, obwohl sie die Antwort schon ahnte. Sie fröstelte ein wenig, sie hatte ihre Haare nur angetrocknet, und am Abend war die Temperatur inzwischen in den einstelligen Bereich gerasselt.

»Ich denke schon, sonst hätte ich dich nicht gestört. Lunette hat mir gesagt, wo ich dich finden kann.«

Das hatte sie sich bereits gedacht. Und Lunette hätte Olivier nichts verraten, wenn sie nicht der Ansicht wäre, dass es sich auszahlen würde. Sie gingen in eine kleine Bar ganz in der Nähe des Piscine Pontois, wo sie eine kleine Karaffe *Côtes de Provence* bestellten.

»Also rück schon raus«, forderte Geneviève ihn auf, nachdem sie angestoßen hatten.

»Ich beziehungsweise meine Spezialisten hatten Erfolg, was die Recherchen in Bezug auf den geheimnisvollen Investor der Flamants angeht. Um es kurz zu machen: Am Ende einer langen, langen Reihe von Briefkastenfirmen steht eine *LLC* – eine *Limited Liability Company* – im US-Bundesstaat Delaware.«

»Sehr gut! Dann haben wir ja endlich einen Anhaltspunkt.«

»Moment«, wurde sie von Olivier gebremst. »Diese *LLC*s sind mehr oder weniger anonym. Der Staat Delaware ist recht entspannt, was das angeht. Die Besitzer oder Eigentümer müssen nicht angegeben werden.«

»Also doch wieder eine Sackgasse«, meinte Geneviève enttäuscht.

»Ich hätte dich nicht gestört, wenn wir nicht trotzdem etwas herausgefunden hätten. Ganz ohne eine Kontaktperson geht es bei so einer *LLC* nicht. Es muss eine rechtliche Vertretung eingetragen werden. Das kann eine natürliche oder eine juristische Person sein.« Olivier machte eine Pause und nahm einen Schluck von seinem Rosé. »In diesem Fall ist es eine Privatstiftung in Liechtenstein. Und die läuft auf den Namen ›Hermann‹.«

Geneviève sah ihn fragend an. Dann fiel bei ihr der Groschen. »Hermann – Hermano«, murmelte sie fasziniert.

Olivier nickte bestätigend. »Genau. Kann nur Zufall sein, aber …«

»… ich glaube nicht an Zufälle«, vollendete Geneviève seinen Satz. »Also ist der Drogenboss der Investor der Familie Flamant.«

»Sieht ganz so aus. Wobei es noch interessanter wird.«

»Inwiefern?«, hakte Geneviève nach.

»Als dieser Investor einstieg, lief die Sache noch unter dem Namen *Granadillo Import/Export*.«

»Ganz schön platt.«

»Aber zugleich unauffällig. Außer …«

»Außer?«

»Außer man zieht in Betracht, dass Granadillo just jener Ort ist, in dem Maxime Flamant nach seiner ›Flucht‹ plötzlich wieder aufgetaucht ist. Ein echtes Kuhdorf am Rand des Nationalparks-Schrägstrich-Dschungels, in dem Monsieur Flamant entführt wurde. Die kolumbianischen Kollegen konnten diese Import/Export-Firma zu jenem Kartellboss zurückverfolgen, der vor dem Auftreten El Hermanos das Drogengeschäft in der Hand hatte.«

»Lass mich das einmal rekapitulieren, mir schwirrt schon der Kopf: Der alte Drogenboss – Namen haben wir keinen?«

»Doch«, gestand Oliver. »Emilio Rodriguez.«

»Und er wurde von El Hermano abgelöst, um es freundlich auszudrücken.«

»Eher aufgelöst«, erwiderte Olivier. »Rodriguez wurde in einer Wanne voll Salzsäure getötet. Ich habe dir ja bereits erzählt, dass der neue Capo mit äußerster Brutalität vorgegangen ist, als er seine Widersacher aus dem Weg geräumt hat. Das ist die einzige Sprache, die solche Leute verstehen.«

»Gut, tut jetzt auch nichts mehr zur Sache. Also: Rodriguez ist vor dem Verschwinden Maximes in das Geschäft der Flamants eingestiegen. Wohl, um einerseits einen Fuß in Frankreich auf den Boden zu bekommen, und andererseits, um das Weingut zur Geldwäsche zu verwenden.«

»Sehe ich genauso«, bestätigte Olivier.

»Vor zehn Jahren flog Maxime Flamant nach Kolumbien auf Geschäftsreise – von wegen, er wollte Kaffeeplantagen inspizieren und sein Spanisch verbessern. Dort kam es zum Streit. Entweder wollten die Flamants aussteigen oder sie wurden gierig und verlangten einen größeren Anteil vom Geschäft. Daraufhin hat Rodriguez Maxime in den Dschungel verschleppen lassen, um ihn als Faustpfand gegen seine Familie einzusetzen.«

»Klingt schlüssig.«

»Dann trat dieser El Hermano auf den Plan. Er verleibte sich Rodriguez' Geschäft ein. Die Sache mit den Flamants ließ er weiterlaufen«, fuhr Geneviève weiter fort.

»Genau, einem geschenkten Gaul schaut man nicht ins Maul.«

»Nur dass dieser El Hermano mit seinen Drogen zuletzt aggressiv auf den französischen Markt drängte.«

»Ja, im Vergleich zu Rodriguez verfolgt er einen wesentlich aggressiveren Ansatz. Vor allem mit dieser neuen Kokain-Variante, die den Kollegen vom Drogendezernat momentan extreme Sorgen macht. Die Zahl an Drogentoten ist in den letzten Monaten sprunghaft angestiegen.

»Bringt sich dieser El Hermano damit nicht selbst ums Geschäft?«

»Sollte man meinen, aber der Kick ... Unsere Welt geht vor die Hunde, sieh dich doch nur einmal um. Die Lage in den *banlieus* wird immer schlimmer, und die jungen Menschen suchen immer öfter den letzten Kick. Vielleicht, um sich überhaupt noch zu spüren.«

Geneviève nickte. Olivier musste es wissen, wenn er mit einer Frau wie Evangeline Moreau zusammenlebte. Aus verschiedensten Gründen war sie der Inbegriff des »letzten Kicks«.

»Und es gibt keine Hinweise, wer dieser El Hermano ist?«

Olivier schüttelte den Kopf. »Nein, er ist wie ein Phantom. Die Kolumbianer haben sogar schon die Theorie aufgestellt, dass es sich gar nicht um eine einzige Person, sondern um eine Gruppe von drei oder vier Männern handelt. Persönlich kann ich mir das aber nicht vorstellen.«

»Möglicherweise wissen die Flamants, wer er wirklich ist?«

»Glaube ich nicht«, erwiderte Olivier. »Aber vielleicht finden wir es ja heraus?«

»Wie denn?«

»Morgen Abend findet im Musée d'Orsay eine Wohltätigkeitsveranstaltung statt. Wenigstens tarnt sich dieses Event als Charity.«

»Wer feiert?«, fragte Geneviève interessiert. Oliviers Tonfall ließ sie aufhorchen.

»Einer unserer lokalen Drogenbarone. Nach außen super sauber, und bislang konnte man ihm nichts nachweisen. Zudem setzt er sich sehr für wohltätige Zwecke ein. Aber die Drogenfahndung hat ihn schon seit Längerem im Visier.«

»Hat der Mann auch einen Namen?«

»Ja, Marc Cuche, das tut aber nichts zur Sache. Er ist einer der Superreichen, die nicht ins Licht der Öffentlichkeit drängen. Aus gutem Grund.«

»Was hat er mit El Hermano zu tun?«

»*Alors*, nach aktuellem Wissensstand hat er sich bislang allen Übernahmeversuchen El Hermanos erfolgreich widersetzt. Die Veranstaltung könnte als getarnter Gipfel zwischen den beiden dienen. Praktisch heiliger Boden, auf dem man dem anderen nicht wehtun will.«

»El Hermano wird sich nicht abwimmeln lassen, nach allem, was du mir bislang erzählt hast.«

»Nein, sicher nicht, sehe ich auch so. Aber für Cuche stellt sich das in seinem Pariser Snobismus anders dar. Für ihn ist El Hermano wahrscheinlich noch immer ein provinzieller Emporkömmling, dem man lediglich seine Grenzen aufzeigen muss.«

»Und du glaubst, dass El Hermano dort auftauchen wird?«

Olivier schüttelte belustigt den Kopf. »Natürlich nicht, aber vielleicht ein Stellvertreter. Auf jeden Fall sollten wir uns dort umschauen – unauffällig.«

»Und da komme ich ins Spiel?«, hatte Geneviève einen leisen Verdacht.

»Genau. Ich könnte auch mit der BRI dort auftauchen, aber das wäre kontraproduktiv.«

»Stattdessen soll ich versuchen, über meine Großmutter eine offizielle Einladung zu bekommen.«

»*Exactement!* Das Event findet in einem der berühmtesten Kunstmuseen der Stadt statt. Es werden Kunstwerke für wohltätige Zwecke versteigert – wer, wenn nicht Olivia Morel, bekommt da noch kurzfristig eine Einladung?« Olivier strahlte über das ganze Gesicht ob seiner Raffinesse.

NACHTS IM MUSEUM

Selbstverständlich konnte *Mamie* für Geneviève noch Eintrittskarten für das Event besorgen. Geneviève wäre sehr überrascht gewesen, hätte das nicht funktioniert. Gemeinsam mit Olivier hatte sie beschlossen, dass sie zu viert die Veranstaltung besuchen würden: Sie, Olivier, Lunette und ihr Freund Major Jean-Marie Faivre. Praktisch ein Abend für zwei Pärchen. Die Gefahr, dass sie erkannt würden, war gleich null. Die Einzige, die ab und an in den Medien vorkam, war Geneviève, wenn sie einen spektakulären Fall gelöst hatte. Aber selbst dann versuchte sie sich immer zurückzuhalten und so wenige Bilder wie möglich von sich zu gestatten. Sie schätzte die Besucher der Charity Gala nicht so ein, als ob sie die Chronik-Spalten lasen. Für diese Gäste waren die Wirtschaftsseiten der Zeitungen garantiert interessanter.

Was nichts daran änderte, dass alle Augen auf sie gerichtet waren, als sie am Arm von Olivier über den roten Teppich die Treppen zum Eingang des Musée d'Orsay hinaufstolzierte. Olivier trug einen schlichten grauen Anzug, Geneviève hatte sich gegen ein Abendkleid entschieden. Sie wollte für den Notfall ihre Bewegungsfreiheit haben und hatte deshalb ein Ensemble des italienischen Designers *Brunello Cucinelli* gewählt: Über einer weißen Bluse ein grauer Fischgrät-Blazer aus irischem Leinen und eine dazu passende Loose-Straight Hose mit Corsage-Bund. Der hatte den Vorteil, dass sie darunter eine kleinkalibrige Pistole verstecken konnte. Offiziell besuchten sie eine Charity-Veranstaltung, wenn jedoch Paris' (noch) größter Drogenbaron diese veranstaltete, wollte sie nicht unvorbereitet auftauchen. Ein Zugeständnis, das sie an den festlichen Anlass machen musste, waren die Pumps, die sie trug. Da hatte sie sich für eine halbhohe Variante entschieden. Sie wollte sich bei einem etwaigen Getümmel nicht den Knöchel brechen.

Links und rechts des roten Teppichs waren Fotografen postiert, die mit Schnappschüssen von Geneviève ihre Speicherkarten füllten. Das hatte ihr noch gefehlt, aber wenigstens waren keine TV-Kameras anwesend. Man musste dem lieben Gott für die kleinen Dinge dankbar sein.

In Schatten ihrer Chefin konnten Lunette und Major Faivre nahezu unbehelligt die Treppen hinaufsteigen. Faivre trug einen dunklen Anzug, Lunette ein langes graues Kleid, das ihre Beinprothese überdeckte. Ihre Haare waren zu einem Dutt hochgesteckt. Sie sollte möglichst unauffällig aussehen, um sich ungestört umsehen zu können, falls dies notwendig war und sich die Möglichkeit ergab. Geneviève war die Ablenkung, die ihr das ermöglichen sollte.

Olivier genoss es sichtlich, so im Rampenlicht zu stehen. Sie rempelte ihm unauffällig in die Seite. »Grins nicht so.«

»Warum nicht?«, antwortete er, wobei er sein Lächeln für die Kameras aufbehielt. »Ist doch zur Abwechslung mal ganz schön.«

»Du hast das doch öfter mit deiner Freundin.«

»Stimmt«, bestätigte Olivier. »Trotzdem ist es jedes Mal wieder amüsant, wofür sich die Menschen so begeistern können.«

»Für eine schöne Frau?«, konterte Geneviève schnippisch.

»Genau. Ich bin bei Evangeline ohnehin immer der geheimnisvolle anonyme Liebhaber. Das passt mir ganz gut. Nicht die ganze Welt muss wissen, welchen Job ich wirklich mache.«

»Versteckt in aller Öffentlichkeit.«

Olivier zuckte mit den Schultern. »Meistens glauben die Menschen ohnehin nur das, was sie glauben wollen.«

»Was wird deine Freundin dazu sagen, wenn sie die Fotos mit mir am Arm sieht?«

»Gar nichts, sie hat mir viel Spaß gewünscht. Über so Sachen wie Eifersucht ist sie schon längst hinaus.«

Geneviève schüttelte den Kopf. Offenbar konnte ihn nichts erschüttern.

Am Eingang wiesen sie ihre Einladungen vor und wurden mit einem Kopfnicken eingelassen. Wie so viele andere Pariser Attraktionen war auch das Museum anlässlich der Weltausstellung im Jahr 1900 erbaut worden. Ursprünglich als Bahnhof Gare d'Orsay, der 1939 wieder geschlossen worden war, weil er den technischen Anforderungen immer länger werdender Züge nicht mehr entsprach. Erst im Dezember 1986 war der Bahnhof nach sechsjähriger Umbauzeit als Museum wiedereröffnet worden. Die Architektur erinnerte heute noch an den ursprünglichen Zweck des rund 16.000 Quadratmeter großen Gebäudes. Das gewölbte Glasdach zog sich parallel zum Südufer der Seine, heller Stein dominierte den Boden und die Mauern, die von Ornamenten aus Eisen und Stein geziert wurden. An beiden Längsseiten waren weitere Nebengalerien in den Unter- und Zwischengeschossen untergebracht.

Für die Charity Gala hatte das Museum Platz in der Haupthalle gemacht. Im Licht der Lüster und Scheinwerfer glänzte das Innere des Museums in einem weichen goldenen Schein. In der Mitte der langen Halle war ein Podium aufgebaut worden, dahinter eine hohe Wand mit den Logos der Sponsoren und Gönner der Gala, am linken und rechten Rand standen hohe Topfpalmen. Links des Podiums waren vier Sessel und

Notenständer aufgestellt. Das Publikum sollte während des Abends mit klassischer Musik unterhalten werden. Vor dem Podium war eine kleine Fläche freigehalten worden, dann ging es mit rund drei Dutzend großen runden Tischen weiter, an denen jeweils für zehn Personen gedeckt war: feine weiße Tischwäsche, edle, mit goldenem Garn bestickte Stoffservietten, Porzellanteller und Silberbesteck.

Eine *Concierge* führte Geneviève und Olivier an ihren Platz an einem der vorderen Tische. Lunette und Faivre wurden an einem anderen, weiter entfernten Tisch platziert. Jeder Platz war mit einem kleinen personalisierten Kärtchen ausgewiesen.

Geneviève und Olivier waren die Letzten, die an ihrem Tisch Platz nahmen. Einen Teil der restlichen Tischgesellschaft kannte Geneviève zu ihrer eigenen Überraschung: eine Chansonnière mit ihrer Freundin und der ehemalige Bürgermeister von Paris mit seiner aktuellen Geliebten. Die anderen beiden Paare waren ihr gänzlich unbekannt. Wie sich im Lauf des Abends herausstellte, handelte es sich dabei einerseits um ein Filmsternchen mit seiner Begleitung und den Kapitän des französischen Rugby-Teams mit seiner Ehefrau andererseits. Letzteren hatte sie aufgrund seines Körpers eher für einen Ringer gehalten, aber Rugby war nicht wirklich ihres. Trotz seiner grobschlächtigen Erscheinung entpuppte sich der Mann als durchaus interessanter und weltgewandter Gesprächspartner. Was nur einmal mehr bestätigte, dass man mit Vorurteilen vorsichtig sein sollte.

Um Punkt 21 Uhr betrat Marc Cuche das Podium und richtete sich mit einer kurzen Ansprache an seine Gäste. Dabei hob er die Wichtigkeit dieser und ähnlicher Veranstaltungen hervor, denn: »Wenn nicht wir, wer soll sich sonst um das Wohl unserer Gesellschaft kümmern?« Offiziell galt

Cuche als Kunstsammler, ein perfekter Deckmantel, wie Geneviève aus eigener Erfahrung wusste. Sein Geld stammte aus altem Adel, und sie hatte den Verdacht, dass Cuche sich nur deshalb dem Drogenhandel zugewandt hatte, weil ihm sein privilegiertes Leben ohne Plan und Ziel – außer das Familienvermögen zu verwalten – recht schnell langweilig geworden war. Als Drogenboss kam er ungleich leichter zu jeder Menge Nervenkitzel. Das Gefühl von Macht dürfte ebenfalls sein Scherflein dazu beigetragen zu haben. Cuche war ihr auf Anhieb unsympathisch. Er war klein, rundlich, hatte schmale Augen, dünne Lippen und eine Glatze, auf der sich im Licht der Scheinwerfer erste Schweißtropfen bildeten, die er sich mit einem Stofftaschentuch abtupfte. Der weiße Smoking mit schwarzem Kragen und schwarzer Hose ließ ihn wie den typischen Bösewicht aus einem 60er-Jahre-Bond-Film wirken.

Nachdem er erklärt hatte, dass im Lauf des Abends verschiedene Kunstwerke für wohltätige Zwecke versteigert werden sollten, gab es ein erstes musikalisches Intermezzo. Ein Streichquartett beglückte die anwesenden Gäste mit einem Stück von Brahms. Währenddessen wurde die Vorspeise in den Saal getragen. Im Gleichschritt erschienen Dutzende Kellner und Kellnerinnen und tischten die kleinen Teller routiniert auf. Der Menükarte konnte Geneviève entnehmen, dass es sich um Thunfisch-Mango-Tatar und knusprige Avocados auf Limetten-Dressing handelte. Die Vorspeise war richtig gut, selbst wenn Geneviève sie mit dem Stamm-Haubenlokal ihrer Großmutter, dem Au Cygne Noir, verglich. Cuche hatte sich bei der Auswahl des Caterers nicht lumpen lassen.

Nach der Vorspeise ging es an die erste Auktionsrunde. Zwei Bilder zeitgenössischer Maler wurden auf dem Podium präsentiert und von Cuche angepriesen. Geneviève konnte an den Bildern nichts Außergewöhnliches erkennen. Trotzdem konkurrierten zwei ihr Unbekannte von anderen Tischen um die nichtssagenden Objekte. Innerhalb weniger Minuten waren die Preise im mittleren fünfstelligen Bereich.

»Was meinst du als Kunstexpertin dazu?« Olivier hatte sich zu ihr gelehnt und ihr ins Ohr geflüstert.

Geneviève sah ihn mit hochgezogener Augenbraue streng an. Es war nicht das erste Mal, dass er Andeutungen in Bezug auf ihre Familiengeschichte gemacht hatte. Schließlich sagte sie: »Ich meine, dass die ganze Sache nicht koscher ist. Das sind zwei absolute 08/15-Bilder von unbekannten Malern. Natürlich besteht die Möglichkeit, dass diese Maler gerade auf dem Sprung zu internationaler Berühmtheit sind. So tief stecke ich in der Materie nicht drin, da müsste man meinen Vater oder meine Großmutter fragen. Aber für realistisch halte ich das nicht.«

»Sehe ich auch so.«

»Du meinst, dass die ganze Sache hier eine große öffentliche Geldwäsche-Aktion ist?«

Olivier nickte. »Sammlerpreise sind reine Fantasiepreise. Ein Gemälde ist das wert, was jemand dafür zu bezahlen bereit ist.«

»Aber der Erlös soll doch für wohltätige Zwecke gespendet werden?«

»Ein Teil davon wird auch bestimmt dorthin fließen. Aber es ist seine eigene Stiftung, und die wird nicht öffentlich kontrolliert. Er kann mit dem Geld also machen, was er will. Außerdem kommen da noch so Kleinigkeiten wie Bearbeitungsgebühren und so weiter dazu. Es gibt schier unendliche Möglichkeiten, wie man diese Geldflüsse verschleiern kann.«

Manchmal war Geneviève froh, dass sie sich um Morde und keine Finanzdelikte kümmern musste. Die Sache klang komplizierter als eine Partie Schach gegen einen Großmeister.

Interessant war jedenfalls, dass bei einem Gebot von 100.000 Euro plötzlich Schluss mit Bieten war. Einer der beiden Kontrahenten zog sich mit einem schmalen Lächeln zurück, während der andere den Zuschlag bekam.

Beim zweiten Bild, das versteigert worden war, hatte es wieder ein Scheinbieten gegeben, bis eine wahrscheinlich im Vorhinein festgelegte Summe erreicht war, dann durfte erneut das Streichquartett das Publikum unterhalten. Zugleich wurden die nächsten Gänge serviert. Zunächst eine schaumige Kürbiscreme-Suppe, direkt gefolgt vom Hauptgang, einem Steak vom Uruguay-Rind mit grünem Spargel und Süßkartoffel-Fries. Danach ging es mit den nächsten Versteigerungsobjekten weiter: ein Gemälde und eine Skulptur. Beides wieder von gänzlich unbekannten Künstlern. Auch hier wurden die Summen derart schnell in die Höhe getrieben, dass die zwei, drei unverdächtigen – und ahnungslosen – Mitbieter schnell den Hut warfen.

Nur Geneviève konnte sich nicht zurückhalten.

Als das Gebot für die Skulptur – eine furchtbar kitschige Darstellung einer nackten Nymphe – bei 100.000 Euro stand und der Auktionator bereits bei »zwei« angelangt war, hob sie spontan ihre Hand und bot 110.000 Euro, was für überraschtes Gemurmel im Publikum sorgte. Ebenso wie beim Auktionator, der entweder in den Deal eingeweiht war oder selbst nicht glauben konnte, wie man so viel Geld für so einen Schrott bieten konnte.

»110.000 Euro von der Dame an Tisch 3«, presste er schließlich heraus. »Höre ich 120.000?«

Sofort schoss die Hand eines Mannes drei Tische weiter in die Höhe. Der Mann war äußerst unauffällig. Klein, soweit Geneviève das im Sitzen beurteilen konnte, Halbglatze, runde Lehrerbrille, ein schmaler Schnurrbart über der Oberlippe. An seiner Seite eine platinblonde Frau mit aufgespritzten Lippen, Brustimplantaten und was man sonst noch künstlich nachjustieren konnte. Sie wirkte gut zwei Jahrzehnte jünger, und Geneviève fragte sich, ob es sich um eine *Trophy Wife* oder eine *Escort-Dame* handelte. Den zornigen Blick, den ihr ihr Gegenspieler zuwarf, erwiderte sie mit einem zuckersüßen Lächeln.

»Der Monsieur bietet 120.000.« Der Auktionator konnte es gar nicht eilig genug haben, ihm die Skulptur zuzusprechen, denn sofort begann er wieder bis drei zu zählen.

Geneviève war schneller: »150.000«, rief sie dem Auktionator zu. Noch mehr erstauntes Murmeln der anderen Gäste. Ihr Gegenspieler wurde hingegen hochrot im Gesicht. Geneviève genoss das Schauspiel. Sie ging nicht davon aus, dass ihr die Skulptur zugesprochen würde. Und selbst wenn, hätte sie das Geld dafür. Sie wollte lediglich die Reaktionen aller Beteiligten abtesten und war nicht enttäuscht worden.

Auch ihr Widersacher enttäuschte sie nicht und bot 160.000 Euro. Doch so schnell ließ sie ihn nicht von der Leine. Einmal ging das Spiel sicher noch: »190.000 Euro«, steigerte sie ihr Angebot seelenruhig.

Wutentbrannt bot der andere 200.000 Euro. Diesmal ließ sie es gut sein. Der Auktionator sprach dem von Beginn an vorgeplanten Meistbietenden die Skulptur zu.

»Das ist nicht nur Geldwäsche«, raunte Geneviève Olivier zu. »Auf jeden Fall nicht die Skulptur. Da ist etwas drinnen versteckt. Sonst wäre der Typ nicht so hoch mitgegangen.«

Olivier nickte und tippte in sein Handy. Genevièves fragenden Blick beantwortete er mit der Erklärung, dass er dem Drogendezernat einen Tipp geschickt hatte. Man würde den Sieger der Auktion am Ende des Abends vor dem Museum erwarten. Wenn wirklich Drogen in der Skulptur versteckt waren, würden die Drogenhunde das schon erschnüffeln.

»Aber von El Hermano keine Spur«, meinte Geneviève enttäuscht.

»Auch von keinem seiner Handlanger«, bestätigte Olivier. »Mir ist keiner aufgefallen, den ich verdächtigen würde.«

»Die Bieter?«

»Alles kleine Fische. Das Schema würde nicht zu El Hermano passen. Ich fürchte, das war heute ein Schlag ins Wasser.«

»Für uns«, konterte Geneviève mit einem verschmitzten Lächeln. »Für die Kollegen vom Drogendezernat nicht.«

»Ich glaube nicht, dass man Cuche etwas wird nachweisen können. Die Exponate gehören ihm sicher nicht offiziell. Und wie gesagt: Die Bieter sind alles kleine Fische. Aber du hast schon recht: besser als nichts.«

»Dann können wir abbrechen«, schlug Geneviève vor.

»Auf keinen Fall!«, widersprach Olivier. »Es kommt doch noch das Dessert.«

Aber bevor das kam, suchte Geneviève die Toilette auf.

EINE UNANGENEHME BEGEGNUNG

Die Toiletten des Museums befanden sich im Souterrain. Zum Rest des musealen Prunks fielen sie zwar deutlich ab, für ein gediegenes Viersternehotel hätte es trotzdem noch gereicht. Auch hier dominierten Marmor und Stein sowie die Farben Beige und Gold. Das stille Örtchen war außerdem alles andere als still. Leise Musik rieselte wie feiner unsichtbarer Schnee aus Lautsprechern. Der Waschraum war vom Rest der Toiletten durch eine hohe dunkle Schwingtür abgetrennt. Bis auf einen weiteren Gast war Geneviève allein. Die andere Frau zog sich vor dem Spiegel über einem der Waschbecken ihren Lidstrich nach. Sie war Geneviève zuvor nicht aufgefallen.

Sie zog sich in eine der Kabinen zurück, klappte den Deckel herunter und setzte sich hin. Der Ausflug auf die Toilette war nur eine kurze Flucht. Sie wollte sich die Geschehnisse des Abends kurz und in Ruhe durch den Kopf gehen lassen. Hatte die groß angelegte Geldwäscheaktion – und nichts anderes war diese Charity-Auktion – einen Bezug zu ihrem Fall? Von El Hermano hatten sie nichts gesehen, auch nicht von einem möglichen Stellvertreter, wie sie angenommen hatten. Abgesehen davon war sie verblüfft, mit welcher Selbstverständlichkeit hier in aller Öffentlichkeit das Gesetz gebrochen wurde. Hatte sie solchen Events schon öfters beigewohnt, ohne es zu merken? Drogen und Schwarzgeld waren nicht ihr Metier. Vielleicht musste sie in Zukunft mit offeneren Augen durch die Welt gehen.

Natürlich hatte sie in ihrem Team für solche Sachen Spezialisten, aber als Chefin sollte sie davon auch Ahnung haben. Jetzt fiel es ihr auf die Füße, dass sie sich nie darum gekümmert hatte, wie genau ihre Eltern die gestohlenen Kunstwerke zu Geld gemacht hatten. Geld war einfach immer da gewesen. Sie hatte sich nie Gedanken darüber gemacht, woher es gekommen war. Konnte sein, dass sie sich in dieser Hinsicht unbewusst einen Schutzschild zugelegt hatte. Mit den kriminellen Aktivitäten der Familie hatte sie nichts zu tun haben wollen. Musste es aber bis heute. Natürlich waren die gestohlenen Kunstwerke nicht so leicht zu Geld zu machen. Manches waren Auftragsdiebstähle gewesen, das wusste sie. In diesem Fall hatte die Familie gestohlen und war dafür entlohnt worden. Eine klassische Dienstleistung, wenngleich auch nicht in den Gelben Seiten zu finden. Aber ihr Papa hatte ja auch für den Eigenbedarf geklaut beziehungsweise ohne Auftrag wertvolle Kunstwerke »befreit«, wie er es gerne nannte, und dann behalten oder weiterverkauft. Irgendwie musste dieses Geld schließlich weißgewaschen werden. Ihr war klar, wie das alles passierte. Sie verdrängte es nur gerne, weil sie zum Beispiel den privaten Strandclub der Eltern, das L'art de la mer, so sehr liebte. Dabei war ihr klar, dass er in erster Linie dazu diente, das kriminell verdiente Geld in legale Bahnen zu lenken.

Sie beschloss, dass der Abend zwar nicht vergeudet war, aber in Bezug auf ihre Ermittlungen keine weiteren Hinweise gebracht hatte. Entweder war El Hermano zu clever oder zu vorsichtig, um auf dieser Veranstaltung in Erscheinung zu treten.

Sie verließ die Kabine. Eines der Waschbecken war besetzt. Von hinten glaubte sie, die weibliche Begleitung jenes Mannes zu erkennen, den sie mit ihrem Hochlizitieren der wertlosen Figur zur Weißglut getrieben hatte. Die Frau war über das Waschbecken gebeugt. Geneviève hörte leise Schniefgeräusche. Sie mochte keine Spezialistin für Drogen sein, aber wenn sich jemand eine Straße reinzog, erkannte sie das sehr wohl. Am Waschbecken neben der Frau war noch Platz. Im Spiegel sah sie nur die platinblonde Mähne der Frau, die wie ein Vorhang ihr Gesicht verdeckte. Unter dem haarigen Vorhang waren weitere nasale Geräusche zu hören. Als sie verstummten, riss die Frau den Kopf hoch. Die Augen waren geweitet und gerötet. Sie griff sich mit einem Finger an die Nase und tupfte die restlichen Koksreste weg. Am Waschbeckenrand konnte Geneviève einen kleinen rechteckigen Spiegel sehen, auf dem noch einige wenige Reste Kokain waren. Daneben ein kurzer Strohhalm. Zeitgemäß aus Papier, wie sie nebenbei feststellte. Eigentlich hatte sie mit einem zusammengerollten Geldschein gerechnet. Aber das wäre dann doch zu klischeehaft gewesen.

»War's gut?«, fragte Geneviève, bevor sie sich selbst stoppen konnte. Normalerweise hätte sie jetzt einschreiten müssen, aber wegen so eines Delikts wollte sie ihr Cover nicht auffliegen lassen.

»Sie?« Die andere Frau sah sie wütend an. »Hat *er* Sie geschickt?«

»Wer?«, fragte Geneviève ahnungslos.

»Sie waren es doch, die den Preis hochgetrieben haben«, giftete die andere Frau.

Geneviève drehte sich zu ihr. »*Pardon*, Madame, aber das ist eine öffentliche Auktion. Sie verzeihen, wenn ich auch mitsteigere.«

»*Casse-toi!*«, fluchte die andere. »Diese Scheißskulptur interessiert doch niemanden. Das wissen Sie genau.« Okay, jetzt wurde es interessant. In ihrem benebelten Zustand würde die Frau vielleicht noch mehr Informationen rauslassen.

»Und wenn es so wäre?«, begann Geneviève, das Spiel mitzuspielen.

Statt einer Antwort griff die Frau in ihre Handtasche und zog ein Klappmesser hervor. Gut, immerhin wusste Geneviève jetzt, mit wem sie es zu tun hatte. Damen der Pariser Society liefen normalerweise nicht mit so einer Waffe in der Handtasche herum. »Geben Sie es zu! El Loco hat Sie geschickt.«

»El Loco?« Geneviève hatte mit El Hermano gerechnet. Gab es noch einen Spieler im Pariser Drogenkarussell? Das wurde ja immer verwirrender.

»El Loco«, lachte die andere Frau überdreht und fuchtelte dabei mit dem Messer vor Genevièves Nase herum. »So wird dein Chef in unseren Kreisen genannt.« Die andere war zum weniger förmlichen Du übergegangen. Offenbar dachte sie, dass ihre Attacke so persönlicher wirkte. Geneviève war die ganze Zeit über ruhig geblieben. Es war nicht das erste Mal, dass man sie mit einem Messer bedrohte. Angst verspürte sie keine. Ihr Gegenüber war eine blutige Amateurin. So, wie sie mit dem Messer umging, war die Gefahr größer, dass sie sich selbst verletzte, als dass sie Geneviève etwas antun konnte. Sie sah keine Veranlassung, ihre versteckte Pistole zu ziehen. Mit dieser Anfängerin wurde sie auch so fertig. Genevièves Gelassenheit machte die andere noch zorniger.

»Spuck's schon aus!«, kreischte sie.

»Ich kenne keinen El Loco«, antwortete Geneviève wahrheitsgemäß.

»Aber einen El Hermano wohl schon«, zischte ihre Widersacherin.

»Was soll ich mit El Hermano zu tun haben?«

»Deine Aktion von vorhin – das war doch nur, um uns zu zeigen, dass er sich an keine Vereinbarungen hält.«

»Welche Vereinbarungen?«, hakte Geneviève nach. Sie musste sich nicht sonderlich dumm stellen, schließlich hatte sie tatsächlich keine Ahnung, wovon die Frau, von der sie noch immer keinen Namen wusste, sprach.

»*Va te faire foutre!*«, fluchte die andere.

Geneviève sah die Attacke kommen, noch bevor die Frau selbst wusste, was sie tat. Statt ansatzlos zuzustechen, hatte sie ausgeholt. Nur ein klein wenig, gerade mal den Ellenbogen ein Stück zurückgezogen. Genug, um Geneviève die Möglichkeit zu geben, ihren Gegenangriff auszuführen. Ihre Gegnerin war tatsächlich kein Profi.

Geneviève drehte sich ein Stück zur Seite, das Messer fuhr ins Leere. Blitzschnell griff sie das Handgelenk der Angreiferin und drehte es um. Ein kurzer Schrei, und das Messer fiel zu Boden. Geneviève kickte es mit dem Fuß unter das Waschbecken. Dabei hielt sie die andere Frau weiter am Handgelenk und drehte es noch ein Stück zur Seite. Die andere ging, vor Schmerzen schreiend, in die Knie, aber Geneviève ließ nicht locker. Sie beugte sich zu ihr hinunter.

»So, jetzt noch mal von vorne«, flüsterte sie. »Wie heißt du überhaupt?«

»L… Li… Lilly«, antwortete die Frau schluchzend.

Wahrscheinlich nur ein »Künstlername«, wie Geneviève annahm. Aber für den Anfang reichte es. Geneviève lockerte ihren Griff ein wenig. »Gut, Lilly. Wenn du keinen Blödsinn machst, lasse ich los.«

Lilly nickte langsam, dabei wich sie dem stechenden Blick Genevièves bewusst aus.

»Das nehme ich sicherheitshalber an mich«, erklärte Geneviève und griff sich das Messer von unter dem Waschbecken. »Also, wieso glaubst du, dass mich El Hermano geschickt hat?«

»Um uns zu ärgern.«

»Uns?« Geneviève musterte Lilly nochmals. Sie machte nicht den Eindruck einer Drogenhändlerin. Sie war nur die Geliebte eines solchen. Aber sie schien sich mit ihrem *Amoureux* zu identifizieren und einen Angriff El Hermanos auch auf sich zu projizieren. Am Ende ging es nur ums Geld. Jenes Geld, mit dem sie sich hatte kaufen lassen und das durch das Auftreten El Hermanos in Paris unter Umständen zu versiegen drohte.

Lilly schüttelte den Kopf und gab keine Antwort. Geneviève griff wieder nach ihrem Handgelenk. Verschreckt zog Lilly ihren Arm an sich. Endlich blickte sie Geneviève an. Ihre rot unterlaufenen Augen funkelten böse. »Ihr seid ja völlig verrückt«, spuckte sie in ihre Richtung. »Mit eurer *Señora muerte* ruiniert ihr das Geschäft für alle anderen. So hoch dosiertes Koks zu einem Spottpreis rausschmeißen. Habt ihr kein Ehrgefühl?« Lilly war noch immer fest davon überzeugt, dass Geneviève für El Hermano arbeitete.

Geneviève fuhr erschrocken zurück. Nicht wegen Lillys Tonfall oder wegen ihrer Anschuldigung, sondern wegen des Namens, den sie für das Koks verwendet hatte. *Señora muerte* – wo hatte sie das zuletzt gehört? Dann fiel es ihr wie Schuppen von den Augen. Und auf einmal hatte Geneviève sogar wieder Mitleid mit Maxime Flamant. Dem armen Kerl war von seinen Entführern die Verbildlichung ihres Killer-Kokains auf den Rücken tätowiert worden. Wie tief konnten Menschen sinken? Offenbar gab es für die Abgründe der menschlichen Seele keine Grenzen. Anders konnte Geneviève sich das Ganze nicht erklären. Auf jeden Fall musste sie Flamant nochmals auf seine Tätowierung ansprechen. Sie hoffte, dass er jetzt mit etwas rausrücken würde, was zur Aufklärung des Mordes an seiner Schwester diente. Es war klar, dass El Hermano die Familie noch immer unter Druck setzte. Speziell nach Maximes Flucht. Ebenso war klar, dass der Drogenboss gerade nach Maximes Heimkehr mit noch größerer Härte gegen die Familie vorging. Genau das war der Punkt, an dem sie ansetzen musste. Wenn die Flamants kooperierten, dann jetzt. Dass die Familie für die jahrelangen Hilfsdienste für das kolumbianische Drogenkartell nicht ungeschoren davonkommen würde, war klar. Aber die Flamants konnten es sich mit dem Gesetz besserstellen, wenn sie ab sofort kooperierten und dabei halfen, den Fall zu lösen.

ALLES GANZ ANDERS?

Geneviève hatte den Abend nach ihrer Konfrontation mit Lilly in den Waschräumen des Musée d'Orsay kurzerhand abgebrochen. Sie hatte die anderen noch kurz gebrieft und sich dann nach Hause verabschiedet. Für den nächsten Mittag hatte man sich zur Lagebesprechung in der Zentrale der BRI verabredet. Olivier war noch geblieben und hatte veranlasst, dass der Drogendealer, mit dem sich Geneviève das Wettbieten geliefert hatte, nach der Veranstaltung festgenommen wurde. Das gestaltete sich jedoch schwieriger als erwartet. Ihr Verdacht, dass sich in der Skulptur Drogen versteckten, war genau das – ein Verdacht. Aber einen unbescholtenen Bürger von Paris so mir nichts, dir nichts wegen unerlaubten Drogenbesitzes verhaften? Vor einem der bekanntesten Museen der Stadt und nach einem Charity Event? Also hatte man zu einem Trick gegriffen. Wie zu erwarten war, hatte der Mann – Jules Loubet – die Skulptur nach der erfolgreichen Auktion nicht mehr aus den Augen gelassen und sie eigenhändig abtransportiert. Auf dem Weg die Stufen vor dem Museum hinunter hatte Olivier ihn angerempelt. Loubet war die Skulptur aus den Armen gerutscht und auf den Steinstufen zerschellt. Da offenbarte die kitschige Porzellan-Nymphe in ihrem Inneren ihren wahren Wert: Kokain im Wert von mehreren 100.000 Euro im Straßenverkauf.

So richtig hektisch war es erst danach geworden. Zuerst hatte sich Loubet schrecklich über Olivier aufgeregt. Erst nachdem dieser sich als Leiter der BRI geoutet hatte, war Loubet schweigsam geworden. In der nächsten Phase hatte er – selbstverständlich – abgestritten, dass er wusste, was in der Nymphe versteckt gewesen war. Mit Erfolg zunächst. Die Hoffnungen der Drogenabteilung lagen aber ohnehin auf einer ganz anderen Person: nämlich auf dem Auktionator. Eine kurze Überprüfung hatte ergeben, dass der gute Mann auf einem Haufen Schulden saß und demnach ein leichtes Opfer für mögliche unmoralische Angebote war. Es konnte davon ausgegangen werden, dass er in das falsche Spiel eingeweiht gewesen war. Nachdem es sich bei ihm um keinen hartgesottenen Verbrecher, sondern ganz im Gegenteil um einen ganz schlechten Spieler handelte, der das Wort »Bluff« nur vom Hörensagen kannte, hielten Olivier und seine Kollegen es nur für eine Frage der Zeit, bis er auspackte. Dann war Loubet dran. Genauso wie alle anderen Käufer des Abends, die völlig überzogene Summen für unbekannte und im Großen und Ganzen wertlose Kunstobjekte ausgegeben hatten.

Olivier erwartete seine Gäste in seinem Dachgeschossbüro. Die Zentrale der BRI war in *Le 36* untergebracht. Eine historische Adresse, direkt an der Südseite der *Île de la cité* im 1. *Arrondissement* von Paris. Im späten 19. Jahrhundert erbaut, beherbergte das Gebäude mit der Adresse 36, Quai des Orfèvres, bis vor wenigen Jahren die Direktion der Pariser Polizei. Inzwischen gehörte es allein der BRI. Außerhalb von Paris war *Le 36* aber als Arbeitsplatz von Kommissar Maigret bekannt – einer der berühmtesten literarischen Kriminalfiguren der Geschichte.

Vom Geiste Maigrets spürte Olivier nichts, als er sich in Erwartung des Besuchs von Geneviève nochmals mit den Akten zum Fall Anne Flamant vertraut machte. Zu viel passte hier nicht zusammen. Vor allem gab es einfach kein vernünftiges Motiv für den Mord an der Tochter der Familie. Anne hatte sich in der Öffentlichkeit nichts zuschulden kommen lassen. Ganz im Gegensatz zu ihrem älteren Bruder. Da konnten die Akten über die Vorfälle während seiner Jugend noch so geschönt und geschwärzt sein, für ihn war klar, dass Maxime den Status seiner Familie schamlos ausgenutzt und sich einen Dreck um Regeln oder Gesetze geschert hatte. Und die Tochter als Warnung an die Familie zu töten? Natürlich war es denkbar, aber Olivier glaubte nicht so richtig daran. Wenn El Hermano und seine Leute sich in Frankreich breitgemacht hatten, hätten sie sich auch Maxime selbst wieder schnappen können. Wieso also die Tochter?

Kurz vor Mittag traf Geneviève bei ihm ein. Aus einer Papiertüte zauberte sie zwei der aktuell so hippen *Hawaii Bowls* heraus, dazu eine Stange Baguette aus ihrer Stammbäckerei. Wer behauptete, dass Baguette nicht zu Reis passte?

»Ich dachte, über einem Mittagessen lässt sich leichter über den Fall plaudern, bis Lunette zu uns stößt«, erklärte sie. Olivier beschwerte sich nicht. Der Fall – obwohl es im Grunde genommen nicht seiner war – lag ihm schwer im Magen. Er mochte Geneviève und hätte sie gerne für seine Abteilung rekrutiert. Zugleich wusste er, dass das ein sinnloses Unterfangen war. Geneviève würde ihren geliebten Montmartre nicht für die Terrorbekämpfung aufgeben. Trotzdem zahlte es sich aus, sie sich warmzuhalten. Wie man an diesem Fall sah, verschwammen die Grenzen zwischen den Zuständigkeitsbereichen, und vielleicht – nein, ganz sicher – würde er in Zukunft auch einmal auf ihre Hilfe angewiesen sein.

»Wo ist meine ehemalige Mitarbeiterin?«, erkundigte sich Olivier.

»Sie ist noch im Kommissariat und sammelt die letzten Informationen zusammen. Scheint so, als ob sie auf etwas gestoßen wäre.«

»Worauf?«

»Sie wollte es mir nicht verraten. Erst, wenn sie alles zusammen hat. So wie ich sie kenne, bedeutet das, dass wir heute hoffentlich einen großen Schritt weiterkommen werden. So verhält sie sich nur, wenn sie eine heiße Spur hat.«

»Dein Wort in Gottes Ohr«, seufzte Olivier.

Während des Essens erklärte er ihr seine Gedankengänge zu dem verzwickten Fall. Geneviève konnte ihm nur zustimmen. Aber sie war dabei merkbar besser aufgelegt. Sie vertraute ihrer Assistentin.

Und wurde schließlich auch nicht enttäuscht.

Lunette kam eine Stunde später mit einem großen Stapel Zettel unter dem Arm an ihre alte Arbeitsstätte. »Hat sich nicht viel geändert«, stellte sie nach einem Blick über Oliviers äußerst spartanisch eingerichtetes Büro fest.

»Du kennst mich doch«, entgegnete Olivier schmunzelnd. »Ich brauche diesen ganzen Schnickschnack nicht.«

Lunette schnappte sich das letzte Stück vom Baguette und nahm neben Geneviève Platz. »Ich glaube, wir sind die ganze Zeit an der Nase herumgeführt worden«, eröffnete sie das Gespräch ohne große Umschweife.

»Inwiefern?«, fragte Geneviève.

»Pass auf.« Lunette richtete sich die Brille auf ihrer Nase. Immer, wenn sie viel zu recherchieren hatte und stundenlang am Monitor hing, verzichtete sie auf ihre Kontaktlinsen. »Die Familiengeschichte der Flamants ist recht verworren. Interessant ist, dass es Verbindungen nach Deutschland gibt. Nach Saarbrücken, um genau zu sein. Also direkt im Grenzgebiet zu Frankreich.«

»Soll vorkommen«, meinte Olivier lapidar.

»Natürlich, aber wenn ihr den deutschen Namen hört … Na, haltet euch besser fest.«

»Jetzt spuck's schon aus!«, wurde Geneviève ungeduldig.

»Madame Flamant hieß mit Mädchennamen nämlich … Hermann. Mathilde Hermann.«

»*Putain!*«, entfuhr es Geneviève und Olivier zugleich. »El Hermano – Hermann. Das kann doch kein Zufall sein«, sinnierte Geneviève weiter.

»Glaube ich auch nicht«, bestätigte Lunette. »Aber es wird noch besser. Oder schlechter, je nachdem, wie man es sieht. Mathilde wuchs allein mit ihrem Vater auf. Die Mutter starb bei der Geburt. Der Vater war ein Kleinkrimineller, und unsere feine Madame Flamant rutschte in ihrer Jugend ebenfalls ins Kriminelle ab. Ist inzwischen alles getilgt, aber wenn man die richtigen Verbindungen hat und tief genug gräbt …«

»Halt, halt, halt«, wurde sie von Olivier unterbrochen. »Lass uns noch mal zu ihrem Familiennamen zurückkommen. Wenn das wirklich kein Zufall ist, dann würde das ja bedeuten …«

»Dass Maxime El Hermano ist«, fiel ihm Geneviève ins Wort.

Lunette nickte. »Das war auch mein erster Gedanke, als ich über diese Verbindung gestolpert bin. Aber wie passt die Entführung damit zusammen?«

»Was, wenn er gar nicht entführt wurde?«, mutmaßte Geneviève.

»Wie meinst du das?«

»Was, wenn das alles nur fingiert war? Er hat sein Verschwinden geplant und dann in Kolumbien die Drogengeschäfte übernommen.«

Olivier griff sich nachdenklich ans Kinn. »Bis jetzt fehlen uns die Beweise, aber spinnen wir diesen Gedanken doch noch mal weiter. Wir wissen, dass die Kolumbianer bei den Flamants vor dem Verschwinden Maximes in deren Geschäft investiert haben. Mutmaßlich, um ihr Geld zu waschen. Irgendwann haben den Flamants die Konditionen nicht mehr gepasst, und sie wollten aussteigen.«

»Falsch. Wenn Maxime El Hermano ist, wollten sie nicht aussteigen, sondern einen größeren Teil vom Geschäft.«

»Oder so«, gab Olivier Geneviève recht. »Maxime ist nach Kolumbien geflogen, um … um was? Neu zu verhandeln? Oder gleich Nägel mit Köpfen zu machen?«

»Ihr dürft das Lösegeld nicht vergessen«, mischte sich Lunette ein. »Das waren 15 Millionen Euro. Ich denke, als Startkapital kann sich das sehen lassen.«

»Du meinst, dass er sich damit dort eingekauft hat?«, fragte Geneviève.

»Ja, warum nicht? Er hat sich zum neuen starken Mann gemacht. Mit 15 Millionen kann man sich in Kolumbien sicherlich eine Menge Loyalität kaufen.«

Geneviève überlegte. War Maxime Flamant wirklich der Typ dafür? Brutal war er ihr nie vorgekommen, allerdings hatte er auch vor ihr einen Ausraster gehabt. Und dann war da die Sache mit seinen Gesetzeskonflikten in der Jugend. Die Anzeigen waren alle unter den Teppich gekehrt worden. Aber das kriminelle Potenzial dafür schien da zu sein. »Am Ende würde das bedeuten, dass er seine Entführung nur vorgetäuscht hat«, mutmaßte sie schließlich.

»Geschickt gemacht, wenn es tatsächlich so war. Er verschwindet vom Erdboden, mit einer guten Erklärung. Dann nutzt er die Zeit, um in Kolumbien zum starken

Mann zu werden und die Geschäfte von Rodriguez zu übernehmen. Mit dem Spielgeld, das er für seine sogenannte Entführung selbst kassiert hat. Für die Scharade schnitt er sich sogar den kleinen Finger ab.«

»Perfide.« In Lunettes Stimme schwang aber ein wenig Bewunderung mit.

»Nehmen wir mal an, das hat sich alles tatsächlich so oder so ähnlich abgespielt. Bleibt noch immer die Frage, warum er seine eigene Schwester umgebracht haben sollte?«

»Weil sie auch mit Drogen handelte und ihm damit in die Parade gefahren ist?«, gab Olivier zu bedenken.

Geneviève schüttelte den Kopf. »Nein. Ich beginne zwar langsam zu glauben, dass sich unter der charmanten Hülle ein Monster befinden könnte, aber die Zuneigung zu seiner Schwester nehme ich ihm ab. Seine Trauer war echt.«

»Geneviève«, sagte Lunette bestimmt, »ich war mit meinen Ausführungen noch nicht fertig. Ich habe doch auch das Tagebuch Annes übersetzen lassen. Danach wirst du Maxime mit anderen Augen sehen.«

Geneviève deutete ihrer Assistentin mit einer Handbewegung weiterzumachen. Lunette reichte ihr ein paar ausgedruckte Seiten. »Es gibt auch das gesamte Tagebuch als Übersetzung, aber das hier scheinen die wichtigsten Seiten zu sein. Lies.«

1. Oktober: Maman ist alles andere als glücklich über meine Pläne. Sie hasst es schon, dass ich den Weinbaubetrieb auf bio umstelle, aber sie kann nichts dagegen tun. Nicht, seitdem Papa mir das Weingut überschrieben hat. Das hat ihr damals schon überhaupt nicht in den Kram gepasst. Eigentlich sollte ja Maxime alles bekommen, aber nach seinem Verschwinden hat Papa das geändert. Ich weiß nicht, ob das ein Sei-

tenhieb gegen Maman war oder ob ihm nicht bewusst war, was er damit anrichtete. Sie hat ja die Hoffnung nie aufgegeben, dass Maxime wieder zurückkommt. Mir soll es recht sein. Das Kokaingeschäft ist furchtbar und ich möchte da raus. Wir haben den kolumbianischen Bossen genug Gefallen getan, Zeit, dass wir uns da rausnehmen. Marihuana ist etwas ganz anderes. Die Leute werden entspannter. Ich verschaffe ihnen damit einfach eine gute Zeit. Nicht so wie dieses Señora muerte *Zeug. Das ist echt ein Killer. Außerdem wird mir die ganze Sache langsam zu heiß. Bei jeder Kaffeelieferung schwitze ich Blut und Wasser, ob alles gut geht. Aber bislang scheint es zu funktionieren. Die Geldspenden an die Zollbeamten wirken. Trotzdem frage ich mich immer wieder, wie lange noch?*

Wir hätten es doch gar nicht mehr nötig. Das Weingut läuft, das Hotel sogar noch besser. Aber es ist diese furchtbare Gier, die meine Mutter antreibt. Wieso verachtet sie die Menschen so sehr? Wieso verachtet sie mich so sehr? Ich habe ihr nie etwas getan. War immer für die Familie da. Selbst dass ich uns jetzt aus dem Business rausholen will, tue ich für die Familie.

Gott sei Dank ist Maxime wieder da. Ich habe nicht mehr daran geglaubt. Für mich war er tot. Mein Glück ist so … vollständig, so unbeschreiblich. Ich habe immer zu Maxime aufgeschaut. Er war immer mein großes Vorbild. Was für ein Wunder, dass er jetzt wieder zurück ist. Aber er ist anders. Verschlossener. Strenger. Das macht so eine lange Gefangenschaft wohl mit einem Menschen. Was ich nicht verstehe: Wieso schlägt er sich auf Mutters Seite? Er hat doch am eigenen Körper verspürt, wie ruchlos diese Menschen sind. Und jetzt will er trotzdem weitermachen? Weiter das dreckige Geschäft? Ich habe ihm vorgeschlagen, dass wir auf Mari-

huana umsteigen. Habe ihm stolz meine eigenen Züchtungen gezeigt. Aber er hat das nur belächelt und gemeint, ich könnte das als Hobby ruhig machen, aber die große Kohle wird mit den richtigen Drogen gemacht. Es war furchtbar. Er hat mich wie ein Kind behandelt.

Aber ich werde es ihnen allen noch zeigen. Beim Weinfest. Zuerst soll ganz Paris sehen, wer die neue Weinkönigin ist. Ich bin offiziell die Besitzerin des Weinguts. Ich habe hier offiziell das Sagen. Meine Familie wird das auch noch verstehen. Ach, wenn doch nur alle so wären wie Papa. Er hält sich aus allem raus. Will nur mehr seine Ruhe haben. Manchmal habe ich das Gefühl, dass ich die Einzige bin, die er noch wirklich liebt. Sein Blick, als er Maxime nach seiner Rückkehr das erste Mal gesehen hat … Ich hatte richtig Angst. Zornig waren seine Augen. Und klein. Zusammengekniffen. Keine Spur von Freude. Selbst mit mir wollte er nicht darüber reden. Und mit Maxime? Ich glaube, seit seiner Rückkehr hat er keine zehn Sätze mit ihm gewechselt. Papa hat sich immer mehr zurückgezogen. Nur mir gegenüber verhält er sich einigermaßen normal. Der Gesprächigste war Papa ja noch nie.

Die Sache mit dem Marihuana habe ich ihm aber auch nicht erzählt. Er ist unglücklich genug, wie alles abläuft. Auf den Deal mit den Kolumbianern hat er sich damals nur eingelassen, weil Maman und Maxime so auf ihn eingeredet haben. Er wollte nicht, dass das Familienerbe verkommt. Er war zu naiv. Hat geglaubt, dass sich die Kolumbianer auszahlen lassen, sobald wir wieder flüssig sind. Es ist furchtbar. Ich habe ihn noch als so fröhlichen Menschen in Erinnerung. Das hat sich alles geändert. Er ist jetzt nur mehr verschlossen. Ich glaube, es wäre besser gewesen, wir hätten alles verloren und arm wie die Kirchenmäuse gelebt. Was haben wir jetzt von unserem Luxusleben? Eine zerrüttete Familie, c'est tout. *Und ständig die Angst, dass dieser El Hermano wieder zuschlägt. Ich kann den Gedanken nicht ertragen, dass man mir meinen Maxime wieder wegnimmt. Egal, wie sehr wir uns derzeit auch wegen der Geschäfte streiten. Er ist trotzdem mein großer Bruder.*

Die Sache mit dem Marihuana ist ihm egal. Er lacht nur darüber. Das macht mir ein wenig Angst, wenn ich ehrlich bin. Er ist verändert aus Kolumbien zurückgekommen. Ich habe den Verdacht, er verschweigt mir etwas. Über seine Gefangenschaft hat er so gut wie nichts erzählt. Und dann diese furchtbare Tätowierung auf seinem Rücken. Voller Stolz hat er sie mir gezeigt. Und dass sie unseren Reichtum symbolisieren würde. Das verstehe ich nicht. War ihm seine Empathie während der Gefangenschaft rausgeprügelt worden? Señora muerte – *wie die Killerdroge, die wir für El Hermano verwalten, verstecken, verkaufen und die Gewinne weißwaschen. Als ich ihn darauf ansprach, hat er nur gelacht und gemeint, ich würde es irgendwann auch verstehen. Als wäre ich ein kleines Kind!*

Aber ich werde ihm schon zeigen, was ich draufhabe. Ich habe meine eigenen Kontakte in Paris, und beim Weinfest werde ich dort meine eigenen Drogen unters Volk bringen. Im Gegensatz zu Señora muerte *nichts Tödliches. Nur zum Entspannen. So muss das funktionieren. Und das werde ich ihm schon noch beibringen. Dann können wir uns das Weingut geschwisterlich aufteilen. Er drängt ohnehin schon seit seiner Rückkehr darauf, dass ich ihm seinen Anteil überschreibe. Schließlich könne er ja nichts dafür, dass man ihn voreilig für tot erklärt hatte. Nein, ich werde ihm seinen Anteil schon zukommen lassen. Aber erst, wenn er mir verspricht, dass wir aus dem Kokaingeschäft aussteigen. Das ist mein Pfand, mein Druckmittel. So sehr ich es auch hasse, meinen Bruder erpressen zu müssen. Am Ende, denke ich, ist es zum Wohl unserer Familie.*

Geneviève legte die Zettel nachdenklich auf Oliviers Tisch ab. »Scheint so, als ob Anne nicht in die ›Entführungspläne‹ ihres Bruders eingeweiht war.«

»Oder wir liegen mit der Vermutung falsch«, gab Olivier zu bedenken.

»Auch möglich«, gestand Geneviève ein, »aber nicht sehr wahrscheinlich. Anne macht mir einen etwas naiven Eindruck. Allein die Art und Weise, dass und wie sie ein Tagebuch führt.«

»Fehlt nur mehr der Anfang mit ›Liebes Tagebuch‹«, warf Lunette ein.

»Genau. Dass sie das alles ihrem Tagebuch anvertraut, spricht schon für eine gewisse Naivität.«

»Immerhin hat sie es unter einer losen Diele versteckt. Wie im Film«, lachte Lunette.

»Hat auch nichts genutzt, wenn eine Spürnase wie du etwas sucht. Glaubt ihr, jemand hat von dem Tagebuch gewusst?«

»Nein, sonst hätte der Bruder oder die Mutter das Zimmer auf den Kopf gestellt«, meldete sich Olivier zu Wort. »Andere Frage: Was machen wir jetzt mit den Informationen? Beweise haben wir ja noch immer keine.«

»Nein, haben wir nicht. Werden wir aber bekommen.«

»Wie denn?«

Geneviève grinste. Dann erklärte sie es den beiden anderen.

J'ACCUSE

Den Durchsuchungsbefehl hatten sie sich noch am Mittwoch besorgt. Der zuständige Richter war alles andere als erfreut gewesen, als ihn Geneviève und Olivier mitten aus einer Aufführung von Mozarts *La Flûte enchantée* herausholten. Nachdem Geneviève im Sommer einen Mord in der Opéra Garnier aufklären konnte, genoss sie dort das eine oder andere Privileg. Natürlich hätte man sie auch so während der Vorstellung einlassen müssen, aber immerhin hatte sie sich mühselige Diskussionen erspart.

Nachdem der Richter gehört hatte, wofür er den Durchsuchungsbefehl ausstellen sollte, war er richtig zornig geworden. Maxime Flamant war in den letzten Wochen wie ein Held in den nationalen Medien gefeiert worden. Die Details seiner »Flucht« waren jedoch immer ausgespart geblieben. In der ganzen Euphorie hatte auch nie jemand genauer nachgefragt. Oder wenn doch, dann waren diese Fragen übergangen worden. Völlig undenkbar, dass er mit dem Mord an seiner Schwester zu tun haben sollte. Erst als sie ihm ihren Verdacht näher erläutert hatten, erklärte er sich dazu bereit. Nach wie vor widerwillig. Er wollte nicht glauben, dass eine so angesehene Familie in einen Mordfall und Drogenhandel verwickelt sein sollte. Am Ende unterschrieb er den Durchsuchungsbefehl nur mit der Drohung, dass ihre Karrieren den Bach runtergehen würden, wenn sie sich getäuscht hatten.

Sie nahmen das schulterzuckend hin. So bitter es war, für Geneviève stand fest, dass Maxime seine Schwester auf dem

Gewissen hatte und dass er El Hermano war. Unfassbar, welche kriminelle Energie hinter dieser ganzen Scharade steckte. Und welche Coolness, das auch tatsächlich so durchzuziehen. Maxime hatte sich sogar einen Finger abgeschnitten, um den Schein zu wahren. Andererseits: Was war ein kleiner Finger in seinem kruden Denken schon, wenn er dafür zu einem der mächtigsten Drogendealer wurde?

Geneviève und Olivier kamen mit ihrem Team kurz vor 7 Uhr morgens beim Weingut an. Neben ihnen selbst bestand das Team aus Lunette, Albouy, Faivre und einer 20-köpfigen Eingreiftruppe der BRI. Das sollte reichen. Olivier rechnete nicht mit großem Widerstand. Das Weingut war letztlich nur eine Fassade, von dem aus Maxime die Fäden zog. Schon im Hinblick auf die zahlreichen Hotelgäste war hier nicht mit einem Großaufgebot an Maximes Schergen zu rechnen. Solche Leute wären in einem verschlafenen Dorf wie Hautvillers zu sehr herausgestochen. Selbstverständlich würde es auch diesen Schlag Menschen in seinen Diensten geben, aber die waren damit beschäftigt, die Ware vor Ort unter die Leute zu bringen beziehungsweise für die Verteilung an die kleinen Straßendealer zu sorgen. Während ihrer Besuche auf dem Weingut waren ihr jedenfalls keine auffälligen Typen untergekommen.

Sie waren in zwei großen Mannschaftsbussen gekommen. Mit etwas Abstand folgte Zazous Forensikerteam in einem eigenen Wagen. Auf ihnen fußten alle Hoffnungen, Maxime des Mordes an seiner Schwester zu überführen und ihn zugleich als den geheimnisvollen El Hermano zu demaskieren. Oliviers Einsatzkommando sollte zuvor das Gelände sichern. Vor allem jene Teile, in denen Geneviève und Olivier die Beweise vermuteten.

Der Sonnenaufgang war um diese Jahreszeit noch eine gute Stunde entfernt, die dunklen Polizeiwagen fielen kaum auf, als sie in gemäßigtem Tempo durch das verschlafene Hautvillers fuhren. Es bestand kein Grund zur Hektik. Die Flamants konnten nicht ahnen, was ihnen in den nächsten Stunden blühte.

Das schmiedeeiserne Einfahrtstor unter dem Schild »Chateau Flamant« stand offen. Offiziell hatte man nichts zu verbergen, und es konnte immer vorkommen, dass ein Gast früh an- oder abreisen wollte. Kurz darauf parkten sie auf dem geschotterten Parkplatz vor dem Chateau. Zwei Jogger verschwanden gerade um die Ecke des Schlösschens. Geneviève seufzte. Wann war sie das letzte Mal dazu gekommen, ihre Laufrunde über den Montmartre zu absolvieren? Dieser Fall hatte sie eindeutig zu viel Zeit gekostet.

Auch wenn Olivier nicht mit großem Widerstand rechnete, war seine Eingreiftruppe in der üblichen Einsatzmontur. Geneviève und ihr Team trugen ebenfalls schusssichere Westen. Olivier deutete fünf seiner Leute, die Eingänge des Gebäudes zu sichern, um einen möglichen Fluchtversuch Flamants zu verhindern. Der Rest der Eingreiftruppe stürmte die Hotellobby mit den Waffen im Anschlag. Die anwesende Concierge kippte vor Schreck beinahe aus ihren Schuhen. Zu schade, dachte Geneviève, dass es sich dabei nicht um Mademoiselle Ribery handelte. Ihr hätte sie diesen Schreck gegönnt. Das junge Ding, das wohl gerade am Ende ihrer Nachtschicht war, hatte sie bisher noch nie gesehen. Erschrocken hob sie die Hände, woraufhin ihr von Olivier gedeutet wurde, dass sie den Blödsinn lassen sollte. »Wo finden wir Ihren Chef?«, blaffte er sie herrisch an. Nur nicht zu freundlich werden.

»Wen meinen Sie?«, fragte die junge Frau zurück.

»Maxime Flamant«, rief Geneviève über Oliviers Schulter. Sie hatte ihm auf dem Weg zum Chateau nicht sagen können, wo sich sein Zimmer – oder wohl eher sein Wohnbereich –

befand. So sehr er sie auch angemacht hatte, so hatte er nie eine Einladung auf sein Zimmer ausgesprochen. Noch nicht einmal angedeutet, wo er im Schloss wohnte. Das war ihr erst aufgefallen, als Olivier sie im Auto danach gefragt hatte. Isabelle hätte es ihr wohl sagen können, aber die Gerichtsmedizinerin hatte ihr von ihrer Nacht mit Maxime wohlweislich nichts erzählt, und auch Lunette hatte in dieser Hinsicht dichtgehalten.

»Monsieur Flamant, *oui*«, gab sich die Concierge geschlagen. Sie griff zum Hörer, murmelte etwas Unverständliches und sagte dann: »Monsieur Flamant wird in Kürze hier sein. Darf ich Ihnen in der Zwischenzeit einen Kaffee anbieten?« Wäre die Situation nicht so ernst, wäre ihre Anmerkung ja wirklich lustig gewesen. Da stand eine bis an die Zähne bewaffnete Spezialeinheit mit den Sturmgewehren im Anschlag vor ihr, und die Rezeptionistin bot ihnen blauäugig Kaffee an. Ein oder zwei Mann von Oliviers Team ließen vor Überraschung für einen Moment ihre Gewehre sinken.

»Äh, nein, danke«, stotterte Olivier schließlich verblüfft. »Das hier ist ja kein Kaffeekränzchen, falls Ihnen das noch nicht klar sein sollte«, fügte er streng hinzu. Innerlich musste er sich das Lachen verbeißen. Ihm gelang es. Geneviève ebenso, aber Lunette hörte er im Hintergrund leise lachen.

Keine fünf Minuten später erschien Flamant. Obwohl die Temperaturen draußen schon extrem herbstlich waren, trug Flamant wie üblich seine Leinenklamotten und Flip-Flops. »Geneviève, was soll das hier?«, fragte er gelassen ohne große Umschweife. Er gab das Bild eines Unschuldsengels ab. Wie er so auf den letzten Stufen stand, die Arme ausgestreckt, die lange blonde Mähne auf seine Schultern herabfallend. Fast schon ein wenig Jesus-mäßig, wäre Geneviève gläubig gewesen.

»Maxime, wir müssen reden«, antwortete Geneviève kühl. Nach einem Blick auf die ratlose Rezeptionistin ergänzte sie: »Am besten ungestört.«

»Was soll das hier?« Alle Augen richteten sich auf den Eingang. Dort war Madame Flamant erschienen. Im Gegensatz zu ihrem Sohn war sie alles andere als gelassen. Ihre Augen waren zu schmalen Schlitzen zusammengekniffen.

»Wie schön«, flötete Geneviève in Richtung der Mutter. »Jetzt haben wir ja alle beisammen. Eigentlich hätte mir Ihr Sohn gereicht, aber wenn Sie schon mal da sind … Um Sie hätte ich mich sonst später gekümmert.«

»Impertinentes Weib!«, schimpfte Madame Flamant und eilte an die Seite ihres Sohnes. Maxime nahm seine Mutter schützend in den Arm. Besser impertinent als inkompetent, dachte Geneviève, an der die Beleidigung spurlos abprallte. Sie hatte im Lauf ihrer Karriere schon Schlimmeres zu hören bekommen.

»Wenn wir uns jetzt an einen ruhigen Ort zurückziehen könnten?«, erinnerte Olivier.

»Jaja, natürlich. Gehen wir in einen unserer Meetingräume«, schlug Maxime vor. »Auch wenn mir noch immer nicht bewusst ist, worum es hier in Wirklichkeit geht.«

»Nicht so schnell!«, bremste seine Mutter. »Sie tauchen hier ohne Vorwarnung mit bewaffneten Soldaten auf …«

»Polizisten«, verbesserte Olivier sie genervt.

»Egal«, fauchte Flamant. »Wie kommen Sie dazu?«

Geneviève seufzte. »Weil wir einen Durchsuchungsbefehl haben«, erklärte sie. Sie überreichte der Matriarchin das Schreiben.

»Weshalb? Wofür soll der sein?« Inzwischen hatte Madame Flamant begonnen zu kreischen.

»Wollen Sie das wirklich hier ausdiskutieren?«, entgegnete Geneviève mit einem Blick auf die Rezeptionistin, die hinter ihrem teuren Schreibtisch am liebsten im Erdboden versunken wäre. Es war außerdem nur mehr eine Frage der Zeit, bis die ersten Gäste auf dem Weg zum Frühstück vorbeikämen.

Kurz darauf zog sie die Tür zum von Maxime Flamant vorgeschlagenen Meetingraum im zweiten Stock des Chateaus hinter sich zu. Neben den beiden Flamants waren nur Lunette und Olivier mit im Raum. Albouy hatte seinen Wachposten vor der geschlossenen Tür bezogen.

Mittlerweile war auch Thierry Zazou mit seinem Spurensicherungsteam eingetroffen und hatte sich an die Arbeit gemacht. Für sie hatte Geneviève einen Spezialauftrag, dessen hoffentlich positive Erledigung den endgültigen Beweis für Maxime Flamants Schuld erbringen würde.

Die Flamants hatten an dem lang gezogenen Konferenztisch Platz genommen, Geneviève und ihre Kollegen blieben stehen.

»Also?«, fragte Madame Flamant trotzig. Sie hatte die Arme vor ihrer Brust verschränkt.

Geneviève genoss den Moment. Sie fühlte sich wie in einem Agatha-Christie-Krimi. Der Schuldige war im Raum, sie musste ihm nur noch seine Schuld nachweisen. So ein Setting hatte sie in ihrer Karriere bislang noch nie gehabt. »*J'accuse!*«, sagte sie theatralisch. Diesen Satz hatte sie immer schon einmal anbringen wollen. Leider verfehlte er komplett seine Wirkung. Nicht nur, dass Lunette wieder kichern musste, sahen sich auch die Flamants verständnislos an.

»Und wen genau?«, fand Maxime Flamant schließlich wieder seine Sprache.

»*Vous!*« Um auf Nummer sicher zu gehen, deutete sie auf Maxime.

»*Moi?*«

»Ja, und zwar des Mordes an Ihrer Schwester Anne!«

»Wie bitte?« Maxime Flamants Augen hatten sich geweitet, sein Mund stand offen wie ein großes O. Genevièves Überzeugung begann zu schwanken. Seine Überraschung schien ehrlich zu sein. Hatte sie sich geirrt? Oder war er einfach nur ein so guter Schauspieler? Sie setzte auf Letzteres, schließlich war es ihm auch gelungen, eine ganze Nation mit seiner gespielten Entführung und seiner überraschenden Flucht und Rückkehr an der Nase herumzuführen. Für jemanden, der so kaltblütig agierte, war es wohl ein Leichtes, sich über den Vorwurf eines Mordes überrascht zu zeigen. Selbst wenn es sich um seine eigene Schwester handelte. Er hatte immerhin jetzt auch gut zwei Wochen Zeit gehabt, den Mord zu verarbeiten. Die Gewissensbisse dürften sich in Grenzen gehalten haben, nach allem, was man über El Hermano sonst so wusste. Ein Menschenleben mehr oder weniger, selbst das der eigenen Schwester, zählte da nicht viel.

Zorn begann in Geneviève hochzusteigen. Wie lange wollte er sie noch an der Nase herumführen? »Sie haben richtig gehört. Nicht nur, dass Sie Ihre eigene Schwester ermordet haben, haben Sie auch Ihre eigene Entführung fingiert.«

»Wie bitte?«, wiederholte Flamant seine Worte von zuvor. Doch langsam begann seine zur Schau gestellte Selbstsicherheit zu bröckeln. Seine Augen bewegten sich nervös von links nach rechts. Geneviève bemerkte auch, dass seine rechte Hand für den Bruchteil einer Sekunde Richtung Gürtel zuckte. Sie lächelte zufrieden. Selbstverständlich hatte Olivier ihn zuvor auf versteckte Waffen abgesucht.

Geneviève nahm nun gegenüber der beiden Flamants Platz, Olivier tat es ihr gleich. »Sie haben vor zehn Jahren tatsächlich einen Trip nach Kolumbien unternommen. Aber es war kein Urlaub, keine Kontrolle der dortigen Kaffeeplantagen oder gar eine Studienreise. Sie wollten mit Emilio Rodriguez die Konditionen Ihrer Zusammenarbeit neu verhandeln. Sie wollten mehr Anteil am Drogengeschäft. Vielleicht hatten Sie das auch gar nicht vor. Vielleicht sind Sie mit der Absicht dorthin geflogen, gleich das ganze Geschäft zu übernehmen. Gier ist ein mächtiges Motiv, und nachdem Sie gesehen haben, wie gut sich damit Geld verdienen lässt, wollten Sie nicht mehr teilen?«

Flamant schwieg. Er hatte sich zurückgelehnt, die Arme vor der Brust verschränkt und funkelte Geneviève böse an.

»Sie müssen nichts sagen«, fuhr Geneviève fort. »Wir finden das schon noch alles heraus. Das Gespräch mit Rodriguez verlief jedenfalls nicht nach Ihren Vorstellungen. Also gingen Sie zu Plan B – oder war es ohnehin Plan A? – über und fingierten Ihre eigene Entführung. Zehn Millionen Euro konnten so problemlos in nebulöse Kanäle überwiesen werden. Das war Ihr Startkapital. Mit diesem Geld kann man sich in einem armen Land jede Menge Loyalität erkaufen. Rodriguez hat Sie wahrscheinlich unterschätzt und nicht ernst genommen. Sein Fehler. Leider können wir ihn nicht mehr dazu befragen. Schließlich haben Sie ihn in Salzsäure auflösen lassen. Oder haben Sie es selbst getan? Muss ganz schön schwierig sein, seine brutale Seite in der Öffentlichkeit so versteckt zu halten, wie Sie es tun. Beinahe hätten Sie mich damit überzeugt. Aber wie heißt es so schön? Stille Wasser sind tief. In Ihnen könnte man wohl ertrinken.

Wie auch immer, ich bin mir sicher, dass eine Zurschaustellung von solcher Brutalität Ihren Ruf in der dortigen Szene zementiert hat.« Sie machte eine Pause und studierte ihr Gegenüber. Flamant schmunzelte, das Gesicht seiner Mutter war eine in Stein gemeißelte ernste Fratze.

»Ich bin ganz Ohr«, antwortete er zynisch. »Das ist ja ein ganz wunderbares Märchen, das Sie uns da auftischen. Ich nehme an, Sie haben auch Beweise dafür? Wohl nicht, denn sonst würde ich nicht mehr hier sitzen.« Dabei schüttelte er seine Handgelenke, um die noch keine Handschellen gelegt waren. Gönnerhaft deutete er Geneviève weiterzuerzählen.

»Machen Sie sich keine Sorgen«, erwiderte Geneviève kühl. »Unser Team zerlegt gerade Ihr Weingut. Die Drogen sind wahrscheinlich das geringste Problem. Da hat uns das Tagebuch Ihrer Schwester auf die richtige Spur geführt.« Das war jetzt ein klein wenig geblufft, aber Flamants Reaktion war Hinweis genug, dass sie mit ihrem Verdacht richtiglagen. Denn sein Gesicht wurde zunächst bleich und färbte sich im nächsten Moment zornrot. Noch hatte er sich jedoch unter Kontrolle.

»Welches Tagebuch?«, fragte er leise, aber umso bedrohlicher. »Mir ist nicht bekannt, dass meine Schwester so etwas Kindisches geführt hat.«

»Tja, dann kannten Sie Ihre Schwester doch nicht so gut, wie Sie glauben. So wie sie sich von Ihnen emanzipiert hatte in der Zeit, in der Sie untergetaucht waren. Vielleicht hätten Sie Ihre kleine Schwester doch in Ihr Geheimnis einweihen sollen. Aber scheinbar wussten nur Ihre Eltern davon.«

»Das steht wohl auch in diesem fiktiven Tagebuch?«, höhnte Flamant, der seine Fassung wiedergefunden hatte. »Das ist ja eine ganz wunderbare Geschichte. Und wie passend, dass meine Schwester das alles aufgeschrieben haben soll. Wissen Sie was? Ich glaube, Sie haben in Wirklichkeit ein ganz schlechtes Blatt und bluffen nur.«

»Sie glauben mir nicht?« Geneviève lächelte ihn kühl an und hob eine Augenbraue. Der Trick funktioniert sogar bei Flamant. Sie hielt eine Hand hoch, und Lunette drückte ihr das Tagebuch in die Hand. »Ich würde Ihnen ja gerne daraus vorlesen, aber leider kann ich kein Deutsch«, erklärte Geneviève. »Im Gegensatz zu Ihnen und Ihrer Schwester.« Nach einer kurzen Pause schaute sie der Mutter direkt ins Gesicht. »Und natürlich zu Ihnen, Madame Flamant. Sie sind doch gebürtige Deutsche, nicht?«

»Was hat das mit dieser Sache zu tun?«, biss Madame Flamant zurück.

»Im Grunde genommen alles. Ihr Mädchenname war es, der mich letztlich auf die richtige Spur brachte. Respekt, Madame, man würde es Ihnen nicht anhören. Sie sprechen praktisch akzentfrei. Die französische Staatsbürgerschaft haben Sie auch schon lange angenommen. Und ganz ehrlich, wer gräbt schon so tief?« Hinter ihr hüstelte Lunette. Geneviève schmunzelte. »Außer meiner unbezahlbaren Assistentin. Ja, Madame Hermann, wir haben Ihr kleines Geheimnis gelüftet. Ihr Sohn muss Sie wirklich abgöttisch lieben, wenn er Ihren Mädchennamen für sein Drogenbaron-Synonym – gibt es diesen Ausdruck überhaupt? – verwendet. Zuerst haben wir ja geglaubt, dass es eine Anbiederung an seine kolumbianischen Handlanger ist. Wer hört das nicht gerne, wenn sich der Boss als sein ›Bruder‹ bezeichnet? In Wirklichkeit war es aber eine Hommage an Sie, Madame. Oder haben Sie Ihrem Sohn den Namen sogar vorgeschlagen?«

Mathilde Flamant blieb stumm. Ihr Blick sprach jedoch Bände.

»Trotzdem: Wieso sollte ich meine Schwester umbringen? Wir haben uns wirklich gut verstanden, und ihr Verlust schmerzt mich ungemein.«

»Auch das verrät uns das Tagebuch«, meinte Geneviève. »Ihre Schwester schreibt darin, dass Sie sie gedrängt hätten, Ihnen Ihren Anteil am Weingut zu überschreiben. Das ist die einzige Geschichte, die mir nicht ganz klar ist. Aber Sie können mir da sicher auf die Sprünge helfen: Ihr Vater hat das Weingut Ihrer Schwester überschrieben. Wusste er auch nicht, dass Sie noch am Leben waren? Oder hassen sich Ihre Eltern so, dass Ihr Vater Ihrer Mutter eins auswischen wollte?«

Maxime Flamant lachte höhnisch. »Verrät Ihnen das Tagebuch das nicht?«

Geneviève zuckte mit den Schultern. »Am Ende ist es einerlei. Aber nein, tut es nicht, weil Ihre Schwester ja nicht wusste, dass Sie noch am Leben waren, und deshalb davon ausging, dass auch Ihre Eltern an Ihren Tod glaubten. Übrigens auch ein sehr grausamer Zug, wo Sie doch immer wieder betonen, wie sehr Sie Anne geliebt haben.«

»Lassen Sie meinen Sohn endlich in Ruhe«, meldete sich Madame Flamant energisch zu Wort. »Was geht Sie meine Beziehung zu meinem Mann überhaupt an?«

»Im Moment, Madame, geht mich alles etwas an. Ich versuche, hier einen Mord zu klären. Dass wir dabei auch gleich eines der größten Drogennester Frankreichs ausheben, ist ein schöner Bonus.«

»Was hoffen Sie hier zu finden?«, fragte Maxime Flamant flapsig. »Wenn ich wirklich dieser Drogenboss wäre, würde ich doch den Teufel tun und die Drogen hier verstecken.«

»Ach, Monsieur. Hochmut kommt immer vor dem Fall. Ihr Kaffeegeschäft ist nichts anderes als ein Deckmantel für den Drogenschmuggel. Und zusätzlich sind Sie auch noch ein Mikro-Manager, der alles unter Kontrolle haben will. Wir haben den Weg Ihres Kaffees überprüft. Die Ladungen, die in Amsterdam gelöscht werden, kommen direkt in ihren Containern hierher aufs Gut. Wäre auch zu auffällig, wenn es da noch ein paar Zwischenstationen gäbe. Nein, Sie verteilen von hier. Vielleicht wollen Sie sich auch erst von der Qualität überzeugen. Oder trauen Sie Ihrem Statthalter in Kolumbien nicht so richtig? Ich tue mir leider sehr schwer, mich in den Kopf eines Drogenbosses zu versetzen.«

Olivier mischte sich ein. »Ich glaube, es geht hier um etwas anderes. Monsieur Flamant, Ihr Bestseller, wenn ich es so nennen darf, nennt sich *Señora muerte*. Es ist eine besonders tödliche Kokain-Variante. In Kolumbien, das haben mir die dortigen Behörden bestätigt, kennt man diese Variante nicht. Also muss sie hier gemischt werden. Die toxikologischen Untersuchungen haben ergeben, dass es sich bei dem Streckmittel um Levamisol handelt. Eigentlich ein Entwurmungsmittel aus der Tiermedizin, aber das wissen Sie bestimmt. Nicht ungefährlich. Es verlängert und verstärkt die Wirkung des Kokains und führt zu starken Nebenwirkungen. Sie dosieren es so, dass es zum Tod führen kann. Verrückt, Sie töten ja vorsätzlich Ihre Kunden.«

»Aber die Welt ist schlecht«, warf Geneviève zynisch ein. »Ihre *Señora muerte* spielt mit dem Verlangen der Menschen, sich in diesen schwierigen Zeiten wieder zu spüren. Sie geben den abgestumpften Menschen den letzten Kick. Praktisch *Russisches Roulette* in Pulverform.«

»Schön ausgedrückt«, meinte Olivier mit einem Kopfnicken.

»*Merci*. Aber das tut jetzt nichts zur Sache. In erster Linie geht es uns um den Mord an Ihrer Schwester. Und da tut sich eine weitere interessante Frage auf: Wieso sind Sie überhaupt wieder zurückgekommen? Ich glaube nicht, dass es Heimweh war. Wieso dann? Weil Ihre Mutter nicht mehr mit Ihrer Schwester zurechtgekommen ist? Sie nicht mehr unter Kontrolle hatte?«

In diesem Moment wurde die Tür zum Meetingraum aufgestoßen, und Flamant senior stürmte herein. »Was ist hier los?«, brüllte er.

»Ah, jetzt sind wir endlich komplett. Nehmen Sie doch bitte Platz«, forderte Geneviève ihn ruhig auf. Ihre Gelassenheit nahm ihm den Wind aus den Segeln. Hinter ihm tauchte Albouy im Türrahmen auf. In der Hand hielt er eine Schrotflinte. »Die hatte er mit, wir haben sie ihm abgenommen.« Geneviève erkannte die Waffe. Es war dieselbe Schrotflinte, mit der Maxime Flamant sie letztens bei ihrem nächtlichen Ausflug in die Weingärten bedroht hatte.

»Ich bin mir sicher, Monsieur Flamant wollte lediglich sicherstellen, dass hier alles mit rechten Dingen zugeht. Es ist sein gutes Recht, seinen Besitz zu verteidigen.« Geneviève schmeichelte dem alten Flamant mit voller Absicht. Er war die Möglichkeit, einen Keil zwischen Mutter und Sohn zu treiben. »Außerdem würde ich jetzt gerne auf das Angebot der Rezeptionistin zurückkommen und einen Kaffee haben. Noch jemand?« Die Flamants sahen sie ebenso fassungslos an wie sie ein paar Minuten zuvor die Concierge.

Maxime Flamant fing sich als Erster. »Kein Grund, Nadine zu bemühen. Unsere Meetingräume sind allesamt mit Kaffeemaschinen ausgerüstet. Wir sind hier auf dem Land, aber unser Chateau hat Stil.«

Geneviève nickte ihm zu. Es dauerte ein paar Minuten, bis Flamant Kaffee für alle Anwesenden gemacht hatte. In dieser Zeit sagte Geneviève kein Wort. Auch nicht zu Flamant senior, der unruhig auf seinem Sessel hin und her rutschte. Sollte die Familie ruhig noch nervöser werden. Die Zeit war ihr Verbündeter. Früher oder später musste ihr Team auf etwas stoßen, was sie als Beweis verwenden konnte. Solange musste sie auf Zeit spielen. Aber so, dass es Maxime Flamant nicht auffiel.

»Also, was ist hier los?«, wiederholte der alte Flamant seine Frage, nachdem alle mit Koffein versorgt waren.

Geneviève ließ ihn noch ein wenig zappeln und nahm zunächst einen Schluck von ihrem Kaffee. Schließlich sagte sie: »Monsieur Flamant, wir sind hier, um den Mörder Ihrer Tochter zu verhaften.«

»Wie bitte?« Er sah sich um, aber außer seiner Frau und seinem Sohn war, abgesehen von den Polizisten, niemand im Raum.

»Wir haben den berechtigten Verdacht, dass Ihr Sohn seine Schwester umgebracht hat.«

Flamant senior wurde aschfahl im Gesicht. »Wa… warum sollte Maxime das tun?«

»Weil Ihre Tochter das Weingut nach ihren Vorstellungen umbauen wollte, und da gehörte der Verkauf von Kokain nicht mehr dazu.« Sie zeigte ihm das Tagebuch seiner Tochter. »Darin erklärt Anne, dass sie mit Kokain nichts mehr zu tun haben will. Das Weingut und das Hotel laufen auch so gut. Allerdings …«, hier machte Geneviève eine bedeutungsschwangere Pause, »kam auch sie selbst nicht ganz von den Drogen los. Sie wollte nebenbei mit Marihuana dealen. Ihr Ausflug nach Paris hatte auch damit zu tun. Wir haben in ihrem Auto zwei Kartons mit Marihuana gefunden. Verkaufsbereit in kleine Plastiktüten verpackt.«

»Meine Anne?«, fragte Flamant senior fassungslos. Geneviève wunderte sich über die Naivität des Mannes. Anne war mit dem schmutzigen Koksgeschäft groß geworden. Sie hatte nichts anderes gelernt. Es war ihr ohnehin hoch anzurechnen, dass sie von den harten Drogen wegwollte. Aber unschuldig war in dieser Familie wirklich niemand.

Genevièves Handy machte ein kurzes »Pling«. Zufrieden

las sie die Nachricht, die ihr von Zazou geschickt worden war. Haben wir dich, dachte sie mit Genugtuung.

Sie steckte das Handy wieder ein und richtete sich an Maxime Flamant: »Monsieur Flamant, ich muss Sie nun wegen des Mordes an Ihrer Schwester verhaften.«

Flamant blieb seelenruhig. »Hat Ihnen das gerade meine Schwester aus dem Jenseits geflüstert? Ich wüsste nicht, was sich an meiner Situation verändert hat. Sie haben nichts weiter als Ihre wirre Geschichte, dass ich ein eiskalter Drogenboss aus Kolumbien sei.«

Geneviève schüttelte den Kopf. »*Mais non, Monsieur.* Wir haben jetzt den Beweis. Und wahrscheinlich nur einen von vielen, die im Lauf des Tages noch folgen werden.«

»Und der wäre?« Maxime Flamant war sich seiner Sache wirklich sicher. Aber Geneviève wusste, dass er ihr jetzt nicht mehr ausbüxen konnte.

»Der Beweis, dass Sie in der Mordnacht in Paris waren. Zuerst beim Hotel Ihrer Schwester und dann am Vigne du Clos Montmartre.«

Flamant sah sie mit ehrlichem Erstaunen an. »Madame, ich kann Ihnen versichern, dass ich in dieser Nacht nicht in Paris war.«

Geneviève ignorierte ihn. Ein Alibi konnte er sich wohl jederzeit erkaufen. »Maxime – wir haben die Navis in allen Firmenautos überprüft. Eines davon war in der fraglichen Nacht genau an jenen beiden Orten. Außerdem hat mein Team in diesem Wagen auch Spuren von Rotweinmaische gefunden. Die exakten Ergebnisse stehen noch aus, aber wir können davon ausgehen, dass es sich dabei um die Maische aus dem Bottich handelt, in dem Sie Ihre Schwester so *fürsorglich* entsorgt haben. Das ist genug, um Sie vorläufig festzunehmen.«

Olivier erhob sich, um Maxime Flamant abzuführen. Er hatte den langen Tisch noch nicht halb umrundet, als Madame Flamant aufsprang und eine kleinkalibrige Pistole aus ihrer Handtasche zog. Sie hatten nur Maxime Flamant auf Waffen abgesucht, von Madame Flamant hatten sie keine Gefahr vermutet. Schwerer Fehler.

»Lassen Sie meinen Sohn in Frieden!«, schrie sie und fuchtelte dabei mit ihrer Waffe wild herum. Die Pistole bewegte sich zwischen Olivier und Geneviève hin und her. »Er hat mit der Sache nichts zu tun. Ich habe die kleine Schlampe getötet!«

Genevièves Knie wurden weich. Hatte sie gerade recht gehört? »Madame Flamant, sollen wir Ihnen wirklich glauben, dass Sie Ihre eigene Tochter umgebracht haben?«

»Eigene Tochter?«, spuckte Mathilde Flamant. »Ein Bastard war sie. Mein Göttergatte hat sie als Baby heimgeschleppt. War von einem seiner unzähligen Flittchen. Ich habe mir das gefallen lassen.«

»Aber ... aber wieso?«, fragte Geneviève, völlig aus der Bahn geworfen. Aus dem Augenwinkel sah sie, dass Olivier sich Schritt für Schritt der Frau näherte. Sie musste sie weiter ablenken und dabei nach Möglichkeit eine große Show abziehen.

»Sebastien war immer nur ein Mittel zum Zweck.«

»Mathilde, ich hätte dich in der Gosse lassen sollen, in der ich dich gefunden habe«, zischte Flamant senior.

»Ja, hättest du«, lachte Mathilde Flamant laut auf. »Aber du hattest es ja immer schon mit den schwierigen Fällen, *non*? Bist immer über die Grenze gefahren, um deine Triebe auszuleben. Du hast mir nie gesagt, woher Anne eigentlich gekommen ist. Von einer Belgierin? Von einer Deutschen? Mir war egal, mit wem du gefickt hast. Mir ging es nur um das Weingut. Und meinen Maxime. Er war das einzig Gute, was mir je widerfahren ist.«

»*Maman?*«, meldete sich nun der Angesprochene zu Wort. »Ist es wahr? Hast *du* Anne umgebracht?«

»Ja, *mon cher*. Ich hatte gehofft, dass deine Rückkehr sie zur Besinnung bringen würde, aber das kleine Luder war nicht zu bekehren. Sie hätte alles kaputt gemacht. Alles, was wir über so viele Jahre aufgebaut haben. Sie war leider zu sehr wie dein Vater und zu wenig wie ich. Wie sollte sie auch? Ich bin in dieser Nacht nach Paris gefahren. Zuerst war ich bei ihr im Hotel und habe auf sie eingeredet. Aber es hat nichts genutzt. Sie war so high von ihrem eigenen Zeug. Hat mir nur von ihren Plänen vorgeschwärmt. Ich habe ihr dann von unserem Kokain gegeben. In der Hoffnung, dass sie zu viel erwischt. In ihrem Zustand hat sie alles mit sich machen lassen.« Mathilde Flamant machte eine kurze Pause. Dann fuhr sie mit einem Seufzer fort: »*Fast* alles. Sie hat leider nur eine kleine Prise genommen. Zu wenig.« Mathilde Flamant lachte abfällig. »Aber genug, dass sie gefügig und voller Tatendrang war. Sie wollte mir sogar den Weingarten auf dem Hügel zeigen.«

»Und dort haben Sie Ihre Stieftochter dann erschlagen.«

Flamant nickte ernst. »Ich hätte das schon viel früher machen sollen. Dann wäre unserer Familie viel Leid erspart geblieben.«

»*Maman!*« So flehentlich hatte Geneviève Maxime Flamant noch nie gehört. Beinahe hätte sie Mitleid mit ihm bekommen. Wenn da nicht die Kleinigkeit mit El Hermano gewesen wäre. Indirekt hatte seine Mutter ihre Theorie eben bestätigt.

»Madame«, wandte sich Geneviève an die Frau, »nehmen Sie die Waffe runter. Sie kommen aus der Sache nicht mehr raus. Wenn Sie jetzt abdrücken, machen Sie Ihre Situation nur noch schlimmer. Auf dem Weingut wimmelt es nur so von Polizisten.«

Flamant drehte sich wieder zu ihr. Olivier war noch vier Meter entfernt. Zu weit, um sie zu überraschen. Vor allem, weil dazwischen auch noch die beiden männlichen Vertreter der Familie waren. »Ich habe nichts mehr zu verlieren«, fauchte sie Geneviève zu. »Wenn ich gehen muss, dann nehme ich einen von euch *connards* mit!«

In Zeitlupe sah Geneviève, wie Mathilde Flamant den Druck auf den Abzug erhöhte. Die Waffe war genau auf sie gerichtet. Sie konnte nichts mehr tun. Vielleicht noch versuchen, im richtigen Moment einen Schritt zur Seite tun, aber dann würde die Kugel die hinter ihr stehende Lunette treffen. Olivier konnte nicht mehr eingreifen. Sie sah noch, wie er jede Vorsicht in den Wind schoss und auf Mathilde Flamant zustürzte. Im selben Moment trat Geneviève mit dem Bein nach hinten und Lunette in den Bauch. Sie selbst warf sich zur Seite. Ihr wurde schwarz vor Augen. Zugleich ging die Pistole los. Der Schuss war aus dieser kurzen Entfernung ohrenbetäubend.

DIE ZWEITE REIHE GLÄNZT

Als Geneviève wieder zu sich kam, klingelten ihre Ohren immer noch. Dafür wusste sie, dass sie noch am Leben war. Vorsichtig schob sie ihren Kopf über die Tischkante, an der sie sich den Kopf angeschlagen hatte. Zu ihrer Überraschung sah sie, dass Flamant senior seine Frau zu Boden gerissen hatte. Olivier hatte sie dort fixiert.

Feiner Staub juckte in ihrer Nase. Sie sah hoch – in der Decke war ein Einschussloch. Sebastien Flamant musste in letzter Sekunde eingegriffen und seiner Frau den Arm hochgerissen haben.

Ihr Kopf brummte. Automatisch fuhr ihre Hand hoch. Mit den Fingern tastete sie ihren Kopf vorsichtig ab. Über der linken Schläfe fühlte sie etwas Klebriges, Feuchtes. Sie hielt die Finger vor ihre Augen. *Merde.* Eindeutig Blut. Sie versuchte aufzustehen, aber die rasche Bewegung ließ sie wanken. Lunette musste sie stützen. Das konnte doch nicht sein!

In dem Durcheinander hatte Maxime Flamant sich aus dem Staub gemacht. Er hatte die Verwirrung genutzt und war aus dem Raum gestürzt. Auch Lunette hatte ihn nicht aufhalten können. Sie hatte sich um ihre Chefin gekümmert. Geneviève riss sich los, aber sofort überkam sie wieder der Schwindel. Lunette platzierte sie auf einem Sessel und machte sich an die Verfolgung Flamants.

Sie fand ihn im Flur, wo er mit Albouy rangelte. Der *Commandant* hatte einen blutenden Cut über der rechten Augenbraue, auch seine Nase sah eigenartig schief aus. Er musste die Tür zum Meetingraum direkt ins Gesicht bekommen haben, als er hineinkommen wollte und Flamant zugleich aus dem Raum geflüchtet war. Für dieses Handicap schlug er sich ganz gut. Er war eine Spur größer als Flamant, der jedoch das Momentum der Überraschung auf seiner Seite und insgesamt eine bulligere Gestalt hatte.

Lunette sah, dass Flamant jetzt die Oberhand gewann. Er hatte seine Hand an der Gurgel Albouys und drückte ihn mit dem Kopf hart gegen die Wand. Einmal, zweimal, dreimal. Albouys Augen verdrehten sich, er sackte zusammen und rutschte mit dem Rücken an der Wand zu Boden. An der weißen Mauer blieb eine blutige Spur.

Geistesgegenwärtig nutzte Flamant die Gelegenheit und griff nach der Dienstwaffe des *Commandant*. Die war jedoch mit einem Verschluss im Halfter gesichert. Flamant verlor wertvolle Sekunden. Sekunden, die Lunette nutzte, um die Distanz zwischen ihm und ihr zu verringern. Gerade, als Flamant den Sicherheitsverschluss geöffnet hatte, erreichte Lunette ihn. Mit einem Tritt ihres rechten Fußes kickte sie seine Hand von Albouys Waffe. Erstaunt über die Wucht des Tritts blickte Flamant auf. Mit der rechten Hand hielt er sich die schmerzende Linke. »Titan-Prothese, Baby«, schnaubte Lunette wütend. Mit Genugtuung stellte sie fest, dass ihre alten Instinkte übernahmen. Die aus der Zeit, bevor sie ihr Bein verloren und für Olivier gefährliche Aufträge ausgeführt hatte. Ohne nachzudenken, schlug sie Flamant mit der Handkante in den Hals. El Hermano kippte um. Lunette richtete sich auf und klopfte sich theatralisch den Staub von ihrer Kleidung.

Langsames Händeklatschen ließ sie sich umdrehen. »Das am Ende war jetzt ein wenig over the top, aber grundsätzlich: gut gemacht«, lobte Geneviève. Sie lehnte im Türrahmen des Meetingraums.

»Nichts verlernt von dem, was du bei uns gelernt hast«, schloss sich Olivier mit einem breiten Grinsen an. Er hatte sowohl Madame Flamant als auch Monsieur Flamant senior Handschellen angelegt und aus dem Raum geführt.

»Ich hatte ja auch einen großartigen Lehrer.«

Vom anderen Ende des Flurs waren laute, schnelle Schritte zu hören. Drei Mitglieder von Oliviers Team stürmten mit gezückten Waffen in den Flur. Das ganze Chaos hatte nicht länger als eine Minute gedauert.

»Alles okay, Boss?«, fragte einer der drei. »Wir haben einen Schuss gehört.«

»Ihr habt das Beste verpasst, aber dank Lunette haben wir jetzt alles unter Kontrolle. Bitte nehmt mir die beiden hier ab.« Das Ehepaar Flamant wurde von der Spezialeinheit in Gewahrsam genommen und abgeführt. Maxime Flamant lag noch immer bewusstlos am Boden. Langsam kam aber Leben in ihn. Seine Beine zuckten leicht, und sein Adamsapfel bewegte sich auf und ab. Olivier pfiff einen seiner Leute zurück. »Hilf mir, ihn runterzubringen.« Sie nahmen Flamant in ihre Mitte, Lunette half, seine Arme über ihre Schultern zu legen. Über ein Funkgerät wurde weitere Hilfe angefordert, um Albouy ebenfalls abzutransportieren.

Dann ging es mit dem Lift hinunter in die menschenleere Empfangshalle. Die Gäste waren angewiesen worden, auf ihren Zimmern zu bleiben, bis die Polizei das Gelände wieder verlassen hatte. Das hatte zu einigen Unmutsäußerungen geführt. Am Ende hatte sich die Vernunft aber durchgesetzt.

Sie platzierten Flamant auf der Couch in der Mitte der Halle. Zwei Polizisten bewachten ihn. Geneviève hatte sich wieder ein wenig gefangen und konnte ohne Hilfe aufrecht stehen. Dennoch war sie heilfroh, als zwei Sanitäter kamen. Einer kümmerte sich um sie, der andere untersuchte Albouy, der weitaus mehr abbekommen hatte. Die Einsatzkräfte hatten ihn ebenfalls mit dem Lift in die Lobby transportiert.

Bei Geneviève war nach kurzer Untersuchung klar, dass sie verhältnismäßig glimpflich davongekommen war. Lediglich eine Platzwunde. Trotzdem schmerzte es höllisch, als der Sanitäter die offene Stelle mit Desinfektionsmittel reinigte. Die Wunde wurde mit einem Pflaster überklebt und mit einem Eisbeutel gekühlt.

Albouy hatte es weitaus schwerer getroffen. Wenigstens war es nichts Lebensgefährliches. Er wurde mit einer Trage aus dem Chateau gebracht. Kurz darauf raste der Rettungswagen davon.

In der Zwischenzeit war Flamant wieder erwacht.

»*Chapeau*«, krächzte er sarkastisch. Nach Lunettes Schlag hatte er noch Probleme und Schmerzen beim Sprechen. Geneviève gönnte es ihm. Eine Antwort ersparte sie sich, weil in diesem Moment ihr *portable* klingelte. Es war Major Faivre, der die Teams koordiniert hatte, die das Weingut durchsuchten.

»Madame«, meldete er sich aufgeregt, »wir haben das Kokain gefunden.«

»*C'est excellent!* Wohin sollen wir kommen?«

»Zum Kaffeelager. Sie haben mit Ihrer Vermutung richtiggelegen.«

Geneviève beendete das Gespräch. Mit Blick auf Flamant, der sich denken konnte, worüber gerade gesprochen worden war, meinte sie: »Packt den ein. Um ihn kümmern wir uns in Paris.« Oliviers Spezialeinheit kam dem Wunsch nach. Als Flamant junior sicher in einem der Einsatzwagen verstaut war, schlenderte Geneviève mit Lunette und Olivier hinüber zum Kaffeelager, wo sie bereits von Faivre erwartet wurden. Lunette schenkte ihrem Freund ein aufmunterndes und stolzes Lächeln.

»Kommen Sie, kommen Sie«, winkte Faivre die anderen hektisch zu sich. Die Lagerhalle sah von außen nicht aus wie jede andere. Die Flamants hatten die Fassade in dunklen Braun- und Grüntönen gestrichen, damit sie sich besser in die idyllische Landschaft einfügte. Zudem verfügte sie über ein Giebeldach mit Tonschindeln. Geneviève schätzte, dass es sich früher um eine Scheune gehandelt haben musste. Nur das große Rolltor verriet, dass das Gebäude nun als Lager verwendet wurde.

Innen änderte sich das Bild dramatisch. Die ehemalige Scheune war komplett ausgehöhlt und nach modernsten Standards umgebaut worden. Hunderte Jutesäcke waren in meterhohen Regalen verstaut, auf jedem Regal befand sich eine Aufschrift mit der Kaffeesorte. Der Duft der Bohnen war atemberaubend.

»So offensichtlich?«, fragte Geneviève überrascht.

»Nein, natürlich nicht«, antwortete Faivre. »Wie Sie sehen, kontrollieren unsere Spürhunde die Kaffeesäcke sicherheitshalber, aber bislang haben wir hier nichts gefunden. In den Säcken sind tatsächlich nur Kaffeebohnen. Sehr gute, wenn ich das anmerken darf.«

»Sie dürfen«, schmunzelte Geneviève. »Trotzdem würde mich interessieren, wo das Kokain ist.«

»Kommen Sie mit«, forderte Faivre sie auf.

Am hinteren Ende der Lagerhalle war ein weiteres Tor. Kleiner, aber groß genug, dass ein Lkw hier Ladung aufnehmen konnte. Vor dem Tor war eine große Hebebühne.

»Die Flamants haben das geschickt gemacht«, erklärte Faivre. »Das ist nicht nur eine Hebe-, sondern auch eine

Senkbühne. Schauen Sie.« Er betätigte einen Schalter in einer der Säulen der Hebebühne, woraufhin die Metallplatte im Boden versank. Geneviève beugte sich über das Loch im Boden. »Ein Hobbykeller ist das nicht«, meinte sie mit Anerkennung in der Stimme. Unter ihnen offenbarte sich ein ausgebautes Untergeschoss – das Versteck der Drogen.

»Nein, auf keinen Fall«, bestätigte Faivre, der den sarkastischen Unterton Genevièves überhört hatte. »Das ist ein hochmodernes Drogenlabor. Wir haben einige ›Mitarbeiter‹ Flamants überrascht und sie bereits abführen lassen. Wollen Sie sich das Labor ansehen?«

»Ja bitte. Aber wie kommen wir da runter?« Es waren gut drei Meter bis zur komplett hinuntergelassenen Hebebühne. Zu hoch, um runterzuspringen.

»Folgen Sie mir«, wurde sie vom Major wieder aufgefordert. Er genoss es sichtlich, endlich einmal einen Informationsvorsprung gegenüber seiner Chefin zu haben. Geneviève gönnte es ihm. So wie sie es Lunette gegönnt hatte, dass sie es letztlich war, die Flamant zur Strecke gebracht hatte. Die beiden würden heute Abend einiges zu besprechen haben. Und das garantiert nicht in aller Öffentlichkeit. Endlich standen die beiden einmal im Rampenlicht.

An einer Seitenwand befanden sich mehrere kleine Büros, daneben sah Geneviève Metalltüren, die zu Toiletten und einer Besenkammer führten. Eine Tür war jedoch unbeschriftet. Und wies auch weder Türklinke noch Schlüsselloch auf. Sie musste elektronisch gesteuert sein. Als sie näher kamen, sah sie, dass diese Tür Spuren einer gewaltsamen Öffnung aufwies.

»*Après vous, Madame.*«

Geneviève öffnete die Tür. Dahinter war eine Wendeltreppe, die in die Tiefe führte. Im Untergeschoss angekommen, wurden ihr die Dimensionen des Drogenlabors erst so richtig bewusst. Es war größer als die Scheune darüber, das Equipment nicht nur blitzblank, sondern auch hochmodern. Und alles wirkte sehr steril. Kaltes Licht aus Halogenlampen, das sich auf den Edelstahltischen und -schränken spiegelte. Am anderen Ende, Richtung Hebebühne, waren noch mehr Regale, wie sie sie von oben bereits kannte. Die Päckchen hier waren jedoch nicht in Jutesäcke verpackt, sondern in kleine, handliche Plastiktüten.

Ein weiterer Teil des Labors war offenbar Annes »Hobby« gewidmet. Unter einer langen Reihe von Tageslichtlampen wuchsen und gediehen unzählige Cannabis-Pflanzen, die in voller Blüte standen und erntebereit waren. Ihr süßlicher Duft ließ Genevièves Kopf schwimmen.

»Entweder hat Maxime es nicht übers Herz gebracht, das letzte Andenken an seine Schwester zu vernichten, oder er wollte sich das Taschengeld mit dem Verkauf des Marihuanas nicht entgehen lassen«, stellte Geneviève erstaunt fest.

»Wird er uns vielleicht noch verraten«, antwortete Olivier. An Faivre gerichtet, meinte er: »Wie haben Sie das Labor gefunden?«

»Die Spürhunde haben zuerst verwirrt reagiert. Der Kaffeeduft in der Halle ist erdrückend. Als sie dann rund um die Hebebühne zu kratzen und zu jaulen begannen, fiel bei uns der Groschen. Der Schalter, um die Bühne abwärts fahren zu lassen, ist mit einer Art Kindersicherung ausgestattet und natürlich nicht als solcher ausgewiesen. Es hat gedauert, bis wir diesen Trick durchschaut haben.«

»Gut gemacht«, sagte Geneviève. »Ich glaube, wir haben hier genug gesehen. Den Rest erledigen Zazou und sein Team.«

In der Zwischenzeit waren auch mehrere lokale Polizeieinheiten auf dem Weingut eingetroffen. Der Kommissar aus

Épernay war, gelinde gesagt, nicht amüsiert darüber, dass auf seinem Gebiet ein großer Polizeieinsatz ohne sein Wissen stattgefunden hatte. Nachdem Olivier ihn zur Seite genommen und ihm seine Position erklärt hatte, war der Mann aber ganz schnell ruhig und fragte lediglich, wie er behilflich sein konnte. Da gab es tatsächlich einiges zu tun, denn das Weingut musste komplett auf den Kopf gestellt werden. Die Hotelgäste hatte man mittlerweile zum Packen geschickt. Die meisten waren bereits auf dem Heimweg. Einige wenige besonders Neugierige konnten es nicht lassen und wollten den Polizeieinsatz mit ihren Handys filmen, um die Videos auf ihren Social-Media-Accounts zu posten. Das wurde von Oliviers Spezialeinheit umgehend unterbunden. Um unliebsamen Überraschungen zuvorzukommen, wollte Olivier dennoch sofort eine kurze Meldung an die Presse rausschicken. Geneviève stoppte ihn. »Lass dir noch Zeit. Ich habe jemandem versprochen, dass ich ihn informiere, wenn wir den Fall gelöst haben.«

Olivier zog überrascht eine Augenbraue hoch, nickte dann aber zustimmend.

Geneviève nahm ihr Handy und wählte die Nummer von Benoit Paire.

Am frühen Abend kehrte Geneviève mit ihrem Team nach Paris zurück. Auf dem Heimweg hatten sie die Information aus dem Spital bekommen, dass es Albouy den Umständen entsprechend gut ging. Er hatte zwar eine hässliche Wunde am Hinterkopf, aber es bestand keine Lebensgefahr. Er würde in wenigen Tagen wieder aus dem Spital entlassen werden können.

Zur Feier der guten Nachrichten lud Geneviève Lunette und Major Faivre zum Abendessen bei Chez Frédéric ein.

Henry hatte sie schon von unterwegs über ihren Erfolg informiert und ebenfalls in ihr Stammbistro gebeten. Er erwartete sie bereits an einem der Tische – ein Korb frisches Baguette und eine Karaffe Rosé standen schon bereit. Kurz darauf gesellte sich auch Isabelle zu ihnen.

»Was ist mit dir?«, fragte Geneviève entsetzt. Die Gerichtsmedizinerin war verdächtig bleich.

»Sag's ihr, sonst tu ich es«, platzte es lachend aus Lunette heraus.

Isabelles Blick schweifte unruhig vom einen zum anderen. Dass Henry und Faivre ebenfalls da waren, störte sie. »Ach, was soll's«, stöhnte sie schließlich. »Mir ist nur ganz übel, weil …«

»Weil? Bist du schwanger?«

»*Mon Dieu, non!*«, antwortete Isabelle entsetzt. Leiser setzte sie nach: »Hoffe ich. Ich habe mit deinem Drogenboss geschlafen. Während unserer Undercover-Aktion.«

»Du hast *was*?«, fuhr es aus Geneviève heraus.

»Pscht! Muss ja nicht jeder hören. Ja, mir ist es auch peinlich. Aber er war so … so charmant. Und zuvorkommend. Und …«

»Das reicht schon«, unterbrach Geneviève sie.

»Wenn ich daran denke, dass ich Sex mit so einem skrupellosen und brutalen Menschen hatte …«

»Vielleicht hätte er dich zu seiner Drogenqueen gemacht?«, feixte Geneviève.

»Ach, sei doch ruhig«, beendete Isabelle verschämt die Diskussion.

Zu fünft teilten sie sich eine ganze Quiche Lorraine, dazu gab es für jeden einen kleinen Salat. Sie genossen jeden Bissen. Als schließlich auch noch Merlot auftauchte und es sich auf dem Schoß seines Frauchens gemütlich machte, war der Abend perfekt.

Es war kurz vor halb 8 Uhr, als das Haustor neben dem Bistro sich öffnete und *Mamie* herausgeputzt wie ein Weihnachtsbaum das Haus verließ.

»*Mamie!*«, rief Geneviève zu ihr hinüber.

»Gené, so eine Freude! Alles gut gelaufen?«

»Ja, der Fall ist gelöst, die Mörderin eingebuchtet.«

»Die Mörderin?«

»Erzähle ich dir morgen. Sieht so aus, als hättest du noch eine Verabredung«, winkte Geneviève schmunzelnd ab.

»*C'est vrai*«, bestätigte *Mamie*.

»Mit deinem *Amoureux*?« Das letzte Wort hatte sie besonders spöttisch betont.

Olivia Morel nickte. »Ich muss jetzt wirklich los, meine Liebe. Habt noch einen schönen Abend. Wir sehen uns morgen in der Früh.« Letzteres war eine Feststellung, keine Frage. Doch Geneviève freute sich schon darauf. Der Fall Flamant hatte sie so auf Trab gehalten, dass ihre obligaten Frühstücks-Dates mit *Mamie* zu kurz gekommen waren. Aber jetzt war ja endlich wieder Ruhe eingekehrt.

Olivia Morel verabschiedete sich und spazierte die Rue Maurice Utrillo hinauf.

»Willst du gar nicht wissen, was deine Großmutter genau vorhat?«, fragte Lunette. »So fein angezogen, wie sie war?«

Geneviève lächelte müde. »Nein, will ich nicht.«

ÉPILOGUE

Als *Mamie* außer Sichtweite der *flics* war, beschleunigte sie ihre Schritte. Sie war ohnehin schon spät dran. Das Museum hatte um 19 Uhr, also vor knapp einer halben Stunde, geschlossen und sie war für 19.30 Uhr mit ihren Freundinnen auf der Place du Tertre verabredet. Sie wollten gemeinsam im Museum auftauchen, um den Schein der Überraschungsparty zu wahren. Als Geburtstagskind war Evelyn ausgesucht worden. Sie war eine ehemalige Maskenbildnerin, die für alle großen Theater der Stadt gearbeitet hatte und die nun dafür zuständig war, dass die Verkleidungen der Rentnerinnen-Gang passten. Heute hatte sie einen gemütlichen Abend, da Olivias Damenkränzchen ganz ohne Verkleidung und Theaterschminke auskam. Abgesehen vom alltäglichen Make-up. »Offiziell« gab es nichts zu stehlen. Von dem Picasso, auf den es ihre Freundin abgesehen hatte, wusste außer dem alten Kurator niemand.

Als Treffpunkt hatten sie La Mère Catherine vereinbart, das älteste Restaurant am Platz. Unter den vielen Touristen fielen sie nicht auf. In aller Ruhe und bei einem Glas Champagner gingen sie nochmals ihren Plan in groben Zügen durch. Es war viel auf Improvisation aufgebaut, aber so mochte Olivia Morel es am liebsten. Es war ohnehin unmöglich, alle Eventualitäten vorauszusehen. Der Champagner, der ihnen serviert wurde, war zwar teuer, schmeckte aber billig. Den Touristen um sie herum schien das nicht aufzufallen, sie waren wohl zu sehr von der romantischen Abendstimmung auf der Place abgelenkt. Leise Musik, die dermaßen abgehalftert nach Paris klang, dass sich *Mamie* schüttelte, dazu die auch am Abend noch tätigen Maler, denen die Kundschaft nie auszugehen schien. Dem Ganzen die Krone setzte aber die Anwesenheit von Monsieur Voltaire auf, der in seinem uralten, geflickten und nach Mottenkugeln riechenden Anzug seine Ehrenrunde rund um die Place drehte. Geneviève behauptete, dass er ihr im Sommer geholfen hatte, den Mord an ihrer beider Lieblingsbäcker aufzuklären. *Mamie* traute ihm das nicht zu. Dafür kannte sie ihn zu gut. Leider. Aber das war eine Geschichte, die Geneviève nicht wissen musste. Sie drehte sich schnell weg, bevor der Alte auf die Idee kam, sie anzusprechen. Aus den Augenwinkeln sah sie, wie er links und rechts alles grüßte, Bekannte oder Unbekannte. Seinen alten Hut mit einer Hand kurz anhob und wieder auf seinen Kopf senkte und wohl darauf hoffte, dass jemand Erbarmen hatte und ihn auf ein Glas Wein einlud. Sie würde das ganz bestimmt nicht sein.

Um Punkt 20 Uhr machten sie sich auf den kurzen Weg zum Museum. Sie hatten sich für diese Zeit angekündigt. Ein paar Minuten Verspätung durften und mussten schon sein. Roland sollte ruhig ein wenig zappeln. Dann würde er später umso gefügiger sein.

Marron erwartete die Gruppe bereits ungeduldig vor dem unscheinbaren Eingang zum Museum.

»Mesdames!«, schmachtete er – in erster Linie in Richtung seiner Olivia.

»Was wollen wir hier?«, fragte Evelyn in gespielter Überraschung. Offiziell durfte sie ja von der ganzen Sache nichts wissen.

»Mir ist zu Ohren gekommen, dass Sie heute Geburtstag feiern. Ich schätze, Ihren 50., so strahlend, wie Sie aussehen«, schleimte Marron weiter. Hinter dem Rücken Evelyns verdrehte Olivia Morel die Augen. Hatte sie wirklich vier Wochen mit ihm ausgehalten? Zugegeben, im Bett hatte er noch immer seinen Mann gestanden. Keine Selbstverständlichkeit für jemanden in seinem Alter. Vor allem ganz ohne die blauen Wunderpillen, die seit der Jahrtausendwende – wie das schon wieder klang – für ein erfülltes Sexualleben auch im fortgeschrittenen Alter sorgten. Zum Glück war sie in dieser Hinsicht nicht von Roland abhängig. Normalerweise hatte sie viel jüngere Lover. Marron war eine nützliche – und vor allem interessante – Abwechslung gewesen.

»*Vous êtes si charmant*«, flötete Evelyn, die in ihrer Rolle voll aufging. *Mamie* hatte nicht gewusst, dass ihre Freundin ein derartiges Schauspieltalent besaß. Gut, sie hatte jahrzehntelang den Besten ihres Fachs auf die Finger schauen können.

»Aber, aber«, antwortete Marron kokett. »Ich spreche doch nur die Wahrheit.«

»So, jetzt reicht es«, drängte sich Olivia zwischen die beiden. Nicht, dass da noch etwas in die falsche Richtung lief.

»Eifersüchtig?«, fragte Evelyn sarkastisch.

»Nein«, antwortete Olivia schroff, »aber wir haben noch einiges für dich geplant!« Dabei verdrehte sie die Augen vielsagend. Was Evelyn recht egal war. Sie hängte sich in den angebotenen Arm Marrons ein und ließ sich in das Museum führen. Dahinter seufzte *Mamie* tief. Es war verdammt schwer, heutzutage noch gutes Personal zu bekommen.

Sehr zu ihrem Wohlwollen war das Museum inzwischen tatsächlich komplett leer. Die letzten Gäste waren vor über einer Stunde freundlich, aber bestimmt hinauskomplimentiert worden. Das Personal war ebenfalls gegangen. Weniger wohlwollend nahm sie zur Kenntnis, dass der Koch sich nicht ebenfalls absentiert hatte. Dazu kamen noch zwei Kellner, die, für den Abend abgestellt, Gewehr bei Fuß beziehungsweise Serviette über dem Arm, bereitstanden und die vermeintliche Geburtstagsrunde an ihre Plätze geleiteten.

»Aber Roland«, sagte *Mamie*. Zugleich drängte sie sich zwischen Evelyn und den Kurator, »wir hatten doch ausgemacht, dass so ein Aufwand nicht nötig ist. Ein kaltes Buffet hätte völlig gereicht.«

»Tja, meine Liebe«, erwiderte Marron. »Als ich dem *cuisinier* gesagt habe, für wen er heute zu kochen hat, hat er sofort gemeint, dass in diesem Fall ein kaltes Buffet nicht reicht. Für Madame Morel darf es nur das Beste vom Besten sein. Deshalb die beiden Kellner. Und natürlich Marc, der Koch, selbst. Immerhin konnte ich ihn überreden, den Rest der Mannschaft heimzuschicken. Das Essen wurde bereits vorbereitet. Marc wird der ganzen Sache nur mehr den letzten Schliff verleihen, wenn wir so weit sind zu dinieren.«

Tja, manchmal war der eigene Ruf auch eine Bürde. Seufzend nahm sie die Anwesenheit der beiden Kellner hin. An den Plänen änderte das nichts.

»Wollen wir zuerst die Führung machen?«, fragte Marron.

»Jaja, natürlich«, antwortete *Mamie* abwesend. Ihre Freundinnen würden sich den beiden Kellnern widmen müssen, um den Abend nach Plan verlaufen zu lassen. Aber wie schon gesagt: Improvisation war Olivia Morels große Stärke.

Marron führte seine zehn Gäste rund eine Stunde durch das Museum. Olivias Freundinnen gaben ihr Bestes, um das notwendige Interesse zu heucheln. *Mamie* hatte da längst auf Durchzug geschaltet. Sie kannte das Museum wahrscheinlich besser als Marron. Ganz sicher kannte sie einige der Künstler besser als der Kurator. Picasso und Dalí hatten viele Musen gehabt … Aber das musste sie Roland ja nicht auf die Nase binden.

In Wirklichkeit warteten ohnehin alle auf das Abendessen. Nicht nur, aber durchaus auch, weil sie bereits hungrig waren und man sich ein ausgezeichnetes *diner* nicht entgehen lassen konnte. *Mamies* großer Auftritt war dann das Sahnehäubchen.

Aber zuerst kam das Abendessen, das mehr einem Galadinner glich. Marc hatte sich nicht lumpen lassen und von einer cremigen Selleriecreme-Suppe über zarte Jakobsmuscheln an raffiniert zubereitetem Rind bis hin zu einer Crème Brûlée, für die Olivia gestorben wäre, alles aufgefahren, was er in seinem ansehnlichen Repertoire zu bieten hatte.

Als *Mamie* ihr Dessert ausgelöffelt hatte, lehnte sie ihren Kopf an Marrons Schulter. Selbstverständlich war sie neben dem Kurator gesessen. Zu seiner Rechten. Evelyn hatte den Platz an seiner Linken bekommen, aber war während des Essens wieder in ihre Rolle des überraschten Geburtstagskinds gefallen.

»Roland«, hauchte Olivia leise.

»Ja?«

»Das Essen war so ausgiebig. Du wüsstest nicht einen Platz, an dem ich mich ausruhen kann?«

»Hm?«

Mon Dieu, war der Typ begriffsstutzig.

»Wolltest du nicht ein Porträt von mir anfertigen?«, half sie ihm auf die Sprünge.

Endlich fiel bei ihm der Groschen. »Ach ja, natürlich, natürlich. In meinem Atelier … da wäre eine Couch.«

»Und wir wären ungestört?«

»Auf jeden Fall!«

»Worauf warten wir dann?«

Die Kellner hatten in der Zwischenzeit eine Flasche Champagner serviert. Es war nicht die erste des Abends. Und wohl auch nicht die letzte.

»Ihr entschuldigt, wenn wir uns für einen Moment zurückziehen?«, fragte Olivia in die Runde. Es war das Zeichen, dass es nun ernst wurde und sich der Rest der Gesellschaft um die Kellner kümmern musste.

Marron nahm Olivia an der Hand und führte sie in sein Atelier, wo sie sich auf das Sofa fallen ließ. Das abgewetzte Leder hatte schon jede Menge durchgemacht. Auf einem ähnlichen Sofa, an derselben Stelle, war Olivia schon einmal gelegen. Als Modell für einen der ganz Großen. Sie war noch blutjung gewesen, allerdings bereits im legalen Alter, und es war nicht beim Modellstehen geblieben. Auch nicht beim Liegen. Aber auch das musste Roland nicht wissen.

Mamie schloss für einen Moment die Augen. Sie musste in ihrer Rolle der Erschöpften bleiben. An mir ist auch eine Schauspielerin verloren gegangen, lobte sie sich selbst. Roland hätte sich am liebsten auf sie gestürzt, aber sie wehrte ihn ab. »Du wolltest mich doch malen, *non*?«

»Richtig, richtig«, antwortete der Kurator verwirrt. So war es ihr recht. Er sollte nicht wissen, woran er war.

Immerhin hatte er tatsächlich die Staffelei und eine leere Leinwand hergerichtet. Sie sah ihm zu, wie er konzentriert Farben mischte und sich einen Kittel anzog. Irgendwie war er in seinem Bemühen ja süß. Schade nur, dass er völlig unbegabt war.

Nach einigen Minuten war er endlich so weit und begann mit seinem Werk.

»Stört es dich, wenn ich mich freimache?«, fragte Olivia unschuldig. »Hier ist es so heiß …« Ohne auf eine Antwort zu warten, entledigte sie sich ihres Blazers und knöpfte ihre Bluse auf. Hinter der Leinwand wurde Marron sichtbar unruhig. *Mamie* ließ ihn noch ein wenig zappeln.

Es kostete Marron sichtbar Überwindung, sich weiter auf

sein Gemälde zu konzentrieren. Als sich Olivia ihrer Bluse und dann auch noch ihres Rocks entledigte, war es endgültig um seine Selbstbeherrschung geschehen. Olivia lag einladend in ihrer sündteuren Unterwäsche auf dem Sofa. Mit dem Zeigefinger lockte sie Marron. »Zeit für eine Pause«, sagte sie. Und wer war Marron, dass er Olivia Morel widersprach?

Hinter der angelehnten Tür hatte Marie bereits gewartet. Sie hatte in der Zeit vor ihrer Rente als Uni-Professorin an der *École polytechnique* gearbeitet und war für alles Technische zuständig, wenn ein komplizierter Coup geplant war. Mit Technik hatte ihre Aufgabe an diesem Abend nicht viel zu tun. Wie alle anderen Damen aus *Mamies* Rentnerinnen-Gang war auch sie eine Kindheitsfreundin. Olivia umgab sich in dieser Hinsicht nur mit Frauen, denen sie absolut trauen konnte. Die gemeinsame kriminelle Vergangenheit schweißte zusammen.

Marron folgte der Aufforderung seiner Geliebten. Für Olivia hätte er alles getan. So eine Frau war ihm seit Jahrzehnten nicht begegnet. Schön, gebildet, kultiviert. Und jemand, dem man zu 100 Prozent trauen konnte. Eine Kunstkennerin wie Olivia Morel würde ihn niemals hintergehen. Er sank in ihre Arme.

Marie schob die Tür leise auf. *Parfait*, der alte Kurator war damit beschäftigt, seine Nase in Olivias Dekolleté zu vergraben. Sie suchte den Blickkontakt mit ihrer Freundin. *Mamie* nickte aufmunternd und drückte Marrons Kopf mit ihrer Hand fester an ihren Busen. Marie hatte sich zuvor die Schuhe ausgezogen und schlich nun auf Zehenspitzen ins Atelier. Olivia hatte ihr zuvor erklärt, wo sie den unbekannten Picasso finden würde. Trotzdem war es nicht so einfach, das Blatt unter all den anderen Zetteln und Akten in der Schublade aufzustöbern. Olivia tat ihrerseits ihr Bestes, um Marron abzulenken und ihn nicht aufblicken zu lassen. Nur als er ihr das Höschen ausziehen wollte, führte sie seine Hand zurück an ihre Brust, die noch immer von einem BH bedeckt wurde. Sex vor ihrer Freundin wollte sie dann doch nicht haben.

Olivia begann zu stöhnen, um das Rascheln des Papiers zu übertönen. Verdammt, warum brauchte Marie so lange? Nach schier endlosen Sekunden zog ihre Freundin triumphierend das vergilbte Blatt in der Schutzhülle heraus. Sie drehte sich um und zeigte es Olivia, die nickte und damit bestätigte, dass es sich um den gesuchten Picasso handelte. Sie zuckte kurz zusammen, als Marie das wertvolle Papier zusammenrollte und in einer Innentasche ihrer Jacke verschwinden ließ. Durch die Plastikhülle war es vor Knicken und Falten geschützt.

Marie winkte zum Abschied. Sie hatte sich die ganze Zeit über das Lachen verkneifen müssen. Marron, der inzwischen die Hosen runtergelassen hatte, sah mit seinem weißen nackten Arsch einfach zum Schießen aus. Am liebsten wäre sie rübergegangen und hätte ihm einen Klaps auf den Po gegeben. Professionell, wie sie aber nun mal war, schlich sie sich wieder aus dem Atelier und ließ die beiden alleine.

Mamie atmete tief durch. Für einen Moment überlegte sie, die Scharade jetzt zu beenden.

Tat sie aber nicht. Wo Roland doch so bemüht war. Eine letzte Runde gönnte sie ihm noch. Am nächsten Tag würde seine Welt ohnehin zusammenbrechen. Außerdem hatte sie ja selbst Spaß. Jetzt ließ sie ihn ihr Höschen ausziehen.

Als sie eine halbe Stunde später wieder ins Restaurant kamen, saßen die beiden Kellner und Marc, der Koch, mit der Geburtstagsrunde am Tisch und kippten *Chartreuse*. Eine leere Flasche des Kräuterlikörs stand bereits auf dem Tisch, und Olivia sah, wie Marie den drei Männern aus einer weiteren Flasche einschenkte. Es war eine Flasche *Chartreuse Verte*, die klassische Variante. Olivia mied das Zeug wie der

Teufel das Weihwasser. Sie bekam davon immer furchtbare Kopfschmerzen. Der *Chartreuse* stammte aus der Nähe von Grenoble, circa auf dem halben Weg von Paris nach Cannes, wenn man sich den Umweg über die Alpen antun wollte. Dabei fiel ihr ein, dass sie kurz vor Weihnachten ebendort zu einer Charity-Veranstaltung eingeladen war. Genauer gesagt im Musée de Grenoble. Praktischerweise wurde dort zu diesem Zeitpunkt auch einer der wertvollsten Diamanten der Welt ausgestellt. Sie freute sich bereits darauf.

Der Rest des Abends verging wie im Flug. Dass sich Marie mit dem Picasso unter der Jacke vorzeitig verabschiedete, fiel in der alkoholgeschwängerten Atmosphäre nicht weiter auf. Selbst Marron hatte sich in seiner ausgelassenen Stimmung mit dem Kräuterlikör abfüllen lassen. Keinem der Männer war aufgefallen, dass ihre weibliche Gesellschaft in erster Linie ihnen einschenkte und selbst noch immer am ersten Glas nippte. Aber *Mamies* Rentnerinnen-Gang bestand eben aus Profis.

Um allen Verdächtigungen vorzubeugen, verbrachte *Mamie* die Nacht in Marrons Appartement. Zu ihrer Überraschung dauerte es noch zwei Tage, bis ihm der Diebstahl des Picassos auffiel. Wie zu erwarten, ging er damit nicht an die Öffentlichkeit und auch nicht zur Polizei. Wie wäre er dagestanden? Seine große Karriere wäre im Eimer gewesen, und alles, woran man sich in seinem Zusammenhang erinnern würde, war der Diebstahl eines unbekannten Picassos. Da schwieg er lieber und nahm den Verlust zähneknirschend hin.

Eine Woche später gab sie ihm den Laufpass. Neue Aufgaben warteten.

La Fin

Lesen Sie weiter
für eine Kurzgeschichte mit Mamie …

MAMIES KLEINSTER COUP

JETZT

Ein Knurren, ein Krachen, Totenstille für den Bruchteil einer Sekunde. Dann heulte die Alarmanlage los. Ein ohrenbetäubender Sirenenton. Die Gäste begannen zu kreischen und aufzuspringen. Stühle wurden umgeworfen, Gläser umgeschmissen, Blumenvasen zerbrachen – pures Chaos. Nur Olivia Morel saß seelenruhig auf ihrem Stuhl und wartete.

*

ZUVOR

Olivia Morel, vom Rest der Familie nur liebevoll *Mamie* genannt, entstieg der schwarzen Limousine vor der Bastille hoch über Grenoble. Sie hätte auch die kugelförmige Seilbahn nehmen können, die seit 1934 tagtäglich Heerscharen von Touristen und Einheimischen aus der Stadt hinauf auf den Mont Rachais, einen der südlichsten Ausläufer des Chartreuse-Massivs, brachte.

Aber die Seilbahn, wegen ihrer kugelförmigen Kabinen auch *Bulles* bezeichnet, war etwas für den Pöbel. Wozu sich Olivia Morel nicht zählte. Sie war die Matriarchin einer der einflussreichsten Kunstsammler-Familien des Landes. In Wirklichkeit war das Hauptgeschäft der Familie ein anderes. *Ars est nostra ars* – so stand es im Morelschen Familienwappen. *Kunst ist unsere Kunst.* Wobei die Betonung auf »unsere« lag. Die Morels waren nämlich seit Generationen auch als Kunstdiebe zugange und hatten so ein erkleckliches Vermögen angehäuft. Das Geschäft brummte nach wie vor. Und während der Rest der Familie zur Tarnung dem Jet-Set-Leben in Cannes an der Côte d'Azur frönte, hatte es Olivia Morel in der Rente zurück nach Paris gezogen, wo sie schon ihre Jugend verbracht hatte.

Sie war der Einladung des Centre d'Art Bastille gefolgt, das kurz vor Weihnachten eine Charity-Gala gab. Es war eine Selbstverständlichkeit, dass auch sie als eine der wichtigsten Sammlerinnen und Kunstmäzeninnen des Landes eingeladen worden war. Die Einladung war in doppelter Hinsicht praktisch: Erstens wollte *Mamie* die Weihnachtszeit wie jedes Jahr mit dem Rest der Familie in Cannes verbringen, und Grenoble lag mehr oder weniger auf dem Weg. Wenigstens wenn Geld keine Rolle spielte und man mit dem Privatjet der Familie einen Zwischenstopp im Isère-Tal einlegen konnte. Zweitens, weil bei der Charity-Gala mit der *Red Lady* auch einer der wertvollsten Diamanten der Welt ausgestellt wurde. Olivia Morel war keine Kostverächterin: Für sie zählte schöner (und vor allem sündteurer) Schmuck ebenso zu Kunst wie ein Gemälde von Picasso oder Dalí. Wer war sie, dass sie eine solche Einladung ausgeschlagen hätte?

»*Merci*, Lorenzo.« Sie bedankte sich beim Chauffeur, der ihr die Limousinentür aufhielt. Lorenzo war einer der wenigen Außenstehenden, der in das kriminelle Familiengeheimnis eingeweiht war. Er war am Vormittag von Cannes losgestartet, um *Mamie* vom Flughafen eine halbe Stunde außerhalb Grenobles abzuholen.

»Soll ich mich in der Zwischenzeit um Aramis kümmern?« Lorenzo griff bereits nach der Leine des Cocker

Spaniels, der gesittet auf dem Rücksitz der Limousine saß und darauf wartete, aussteigen zu dürfen.

Olivia Morel schüttelte vehement den Kopf. »Nein. Aramis kommt mit.«

»*Comme vous le désirez.*«

Mamie nahm die Leine, worauf der Hund aus dem Auto sprang und sich dicht an die Beine seines Frauchens drückte. Olivia Morel sah sich um. Es war kurz vor 20 Uhr, und der Großteil der Ehrengäste war bereits im Inneren der imposanten Festung aus dem 19. Jahrhundert, die mit ihren schweren, grauen Steinen so wunderbar ins Landschaftsbild passte. War an der Côte alles leicht, beschwingt und pastellig, so war hier in den Alpen alles schroff, grau und zerklüftet. Daran änderten auch die schier endlosen Wälder in den Tälern und Schluchten nichts. Die Gebirgsmassive dominierten die Region, und jetzt im Winter hatte sich auch noch jede Menge Schnee dazugesellt.

Es war eisig kalt, aber Olivia Morel fror in ihrem schwarzsilbernen Vintage Fuchspelz-Mantel von *Dior* nicht. Alles an ihr schrie Reichtum. Angefangen beim Fuchspelz – *Mamie* pfiff auf politische Korrektheit, schließlich war das Tier bereits seit Jahrzehnten tot – über das *Chanel*-Kostüm bis hin zu den zu einem Dutt hochgesteckten Haaren, die mit einem teuren und personalisierten Luxus-Bleistift in Position gehalten wurden. Hinzu gesellte sich ein Diamanten-Collier, dessen kleine Schwester sich als Hundehalsband an Aramis befand.

»Ich wünsche Ihnen einen schönen und erfolgreichen Abend«, merkte Lorenzo mit einem Zwinkern an. Dann setzte er sich in den warmen Wagen.

»Aber ganz sicher«, murmelte Olivia Morel. »*On y va*«, sagte sie zu ihrem Hund. Über einen roten Teppich ging es einige wenige Stufen hinauf zum Eingang des Centre d'Art Bastille, der wenig spektakulär, dafür umso bunter war: eine kleine rosa Tür. Der einzige Farbtupfen in der sonst grauen Festung.

Vor der Tür wurde sie von einem Concierge empfangen. Sie zeigte ihm ihre Einladung und ignorierte seinen Einwand, dass Hunde bei der Veranstaltung nicht erlaubt waren. Aramis durfte selbst in die feinsten Pariser Restaurants. Nachdem der Concierge den Namen auf der Einladung nochmals gelesen hatte, stotterte er: »Aber natürlich, Madame Morel. Selbstverständlich darf Ihr Hund hinein. Verzeihen Sie die Umstände.«

Mit einem leisen Schnauben drängte sie sich an dem jungen Mann vorbei und durch die niedrige Tür. Innen schlug ihr sofort warme Luft entgegen. Ein weiterer Concierge nahm ihr den Pelzmantel ab, eine Kellnerin bot ihr sofort ein Glas Champagner an, das von *Mamie* kühl entgegengenommen wurde. Schließlich galt es, hier eine Rolle zu spielen. Die der abgehobenen Dame der noblen Pariser Gesellschaft.

Das Museum befand sich in einem Nebenflügel der Festung und wurde von mehreren großen Gewölbesälen gebildet. Auch hier dominierte roher, unbehandelter Stein. Die Festung war im Großen und Ganzen so belassen worden, wie sie erbaut worden war. Natürlich mit Ausnahme der modernen Annehmlichkeiten wie Strom, Heizung und fließendem Wasser.

Einige der Ausstellungsstücke waren in den zahlreichen Nischen und Alkoven der Festungsanlage untergebracht. Hauptsächlich moderne Kunst. Nicht ihr Fall, wenigstens nicht, wenn es darum ging, sich ein gestohlenes Kunstwerk zu behalten. In dieser Hinsicht war Olivia Morel stockkonservativ. Sie bevorzugte alte Meister, Gemälde und Skulpturen, deren Inhalt und Sinn man nicht erraten oder sich erklären lassen musste.

Sie flanierte durch die Ausstellungsräume, grüßte links und rechts jene Promis, die sie kannte (was ein Großteil der Anwesenden war) und bemühte sich, ob der in ihren Augen belanglosen Schaustücke nicht zu gelangweilt zu wirken.

Schließlich erreichte sie den Hauptsaal. Zehn runde Tische, die jeweils zwölf Personen Platz boten, bildeten einen Kreis um das eigentliche Schaustück: Der *Red Lady*-Diamant war in einer röhrenförmigen Glasvitrine verwahrt, die auf einem schwarzen Granitsockel ruhte. Spots waren direkt auf das wertvolle Schmuckstück gerichtet. Das künstliche Licht wurde von dem seltenen roten Diamanten tausendfach reflektiert. Die restlichen Lichter des Raums waren gedimmt, schließlich wollte man dem Star des Abends nicht die Show stehlen.

Um den Raum wärmer wirken zu lassen, waren Perserteppiche ausgelegt worden, an den Mauern hingen mittelalterliche Wandteppiche, die perfekt in das Setting passten.

Der Veranstalter hatte Olivia Morel am Ehrentisch platziert. Manche VIPs waren eben noch mehr VIP. Mit *Mamie* saßen noch Grenobles Bürgermeister, die Direktorin des Museums, eine bekannte Schauspielerin aus der Region, ein weltberühmter Modedesigner und der französische Innenminister am Tisch. Klar, dass die Aufmerksamkeit der anwesenden Fotografen ganz auf ihren Tisch gerichtet war. Das war Olivia Morel durchaus recht. So würde später kein Verdacht auf sie fallen. Aus sicherer Quelle wusste sie, dass der einzigartige Diamant kriminelle Elemente auf den Plan gerufen hatte. Ebenso sicher wusste sie auch, wer als Einziger diesen Abend erfolgreich abschließen würde. *Einzige*, natürlich. Bei dem Gedanken lächelte sie süffisant und prostete dem Bürgermeister zu. »*C'est un honneur de faire votre connaissance.*«

»Die Ehre ist ganz meinerseits, Madame Morel. Sie unterstützen unser Museum seit Jahren sehr großzügig, aber leider hatten Sie noch keine Zeit, uns zu besuchen.«

»*Au contraire, Monsieur*«, entgegnete Olivia Morel geschliffen. »Ich war schon einige Male hier. Vor Ihrer Amtszeit.«

»Dann freut es mich umso mehr, dass ich Sie heute endlich persönlich kennenlernen darf.« Sie stießen an, danach versank die Konversation in langweiligem Small Talk, den *Mamie* professionell ausblendete. Sie konzentrierte sich auf ihre Konkurrenz. Sie wusste, wie sie selbst den Diebstahl anlegen würde.

Noch war es dafür ein wenig zu früh. Zunächst kamen die Ansprachen.

Der Bürgermeister erhob sich und ging zu dem kleinen Pult, das neben der Diamantenvitrine stand. Er richtete das Mikrofon, räusperte sich und begann seine Ansprache. Alle Augen waren auf ihn gerichtet. Bis auf jene von *Mamie*, die den spärlich beleuchteten Raum mit ihren Augen absuchte. Von den potenziellen Dieben keine Spur.

Nein, sie würden es anders angehen. *Mamie* hatte das Buch über durchtriebenen Kunstraub nicht geschrieben. Aber sie hatte es redigiert, lektoriert und perfektioniert. Irgendwie schade, dass sie dafür nie den ihr zustehenden Ruhm ernten würde.

Nach dem Bürgermeister trat die Direktorin des Museums ans Rednerpult, danach noch andere Prominente aus der Region, die mehr, meist jedoch weniger stark in den Kunstbetrieb involviert, aber bei jedem Gratis-Dinner mit dabei waren. Das Schlusswort hatte der Innenminister, dem während der nicht enden wollenden Festansprachen mehrmals die Augen zugefallen waren. Sie mochte ihn. Er hielt seine Rede kurz und knackig und schloss mit einem launigen: »Genug der gesalbten Worte, ich bin hungrig. Sie doch auch, *Mesdames et Messieurs*?«, was begeistertes Klatschen zur Folge hatte.

Wie aufs Stichwort kam nun die Serviergarde in den Saal. Kredenzt wurde ein Schaumsüppchen von der gelben Tomate mit gebratenen Jakobsmuscheln. So wie es *Mamie* veranlasst hatte. Die Cateringfirma war eine der vielen Scheinfirmen der Familie Morel, die in erster Linie einen Zweck hatten: das Geld aus den Kunstdiebstählen weißzuwaschen. Gut versteckt hinter Strohmännern, aber instruiert von den wirklichen Inhabern.

Im Hintergrund begleitete ein vierköpfiges Streicherensemble das Galadiner mit klassischer Musik. Das Licht blieb gedämpft, lediglich die *Red Lady* strahlte weiterhin im Scheinwerferlicht.

Nach der Suppe kam ein wahrhaft kleiner Gruß aus der Küche, der auf einem Amuse-Gueule-Löffel serviert wurde. Olivia Morel genoss das Lachs-Tatar.

Unter dem Tisch ließ Aramis ein kurzes Jaulen los. *Mamie* schnippte mit den Fingern, eine vorbeieilende Servierkraft blieb gehorsam stehen. »Wenn Sie so gut wären, eine etwas größere Portion für meinen Hund vorbeizubringen, Mademoiselle. Das Tier ist am Verhungern.« Ihre Stimme war zuckersüß, der Vorwurf nicht zu überhören. Die Servierkraft warf der Museumsdirektorin einen hilflosen Blick zu, verschwand nach einem zustimmenden Kopfnicken der Direktorin aber rasch in der Küche, um wenige Minuten später mit einer Porzellanschüssel voller Leckereien für den Hund zurückzukehren. *Mamie* tätschelte der jungen Frau wohlwollend die Hand.

Weiter ging es mit gerösteten Auberginen-Stückchen in einer wunderbar schmackhaften Miso-Honig Glasur, gefolgt vom Hauptgang: Entenbrust-Streifen auf Blumenkohl-Nougat-Püree, Thymianjus und Zimtschaum. Absolut delikat. Auch die Auswahl der Weinbegleitung war zu jedem Gang ausgezeichnet. *Mamie* musste dem Koch des Abends im Nachgang auf jeden Fall ihr Kompliment aussprechen.

Trotz des Genusses blieb *Mamie* aufmerksam. Würde der Coup auf die von ihr vermutete Art durchgezogen werden, wäre es jetzt bald so weit. Die Gäste waren abgefüttert und müde, die leise Musik tat das Ihrige dazu, und nur mehr das Dessert fehlte. Der perfekte Zeitpunkt, um zuzuschlagen.

Wie auf Kommando ging das Licht mit einem Schlag komplett aus. *Dinner in the Dark* einmal anders. Einige der Gäste schnappten hörbar nach Luft, andere kicherten ob des vermeintlich technischen Defekts, das Streicherensemble verspielte sich spektakulär.

Mamie wusste es besser. Unter dem Tisch knurrte Aramis leise. Selbst über das hektische Gemurmel der anderen Gäste konnte Olivia Morel hören, wie die Gauner die beiden Security-Männer am Eingang zum Saal überwältigten. Ein kurzes Knistern, ein ebenso leises wie überraschtes Stöhnen der Security, als Taserpistolen 50.000 Volt durch die Körper der Getroffenen jagten.

Im Dunkeln nickte Olivia respektvoll. Lediglich das Geräusch, das das Aufschlagen der bewusstlosen Securitys am Boden machte, verriet, dass etwas nicht in Ordnung war. Die anderen Gäste bekamen nicht einmal das mit.

Jetzt kam es aufs Timing an. Bis sich das Notstromaggregat einschaltete und die Notbeleuchtung wieder lief, würden einige Momente vergehen. In dieser Zeitspanne konnten die

Räuber, die – so war sich *Mamie* sicher – mit Nachtsichtgeräten ausgestattet waren, ihren Coup ungestört durchziehen.

Es war auch der Moment, auf den Olivia Morel gewartet hatte.

Sie beugte sich zu Aramis und flüsterte ihm ein Wort ins Ohr: »*Allez!*« Der Hund bellte einmal zustimmend und wuselte unter dem Tisch hervor. *Mamie* lehnte sich zufrieden zurück. Irgendwie hatte sie Mitleid mit den Gaunern, wo sie sich doch so viel Mühe gegeben hatten.

Es dauerte nur wenige Sekunden, dann war ein Krachen zu hören, ein Knurren, und die Alarmanlage, die an einen eigenen Stromkreis angeschlossen war, heulte los. Es war ein ohrenbetäubender Sirenenton. Die Gäste begannen zu kreischen und aufzuspringen. Stühle wurden umgeworfen, Gläser umgeschmissen, Blumenvasen zerbrachen – es war pures Chaos. Nur Olivia Morel saß seelenruhig auf ihrem Stuhl. Nicht, dass es im Finstern jemand hätte sehen können.

*

JETZT

Wenige Momente später nahm das Notstromaggregat seine Arbeit auf und leuchtete den Saal hell aus. Es war ein Anblick wie nach einer Bar-Schlägerei. Umgestürztes Mobiliar, gestolperte und am Boden kauernde VIPs und mittendrin drei von Kopf bis Fuß schwarz gekleidete Männer, die im Begriff waren, die umgestürzte Vitrine mit dem Diamanten an sich zu nehmen.

Wenn diese nicht von einem knurrenden und Zähne fletschenden Aramis bewacht werden würde. Auf das Kommando seines Frauchens war es der Hund gewesen, der die Säule mit der *Red Lady* umgeworfen und so die Alarmanlage ausgelöst hatte.

Ein paar Sekunden später stürmte die Police nationale, die zuvor einen »anonymen Tipp« bekommen hatte, in den Saal und nahm die Diebe fest. Das Timing war perfekt gewesen. Olivia Morel hatte auch nichts anderes erwartet. Immerhin hatte sie die Sache ausgetüftelt.

Die Diebe ergaben sich der polizeilichen Übermacht ohne Widerstand. Innerhalb weniger Minuten war die Show vorbei. Die Gäste wurden gebeten zu bleiben, um ihre Aussagen zu machen. Ein sinnloses Unterfangen, da niemand etwas gesehen hatte. Vielleicht hatte die Polizei ja beim Personal mehr Erfolg.

»*Mesdames et Messieurs*«, wandte sich die Museumsdirektorin in Tränen schließlich an ihr Publikum. »Ich bin untröstlich, dass dieser Abend ein solches Ende nimmt.« Nach einer kurzen Pause, in der sie sich geräuschvoll die Nase putzte, fuhr sie fort: »Ich bitte um Entschuldigung für die Umstände, aber die Polizei würde noch gerne Ihre Personalien und Aussagen aufnehmen. Offiziell ist der Abend hiermit beendet.«

Sicher nicht für Olivia Morel. »Madame«, meldete sie sich zu Wort, »es wäre doch schade, wenn die Küche das ganz sicher hervorragende Dessert entsorgen müsste.«

Nicht nur die Direktorin sah *Mamie* fassungslos an. Dem Großteil der anderen Gäste war der Appetit gründlich vergangen. Die Direktorin rang sichtlich nach den passenden Worten. Aber vor ihr stand nicht irgendwer. »Sind … sind Sie sicher, Madame Morel?«

Olivia Morel nickte. »Wenn es keine zu großen Umstände macht, könnten Sie mir das Dessert gerne einpacken, damit ich es später im Hotel genießen kann.« Die Bitte sorgte für noch mehr empörtes Getuschel, aber die Meinung anderer war *Mamie* seit jeher egal gewesen.

Fünf Minuten später wurde ihr das Dessert – Mousse au Chocolat im Glas – in einem kleinen weißen Karton überreicht. »Danke, mein gutes Kind«, meinte *Mamie* gönnerhaft zu der Servierkraft, die ihr das verpackte Dessert überreicht hatte.

Ohne Rücksicht auf die anderen Gäste drängelte sich *Mamie* vor, um bei der Polizei die geforderte Aussage zu machen. Selbstredend, dass sie nichts bemerkt hatte. Ganz im Gegensatz zu ihrem Hund. Der Polizei müsste doch bitteschön klar sein, dass er der eigentliche Held des Abends war. Nur seinem instinktiven und beherzten Einschreiten war zu verdanken, dass der wertvolle Diamant nicht gestohlen werden konnte.

Vor der Bastille wurde sie wieder von ihrem Chauffeur erwartet. Wohlige Wärme umhüllte sie, als sie es sich auf der geräumigen Rückbank der Limousine gemütlich machte. Für Aramis war eine kleine Schüssel mit Leckerlis vorbereitet. Die hatte er sich heute redlich verdient.

»Alles zu Ihrer Zufriedenheit verlaufen?«, fragte Lorenzo über die Schulter.

Olivia Morel nickte. »Absolut. Aber jetzt *vite*, ich möchte mein Dessert in Ruhe genießen.«

In ihrem Hotel im Süden Grenobles ließ sie sich von Lorenzo galant aus dem Wagen helfen und auf ihr Zimmer begleiten. Er übernahm Aramis und ließ die Matriarchin des Morel-Clans allein.

Wenige Momente später klopfte es an der Tür. Es war *Mamies* Schwiegerenkelin.

»Letitia!«, wurde diese von ihr euphorisch empfangen.

»*Mamie*! Ist noch alles gut gelaufen?« Letitia stellte die kleine Papiertüte, die sie in der Hand getragen hatte, ab. Ein Blick verriet *Mamie*, dass sich darin Letitias Kellnerin-Kostüm befand.

»Alles gut gegangen, wie geplant«, bestätigte *Mamie*. Sie ging zu einem kleinen Servierwagen, auf dem eine eisgekühlte Flasche Champagner auf sie wartete, öffnete sie und schenkte zwei Gläser ein. »Lass uns darauf anstoßen.« Nach dem ersten Schluck stellte Olivia Morel das Glas wieder ab. »Und jetzt endlich das Dessert!«

»Der wirkliche Hauptgang«, meinte Letitia mit einem Augenzwinkern.

Vorsichtig hob Mamie das Gläschen mit Mousse au Chocolat aus dem Karton heraus. Mit einem Teelöffel stach sie hinein. Als sie den Löffel wieder herauszog, lagen darauf zwei diamantene Ohrringe.

»*Raffael und Michelangelo* – die teuersten Ohrringe der Welt«, sagte Letitia stolz.

»In Wirklichkeit unbezahlbar. Und so wunderschön.«

»Eine Schande, dass die Welt diese Kunstwerke jetzt nicht mehr wird bestaunen können.«

»*Chérie*, wie ist unser Familienmotto noch mal?«, seufzte *Mamie*.

»Kunst ist *unsere* Kunst.«

»Exakt. Aber erzähl, ist bei dir alles glatt gelaufen?«

Letitia nickte. »Wie du vermutet hast, hatten sich unsere Diebe als Kellner eingeschlichen. Als sie nach dem Hauptgang auf einmal weg waren, bin ich hinauf in den ersten Stock ins Büro der Direktorin. Der Safe war genau dort, wo du es gesagt hast. Ich musste nur noch warten, bis die Alarmanlage im Saal unten losging. Dann habe ich den Safe mit etwas C4 aufgesprengt.«

Mamie nickte zufrieden. Über den Lärm der einen Alarmanlage war der zweite Alarm nicht mehr zu hören gewesen.

»In der ganzen Hektik war es ein Einfaches, die Ohrringe im Mousse zu versenken und dir zu geben. Die Idee, die Ohrringe so hinauszuschmuggeln, war genial, *Mamie*!«

Olivia Morel schmunzelte. »Genießen wir den Abend. Der Rest der Familie erwartet uns schon in Cannes. Weihnachten steht vor der Tür.«